今夏
Summer

爱看天 著

天地出版社 | TIANDI PRESS

夏野回头望了一眼他们住的筒子楼，
灰扑扑的房子，
所有的门窗都很小，像是鸽子笼。
所有人都是住在这里的鸟。

目录 Contents

第一章 无人能及 001

第二章 深藏不露 031

第三章 病毒入侵 055

第四章 包罗万象 075

第五章 双喜临门 107

第六章 家庭旅行 129

第七章 胸有成竹 153

第八章 打抱不平 185

第九章 不止于此 217

第十章 未雨绸缪 237

第十一章 海岛求生 263

第十二章 一场闹剧 293

番外 哥哥的投资 339

第一章

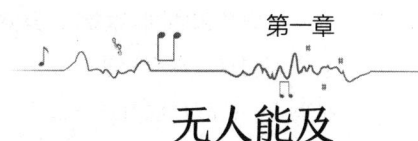

无人能及

唐瑾瑜用了三天时间，才从卧室挪到客厅。

他一双小短腿颤颤巍巍的，手扶着客厅门框慢慢让自己滑倒坐下，后背的衣服都让汗水给打湿了。

他的动静很小，但在厨房里忙碌的女人还是听到了，急急忙忙关了煤气灶过来看他。

"宝宝，宝宝没事吧？"她的手在围裙上擦了擦，连忙弯腰把小孩抱起来，心疼得跟什么似的，手上力气都不敢多用半分，"你要什么跟妈妈说，妈妈帮你拿啊，要吃糖，还是吃饭？"

"想……走。"

他抬手指了指自己的脚，毫不意外地看到女人红了眼圈，脸上却努力保持着笑意对他道："宝宝今天很厉害了，今天走得很好，咱们慢慢练习，不急啊。"

她一边说着，一边把唐瑾瑜放到了一个儿童轮椅上——刚好能放进一个五岁大的孩子。

唐瑾瑜看着自己的手，一时有些恍惚，但很快嘴边就被人放了一颗巧克力，他抬头看看女人，瞧见她在紧张地看着自己，于是慢慢张开嘴把巧克力吃了。

女人露出如释重负的笑容来。

"宝宝饿了是不是？妈妈很快就能把饭做好，你再等我一会儿，一小会儿哦。"女人声音温柔，摸了摸他的头。

她走了没两步，又折返回来，把唐瑾瑜的小轮椅推到餐厅里她能瞧见的地方，一边做饭一边时不时转头去看一眼小孩。

这些天，唐瑾瑜对她的过度保护已经习惯了。任谁瞧见一个坐了几年轮椅的小孩突然自己站起来，都会觉得是医学奇迹。只有唐瑾瑜自己知道，这不是什么医学的力量，因为他在梦境中。

他原本是一个准备高考的普通学生，一觉醒来就到了这里，梦里时间倒退了二十年，他变成了一个五岁的小男孩。

小男孩和他同名同姓，身体不太好，具体什么毛病他也不太清楚，但总归是腿脚有点不利索，走路都成问题，以致这个家的爸妈对他特别小心，他稍微打个喷嚏都能把俩人吓得盯着他看好一会儿，恨不得把他捧在手心里护着。

他抬头看着厨房里忙碌的女人，小心观察着。

唐瑾瑜没有跟父母相处的经验，在他很小的时候他爸妈就出交通事故去世了，他是被爷爷抚养长大的。他现在的爸妈瞧着他紧张，同样的，他看到他们也特别紧张。

厨房里做饭的女人叫陈素玲，是唐瑾瑜的妈妈，瞧着三十出头的年纪，烫着时兴的鬈发，穿戴也非常时髦，是一个很漂亮的女人，像二十世纪九十年代画报上的那样。她今天心情很好，一边做饭一边哼着歌，唇边都是笑意。

筒子楼里好多人家都住在一起，不怎么隔音，上下楼的脚步声和孩子们追逐嬉闹声不时响起，唐瑾瑜看了看客厅里的挂钟，又歪头看向门口。

要说还有谁比陈素玲对他的保护更过度，那就只有一个人了。

唐泓俊踩点准时下班，回到家推开门瞧见儿子的那一刻喜笑颜开，放下公文包就要去抱他。

"小瑜，想爸爸没有？"

陈素玲抢在前面把人拦住，嗔道："去洗手，刚从外面回来，脏，别碰孩子。"

唐泓俊笑呵呵地去洗手，换了一身衣服出来才抱起小孩，放低了声音一个字一个字地跟他说话，瞧着一副文质彬彬十分成熟的模样，但在握着儿子的手说话时却带着叠字："小瑜今天都干什么啦？饭饭吃得多吗？要不要一会儿爸爸陪你玩小球球？"

唐瑾瑜的手往后缩了缩，他刚才摔了一跤，身上有点脏。

唐泓俊一点都没嫌弃他，认真观察了一下，就开始帮他清理，又拿了湿毛巾来给他擦手，嘴里夸奖道："我们小瑜就是爱干净，爸爸给你擦好，又漂亮了，不生气了啊。"

唐瑾瑜："？"

他也没生气啊，就是缩了下手没让摸而已。

陈素玲端了饭菜从厨房出来，一家人坐下亲亲热热地吃饭。

唐瑾瑜现在腿脚不利索，手指的灵活度也有点问题。他用的是一把粉蓝色的小勺子，一旁的爹妈特别紧张地看着他，好像生怕他吃饭呛着一样，每当他咽下去一口饭，都会大声夸奖他。

唐瑾瑜从小到大，听到的夸奖加起来也没这么多，他耳朵发烫，都有点不好意思了。

吃过饭，两口子也不做别的，陪着小孩一起玩游戏。

陈素玲瞧着儿子对玩具不怎么感兴趣，一直歪头看电视，就让丈夫把电视机打开，两个人又一起陪着他看动画片。

其实唐瑾瑜是想看看新闻或者别的，不过看到日历上1999年的字样，他又没了心思。

唐泓俊看动画片看得比他还投入，一边盯着电视机屏幕一边凑到了儿子身边给他讲："你看这是小猴子，旁边的是小猪猪，还有小马，白色的小马……"

唐瑾瑜："……"

唐瑾瑜眨巴眨巴眼，瞧着电视上名叫《西游记》的动画片，又看看旁边的年轻男人，他总觉得他爸对他照顾得太小心了，而且他已经五岁了，这些他自己能看懂，看着唐泓俊和陈素玲的态度，好像他是一个刚会走路的小朋友一样。

他正想到这里，就听到旁边的陈素玲带着骄傲，小声道："泓俊，你知道吗？今天宝宝自己从卧室走到客厅了，自己一个人走的呢！"

唐泓俊听了也有些激动，搓了搓手，看着儿子傻呵呵地直笑，最后还是没忍住将他抱起来，照着脑门使劲儿亲了一口，眼眶都湿润了。

唐瑾瑜不知道说什么好，他确实奋斗了几天，终于走了这么十几米。

陈素玲又道："我约了专家，等明天就能带小瑜去复查。"

唐泓俊连连点头："对对，要去复查，爸在省里也约好了，明天这边检查好了，周末咱们带小瑜去省里再查一下。"

"唉！"

唐泓俊说得有点激动，眼镜上都沾了点雾气，他单手摘下眼镜，用袖子随便擦了一下。

唐瑾瑜伸手想帮他，唐泓俊误会了，握着他的小手放在嘴边亲了一口，笑呵呵道："爸爸继续给你讲啊，来来，咱们看动画片。"

唐瑾瑜坐在他怀里，觉得自己想多了。他发现不管说什么做什么，哪怕动一下手指头，父母都会热泪盈眶，好像他做了多么了不起的事儿一样。

饭后正是楼道里最热闹的时候，这里是某工程院的家属房，来来回回路过的也都是一个单位认识的人，有来这家借点毛线的，也有来还个盘子还个碗的，不少人互相打招呼，听着特别热情。

唐瑾瑜歪头看着客厅那边的窗帘，耳边陈素玲和唐泓俊在小声商量明天去医院的事项，俩人怕打扰他看动画片，声音都放低了很多。

唐瑾瑜半躺在爸爸怀里，听着也觉得新鲜，这种感觉还是第一次。

他自己也挺有感触的，别的不说，现在的爸妈对他是真的好，如果这是梦，他都不想醒过来了。

他试着张了张嘴，想发出点声音，但是喉咙打不开，身体本能地抗拒着，还是说不出话来。

试了一小会儿，唐瑾瑜放弃了，做出一副认真看动画片的样子来。

反正他现在只要看动画片，他爸妈就够高兴的了。

第二天一早，陈素玲把唐瑾瑜轻声哄起来，给他穿了一身干净的小衣服，小白衬衫加条绒背带裤，还有一件毛线衫。唐瑾瑜头上戴了一顶小帽子，看起来特别精神。

陈素玲特别满意，还抱着他去照了一下镜子，镜子里面的小孩儿粉雕玉琢，一双眼睛黑曜石似的，小鼻子挺翘，嘴巴有点紧张地抿着，老老实实伸手抱着大人的脖子，看着很乖。

母子两个收拾好了，就在家里等着唐泓俊派车来接。

唐瑾瑜坐在沙发上玩一个毛茸茸的电动熊猫，它可以自己动，还会发出啃竹子的"咔嚓"声。

陈素玲起身去拿包和围巾，想了想又把儿子的水壶换成一个保温的，去厨房倒了些热水。

楼道里有人说话，声音一清二楚地传过来，冷嘲热讽的语调听得清楚："都说让他们两口子再生一个，也不听，他俩那孩子，明显就是有问题……还能是什么，智力问题呗！"

"我听别人说那孩子也不大能动，他们家那轮椅换了得有俩了！"

"几千块一个的进口轮椅，哎，这钱花得可真是——就是个无底洞，哪儿有填满的一天啊。"

"你说他们俩，唐工就不用说了，海外留学回来的高级知识分子，陈素玲也是咱们这儿最聪明的一个，平日里拔尖出众的，怎么俩聪明人生了个傻子呀！"

"……………"

唐瑾瑜："……"

怎么？他坏的不是腿，是脑袋吗？

陈素玲快步过来，把窗户紧紧关上，又把两层窗帘拉上，努力遮掩，不想让儿子听到。

她脸色发白，手指也发抖。

唐瑾瑜起初以为她听了难受，试图安慰她，原本想轻轻拍拍她的手，但是半天就挪了一点地方，还是陈素玲瞧见了连忙凑过来，这才让唐瑾瑜的小手落在她的手背上。

她紧张道："宝宝，你要什么跟妈妈说，妈妈给你拿。"

小孩白嫩的小手放在她手背上又动了一下，他张了张嘴喊了一声"妈"，声音很小，跟气音似的，带着常年不说话的沙哑。

但就这一声，让陈素玲的眼泪一下就落下来了。她抬手抹了一把眼泪又笑了，两只手小心地把儿子的小手合拢在掌心里护着："妈妈没事，咱们去医院，等吃了药，我们宝宝就好了。"

唐瑾瑜瞧着她哭，心里也闷闷地难受，不管这是梦里还是在哪儿，这些天陈素玲都把他照顾得太好了。

过了一阵唐泓俊回来了，他一路跑上来喘着气，就算这样，隔着防盗门瞧见儿子的时候脸上立刻荡起笑容，冲儿子做了个鬼脸。

唐瑾瑜咯咯直笑。

陈素玲马上阻止道："多大的人了，怎么还这么闹，在外面呢，小心让人瞧见笑话你！"

唐泓俊道："都去上班上学了，没人瞧见。"

正说着，楼梯拐角处走过来一个十来岁的男孩。

少年身量尚未完全长开，但也已经很高了，只比唐泓俊矮半个头，穿了一身校服，肩上背着书包，戴着的口罩遮住了小半张脸，低头喊了一声"唐叔好"。

唐泓俊揉了揉鼻尖，冲他笑着点点头："小野去上学啊，路上注意安全。"

少年点点头，背着书包很快就走了。

唐泓俊夫妻没把这个小插曲当回事，抱着儿子也出门了，只有唐瑾瑜一个人莫名激动，他睁大了眼睛盯着看，直到少年的人影都看不见了还在陈素玲怀里蹭着往上爬，简直要爬到她肩上去瞧了。

陈素玲抱不住他，急道："泓俊！"

唐泓俊立刻把孩子接过来，没等小孩反应过来就把他紧紧抱住了按在怀里。他用的力气很大，没有再给小孩探头的机会："小瑜听话，咱们去医院，很快就回家啊。"

陈素玲拿了一件小外套过来，心疼道："你别捂疼了孩子，隔着外套吧。"

两个人很有经验，用外套隔住了唐瑾瑜的小手小脚，把小孩整个都包裹起来牢牢抱住了，唐瑾瑜略微动了动，就被勒得更紧了。

唐泓俊夫妻看他不动了，这才带他下楼去坐车，一边走一边小声喊他名字，跟他说话，安抚似的。

唐瑾瑜没动，连为什么突然被按住都没时间去想，他还在震惊。

那人是夏野。

是他绝对不可能看错的人！

"夏野"这个名字，唐瑾瑜太熟悉了。

夏野是国内最早的黑客之一，也是最为出众的一个，曾留下无数传说，如果不是那场空难，他的神话可能还会继续。

2009年，夏野第一次出现在公众面前。

同年，夏野离开自己一手创办的互联网公司，去了国外。

也是那一次，他出了意外。

夏野的律师按照他生前说的，把夏野的大半财产都捐赠出来了，唐瑾瑜就读的学校就获得了捐赠，并利用捐赠设立了一份奖学金。

也是凭着这份奖学金，唐瑾瑜才能读完初中和高中，有了改变命运的机会。

这几年，他每次都以全校前三名的成绩拿到奖学金，从五千到八千，这些钱对唐瑾瑜来说，足够了。他的学杂费、校服费，还有几年里吃食堂的饭钱，都是从这里来的，他的人生中除了爷爷，最感激的就是夏野了。

十三岁的时候，他第一次查夏野的资料，知道了"黑客"这个名称。

他知道夏野很厉害，也知道夏野从不主动攻击网站，知道他有一个废弃的小论坛，上面的帖子寥寥无几，帖子里却有数十万的留言。夏野分享自己的技术，同时为了约束后来者不胡乱使用这些技术，他还制定了"守则八条"……

网上关于他的传说很多，但他存在于网络的痕迹却极少，唐瑾瑜知道他在某些地方留言落款是"x"，有些更早的论坛里喊他"夏神"。

夏野是神，在网络上无人能及的神。

从那之后，唐瑾瑜便开始关注相关信息，他在网上一家二手书店里发现了一本书，书的封面拍得模糊，却是难得的一本有关那个时代的黑客人物的介绍合集，标题上赫然写着夏神的名字，甚至还标了"自传"两个字，唐瑾瑜看到它的那一刻仿佛发现了宝藏！

那书要两百多块钱，唐瑾瑜咬牙攒了一个多月的饭钱。他一直战战兢兢地生怕那本书被别人买走，幸好它一直挂在那儿，一个红色的数字"1"标注在它旁边，意思是只剩下一本了。

等唐瑾瑜郑重拍下来，看到那本书从网站货架上消失时他才松了口气。

书邮寄到手的时候更让他欣喜若狂，里面竟然还印有夏神的一张照片！

照片上的少年十五六岁，穿着一件帽兜衫，戴着口罩，一边的眉毛微微挑起，剑眉星目，凌厉又傲气，和他心目中的夏神一模一样。

虽然只有一张十几岁的老照片，但唐瑾瑜已经很满足了，这本书他看得很认真。

但是看了一半之后，他就开始生气。

书里描写了夏野的少年生活。

目录上标注着时间顺序，从夏神在网络上出现的时间开始，以后的每一年都有记录。唐瑾瑜自然是从头看起，但是越看越生气，有些内容简直像是杜撰的。他返回去看了标题，发现在"自传"前面还有一个米粒大小的"半"字。

一字之差，谬以千里。

半自传体不是真实记录，那叫小说，是允许虚构成分存在的，甚至虚构的部分比真实事件还多，也可以说是根据某个人的经历改编出来的全新小说故事。

唐瑾瑜瞧着上面写的关于夏野的记录，脸黑成一片。

书里讲述的夏神初中起就抽烟、打架、烫头、逃学的内容看得他脑仁生疼，他一气之下摔了那本破书！

这跟他查到的夏神完全不一样！这简直就是污蔑！

他每个礼拜都会在学校图书室查半个小时关于夏神的资料，甚至还看过一个网络安全工程师的专访，那人拿过国内外无数大奖，他亲口说过"夏神是我道路上的守护者，德才兼备的典范"。

听听！守护者！德才兼备！！

唐瑾瑜到底还是舍不得丢弃两百多元钱买来的书，气过了又捡起书来擦干净，打算再看上一小会儿，找点有用的资料，但是没想到就这么坐在书桌前睡了过去。

再醒过来，他就成了坐在轮椅上的五岁小孩。

唐瑾瑜想，他应该是在梦里。

这么想着，一颗心都揪了起来，他不知道自己来了这里，现实生活会怎样，爷爷年纪大了，他最不放心的就是爷爷的身体，冰箱里还有给爷爷熬的中药，如果他没看着，老人肯定又偷偷省下来分好几次喝……

他恨不得现在就回去找爷爷，但是尝试了几次，好像无法离开梦境。

即便可以从梦境里寻找爷爷，可现在距离他在现实世界出生还要好几年的时间，他连自己爹妈在哪儿都不知道，更别提爷爷了。

最模糊的一段记忆是在徽城，爷爷曾经跟他提过，就是在徽城把他接回来的，再之后他们就一直住在了平城的老城区。

唐瑾瑜想了半天，也只能先留在这里，再慢慢找办法。

爷爷现在找不到了，但是夏野还在。

唐瑾瑜对过去那段时间知道得并不多，努力回想了一下，也就只有之前购买的书中有部分记录可以参考。如果他没记错，夏野家隔壁是有这么一家姓唐的人家，在夏野少年时期资助了他一笔钱，让他能完成学业，考上名牌大学，这也是夏野以后会资助其他穷困学生的原因之一。

书中关于那家人的内容并不多，只是一笔带过。

他现在的家人姓唐，而且刚才他爸还喊了一声"小野"。

他……这是住在了大神的隔壁？！

一直到医院，唐瑾瑜都在想这件事，他有些恍惚。

医院里。

唐泓俊夫妻抱着孩子去看医生，医生的年纪略大，长得慈眉善目，瞧着也不是第一次见唐瑾瑜了，看到他还逗了两句："小瑜今天挺乖啊。"

陈素玲笑道："是，这段时间好多了。"

医生给他做了检查，还让他站起来自己走了两步。

唐泓俊站在身后扶着他，陈素玲蹲在不远处小声喊他名字，瞧着比他紧张多了。

瞧见小孩迈腿的时候，当父母的眼圈都红了，那几步路走完，陈素玲抱着他使劲儿亲了几下，含泪道："陈医生，您瞧啊，小瑜自己走的，他会走路啦！"

唐瑾瑜心里软了一下，伸手给她擦眼泪，张了张嘴，但是这次喉咙没听话，没发出声音。

唐泓俊也在夸："还是个好孩子，特别贴心！"

医生笑着点点头，道："是，是好孩子。"他写了单子，又道，"再做几项别的检查，咱们市里条件没有省城好，如果方便的话，尽早去省院再看看，我瞧着是好多了。"

唐泓俊夫妻连忙接过检查单，答应下来。

去检查的路上，唐瑾瑜一直抱着唐泓俊的脖子，唐泓俊护着他。

唐泓俊去交费了，陈素玲抱着唐瑾瑜坐在走廊椅子上等着，她没拿小衣服"捆"着他，只把小孩抱在怀里，下巴贴过去蹭了蹭儿子的头顶。

唐瑾瑜忽然想起他们早上出门的时候，他瞧见夏野有些激动，只动了两下，唐泓俊就把他抱紧了。

他们手法熟练，像是做过无数次。

是了，他不能动的只是腿，手指不灵活，但也十分有力气。

昨天晚上，他略微缩回去小手不让摸，唐泓俊就能察觉到他在"生气"，是因为衣服脏了。

因为他们眼里只有他一个，所以对他的一举一动特别留心。

唐瑾瑜看见前面那个哭闹的孩子胡乱踢着脚，他的母亲终于忍不住在背上打了他一下，自己也抹了眼泪。那个孩子脸上挂着泪痕，身上衣服也是半旧的，抱着他的女人也没好到哪里去，眼中尽是疲惫。

他收回视线，又低头看自己的手指，小手的指甲修剪得干净整齐，因为天气冷手上还涂抹了护手霜，衣服也是簇新的。

陈素玲夫妻能将这样一个孩子照顾多年，而且还这么疼爱，真的很难得了。

似乎感觉到了他的沉默，陈素玲抱着他轻声道："宝宝要不要喝水？妈妈带了水，还有你最喜欢的巧克力。"

唐瑾瑜抬头看着她，轻轻抱住她的脖子，努力发出一点微弱的气音，喊了一声"妈妈"。

如果可以，他想给她一点希望。

从医院回来，唐泓俊夫妻的脸上都带着笑意，这么多年他们都没有这么舒心过。

唐泓俊更是抱着儿子使劲儿亲了一口，笑道："等小瑜身体好了，咱们就去海边，就去咱们以前念的大学附近——"

陈素玲也笑："这才刚要入冬，去海边还早着呢。"

傻爸爸乐不可支："也是，冬天冷，等天暖和了咱们就去。"

"过两天要先去省城，爸那边也等着急了，正好这次检查结果好，带过去让爸也高兴一下。"陈素玲一边给小孩系上围巾，一边温柔地笑道，"都不急，慢慢来，会越来越好的。"

"唉！"

唐瑾瑜伸手抱着他爸的脖子，后背出了一点汗。

刚才做检查的时候他努力配合，现在对他来说迈步还是有些吃力，但是瞧见医生点头肯定，还有唐泓俊夫妻狂喜的样子，这些都值了。

回去的路上，唐泓俊夫妻原本商量要一起在外面下馆子，但是刚上车没一会儿唐瑾瑜就开始眼皮子打架，陈素玲放轻了声音跟司机说："先回家。"

唐泓俊轻轻地给小孩脱了鞋子，用手掌焐着他的小脚丫，隔着袜子还是能感觉到他时不时地微微抽动，跟抽筋似的，唐泓俊心疼道："小瑜今天走多了，累着了。"

唐瑾瑜模模糊糊听到他们在耳边说话，但是太过疲累，也回应不了什么，昏昏沉沉地睡着了。

他这一觉睡得很好，他被包裹在厚衣服里，又暖和又踏实。

等醒来的时候，他已经到了家中的小床上，陈素玲溺爱他，端了碗筷到小床上要喂他吃饭，唐泓俊更是把他宠得不像样子，擦干净一张小桌子，把它搬过来放在床上，又把饭菜都端了过来，一家人围坐在他那张小床上一起吃了饭。

唐瑾瑜一边嚼着嘴里的饭，一边抬头看他们，这都是他以前没经历过的。

他爷爷是厨子，以前给学校食堂做饭，他小时候基本上都是跟着爷爷吃食堂，因为爷爷要忙活到食堂关门，所以他吃完饭习惯性地会留下帮忙，擦擦桌子或者帮着洗碗扫地，每次帮那些叔叔阿姨们干活，他们都会给他留点炸的小鱼干之类的当零嘴儿，大家热情得像是一个大家庭。

他小时候家里的条件远没有现在这个家好，但是目前瞧着，这边更不在意什么规矩。

普通五岁大的孩子都上幼儿园了，唐瑾瑜如今的身体状况显然还不允许，他一般是在家里待着，唐泓俊上班后，陈素玲就在家陪他，把他照顾得很好。

他瞧着陈素玲的电话业务也不少，看起来也像是平时工作繁忙的样子，只是这几天特地在家中陪他。

他有点好奇平时这个小孩是怎么生活的，不过现在说不出话，也问不出来，就干脆耐心等着，每天吃饱睡好之后努力迈着小短腿走上几步，反正现在哪里也去不了，只能从卧室到客厅走个来回，运气好的时候凑到门口刚好能瞧见隔壁夏野上下学回家，他趴在门口或者窗边，每次瞧见眼睛都亮晶晶的。

陈素玲把他的一举一动都看在眼里，瞧见小孩喜欢看外面，早上和傍晚的时候就抱着他一起看，笑着问道："宝宝也想上学是不是？"

唐瑾瑜看到外面跑跑跳跳路过的那几个穿校服的小学生，又看看单肩背着书包路过的夏野，目光就没离开过窗户，坚定地点了点头。

能跟夏神上同一所学校，这简直就是做梦才有的事！

有疼爱他的爸妈，还有最崇拜的夏野，如果爷爷也在这里就更好了。

陈素玲揉揉他的脑袋，笑了一声，给他吃了一颗巧克力，然后放他到地毯软垫上玩儿，自己去忙了。

唐瑾瑜含着巧克力，也在想一些事。

他现在断断续续能回想起来的事在慢慢变少，身体和想法都在慢慢和这个五岁的小孩同步，他感觉自己正在趋近于一个真正的小朋友，只有印象最深的事情才能在脑海里留下一点模糊的痕迹。

他这两天在努力地不停回想，他不想忘了以前的那个自己，也不想忘了以前的亲人朋友们。

他趁陈素玲做饭的时候，扶着墙壁站起来去了自己的小卧室，偷偷写了一张字条。

尽管现在手指不太灵活，颤颤巍巍写下的字也扭曲得像是简笔画一样，但他还是勉强记下自己脑海中的几件大事。

他没写太长，只记下了"夏野""爷爷""药""去平城"这样简单的几个词来提醒自己。

写完之后，唐瑾瑜把字条放到了一个铁盒里，这是他平时放零碎小玩意儿的，陈素玲和唐泓俊给他买了太多东西，应该不会注意到这样一个毫不起眼的小盒子，他把小盒子放到抽屉的最深处藏起来。

做完这一切，他坐在地毯上忍不住叹了口气。

他现在的身体做这些还是太勉强了，额头上都冒了汗，光是开个抽屉就好累啊！

唐瑾瑜坐了一会儿，又忍不住发起愁来，要是他以后忘了这个盒子怎么办？

他伸手拍了拍肚子，皱着小眉头想了好一会儿，又把这份担心放下了。

就算不记得字条了，他肯定也不会忘记夏野和爷爷是重要的人，是他一辈子要好好报答的人。

十月中旬，还没入冬，天气刚转凉。

唐瑾瑜趴在窗边看了两天之后，被爸妈带着去了省城。

唐泓俊的父亲如今年近六十，是省城一所知名大学的教授，专门研究数学，刚提了院长。

老教授一早就去医院等着了。老人穿着一身整洁的中山装，人精瘦有力，看起来身体硬朗。在瞧见他们的车之后，老人快走了几步迎上前，隔着车窗瞧见小孩的时候脸上带出了笑容："小瑜啊，爷爷的乖孙！"

陈素玲抱着小孩下车，看到之后忙道："爸，您怎么提前来等了？天气这么冷，小心着凉。"

唐教授伸手去接小孩，笑呵呵道："不碍事，我瞧瞧，小瑜好像长高了一点啊。"

唐泓俊手里提着一个包，胳膊上还挂着一只粉蓝色的卡通水壶，瞧见父亲面上也是带着笑："爸，我来，小瑜最近是长高了，还胖了一点呢！"

老人听到这个很高兴，一直点头，抱着小孩的手也没松开："前段时间孩子发烧了？"

唐泓俊："是，烧了好几天，素玲公司都不去了，日夜照顾着。说来也奇怪，小瑜退烧之后身体就好多了，那天第一次站起来走了一步，吓我们一跳！"

老人点点头，视线落在小孙子身上，宽慰道："总之现在没事了就好。"

唐瑾瑜被抱着也不敢动，毕竟自己这小身体还是有点分量的，怕晃一下会让老人摔倒。

他僵在老人怀里，唐老爷子却还在夸，一个劲儿地说他白净漂亮，又说他听话。

唐泓俊很快把小孩接了过去，说道："爸，咱们先去做检查，小瑜身体好多了，我们还带了前两天检查的单子过来。"

这次唐教授没有阻拦，点头道："一起拿去给医生看看，省院这边的检测仪器好，再检查核对一遍。"

"是，我和素玲也是这么想的。"

一家人一路小声说着，走进了医院。

之后又是例行检查，省院的医生还进行了一次会诊，一致认为这是医学上的一例奇迹。

唐瑾瑜刚被抽了血，有点晕乎乎的，坐在那里。陈素玲按着他胳膊小声问："宝宝要喝水吗？"

唐瑾瑜摇摇头，把小脑袋埋在她怀里，耳边是唐老爷子和那些医生的谈话，都是些他听不懂的名词，不过瞧着那些人脸上的笑容，可断定这次检查结果肯定非常好。他有些困了，揉了下眼睛，天刚亮就坐车过来，连续几个小时的车程对这个小身体来说还是负担过重。

陈素玲轻笑一声，揉了揉他翘起来的那撮儿头发。

怀里的小朋友打了个哈欠，脑袋蹭就想挨着妈妈睡觉。陈素玲把小孩抱在怀里，拍了两下哄道："困了就睡吧，一会儿咱们就回家去。"

唐瑾瑜眼皮子打架，撑了没几下，就闭上眼睛睡着了。

再醒来的时候，他已经到了爷爷家中。

唐教授老伴儿去得早，一个人在这里住着，这房子是学校分的，一栋二层小楼，在市中心的一处人民公园附近，闹中取静，环境非常好。

唐教授为人乐观，和学生们关系一直不错，有了小孙子之后更是和蔼了许多，毕竟升级做了爷爷，一颗心也多牵挂在远在外地的小孙子身上。小孙子当初查出身体不好，他也没有一点抱怨，托了无数关系找名医治疗，对儿子儿媳贴补得也多。

现在小孙子身体突然好转了，唐教授也高兴极了，让家中的保姆做了一大桌子饭菜，又开了一瓶红酒，一家人热热闹闹地一起吃了一顿饭。

唐瑾瑜刚睡醒还有些发蒙，他的梦里也有一个熟悉的老人，但是现在怎么也记不起来了。唐教授弯腰笑着，声音柔和地连着喊了几遍"小瑜"，他恍惚之中抬起头来看过去，梦里人和面前的人慢慢重叠，他看着面前的老人，眼神也变得清澈。

唐教授笑着哄他，没有半点不耐烦的样子："小瑜想吃什么指给爷爷看啊，咱们家没那么多规矩，饭前吃蛋糕也行……"

唐泓俊扶了扶鼻梁上的眼镜，看了老婆一眼，小声道："爸，饭前吃小蛋糕不太好吧？"

老人现在迫切地想和许久没见的小孙子搞好关系，糖衣炮弹都拿出来了，唬他道：

"怎么不行,饭前也是一块,饭后也是一块,都一样吃进肚子里面的嘛!"

他虽然这么说着,但还是看了一眼儿媳妇那边,瞧见陈素玲低头含笑吃饭不说话,这才胆子又大起来,亲手拿了一块小蛋糕递到小孩面前,乐呵呵道:"来,爷爷给你拿啊,小瑜记得,我是爷爷,是爷爷——"

餐桌前面儿童椅上坐着的小孩没有看蛋糕,还在看着老人,眼神透彻又机灵,他忽然弯起眼睛:"牙!"

一桌人愣了片刻,还是唐泓俊第一个惊喜道:"小瑜会说话了,爸,小瑜会喊人了!"

唐教授激动得手都有点抖,哄着小孩再叫一声。

练习几遍之后,发音慢慢就准了,好像突然开窍了似的,小声音脆脆的,虽然只会发出一两个简单的字音,但这是他五岁之后第一次这么清楚地叫人,全家人都高兴坏了。唐教授让人赶忙去楼上拿录音机下来,认认真真地用磁带录了小孙子的声音,听着那一句句奶声奶气的"爷爷",老人忍不住摘下眼镜擦了好几次眼泪,连声道:"好,好,真好,咱们小瑜会说话了,和医生说的一样,以后就慢慢恢复了。"

唐泓俊在儿子喊他的时候就已经哭了一场,这会儿鼻子都泛红,听着父亲说话连忙点头附和着,擦干了眼泪又傻笑起来。

唐教授坐在那儿想了片刻,道:"今天医生说要让小瑜多听听音乐什么的,也有助于恢复,我觉得学个乐器也不错,还能练习一下手指灵活度。"

唐泓俊跟着点头,别说乐器,就是现在要星星他也爬梯子上去给儿子摘下来。

唐家父子商量了一阵,吃完饭就出去了。

陈素玲留下陪着小孩,唐瑾瑜之前睡了一会儿,现在还挺精神,她就抱着小孩在一楼溜达着看挂在墙上的几幅画。唐老爷子的审美不错,收藏的画作也都是名家手笔,只是在客厅走廊最显眼的地方,挂着一张手写的"幼儿园入学通知书"。

陈素玲抱着小孩过去,笑道:"小瑜,还记得这个吗?"

唐瑾瑜歪头,他不记得了啊,好像睡了一觉忘记了好多事情。

陈素玲也没想他能记得,习惯性地接下去道:"这是爷爷给你颁发的入学通知书,别人都去读幼儿园,我们宝宝没去,但也有'通知书'呢!你看下面,还有你的签名。"

唐瑾瑜看着镜框后面装裱精美的那张手写通知书,最下面画了一个圆圈,算是小朋友的签字。

陈素玲见他看得认真,心里忽然生出怜爱,亲了小家伙肉嘟嘟的脸颊一下,笑了:"咱们小瑜以后多多吃饭,长大了就能去读书,等以后还可以来爷爷这里上学,让爷爷带你读研究生、读博士,好不好?"

唐瑾瑜表情有些蒙，他不知道妈妈嘴里说的那些"博士""研究生"有多厉害，但是潜意识里觉得这个爷爷很厉害。

陈素玲看着怀里的小朋友，他表情严肃，慢慢地开始皱起眉头，小大人一样的表情把她逗笑了，伸手给他揉了一下眉心，额头贴过去道："不读书也行，小瑜干什么都行，妈妈陪着宝宝一辈子。"

不多时，外出的唐家父子也回来了。

他们搬回来一架钢琴。

陈素玲吓了一跳："爸，您怎么突然买了一架钢琴呀？"

唐教授喜滋滋道："给我孙子练习！"

唐泓俊计划得更长远："先试试这个，不行明天我再买个手风琴，我钢琴不大好，手风琴会一点，以后下班可以教小瑜！"

"对，小瑜不喜欢再换，还有什么管乐器嘛！今天看到的那个就不错，金光闪闪的，好看！"

陈素玲听他们一人一句，简直哭笑不得，这架势是要把一个乐队搬回家。

在省城住了一晚之后，第二天唐泓俊夫妇就带着儿子外加一架钢琴回了家。

筒子楼里还没有人买这么大件的乐器，自然引来不少人围观。钢琴放好之后，有来瞧热闹的，看到唐泓俊把他家那个傻儿子抱着放在崭新的琴凳上，让小孩胡乱按键，一时脸色都有些古怪。

有些人虽然面上不说，但是心里乐开了花。唐工家的傻儿子还配学钢琴？他会站起来走两步，知道喊一声"饿"就不错了！

也有些人心里不是滋味，眼馋上万元的钢琴，也嫉妒一个小孩子能得到这么好的照顾，唐家有一个大教授爷爷，还有一个高级工程师父亲，加上现在虽然自己单干但是赚钱很多的陈素玲，这一家子的条件多好啊！怎么偏偏就砸这么多钱在一个傻子身上呢？

有人嘀咕道："这钱如果花在普通孩子身上，不知道有多少个成才了。"

另外一个女人压低了声音，也在问："学个乐器是挺好，但是也不用自己家买个钢琴吧，送去少年宫不成吗？"

"嗐，你刚来两年不知道，唐家不会把小孩送出去的，之前这孩子小的时候请了保姆……烫伤……"接下去的声音就小了很多，慢慢低下去。

唐瑾瑜现在也特别紧张。

他第一次碰钢琴，不知道该怎么弹，拿一根小指头按了按，发出一点声音，又抬头去看他爸。

唐泓俊误会了，立刻鼓掌夸他："儿子，弹得好！就这么弹！"

唐瑾瑜一脸蒙。

怎么就弹得好了？他总共就按了一下啊。

大家看了个新鲜也就散了，陈素玲收拾了客厅之后，一直到晚上脸色都不太好。

她翻来覆去睡不着，听到小床上儿子微微打起了小呼噜，这才坐起来推了推丈夫，恼怒道："咱们搬家吧。"

唐泓俊怔了下："搬家？"

陈素玲点头："对，搬家。之前咱们攒钱打算给小瑜治病，现在小瑜好多了，也不用留那么多钱，拿出一半来足够买套新房，市中心那边有新盖的楼盘，我瞧着还有上下叠拼的别墅，咱们买套大点的，等过几年爸退休了也能来一起住。"

她磨了磨牙，压低了声音道："今天那些人嘀嘀咕咕的，当我耳朵不好听不见呢！就三楼李老太家的小孙子，考了两年倒数第一了，有什么资格说我儿子！"

唐泓俊乐了一声。

陈素玲恼了，掐他一把，抬高了下巴道："你就说搬不搬吧。"

唐泓俊"唔"了一声，有些犹豫道："不了吧，我觉得这里挺好。"

这次轮到陈素玲愣住了，她拧了眉头道："泓俊，你怎么回事？这里有什么好的呀，要不是这几年想攒钱带小瑜去京城治病，咱们早就搬走了。"

唐泓俊手臂枕在脑后，看着天花板道："我昨天跟爸出去的时候，除了买钢琴，还找人算了一卦。"

陈素玲道："算什么？"

唐泓俊压低了声音，认真对老婆道："爸带我去给小瑜算了下，学校里的一个哲学系老教授介绍的，说是算得挺准的。那边说小瑜的身体是从这儿好起来的，让多住几年，这边风水好。"

陈素玲将信将疑："不是吧，咱爸一个搞科学的人，还迷信这个啊？"

"我也信啊。"唐泓俊笑呵呵道，"只要儿子能好，我什么都信。"

要说别的陈素玲肯定不答应，她恨不得把最好的都给儿子，但这一句，立刻就戳到了她的软肋上，她跟着点头："那就听咱爸的，住这儿！回头我收拾收拾，一样让瑾瑜住得舒服。"

唐瑾瑜有了一架钢琴之后，早上起来也多了新鲜感。

他本人对学习乐器抱着几分新奇，坐在崭新的琴凳上晃着一双小短腿，有点跃跃欲试。

这琴太贵了，他以前只在橱窗里瞧见过——这样的念头一闪而过，小孩眨了眨眼，但很快注意力又被眼前的黑白键吸引了，他伸出小手在琴键上轻轻按了一下，发出"哆"的一声脆响。

陈素玲端着早点过来，装作不经意地瞧了一眼儿子。

小朋友只按了一小下，就从琴凳上慢慢爬下来，好像能摸摸就心满意足了。

陈素玲有些奇怪，但是看着小家伙扶着墙壁慢慢走向客厅沙发，熟练地爬上沙发，然后趴在那儿掀开一点窗帘瞧外面的时候，忍不住又摇摇头笑了。

唐泓俊一边系着袖扣一边走出来，瞧见她问道："小瑜刚才弹琴了？"

陈素玲道："就弹了一下。"

唐泓俊不解："昨天不是还挺喜欢吗，今天就弹了一下？"他抬头瞧了眼客厅，有些想不通，按理说他家小孩拿着钢琴当玩具也应该热衷两天才是。

陈素玲见他要过去，拦住道："别，让他自己玩一会儿。"

唐泓俊更奇怪了："小瑜在玩什么？"

"还能是什么呀，看楼里的小孩们背着书包去上学呗！"

唐泓俊一脸的愧疚，走过去陪着儿子看了一会儿，他上班的时间是九点，倒是比其他人的时间充裕许多，可以多陪伴儿子一会儿。

现在是早上七点半，筒子楼里最热闹的一段时间。

早起上班的人们陆续出门，不少年轻女人都烫着最近流行的波浪头，也有披着鬈发的，穿戴整齐了拽着自己家的孩子去小学；一些初高中生刚下早自习，骑着车子回来，把自行车往楼道里一放，埋头就往楼上的家里冲，楼梯间都是"咚咚"的脚步声，有冒失的，少不得挨上几句骂……

热热闹闹，又特别平凡。

唐瑾瑜看得认真，唐泓俊也陪着一起躲在窗帘后面看，只是他大部分时间都在偷偷看自家儿子。

小孩自从那次发烧之后，再醒过来身体就好了许多，瞧着也机灵了不少，虽然现在口齿不太利落，但是已经比之前好了太多。孩子白白净净的，五官综合了他和妻子的优点，精致漂亮，一双大眼睛黑葡萄似的，睫毛长得又长又翘，就算笨一点瞧着也可爱极了。

唐泓俊看得心满意足，跟天底下所有的爸爸一样，觉得再没有比自家小孩更好的孩子了。

窗户外面，一身初中校服的夏野走了过去，还是戴着口罩，单肩背着书包。

唐瑾瑜眼睛立刻睁大了些，扶着沙发靠背，略微抬头，看着那道身影一闪而过，这才心满意足地把窗帘拉上，回头看向爸爸，用手拍了拍小肚子："爸爸……饭……"

唐泓俊被他逗笑了，把小孩抱起来放在自己肩膀上带去餐桌边："小瑜饿了啊，咱们去吃饭！"

陈素玲给他们父子俩盛好粥，笑着问："小瑜今天又看到你夏野哥哥了？"

唐瑾瑜点点头，唐泓俊正拿温热的毛巾擦拭他的小手，擦好之后他就用自己那把粉蓝色的勺子认真吃起饭来。

唐泓俊道："小瑜每天都看夏野？"

"可不是，看完其他小朋友上学之后，就等着夏野了，每回看完了才吃早饭呢。"陈素玲给儿子夹了一块蒸熟的胡萝卜，柔声道，"宝宝吃这个，可甜可软了。"

唐泓俊的注意力立刻又被儿子吸引了。

他一边看儿子吃饭，一边觉得自己也食欲大增，跟着多吃了半碗粥。

吃过早饭，唐泓俊去设计院上班，陈素玲换了一身毛呢连衣裙，套了件厚风衣，抱着儿子去了公司。

她三年多前辞职下海创业，现在开了一家服装公司，生意做得红火。

这段时间儿子生病，她一直亲自照顾，公司都没怎么顾得上，只在电话里跟秘书联系，现在唐瑾瑜好了，她也能安心带着他来上班。

公司在市区位置，距离她家有二十多分钟的车程，陈素玲到了之后就把儿子放在办公室里，让秘书端来小点心照看着，自己踩着一双高跟鞋风风火火去忙了。她这段时间没来，公司积压了许多事情，也是忙碌得很。

唐瑾瑜坐在老妈办公室的沙发上，好奇地打量着这里。

办公室铺着红木地板，摆了两组软皮沙发，他现在坐的是略小的一组，沙发半新，围成"品"字形摆着，他就坐在中间，下面还铺了软地毯。整体不太像是一个会客的办公室，倒像是为了照顾小朋友而特意设置的地方，旁边还放了两件毛绒玩具。

秘书端了一小碟水果和饼干过来，放在他手边，瞧着动作也是熟练，像是做过无数次了。

在看到唐瑾瑜自己拿起一块饼干吃的时候，她惊讶地叫了一声，继而欣喜道："小瑜会自己吃饭啦？"

沙发上的小朋友点点头。

秘书笑得更高兴了，不停地夸他，看他自己吃完了一整块，还开口要水喝的时候，忍不住用手背擦了下眼角，连声道："唉，唉，我这就去给你倒水，素玲姐总算熬出头啦。"

唐瑾瑜说话还不利索，接过水杯的时候就冲秘书姐姐笑，露出整洁的小白牙，把秘书一颗心都给甜化了。

陈素玲过了一阵回到办公室，身后还跟着一个扎小辫子的男人，瞧着二十来岁，人长得不错，俊俏模样，跟在陈素玲后面一口一个"姐"地喊她，声音都带着哀求。

"姐，我亲姐啊，我求求你了，能不能先做这个项目？男装肯定是现在最稀缺的，姐你都不用出去看，就站在窗户边上瞧一眼，外头都穿的什么呀，全都一个样儿，就我设计那皮夹克……姐，我跟你保证，绝对爆款！你放开了让我做这一回，我发誓，今年冬天的爆款里我承包五套！"

陈素玲头也不回道："五套？别闹了，咱们今年一年才爆了三件，几十万的单子压着都在催这些衣服呢，你现在撂挑子非要搞男装？不成，门都没有，先把眼皮子底下的事干完再说吧。"

"那冬装……"

"冬装还有羽绒服，那批鸭绒我可都跟老赵谈好了，你别乱来，听到没有？"

"怎么叫乱来呢，我这不是想给咱们公司打打知名度嘛。"

"先做女装。"

"那以后呢？"

"以后二线做童装。"

"啊？那我们男人就没点发言权了？"

陈素玲把一沓图纸塞他手里，挑高了眉头道："没有，你去瞧瞧满大街都是谁买衣服，先管好大市场吧！"

男人站在那里没吭声，也不伸手去接。

陈素玲把图纸又往他手里塞了塞，生生给气乐了："丁彦召！"

小丁同志站在那儿，一副不敢反抗的模样。

"怎么，还跟我犯倔啊。拿着吧，今年先忙完，好好过个年，等开春了再让你试试。"

丁彦召这才高兴起来，抱着那沓图纸眉开眼笑，半点都没有刚才的模样，热情极了："那咱们就说好了啊，姐，你得借我几个人。"他说着，眼神往小沙发那边的秘书身上瞧，都没敢对视上，自己先红了脸。

唐瑾瑜一直竖着耳朵听，愣了一下，紧跟着天降八卦，瞬间也跟着抬头去看秘书姐姐。

秘书面上瞧不出什么表情，但是耳朵红了。

唐瑾瑜八卦小雷达开启，跟看电视剧似的，搓手期待！

陈素玲道："这事以后再说，先忙正经业务。"

丁彦召得了老板这么一句话，心就踏实了一半，喜滋滋地拿着图纸出去干活了。

办公室里清静了，陈素玲坐在沙发上抱着儿子，也终于能喘口气。

一旁的秘书道："素玲姐，我上午按你说的找了几个钢琴老师，大部分是要求送去老师身边学琴的，一对一的很少，能来家里教的也少，只找到这三位。"她把记录的纸张递过来，指着上面道，"这个原本是小学的音乐老师，可能琴艺没那么好，但是耐心足够；这个是专门的培训机构的老师，价格贵了点，但是弹得好；还有这个……"

她一一指给陈素玲，说完之后，陈素玲微微拧起眉头，沉默起来。

秘书道："要不我再找找？"

陈素玲抱着唐瑾瑜，轻轻拍着他的后背，叹了口气："先让这个小学音乐老师来试试看吧。"

秘书答应了一声，想了想又低声劝她："姐，不是所有人都那么坏，小瑜肯定不会再遇到那种人了……"

陈素玲勉强笑了下："但愿吧。"

唐瑾瑜听得糊里糊涂，不过显然她们对话里的主角是自己，好像以前自己还受过伤害？他小脑袋晕乎乎的，使劲去想，也没有半点印象。

这个疑问让唐瑾瑜心生好奇，他趁有镜子的时候也认真看过，从脸上到小胳膊、小腿，没有半点伤痕，可真是太奇怪了。

唐瑾瑜的钢琴老师姓马，她是一个刚毕业没多久的大学生，在市中心小学教钢琴，每周有三天可以过来给他上课。对于初学者，尤其是唐瑾瑜来说，时间足够了。

陈素玲跟马老师说过小孩的情况，她答应先来看看学生再说，第一次登门拜访的时间选在了周六晚上。

陈素玲不放心，先和马老师谈了一会儿，见这姑娘热情大方，性格也好，这才让她去教孩子。

只是学琴的时间不太凑巧，学生们刚好下晚自习，筒子楼不怎么隔音，外面有跑动的脚步声，还有踢球的声音，这些也就算了，读初中的那些学生们的自行车铃铛也响个不断——

唐瑾瑜有些坐不住了，想要和往常一样去窗边看看。

马老师再温柔体贴，也不耐烦学生不断扭着身体要走，按了他一下，低声道："来，看老师手里的谱子，这个对应的是什么？咱们刚刚才说过的，还记得吗？"

唐瑾瑜的手指微微发抖，他一点都不想坐在琴凳上，内心焦灼起来，像是有什么声音在心里一直催促他，让他离开这里，去窗边看那个人。

放学了，那人要背着书包回来了，今天周六，晚自习之后明天可以休息一天，所以他手上还会多一份试卷……

唐瑾瑜几次要走，都被按住了，身体完全使不上力气，热气一下就涌到眼眶里，就要掉眼泪了。

马老师强行按小孩坐下，还没等再说什么，陈素玲立刻起身走过去把琴凳上的小孩抱起来，大概是感觉到了妈妈的温暖，小孩抱着她的脖子哆哆嗦嗦哭起来，他说不清楚话，但就是觉得心里委屈，想要发泄一下。

陈素玲不住地哄着，也跟着红了眼圈："没事了，宝宝没事了。"

唐泓俊也站起身走过来，心疼地拿纸巾给儿子擦眼泪。

马老师在一旁一脸疑惑，她忍了忍，还是道："您说只想让孩子学点基础，这我能理解，原本也没多苛刻，只是才让他坐了一会儿呀……"

陈素玲还没开口，一旁的唐泓俊先摇头，坚决说道："抱歉马老师，今天的学费您收着不用退了，这琴我们不学了。"

马老师张嘴想再劝，可看他们一家都是一样的态度，多留也没有什么意义，就拎着包走了。

唐瑾瑜哭了一阵，也就不哭了，他心里有点不好意思，但是唐泓俊抱着他去窗边看的时候，他还是看了一会儿。

他运气好，等到了夏野他们放学，远远瞧见他背着书包走回家，手里果然跟他想的一样多拿了一份卷子。

因为哭过，所以累得也快，洗漱之后小孩很快就睡着了。

卧室里开了一盏小台灯，橘黄色的灯光下唐泓俊正在安抚妻子，只是他自己也眉头微隆，时不时地轻叹一口气。

"也不怪你，真的，我今天瞧见马老师按小瑜坐下的时候，心里也跟着难受。"唐泓俊道，"算了，素玲，孩子现在能走，还能自己吃饭，咱们别强求什么了，让他高高兴兴地玩儿吧……"

陈素玲眼睛还是红的，咬唇道："那他以后呢？"

唐泓俊张了张嘴，叹了口气。

"我没打算让儿子成才，他能有现在，我就知足了，我就是怕。"陈素玲落了泪，轻声道，"怕以后咱们老了，没人再这么照顾小瑜，也怕现在让他接触外人，哪里疼了都不知道喊一声……泓俊，我今天瞧见他哭，心里就好疼啊。"

唐泓俊伸手揽着妻子，感觉肩膀湿了一小片，他心里也酸涩得不是滋味。

几年前孩子还小，他们察觉到他比普通小孩反应慢不少，直到发现儿子双腿行走缓慢，站立都困难。

他们带着孩子求医问诊，一次次灰心之后，日子还是要继续。

之后，为了更好地照顾孩子，陈素玲辞职下海，自己硬扛着办了一家公司，再苦再累，只要能扭头看到小孩好好地在离她不远的沙发上睡着，她心里就踏实了。

唐泓俊想了一阵，忽然道："要不，找夏老师吧。"

陈素玲道:"隔壁夏野家?"

唐泓俊点头:"对,夏老师以前不是也带过学生吗,上次还看到有带着小提琴来找他的,要是他不教钢琴,咱们再买把小提琴就是了。"他说着,同时越想越觉得对,"反正咱们本来就只想让小瑜慢慢接触外边,就请夏老师过来,等熟悉了,还能带着去隔壁走一下,一点点让小瑜慢慢融入外界。"

陈素玲眉头松开了些,点头道:"也行,你回头问问人家,熟人更好些,这样小瑜不会害怕。"

唐瑾瑜睡一觉起来之后,就忘了昨天的事,除了不太爱去琴凳附近。

但是唐泓俊两口子却不这么想。

他们安抚了儿子两日,瞧着小朋友每天依旧好吃好睡还趴在窗边看外面别的孩子上学,这才略微放心一些,也找了机会去隔壁夏家提了这件事。

唐泓俊夫妇两个说得诚恳,原本以为还要求一求,没想到夏老师倒是挺干脆,直接就收了。

夏老师名叫夏学桐,三十多岁的年纪,十分清瘦,戴着一副金丝细边的眼镜,眼角有细纹,很爱笑。他刚看到唐瑾瑜的时候就站起来向他伸出了手,坐着的时候还不觉得,但是夏学桐站起来就显出他一米九的高个子来,高高瘦瘦。被妈妈领进门来的小朋友仰头看得太认真,一直抬头瞧老师,然后"啪"的一声,后仰坐了一个屁股蹲儿!

小朋友估计还没反应过来怎么回事,小脸上都是蒙的。

一屋子的人愣了,夏老师瞧乐了,走过去把小孩抱起来,说:"我看看,摔疼了没有?"

唐瑾瑜使劲儿摇头,特别不好意思,小脸都红了。

陈素玲也笑了:"小瑜这几天走路可小心了,今天还是头一回摔倒呢。"

唐泓俊也颇为自豪,跟着点头:"对对,小瑜现在已经会走路了,今天饭菜都是自己吃的……"他被媳妇碰了一下胳膊,就笑笑不再说下去。

夏老师对唐瑾瑜态度很好,轻轻地抱着他,又认真看了一下他的手指,动作温和。

唐瑾瑜也在看自己的新老师,他来的时候爸妈就说了,这是隔壁夏野哥哥的爸爸,他得努力表现好一点才成。

夏学桐想了一阵,建议道:"要不让小瑜先跟着我学几天口琴吧?这个简单,也不用一直固定坐在什么地方,就在沙发上吹就可以了。"

他没有说小孩的手指现在还有些僵硬。

唐家夫妇心里自然知道自家孩子什么情况,夏老师没直接说,他们心里感激,连声答应了。

第一天上课，夏老师送了一只崭新的小口琴给唐瑾瑜，带着他十分耐心地教。

唐泓俊夫妇留下来陪着小孩一起上了一节口琴课，不过半小时的时间，看到小朋友能磕磕巴巴吹出"哆来咪"他们就激动得不行了。

之后的两三天，夏学桐抽空去隔壁教小朋友，夏野几天之后才知道这件事。

那天傍晚，夏野回家吃饭，看到隔壁小孩被他妈妈领着送了些水果过来，放下水果之后小朋友抱着他妈妈的腿，躲在后面偷偷看他，他多瞧一眼，小孩的脑袋就立刻缩了回去，特别害羞。

夏野等人走了，跟他爸问清楚事情缘由，皱眉道："您怎么就收了？"

夏老师给他盛了一碗饭，语气温和道："反正我在家闲着，多带一个也没事。"

夏野还是不满："他不一样，他的情况您又不是不知道，而且他那么娇气，您带不了。"

夏老师笑道："这可怎么办，我已经答应了。"

夏野拧眉看他。

"你是担心小瑜的身体吧？他现在好多了，走路稳稳的，而且这孩子听话，你别看他年纪小，比其他学生都懂事呢，让做什么就做什么，一点都不偷懒。"

"那是因为他是个小傻子。"

"夏野……"

夏野埋头把手里那碗饭扒干净，起身去收拾厨房了。家里一直如此，他爸做饭，他就负责刷碗，除非期末特别忙的时候，一般时候爷儿俩都是互相帮衬。

夏老师脾气好，等夏野吃完饭还走过去给他解释道："我知道你是为我好，不想招惹麻烦，但是当初你唐叔叔帮过我们，他们也不求别的，就是想让小孩随便学点什么，练习一下手指灵活度。"

夏野眉头还没松开："他们怎么不去找别的老师？"

"找了，前段时间他们找了一个老师，但是小瑜比较排斥，他们两口子心疼孩子，毕竟小瑜这病刚开始好转，想找个熟悉些的人带，也不拘什么乐器，随便学点就成……"夏老师脾气软，还在帮隔壁说话，最后感慨道，"唐工他们也不容易，听说跑了不少医院，这么多年总算看到一点希望了。"

夏野一边弯腰干活一边道："您先照顾好自己，别再做老好人了。"

夏老师只是笑，偶尔咳嗽几声，也不反驳他。

夏野听到他咳嗽，心也软了，拿砂锅热了中药递给他，又叮嘱道："现在天气冷，您别去找工作，等冬天过去再去应聘，现在家里还有钱，我的学费您也不用担心，够用。"

夏老师跟着点头："好。"

因为学口琴的关系，周末的时候唐瑾瑜有一段时间待在隔壁。

前几天是陈素玲牵着他的手过来，一段时间之后他熟悉了，就自己慢慢走过来，敲开夏老师家的门，学习半小时之后陈素玲再来接他。

就像上了半个小时托儿班似的。

唐瑾瑜第一次周末来，夏野不在家，出去跟人打球去了。

等他吹完一首《小星星》之后，夏野刚好回来，他推开门进来的时候把唐瑾瑜吓了一跳，小孩差点把口琴塞嘴里去，音都吹跑调了。

夏野把口罩拽到下巴，看了他一眼之后也没说什么，就回自己房间了。

夏老师习以为常，继续教小朋友吹口琴。

只是这回唐瑾瑜有点走神，夏老师也没强求，拿了一把花生糖给他，让他吃。

唐瑾瑜坐在沙发上剥糖纸，剥好一块正准备吃，就看到夏野换了一身衣服从卧室走出来，送到嘴边的糖块立刻改了方向，小胳膊伸直了递过去！

夏野："？"

夏老师问："小瑜这糖是要给哥哥吃吗？"

坐在沙发上的小朋友点点头，脸上满是期待。

夏老师也帮着敲边鼓："夏野，吃一块？"

夏野抱着刚才换下来的衣服，视线从那块糖移到小孩的脸上，隔壁小傻子洗干净脸倒是挺好看，模样也乖，但他还是摇头："不吃了，爸，我去洗衣服，一会儿回来。"

筒子楼尽头是水房，冬天的时候那边的水管挨着供暖管道，还带点温度，洗衣服正合适。

夏野没领情，夏老师原本还担心小朋友自尊心受伤，但是转头就看到小孩自己把糖块含进嘴里美滋滋地吃起来，一边吃还一边晃着小脚，特别开心的样子。

夏老师笑着摇摇头，到底是小孩心思，光吃糖就高兴了。

唐瑾瑜的身体恢复得很快，比起在家，他更喜欢往隔壁夏老师家跑。

在家里唐泓俊夫妇将他保护得太厉害，在夏老师那边要放松很多，练完口琴，夏老师还会带他一起拍皮球。有时候夏野也在家，但是很少加入他们的游戏，一般都在边上看着。

唐瑾瑜跟夏野见了几次之后，慢慢熟悉了，也会抬头去看他，也说不清楚为什么，一看到他就特别激动，一股崇拜之情在心底油然而生，瞬间变身成小蜜蜂，围绕着夏野想要献殷勤，夏野对他略微颔首打招呼，他能自己乐上一整天！

夏野对他不冷不热，回来之后都只是简单打个招呼，就回自己卧室去了。

唐瑾瑜的眼睛一直看着他的身影消失在门后，还在那儿巴巴地看着。

夏老师都忍不住有点心疼了，问道："小瑜想去找哥哥？他在玩电脑，老师带你去看看好不好？"

坐在沙发上的小朋友干脆利落地摇头拒绝了："不行。"

夏老师觉得奇怪，道："你不想跟哥哥玩吗？可以玩上一小会儿，几分钟，老师带你过去，不要紧的。"

唐瑾瑜坚持不去，还拖着夏老师的胳膊让他也坐下，举着手里的口琴表示要继续学习。

大神在里面用电脑，那是很重要的事情——唐瑾瑜有这样一个模糊的印象，半点想去打扰的意思都没有，甚至还自觉地把夏老师也拖住了，努力给夏野争取个人空间。

休息的几分钟空隙里，能听到一点卧室传来的敲击键盘的清脆声音，唐瑾瑜的手指头也跟着在沙发上敲了几下。

夏老师给他倒了杯果汁，笑着问："小瑜想学钢琴了？"

唐瑾瑜是在模拟按电脑键盘，不过这么凭空瞧着和弹钢琴倒也像，夏老师问他，他就点点头："想。"

夏老师："那过两天老师带你练习一下，好不好？"

"好！"

不多时，唐泓俊准时敲门来接小朋友，看到儿子抱着口琴跑过来的时候露出笑意，抱住他说："今天乖不乖？"

唐瑾瑜点点头。

夏老师走过来，连声夸赞："小瑜学东西特别快，现在手指还不太能跟上，但是比刚来的时候好太多了，我觉得这孩子挺有天赋。"

唐泓俊一听到别人夸奖自己儿子就笑得合不拢嘴，他跟夏老师客气了几句，又凑近了一些，小声道："夏老师，我跟您说个事，我们最近也发现小瑜跟其他孩子不一样，他虽然身体不太好，但是记忆力特别好，跟他讲过一遍的故事，他能一字不差地复述下来。"

夏老师惊讶道："一字不差？"

唐泓俊神秘地点点头："对，读一遍就能复述了，而且过几天再问他，还记得住，只要让他摸着那书，他就能背下来，您说他记性是不是特别好？"

夏老师来了点兴趣："是挺罕见的，不过我之前看一些书上说，国外有些孩子情况和小瑜很像，他们最初的反应不及普通孩子，但是会有某一方面特殊的天分，我猜小瑜可能就是这样。"

唐瑾瑜："？"

不是啊，我认字啊。

他很想这么说，但是喉咙里发不出声音。听见他爸和夏老师已经开始认真分析国内外各种小天才的时候，他又闭上了嘴巴，心里隐约觉得这事是不能说的，干脆装作不懂的样子，等大人们聊尽兴了，这才跟着他爸回家去。

不过他打定主意，等晚上唐泓俊给他读故事书的时候，要少说一点话。

夏家房间里，一台老旧笨重的大头计算机正在运行着，一根电话线将它和网络连接在一起，机箱里的风扇嗡嗡作响，键盘声不断。

夏野面对电脑显示器，手指运作如飞，他脸上没有表情，只有当一串串数据蓝光在屏幕上滚动而过的时候，他眼中才映出些许光芒，带出一点幽蓝的色彩。

过了良久，他才停下来，拿了一杯水过来慢慢喝着，视线依旧没有从电脑显示器上离开，眼神里带着几分欣赏，就那么看了一小会儿自己的杰作，然后活动了一下手腕关节，继续埋头敲打起键盘来。

和平时在学校里的散漫不一样，回到家中，面对虚拟的网络他眼神变得很锐利。

一年多前，他编写了一个上网软件。以前家里条件不错，他英语水平还行，基础的阅读没有什么问题，在摸索交流中也逐渐领会了一些专业用词，网络对他来说是一个巨大的宝库，他在这里能学到一切自己想得到的知识。

隔壁断断续续地传来《小星星》的吹奏，口琴的声音清脆中带着童趣，夏野偶尔跟着开小差，等到他回神的时候，才察觉自己下意识用代码拼了一个五角星的图案出来。

夏野："……"

夏野把那个幼稚的图案删了，重新写了一个，这是一个简单的程序，可以借由一台电脑转向另一台，方便他远程操控，搜索一些他感兴趣的小玩意儿。

一台台电脑兢兢业业，按照输入的指令忠诚地为主人工作着，把数据陆续传递过来。

夏野每天用电脑的时长很规律，一般两到三个小时，找到感兴趣的东西阅读，之后就清除电脑上的浏览痕迹，把一切恢复如初，关掉电脑去休息了。

大概是之前听了好多遍《小星星》，他的梦里都是一闪一闪亮晶晶的星光，缀满了深蓝色的梦境。

北方的冬天很冷，这座小城每年冬天都会下几场大雪，大地银装素裹，整个街道都被厚厚的雪覆盖。

唐瑾瑜跟着妈妈去上班，陈素玲疼他，见小孩瞧见下雪眼睛发亮的模样，就让司机提前停车，带着他下去踩雪。

天气很冷，唐瑾瑜穿了一身浅蓝色的羽绒服，戴着一顶毛球绒线护耳帽，手上也是同款的小手套，手背上两颗绒球随着他走路晃来晃去，一双小靴子踩进雪地里发出"咯吱咯吱"的声响，他玩得特别开心。

遇到雪深的地方，陈素玲就伸手把小孩像拔萝卜一样从雪地里拔出来，唐瑾瑜的小腿都被雪弄湿了，鼻尖也冻得通红，他不怕冷，仰头冲妈妈咯咯直笑。

陈素玲到嘴边的话也就咽了回去，跟着小孩一起笑了："只能再玩一小会儿，知道吗？"

唐瑾瑜点点头，踩着雪走路，他走在前面跟探路的小勇者一样，遇到雪深的地方会转回来牵着陈素玲的手带着她绕开，小声叮嘱她："妈妈走这边。"

陈素玲跟他手拉手，慢慢走到公司门口，一直进了办公室脸上的笑意都未散。

唐瑾瑜换了小鞋子，又脱了羽绒服，穿了件套头小毛衣和软绒长裤坐在沙发上，毛衣上绣了只小企鹅，衬得小孩素净又可爱。他乖乖坐在那儿，自己找了画本来看，陈素玲出去忙的时候，他就抬起头来摆摆手。

唐瑾瑜在公司待了一天，中午饭也是在办公室吃的，他吃得饱饱的，还睡了个午觉。

等到傍晚的时候他才跟着陈素玲一起回家，下午又落了一场雪，唐瑾瑜一直趴在车窗上津津有味地看着外面。

陈素玲摸摸他的头，笑道："小瑜喜欢下雪吗？"

唐瑾瑜点头："喜欢！"

他记得自己以前好像也经常踩雪，不过是爷爷带着他，他的第一个雪人就是爷爷带他堆的。老人弯腰驼背但力气很大，埋头铲雪，用箩筐装了堆在院子里，爷儿俩一起忙碌，热得额头冒汗，堆了一个特别大的雪人引得好多人驻足围观，他记得那种快乐的心情。

所以他一看到下雪，就特别开心。

唐瑾瑜趴在车窗旁呼着热气，车窗上白了一小片，他伸手擦干净，再看的时候却瞧见不远处一道熟悉的身影。那身影虽然一闪而过，但唐瑾瑜还是认出来了。

只是现在天都黑了，夏野怎么跑到外面来了？

唐瑾瑜一直歪头看着，瞧见夏野走进一处挂着灯牌的店里，抬起眼睛看了一眼，那上面写着的是：龙腾网吧。

夏野家有电脑，他怎么跑到外面来上网？电脑坏了吗？

唐瑾瑜有点奇怪，晚上吃过晚饭去夏老师那边学口琴的时候，他还问了一下。

夏老师道："电脑没坏，在房间里，不过哥哥设了密码，要等他回来才可以开。小瑜想玩游戏？"

唐瑾瑜摇摇头，想了想，又问："夏野哥哥去哪里了？"

"他啊，跟同学约好去打球了。"

唐瑾瑜坐在那儿，眨巴着眼睛："下雪了，哥哥也打球吗？"

夏老师笑道："是，他平时最喜欢运动，而且学校的操场会有人清理……"

他说到这里咳了一声，没再接着说下去，转头岔开了话题带着小孩学新曲子。

唐瑾瑜反应了一会儿，才琢磨出夏老师这是怕自己听到后难过。

毕竟他是整个筒子楼里唯一一个到年龄没去读书的小孩了。

其实唐瑾瑜觉得自己也能去念幼儿园，他现在身体挺好，走路吃饭都没有问题，说话虽然还有点磕巴，但是慢点说也能讲清楚，至于其他方面，他也没觉得自己哪里差。但是他爸妈不让，在他们眼里他和刚学会走路的小宝宝没有什么区别，陈素玲至今还每天带着他去上班，把他放在自己眼皮子底下，由此可见对他有多重视。

于是，唐瑾瑜跟在妈妈身边一段时间之后，就不肯去了。

他找了一个理由："我想留下，跟夏老师学琴。"

陈素玲有些犹豫，虽然夏老师人好又有耐心，小孩在琴凳上可以规规矩矩地坐上半小时，比他们预想的要好，但是让孩子离开自己的视线，陈素玲还是不太放心，她弯腰哄道："小瑜听话，先跟妈妈去上班，你不在，妈妈一个人，吃饭都没有人陪，多寂寞啊。"

唐瑾瑜道："爸爸也是一个人吃饭呀。"

陈素玲哄了半天，最后坐在沙发上的小朋友拧着眉头考虑了一会儿，点头道："那好吧，我陪妈妈。"

"这就对了，妈妈明天让人给你买巧克力蛋糕，中午就能吃上。"

唐瑾瑜也没有露出多惊喜的样子，晚上睡觉前主动去了自己的小床上，陈素玲来亲他脸颊的时候，他就伸出手去抱了抱她，在她耳边道："妈妈，我长大了。"

熄了灯，陈素玲躺在床上，一直在想儿子说的话，她的心脏像有一只小手在来回揪扯，一边想放手，另一边却想把小孩抱得更紧，那种悬起来的感觉让她很不是滋味。

陈素玲第二天起来的时候犹豫了一下，还是带着儿子去了公司。

年底事情忙，她亲自带人跑了几个工厂，盯着车间完成单子，总算赶在截止时间前把货都发了出去。回办公室的时候，见唐瑾瑜睡在小沙发上，盖着羽绒服，小脸红扑扑的，一旁的秘书一边整理文件一边看护着。

秘书见她进来就站起身。陈素玲让人继续忙，自己则坐在沙发一旁伸出手去帮儿子盖衣服。

一旁的小茶几上放着一块巧克力蛋糕，也就巴掌大小的一个，专门买来给小朋友吃的，但是她家的小朋友每次都会切开，给她留下半个。

不管多喜欢、多好吃的东西，小孩都不会吃独食，有时给她留一块蛋糕，有时就把糖块放在兜里回去分给爸爸。

好像这些东西全家分着吃才更甜。

陈素玲觉得现在不是小朋友离不开自己，反而是她离不开对方了。

这天晚上回家之后，陈素玲讲了一个故事哄儿子睡后，和丈夫又商量了一阵。

她的语气没有一开始那么坚决了，有些犹豫地说："要不，让小瑜下午回来上课吧？"

"怎么？"

"我平时下午的时候比较忙，要去工厂，春季的衣服要打版，我不放心，得去亲自盯着才行。这样每天上午和设计部开会，留在公司陪陪小瑜，中午我带他吃饭，然后就让司机送他回家。"陈素玲说完，自己先叹了口气。

唐泓俊笑了一声，宽慰她道："我觉得这样挺好，其实你就是担心宝宝，他现在好多了，只是咱们放心不下。你把小瑜留在公司也是秘书陪着，现在他想学钢琴，有夏老师陪着应该更放心才是。"

"你说得对，而且还是在自己家，请夏老师到这边来，都是小瑜熟悉的环境，先慢慢适应，毕竟以后他真要去学校，我们也不可能天天陪着。"

两个人说得好好的，但是晚上翻来覆去谁都没睡好。

唐泓俊虽然这样安慰妻子，可早上睁开眼睛自己又反悔了："要不还是你带着吧，这样我还能给小瑜打电话……"

陈素玲道："家里也有电话，你打就是了。"

唐泓俊又道："那不然你等我请个假，先在家陪他一下午看看？小瑜还是第一次不在咱们身边，我一颗心不知道怎么回事，七上八下的，跳得特别厉害。"

陈素玲戳他脑门，笑话他："你昨天怎么安慰我来着？"

唐工想赖账，但是陈素玲是个言出必行的人，她当天就去找了夏老师，在征得夏老师同意后，选了下午的时间让他给小孩上钢琴课。

第一天，唐泓俊偷偷请假回来，趴在自家窗户旁看了一个多小时，看到小孩跟夏老师相处得特别自在，又回单位去了，下班回家路上还买了一个玩具小火车。

陈素玲跟他想到了一处，她在回来的路上特意去蛋糕店买了一个巧克力蛋糕，拎回来给儿子吃。

唐瑾瑜没想到会收到这么多礼物，喜出望外。

他踮脚看着桌上的蛋糕，瞧着妈妈切了一块特别大的递过来，摇头道："妈妈，还要一块！"

平时陈素玲怕他吃太多甜食吃坏牙齿，但是今天例外，于是手脚利落地又切了一块给他放在盘子里，问道："够吗？"

唐瑾瑜点点头，捧着装了两块蛋糕的盘子去了隔壁，高高兴兴地给夏老师送去了。

两家离得近，那一小段走廊唐瑾瑜这段时间不知道走了多少次，再熟悉不过。

夏老师有责任心，脾气又好，唐瑾瑜特别喜欢他，因为多了半个下午的时间学习，他和夏老师接触多了之后，每天晚上都会例行夸上几句，说得最多的就是"夏老师什么乐器都会"。

唐泓俊夫妻和夏老师做了几年邻居，对他的了解仅限于他曾经在私立学校当过音乐老师，其余的并不清楚，这套半旧的房子也是夏老师的父亲留下来的，老人曾经和唐工在一个设计院共事，不过现在已经不在了，夏家人丁单薄，这么多年只有夏野父子相依为命。

唐瑾瑜受到夏老师的照顾，唐家夫妇自然加倍报答，对他们格外照顾。

唐泓俊觉得儿子让夏老师费心了，托人找了一个名师补习班，打算还些人情，毕竟夏野过完年就要准备升高中，面临择校的问题。

唐工热情地同隔壁父子俩谈了一次，被夏野客客气气地拒绝了。

"谢谢唐叔叔，真的不用了，我成绩还好。"

唐泓俊提前做了功课，打听了一下夏野的成绩，附近这所子弟学校每年被实验中学录取的人数不算多，夏野的成绩在班上排到前十名，在全校只是中上游，刚好在录取分数线的擦边位置。

他知道夏野这个年纪的少年自尊心强，话说得也委婉："夏野，那边是实验的老师给补课，试卷也是历年的考题，多做做题，熟悉一下，没什么坏处。要不你去试听几节课？"

夏野还是没答应。

夏老师笑道："让你们跟着费心了，夏野在这边学得挺好，至于考哪所高中，到时候让他自己选吧。"

唐泓俊只好点头。

辅导班没送成，唐泓俊又麻烦在省城的父亲送来了一些书，这次是夏野喜欢的内容，大多关于编程一类，还有两本英文原版书，都是好不容易弄到的资料。

夏野很喜欢这份礼物，收到书后，又提了一兜水果来道谢。

唐泓俊给他开门，接过了水果，笑着拍了拍他肩膀道："太客气了，你就当一家人，以后不用跟叔叔客气，有什么要帮忙的尽管开口。"

夏野笑笑："谢谢唐叔叔。"

他心里把这句话当成一句客套话，这么多年不少人都跟他们父子两个说过这话，但是在遇到困难的时候真正伸出援手的没有几个。有句话说得好，"救急不救贫"，他也不怪那些人，这都是人之常情。

但是他没想到，唐家的话会这么快兑现。

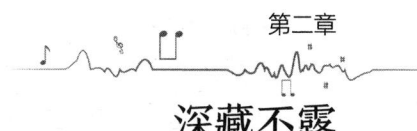

第二章

深藏不露

那是临近过年的时候，街上年味儿已经很重了，到处挂着红色小灯笼，行道树上的五彩小灯也亮了起来，除了个别几家饭店还在营业，不少商店已经关门休息，准备过年了。

陈素玲去公司给员工们发福利，下午的时候特意让司机多备了一份送去家里，打算给夏老师当年礼。

司机刚到，就看到老板家的小孩哭着在楼道里挨家敲门，看到他的时候更是老远就跑过来，小孩腿脚不利索，摔了一跤，身上也弄得有些脏，手上磕破了皮，正在冒血珠。

司机吓了一跳，忙扔下东西过去看他："小瑜，怎么了？出什么事儿了？"

唐瑾瑜说话还有些结巴，这会儿也喘得厉害，他用手指着楼上的方向，带着哭腔道："家、夏老师……叔叔救命！"

司机二话不说抱着他就上楼去了，唐家的门虚掩着，夏老师晕倒在客厅的地毯上，嘴唇发紫，额头上都是冷汗，上衣兜里滑出一个小药瓶，盖子已经打开了。

司机吓了一跳，他学过一些急救，但是不清楚夏老师什么情况不敢贸然动手，四处看了一下找到电话，拿起来打给医院急诊，让救护车来。

医院的人接起电话，听他报完地址，说："刚才已经有人打电话来了，救护车正在路上，我们这边帮您联系一下，让他们加快，估计几分钟就到……对，就是这个小区，一个小孩打来的，说家里大人晕倒了。"

医院那边又问了一下现在的情况，在问到病人情况的时候，唐瑾瑜捡起那个小药瓶举高了给司机。

司机接过来，瞧了一眼，是速效救心丸。

医院那边又问："病人有没有吃过药？"

司机低头去看小孩，还没他腿高的小男孩脸上还有未干的泪痕，但是回答问题的时候吐字清晰到让他一个大人都有些吃惊。

"十颗，夏老师让我拿的小药丸。"

"十颗全吃了？"

"含在嘴里。"

司机还要再问，医院那边道："是需要含服，你们家孩子做得很好。"医院那边让司机把病人搬到宽敞些的地方，等救护车来。

几分钟后，救护车到了，司机帮忙把夏老师送下去，其间他给老板打了电话，因为联系不上夏家其他人，只能先告诉陈素玲一声。陈素玲回答得干脆，让他一直陪着，一直到夏老师脱险为止。

司机开车带上唐瑾瑜，跟在救护车后面一起去了医院。

夏老师在急救室，司机想着小孩身上也有伤，想带他去包扎一下，唐瑾瑜不肯去，一直看着急救室，安安静静地坐着，时不时揉一下眼睛，自己抹眼泪。

司机瞧着都心疼了，要是孩子哇哇大哭他还不至于这么难受，越是安静乖巧的小孩，哭起来才越揪心。

陈素玲赶到的时候，司机正在和唐瑾瑜说话，她快步走过去，先问了一下情况，司机低声跟她讲了一下，又道："我刚上楼就看到小瑜在挨家挨户地敲门，正找人求救呢，孩子摔了好几下，手掌都磕破皮了，我刚才要带他去看看医生，他非要守着夏老师，哪儿也不去……"

陈素玲听后忙拉起小孩的手看了一下，瞧见他受伤的地方心疼地抱起他哄道："宝宝没事了，让司机叔叔在这里等着，妈妈先带你去看看医生好不好？"

唐瑾瑜看着急救室的方向，小手抱着陈素玲的脖子，轻轻点头。

陈素玲带他去看了医生，所幸冬天衣服厚实，只是轻微摔伤，没什么大碍，最严重的就是手掌那一片的擦伤，这会儿已经结了血痂，医生用消毒水给他清洗干净，涂了药膏包起来，缠了几圈绷带之后，还夸奖他："小朋友，很勇敢啊，都没哭，是个小男子汉！"

唐瑾瑜其实哭了，只是没发出声音，年纪小不耐痛，消毒的时候眼睛里就含着眼泪，这会儿长睫毛都是湿漉漉的。

陈素玲跟医生道谢，怀里的小孩也跟着小声道："谢谢医生叔叔。"

他们出了诊室，坐在医院走廊的长椅上，陈素玲耐心地跟他说话，把今天发生的事情又问了一遍，手一直放在他背上安抚着，帮他平缓情绪。听到他打了急救电话，跑出去找人求救的时候，陈素玲把小孩抱紧了些："宝宝做得很好，妈妈教给你的急救电话都记住了。是妈妈不好,没有给你留我的电话,所以宝宝才着急跑出去的对不对?"

唐瑾瑜两只小手抱着她,把头埋在她怀里,微微发抖。

如果不是今天凑巧让司机送东西回去碰上了,她简直不敢想自己的孩子会有多害怕,那么小一个人儿,跑出来挨家挨户敲门,平时扶着墙走路都很小心的小孩,现在手上、腿上都带了瘀青。

唐瑾瑜探出头来,伸出软软的小手给她擦了擦眼泪,陈素玲怕碰到他刚包扎好的手没敢动,看到小孩认真给她擦眼泪,眼眶又红了。

"妈妈,我记性很好,以后我会记住。"小孩坐在她怀里伸出小拇指和她拉钩,"我会记住爸爸和妈妈的电话,一辈子也不忘。"

陈素玲破涕为笑,一直以来都是她在哄小孩,从来没想过有一天还会被孩子哄,她伸出手指跟他拉钩,许了这个约定。

夏老师抢救及时,很快脱离了危险。他是先天性心脏病,身体一直不好,还需要在医院观察治疗一段时间。

夏野傍晚回家才得知消息,赶来医院的时候,唐泓俊正好送了饭菜过来,饭菜准备充分,足够他们父子一起吃。

"谢谢唐叔叔。"夏野接过来道谢。

他脸色比以往苍白,神情依旧淡淡的,但是接过东西来的指尖在微微发抖。

唐泓俊拍了拍他肩膀,道:"医生说已经没有什么大碍了,就是老毛病,需要静心休养。这两天你辛苦一下,在医院陪着你爸,家里的事不用担心,有我和你陈姨照料,每天给你们爷儿俩送饭,想吃什么也可以点餐,唐叔叔手艺还是不错的哟!"

唐家考虑周全,知道夏野肯定不会离开他爸,把陪床需要的东西送了一份过来,还打算请一个护工和夏野轮班,被夏野推辞了。

唐家垫付了八千元医药费,并告诉夏野不着急还,让他们拿着先应急。

夏野沉默片刻,领了这份好意,认真跟他们道了谢。

不过两三天之后,夏野就把这笔钱还给了唐泓俊。

唐泓俊有些惊讶:"怎么这么快就还了?夏野,这钱拿回去,留着用,缓个一年半载的也没事。"

夏野道:"唐叔叔,家里钱够用,这次真的谢谢您了。"

唐泓俊劝了几次,他都坚持不要,也只能把钱收回来了。

夏野站在门口迟疑了一下,小声道:"唐叔叔,这钱我爸不知道,如果可以您能不能先不要告诉他?"他瞧唐泓俊犹豫,又解释道,"您放心,这钱来路干净,我爸妈很早就离婚了，他们感情不是很好，所以有的时候我收了我妈妈的钱也不方便告诉我爸……"

他说得含糊，拧着眉头不怎么愿意提起的样子。

唐泓俊点头答应了，只是叮嘱他："要是钱不够用，记得来找唐叔叔，你还小，别自己一个人硬扛。"

夏野冲他笑笑，眼神里带了丝温度："知道了，谢谢您。"

大年初一，夏野父子是在医院里过的。

夏老师身体好了一些就想出院，夏野没让，坚持让他继续留在医院治疗。

夏老师叹了口气："一直住院，要花不少钱。"

夏野扶他坐起来，给他披了一件衣服："那您就多爱惜身体，不生病，就是最大的胜利。"

夏老师被他逗乐了："你这是跟谁学的，怎么一点朝气蓬勃的样子都没有，还是小瑜好玩。"

他们父子两个正聊着，就听见外面有人敲门，随即唐工一家三口进来了。

唐泓俊一家人都穿了新衣服，他和妻子穿了新款的冬装，唐瑾瑜穿了一件红色的小羽绒服，小鞋子也是红白相间，脑袋上戴了一顶雪花针织纹的毛绒球帽子，两边护耳像两条小麻花辫垂下来，末端挂了两个白绒球，小孩一晃脑袋就跟着来回摇，活泼极了。

夏野瞧着对面的小朋友，只觉得他浑身红彤彤的，像是一个小红包。

"小红包"看见他眼睛就发亮，笑出一口小白牙开始拜年，吉祥话说个没完，乖得不得了。

夏老师含笑听着，等他说完就给了他一个红包："提前就准备好了，一直等着小瑜来呢，拿着吧，压岁钱。"

陈素玲也给了夏野压岁钱，夏野闹了一个大红脸，摇头不收。

陈素玲塞到他兜里，笑道："跟姨客气什么，你看看小瑜，收得多痛快呀！"

唐泓俊笑呵呵道："就是，你还是个孩子呢，等以后长大上班了，没准小瑜还能觍着脸跟你要压岁钱，到时候你别跑就成。"

夏老师听见直笑："你这么一说，我还真想看看以后小瑜追着他夏野哥哥要压岁钱的样子了。"

夏野看了对面的小朋友一眼，他正弯着眼睛笑，那个笑能甜到人心里去。

初二，北方习俗要回娘家。

唐泓俊准备了大包小包的礼品，带着儿子，陪妻子回陈家那边待了几天。

陈家在外省，条件在当地也不错。陈家两位老人瞧见小外孙身体好转，欢喜得不得了，当下送了一块金子做的长命锁给唐瑾瑜。

唐瑾瑜胸口那枚金锁沉甸甸的，足有小孩手心那么大，特别厚重的一块，正面雕刻了"长命百岁"的字样，反面是一只小麒麟。

唐瑾瑜脖子细，被压得直低头，求助似的捧着胸前的金锁去找陈素玲："妈妈……"

陈素玲误会了，摸了摸他的脑袋笑道："喜欢就戴着吧，姥姥给你的，保平安呢。"

唐瑾瑜只能用一双小手卖力地托着长命锁，真的太沉，他都抬不起头来了。

之前有医生说过这孩子不好养活，养得好也顶多活到十岁左右，陈老太太为此还哭了一场，觉得小孩跟他们家缘分太浅，因此唐瑾瑜每次来的时候，老人都对他特别好。

陈老爷子在一旁也在卖力地讨好小朋友："小瑜啊，吃这个，这里有龙虾酥、酒心巧克力，还有奶糖，你尝尝，特别甜！"

唐瑾瑜拿了一块，放在兜里。

老爷子又试着说："小瑜，叫姥爷。"

"姥爷。"

陈老爷子惊喜非常，简直像是谈拢了一笔大生意，整个人红光满面。

过年人多，有几个小孩跑来拜年，陈老太太对孩子们态度和蔼，每一个进来的都给抓了一把糖。

有些小孩拿到奖励开开心心地去吃了，也有的小孩会好奇地看陈老太太怀里的小朋友。

小朋友一身红色小毛衣和绒裤，脚上一双崭新的板鞋，鞋底略厚，晃动的小脚轻轻磕在沙发上，板鞋就会立刻闪亮亮地发光，是时下最流行的童鞋。

男孩们都看着那双时髦的小鞋子，眼馋得不行。

女孩子们也在瞧，不过视线落在沙发扶手上的兔毛绒耳罩上，白色毛茸茸的两团，瞧着又漂亮又暖和。

唐瑾瑜是头一次来姥姥家住，对这里的人都不熟，坐在那儿一边吃喂到嘴边的小橘子，一边看房间里的小朋友们。

怎么全都站着？

等了一会儿，他就知道原因了，陈老太太开始发压岁钱了。

小朋友们排队过来，每个人都领了一个大红包，唐瑾瑜是压轴的，他那一封格外厚实。他也不用说什么吉祥话，能稳稳抓住红包，陈老太太就已经开始夸起来了："哎哟，我们小瑜手劲儿真大！"

唐瑾瑜自己都脸红了,挠了挠头,有点不好意思。

这边人陆续多了起来,陈素玲怕唐瑾瑜没接触过这么多人会紧张,就跟陈老太太说了一声,想带小孩去后院。

陈老太太有些不舍:"我看小瑜没什么事了,要不留在我这边吧,晚上会来不少老朋友,也让他们见见。"

知母莫若女,陈素玲哪里不知道母亲这是想为自己出口气,这么多年带着一个病孩子,外头不少人说闲话,现在孩子病好了,陈老太太心里高兴,也想给人瞧瞧。她笑道:"以后机会还多呢,我常带小瑜回来陪您。"

唐泓俊也舍不得,起身跟着说了两句:"是,妈,以后还有机会。"

唐瑾瑜被抱着带去了后院,他怀里抱着糖盒,耳朵上戴着那副兔毛耳罩,正在吃糖。

唐泓俊怕他吃多了牙疼,故意道:"小瑜吃的什么糖?给爸爸尝尝好不好?"

唐瑾瑜把糖块含在嘴里,小脸鼓出一块:"不。"

唐泓俊大受打击:"为什么?"

怀里的小朋友义正词严:"不……卫生。"

唐泓俊有点惊奇:"还学会新词啦?谁教你的呀?"

唐瑾瑜自豪道:"夏野哥哥!"

唐泓俊更好奇了:"他怎么教的?"

"夏野哥哥不用我的口琴,说上面沾了我的口水,不卫生哦!"

"……"

后院人少,房间里有暖气,陈素玲和大姐坐在沙发上聊天,顺手喂了唐瑾瑜一个蜂蜜小蛋糕吃。

正聊着,就听到有人从外间推门进来,是老二陈文骞。

陈素玲抱着儿子站起来,小声道:"小瑜,这是舅舅。"

陈文骞个子不算高,中等身量,但是有着陈家人一贯的白皙皮肤,五官也出挑,一双眼睛眯起来笑着的时候特别有亲和力。人家都说外甥像舅,唐瑾瑜笑起来时眼睛弯成月牙儿,还真跟这个舅舅差不多,都是极容易让人生出好感的样貌。

陈舅舅很疼小外甥,过去抱着逗了一会儿,如愿以偿地听到了一声"舅舅",笑得见牙不见眼。

唐泓俊拿了一双干净的小鞋和小袜子回来,给儿子换的时候,陈文骞趁机挠了一下外甥的小脚心,逗得小孩笑个不停,他也跟着乐。

在陈家过了两天幸福的小日子,每天吃吃喝喝,临走的时候陈家两位老人还给他们准备了大包小包的礼物，把车后备厢塞得满满当当。

陈老太太叮嘱女儿："你回去好好照顾自己，别太累了，钱什么时候都赚不完，有什么事给我和你爸打电话。还有，过年拍的照片等过些天洗出来就给你邮寄过去，小瑜要是照了新的，也记得给我们送一份，我和你爸都想他呢！"

陈素玲笑着点头，都答应了。

一路奔波，回到自己家时已经快到傍晚，唐泓俊连开了六七个小时的车有些疲惫，陈素玲看得心疼，让他先去休息，自己去厨房做饭。

唐泓俊还要跟着："我帮你洗菜……"

陈素玲哭笑不得："明天再帮我吧，我在车上一直睡着，倒是你一直没合眼，快休息一会儿，这几天应酬那么多，人也累了。"

唐泓俊还要跟，陈素玲就把儿子抱过来，放在床上："小瑜，妈妈现在交给你一个任务，你看着爸爸睡一会儿，等妈妈做好饭再叫醒爸爸。"

唐瑾瑜认真地点头，坐在那儿守着自己老爸，唐泓俊略微动一下，他就抱住爸爸的腰，把头埋到他怀里："爸爸，睡觉呀。"

唐泓俊笑了一声，伸手拍了拍他的背："好。"

没一会儿，小孩自己先睡着了，趴在爸爸怀里，口水都流出来了。

厨房传来"刺啦"的爆炒声响，饭菜的香味飘到鼻间，唐泓俊抬眼看向卧室门外，他的妻子正在准备饭菜，怀里的儿子睡得跟小猪一样直哼哼，也不知道梦到了什么，哑巴着小嘴，睡得特别香。

唐泓俊捏了捏他的小鼻尖，笑了。

初五的时候，夏老师出院了，他亲自来跟唐家道谢并请他们吃饭。

夏老师家中条件一般，生病又花了不少钱，因此去的地方也不高档。他找了一家老字号的羊汤店，干净卫生，冬天热乎乎地吃上一碗羊汤，滋补又美味。

初五不少饭店陆续开门，路边卖油炸羊肉串的小摊前还有人排队，不少小馆子门前还有鞭炮的碎屑，路边的白雪映着红色碎屑，显得一派热闹。

羊汤店人还挺多，他和夏野提前来了。这家店除了羊汤有名，老板还有几道拿手菜，夏老师点了菜，又特意挑了两道小朋友能吃的。

唐瑾瑜跟夏老师亲近，瞧见夏野也高兴，两家大人热情地聊天，他就坐在那儿卖力吃饭！

吃肉、喝汤，最后还抱着一根大骨棒插着吸管喝骨髓，吃得小脸上都是油花。

夏野看了他几次，嘴角动了动，到底没忍住，还是上扬起来。

他给唐瑾瑜拿了张纸巾，见小孩接过去没有要擦的意思，就指了指他的嘴角："这里,擦一下。"

唐瑾瑜接过夏野递过来的那张纸,轻轻地擦着。

他动作慢,落在夏野眼里,却被他理解成了小心翼翼。

夏野想了下,好像从小孩第一次到他们家学口琴开始,就一直都挺小心的,走不好的时候扶着墙,也从来不做什么危险动作,都是乖乖地坐在沙发上,连喝水吃东西都是慢慢的……

他的视线落在小孩慢吞吞用纸巾擦脸的小手上,那只手上还有一点血痂,小朋友皮肤太白,那一点伤痕落在上面格外刺眼。

从来走路都很小心的小家伙,那天却跑摔了好几次。

夏野又拿了几张纸巾,这次主动帮他擦了脸。

唐瑾瑜仰头不敢动,眨巴着眼睛看他。

夏野手上动作顿了一下:"疼吗?"

旁边的小朋友摇摇头,笑出小白牙:"谢谢哥哥!"

夏野第一次正眼瞧他,左看右看,觉得这个隔壁小孩也没有他想的那么娇气,而且还挺懂事。

夏老师住院的事情发生之后,两家关系明显更好了。

唐瑾瑜还是跟着夏老师学琴,他们一大一小在家,两家人都觉得放心。

夏老师和小朋友接触久了之后,也慢慢发现了他的小秘密。

回去之后,他还和夏野打趣:"你不知道,小瑜特别崇拜你。"

夏野愣了下:"崇拜我?"

"对啊,他每天都偷偷趴在窗户那儿看你上学,听说放学的时候也等着。"

夏野有些意外,但也记在心里了,打算以后留神观察一下。

隔天早上,他从走廊路过,装作不经意地瞧了一眼,就看到趴在玻璃窗上偷偷看外面的小朋友,眨巴着一双黑白分明的大眼睛,天真又好奇。

前几次夏野装作没瞧见,以后偶尔路过的时候却往小朋友趴着的玻璃窗那儿放了两颗花生牛轧糖——是那种蓝色包装的小方块,里面有大颗花生碎,嚼起来奶香味十足,也是唐瑾瑜去他家的时候最爱吃的东西。

早上,糖就在那儿,没人动,但是等夏野傍晚放学的时候,花生糖就不见了。

夏野也搞不清楚糖是被隔壁小孩拿走了,还是被别人拿走了,他抬眼看向窗帘遮挡的玻璃窗,没看见小朋友趴在那儿。

隔了两天,夏野又瞧见了那个趴在窗口的小脑袋。

他脚步顿了下,若无其事地走过去,又在老位置放了两颗花生牛轧糖。

从那以后就总能瞧见玻璃窗后面的小朋友了，夏野有时候也会生起一点捉弄的心思，会故意停下来敲一下窗户，前几次小朋友吓了一跳，躲到窗帘后面去了，后来胆子大了，被抓包也不躲，仰头冲夏野笑出一口小白牙，还捧起一把花生牛轧糖给他看。

夏野点点头，说："给你的，吃吧。"

大概是感觉到了和平时不同的待遇，唐瑾瑜头顶上有雷达似的，精准地捕捉到了夏野流露出来的那一丝善意。

小朋友开始顺杆爬——每天傍晚不光在窗边等着，有时候吃过晚饭，还会跑过来串门。

找的理由也是五花八门：前天是来送苹果，昨天是让夏老师给他看看小口琴坏了没有，今天说去扔垃圾，他手里就拿了一张稿纸，路过夏野家的时候踩着一双小鞋子跑得特别起劲儿！

楼道口有收废纸的箱子，唐瑾瑜"扔垃圾"的时候，陈素玲就站在门口看着，瞧着儿子迈着小步走过去，路过夏老师家的时候脚步明显轻快不少。

她家宝宝身体慢慢康复了，除了说话慢一点，现在基本上和普通小孩没有太大差别。

有时候，陈素玲还会觉得儿子比别的小孩要聪明，尤其是记性好，她说过的话小家伙都记得住。

唐瑾瑜"扔"完那张纸回来，扑过来喊了一声"妈妈"，抱着陈素玲的腿特别开心。

陈素玲伸手把他抱起来，刮了刮他的鼻子，笑道："好玩吗？"

"好玩！"

"那明天还可以玩一次。"

"明天不行呀。"

"怎么了，宝宝明天想玩儿什么游戏？"

"不玩游戏，明天想帮妈妈扔垃圾，厨房里好大一袋！"

陈素玲被他这张小嘴逗得直笑，抱着他使劲儿亲了一口才放开，她觉得自己和丈夫这么多年的努力没有白费，老天把他们最珍爱的宝贝又还了回来。

唐瑾瑜现在有半天时间来练琴，夏老师对他很好，也知道他情况特殊，不急于求成，手把手带着跟做游戏一样，好几种乐器换着花样让他学习。

夏野有次下午放学早，正好看到唐瑾瑜在他家。

这个隔壁的小朋友穿了一身毛茸茸的衣服，上衣连着的帽兜很大，还垂着一双绒绒的兔耳朵，雪白的一团站在那儿，分不清是小脸更白还是衣服更白些，跟胖乎乎的兔子似的。

唐瑾瑜瞧见夏野就高兴，但也不敢过去，就站在沙发旁喊他："哥哥！"

夏野看了他一眼，冲他点点头。

夏老师听见声音，从小杂物间探出头来："夏野，你回来得正好，帮我搭把手，我记得好像放下面箱子里了，东西太多不好拿……"

夏野走过去帮他抬东西，半大的少年力气不小，父子两个合力搬走了上面的两个纸箱，这才打开了压在最下面的那个木箱子。

夏野帮着掀开箱盖，问："爸，您找什么？"

夏老师一边翻找，一边说："找你以前用的那架小手风琴，那个轻便，正好给小瑜练习用。"

夏野看了眼站在沙发旁乖乖等着的小孩，奇怪地问："您不是带着他学钢琴吗？"

"都学一些嘛，小瑜记性好，不碍事的，而且手风琴可以站着活动一下肩膀和手指，一直坐着太累了……"

夏野听着失笑，这都不像是他爸。换了以前，多少学生坐上几个小时都不嫌久，还得挨训，他爸律人律己，可是出了名的。

夏老师很快找到了那架小手风琴——很多年前的老样式了，红白相间的色彩有些半新不旧，但是保存完好，收纳在专门的皮具盒子里，十分干净。他拿出来试了下，略微调试了几个音，就笑呵呵地拿给了唐瑾瑜："来，就是这个，你夏野哥哥小时候就用的它，你试试看！"

唐瑾瑜看看手风琴，又看看夏野："哥哥，不用吗？"

夏野沉默片刻，捏了一下小孩肉嘟嘟的脸："我长大了，不用了，给你吧。"他说完就回了卧室，关上门去忙自己的事了。

唐瑾瑜简直像是凭空得了块金元宝，夏老师帮他把小手风琴擦拭干净，他就一直背着，笑得合不拢嘴，甭提多高兴啦。

夏老师想让他试试，小孩一个劲儿地摇头，夏老师觉得奇怪，道："怎么了，不喜欢咱们就再换一种，民乐乐器我不太熟，不过埙还会一点，上次出去旅游，好像还买了一个……"

唐瑾瑜伸出小手去拉夏老师，小脸红扑扑的，兴奋道："喜欢！回家弹，老师，回我家！"

"怎么突然要回去？"

"会吵到哥哥呀！"

外面的声音时不时传进来，即便是隔着一层门板，夏野也听得清楚。

筒子楼都不怎么隔音，何况是木板门，他握着鼠标的手略微顿了下，自己都没察觉地笑了一声。

他的电脑一直是开着的，老式台式机发出风扇的噪声，但运转流畅。

这台电脑瞧着半旧的模样，里面已经换了不少东西，目前省会电脑城里能配齐的东西，这台主机一样不少，都是时下最高端的硬件。

夏野晃动了下鼠标，黑屏的电脑浮现出海底世界的屏保，是 windows 98 系统最常见的。

他看了一眼，觉得屏保上那尾游进珊瑚礁的红色小丑鱼和隔壁小傻子一样。那么小一只，又乖又胆小，没有半点攻击性，每回见他都笑得傻乎乎的，好像谁给块糖就能跟着走。

夏野一边操作着未完成的程序，一边想着，他不过是给了小孩几块糖，对方就跟他这么亲近，看起来实在不怎么聪明的样子……不过说起来，就算是个小笨蛋，还没来学琴的时候就一直看他上学，还对他这么盲目信任，确实不太正常。

夏野皱眉，略微想了一下，要是换了其他人像小孩这么做，他心里多少会有点不舒服。

隔壁练琴的声音断断续续传过来，夏野也慢慢进入状态，手下动作迅速，输入一串串代码。

唐瑾瑜今天学手风琴特别卖力。

不过与其说学，不如说是玩儿。

夏老师和唐家夫妇商量过了，学这些东西最主要的目的就是让他练习手指，之前病了太长时间，小孩的手指灵活度还需要练习好一阵才能恢复。

中间休息的时候，唐瑾瑜发现小手风琴的一侧有一张很旧的小标签，上面写着"夏野"两个字。

夏老师说："哦，这是有一次夏野去比赛的时候，当时带这种琴的还有几个学生，怕弄混了，就贴了个名字。"

唐瑾瑜伸出手小心地摸了摸，好奇道："夏野哥哥还参加过比赛吗？"

"对，小学的时候，不过初赛就被刷下来了，没入围。"

唐瑾瑜小脸都涨红了："不可能！"

"真的。"夏老师脾气好，笑呵呵道，"夏野学琴没什么天赋，这样也好，可以提前抽身学些自己喜欢的，他比较像他妈妈，专注力强，做其他事一样很优秀。"

唐瑾瑜还沉浸在夏神小学乐器初赛就被刷的震惊中，一脸不敢置信。

不是这样的啊，他记得夏野哥哥无所不能，什么都是特优才对呀！

这份笃定一直充满唐瑾瑜的脑海，他好像比夏野本人更相信他从小到大有多厉害，但是要让他说出理由来，又想不起是为什么了。

现在这份庞大的自信略微被切去一点点边角，唐瑾瑜的小脑袋垂下去一点，小手轻轻抠着琴尾。

夏老师不明所以，但还是安慰道："小瑜是不是也想参加比赛？那等你再弹得好一些了，老师帮你报名，到时候我们努力拿个名次好不好？"反正随便一个名次都比夏野好，他儿子有点音痴，当初报名的时候也是不服气偷偷背着琴去了学校，输了一回之后，就彻底放手了。

"老师！"

夏老师回过神，看向眼前的小孩："小瑜怎么了？"

"我也想贴个名字。"小朋友指了指那张旧标签，有点害羞道，"贴在旁边可以吗？"

夏老师笑："当然可以。"

夏老师拿了纸和胶水来帮唐瑾瑜制作了一张标签卡，认真写了小孩的名字，挨着那张旧标签贴了上去。

唐瑾瑜小心地摸了摸，挺起小胸脯道："我要帮夏野哥哥打比赛！"

夏老师鼓励他："很棒，小瑜想拿第几名？"他已经做好听小朋友放狠话的准备了，谁知面前站着的小孩骄傲道："进初赛！"

唐瑾瑜完全振奋起来了，夏神没做到的，他可以帮着实现！

夏老师听了直乐，竖起拇指夸他："很好，稳扎稳打，咱们慢慢来！"

唐瑾瑜想替夏野争光的决心第二天就打了折扣。

那天下午，唐瑾瑜留在夏老师这边玩儿，夏野回来换运动服，正好瞧见他。

唐瑾瑜还当他提前放学，特别高兴，抱着一个小皮球去找夏野："哥哥！"

夏野瞧见也没接球："你自己玩吧。"

唐瑾瑜一点都没气馁，把球放下又伸出了一双小手，仰起的小脸满是期待。

夏野："……"

夏野瞧了眼在厨房倒水的爸爸，趁他爸背身没注意客厅这边，蹲下身来，伸出一根手指头戳着小孩的脑门儿让他离自己远一点："不行。"

小朋友愣了下，不过又笑出一口小白牙，两只手抱着夏野戳过来的手指晃了晃，然后转身跑走了。

夏野看小萝卜头跑去厨房抱他爸的腿，通风报信："哥哥回来了，哥哥要吃饭！"

夏老师端了两杯水过来："夏野怎么这么早就回来了？你等我一下，饭还没煮……"

夏野道："爸，不用忙了，下午有体育课，我回来换身衣服。"

夏老师点点头，又觉奇怪，道："你们的校服不就是运动服吗？"

夏野一边翻找衣服塞进包里，一边道："不一样，有规定的。"

夏老师就不再多问了，见小孩还躲在自己腿后探头去看，揉了一下他的毛毛头，笑道："怎么了？哥哥不在家的时候喊那么多声，见了真人怎么躲起来了？"

身后的小孩躲猫猫似的露出一个小脑袋，只知道歪头傻乐。

夏野换了身运动服，把校服放背包里，临走的时候又道："爸，我晚上跟同学约好了打球，晚上您先吃饭，我晚点回来。"

夏老师点点头，叮嘱道："注意安全。"

夏野点头应了一声，匆匆走了。

唐瑾瑜在家和夏老师待在一起，要么学乐器要么拍皮球，把音乐和体育课一起上了。夏老师还认真地给他每项功课都打了分，给他发了好几朵小红花。

小红花是夏老师自己剪的，贴在一个专门的小本子上，贴好了笑道："小瑜一会儿上钢琴课听话，老师再给你一朵小红花好不好？"

小孩趴在一旁美滋滋："嗯！"

另一边，夏野离开家却没有返回学校，而是骑车去了一条小路，绕着走了一阵，到了一家网吧。

网吧刚装修好，占了两层，规模不小。

夏野停下车，熟门熟路地去了楼上，三楼龙腾网吧的柜台后面守着一个微胖的年轻男人，瞧见他进来，连忙迎上去："夏野，今天实在对不住了，这边的电脑也不知道怎么回事，连着坏了好几台，耽误了大半天的生意，之前请的那个维修站的人也修不好，这才只能找你，你帮着瞧瞧？"

夏野跟他过去。这家是市里最早开的几家网吧之一，老板叫吴一诚，家里有点钱，开的网吧规模也比较大。他的店里摆了几十台电脑，只是现在大多是黑屏状态，只有寥寥几个人在用电脑，看起来生意清淡。

吴老板的眉头一直没松开，叹了口气道："真是晦气，也不知道怎么搞的，突然一下就黑屏了！老城区那边新开了两三家网吧，这才坏了半天，人都跑了。"

夏野坐下操作了一会儿，说："中病毒了。"

吴老板愣了，问："严重吗？"

"还成，我做个程序维护一下试试。"

吴老板看到他已经动手忙碌起来，略微松了口气。现在电脑还是稀罕玩意儿，偏偏小地方维护人员的水平不怎么样，倒腾了好久差点把电脑拆了都没搞清楚怎么回事，要不是有夏野帮忙，他怕是要坐车去省城找人来维修了。

夏野面上没有什么表情，手指迅速敲打着键盘，他这样不慌不忙，让一旁的吴老板也稳了心神，没像之前那样心急火燎地乱转了。

网吧里出问题的电脑有三十几台，最严重的要重装系统，不过网吧里也没什么特别重要的资料需要存留，一些单机游戏很快就能重新安装回去，再把常用的棋牌游戏和网页聊天室都放在桌面显眼位置，就可以了。

吴老板看他三下五除二就修好了，自己上去试了试，惊喜道："好了！还是你厉害，上午来的那个维修员还说是什么主板问题，要整台机器抱回去修，得亏没让他拿走，不然没个十天半个月修不完，我这生意也甭做了！"

夏野道："也不怪他，这次病毒模拟的一些症状很像主机故障，拿不准也是正常。"

吴老板心有余悸，又问他："这病毒叫什么？以后这种情况该怎么预防啊？"

夏野也觉得奇怪："这个我也没见过，回头我查查。"

吴老板："那现在修好了就能用了？不会再突然坏了吧？"

夏野点头："不会，您先用着，我做了一个保护小程序，有什么问题我会第一时间知道。"

吴老板听见他说这话就彻底放心了，笑呵呵地拍了拍他的肩膀一再感谢，带着他去柜台拿钱："还是老规矩，一台电脑维修费二十元，今儿出故障的是三十二台，这是六百四十块钱，你拿好。"

夏野当面数清，点头道："是，谢谢吴哥。"

吴老板送他出去的时候还半开玩笑道："夏野，要不是你成绩好，我都打算劝你跟我一起搞网吧得了，你出技术，老哥这儿有钱，咱们多开几家，现在可是好时候。"

夏野跟他客气道："以后再说吧。"

吴老板一直把他送到门外，忙活了半天，现在已经是晚上八点多了，看着夏野骑上自行车走远他才回去。

吴一诚刚才说的都是真心话，现在上网一小时四块钱，他一台电脑从早开到晚都不停，顶多费点电，再交上些网费，剩下的都是白赚的，每天的利润上千元。这些电脑在他眼里跟下金蛋的鸡也没什么区别了。只是电脑娇气，总是容易出些小毛病，他们市里能维修的人少，他找了好几个才遇到夏野这么一个全能型的。

夏野在他这儿小一年的时间，网吧里的电脑基本没出过什么毛病，这么厉害的一个技术人员，他肯定想留下。

不过再想想，懂计算机的人到哪儿都吃香，夏野有这本事，他一家小店留不住也是正常。

有路过的人看到网吧招牌灯还亮着，探头进来问："老板，现在能上网了吗？"

吴老板露出笑脸，热情招呼道："能啊，来吧！"

夏野骑车很快，临到小区附近拐去了旁边的一个小公园，找了一处隐蔽的地方换了包里的那套校服。

龙腾网吧的环境不太好，里面不少人抽烟，他在那边待的时间长衣服上难免沾染了烟味儿。等收拾妥当，他把那身染了烟味的运动服塞回背包里，骑上车回家去了。

晚上，筒子楼里不少人家都亮着灯。

夏野把车停好上锁，一路小跑上楼，进门就看到他爸正坐在沙发上喝茶看电视，瞧见他进来笑呵呵道："回来了？快去吃饭吧，饭菜在厨房，还热着呢！"

夏野答应了一声，去了厨房，没一会儿夏老师就听到碗筷声响，却没见人出来。

夏老师说："夏野，端出来吃，哪儿有站着吃饭的呀。"

夏野懒得把饭菜端出来，一边吃一边道："没事，我这就吃完了。"

"你啊，吃得太急了，吃饭是享受，得坐下来慢慢吃才香。"夏老师去厨房看了一眼，本想帮他端一下盘子，结果发现夏野已经吃完了一碗饭，在盛第二碗了，剩下的菜也吃得差不多了，动作特别快。

他笑笑，摇头道："你这孩子，做别的事儿都挺讲究，怎么吃饭这么爱偷懒。"

夏野站在厨房里吃完了两碗饭，收拾了碗盘放进水槽里打算洗，夏老师拦道："我来吧，你晚上打球也累了，去休息会儿。"

夏野犹豫了一下，夏老师挽起袖子跟他开玩笑："怎么，你觉得爸爸连这点小活都做不好吗？"

夏野笑了一声："您肯定做得好，我去洗洗，今天打球出了一身汗。"

趁夏老师洗碗的工夫，夏野拿了换洗衣服，拎起背包去了浴室。他们家浴室狭小，但是收拾得很干净，他先放了一桶水把运动服泡上，紧跟着又洗了个热水澡。

等从浴室出来，校服也洗好了，他拿去晾在了阳台上。

夏家爷儿俩生活，洗衣做饭这些夏野都会，平时能照顾好自己，他洗衣服也没让夏老师多想什么。

夏老师挑了几个橘子，放在盒子里打算出门，夏野瞧见了问："爸，这么晚了您去哪儿？"

"去隔壁，小瑜今天下午想吃橘子来着，太凉了，我给他放暖气上热着给忘了，现在热乎乎的正好，拿过去给他吃。"

夏野道："我去吧，您在家歇着，今天降温，外面冷。"

夏老师笑着把盒子给他："也行，你去吧。"

去隔壁也就两步路，夏野敲门，很快就有人来了——唐瑾瑜踮着脚给他开的门，小孩也就半扇门那么高，站在那儿看着他笑。

小朋友仰头一直看他，夏野伸手护着他后脑勺，唇角扬起："别再抬头了，我可不想你给我行一个大礼。"

唐瑾瑜愣了一下："啥？"

"'五体投地'。"

夏野手指比画了一下，四根手指灵活地动着，活像一只小乌龟翻倒在地上蹬腿。

唐瑾瑜看着他的手指，特别卖力地夸他："哥哥真厉害！"

陈素玲听到声音也走过来，正好瞧见夏野在那儿比画，还当他做手影来逗小孩玩儿，抱起儿子笑道："小瑜好好跟着老师学弹琴，以后手指也能这么灵活，也能这么厉害。"

唐瑾瑜在妈妈怀里认真点头，眼里都是崇拜。夏神可是号称"神之右手"的男人，肯定最厉害啦！

夏野："……"

夏野原本是想逗弄他的，当初唐瑾瑜去他家就坐了一个屁墩儿，没想到他干什么小朋友都这么捧场，一时也不好再逗他了。他把手里那盒橘子递过去，又换来好几声饱含真情的吹捧。不过几个热橘子，小孩抱在怀里乐得跟什么似的。

"夏野哥哥真好！"

"这个橘子最好吃，最甜了！"

"哥哥，明天小瑜的橘子分你一半呀！"

夏野有点能理解他爸的心情了，隔壁家小孩是个捧场王，随便给点什么都能高兴半天，像是一只小奶狗，热情得尾巴都要摇起来。

夏野没有带孩子的经验，瞧见小孩还一直瞧自己，略微迟疑了一下，从兜里摸出块花生牛轧糖给他。原本他是想傍晚的时候放窗台上，不过今天有事回来晚了，现在碰到了，当面给了也无所谓。

唐瑾瑜接过糖，献宝似的给他妈妈看，笑得一双眼睛弯成了月牙儿，好像得了多了不起的宝贝一样！

夏野从隔壁回来之后，瞧见他爸又往暖气片上放了一个苹果，挑的是最大最红的一个，不用说也知道是给谁准备的。他看了看苹果，又看了一眼他爸，觉得有隔壁这么一个小朋友也不错，他爸这段时间脸上的笑容多了许多。

回卧室之后，夏野打开电脑开始追踪病毒来源。

他下午的时候不仅修复了电脑，还在吴老板的电脑里放了自己做的小程序，可以清晰地监控网吧里的四十余台机子。

吴老板的电脑是中病毒了，网吧里上网的人员混杂，不少人带磁盘或者上一些不安全的网站，但是那些情况中的病毒都是小打小闹，最严重的后果无非就是重装系统。

这次情况有些不太一样，吴老板找的维修人员也没有完全说错，这次的病毒程序目的明确，是直奔主板去的。

它修改了主板BIOS（基本输入输出系统）参数，改变了硬件的电压输出频率，从而损伤甚至烧毁硬件。

这不是普通的炫技或者以偷窥为目的的行为，而是带有严重攻击性了。

夏野第一次见到这样的病毒，虽然做得有些粗糙，但是破坏力惊人，如果再晚一些发现，龙腾网吧的那些电脑即便不报废，至少也要换组件才能开机。

夏野觉得吴老板这是得罪了人，但也不清楚到底是谁，有可能是其他网吧的老板，也有可能是其他什么人。他没心思打抱不平，只是如果龙腾网吧的电脑坏了，他打工的地方就要少一个，理所当然要查清；再有就是他对设计这个病毒的人来了点兴趣，所以丢了一个饵放在吴老板的网吧里，想会会那位朋友。

夏野开着一个匿名聊天室，跟里面的几个朋友聊天。

网名叫老猿的人已经连着发了几条信息，没等到夏野的回复，老猿忍不住又发了一条。

老猿："人呢？哥的时间也很宝贵啊，再不回话我就去研究《堆垒素数论》了，数学桂冠上的明珠还等着我去摘取！"

x："忙。"

老猿："忙啥呢？"

x："发现了一个新朋友，有点意思。"

夏野回复完之后，也不管老猿的回复，切换了窗口继续监控。

他放置的饵料依旧没有动静，正像一只小蜘蛛一样静静地潜伏着，等待对方的再次入侵。如果对方有一丝痕迹留下，夏野就能顺着摸索过去，找到那位"新朋友"。

一连几天都没有消息，对方也不知道是谨慎还是怎么，没再动龙腾网吧的电脑。

夏野做的那个小程序就一直放在吴老板的那些机器里，随便一台有什么问题都会及时提醒他。他给这个程序起了个名字，叫"小蜘蛛"，主要职责就是监控。

夏野怕这个"小蜘蛛"不够隐蔽，拿去老猿那边测试了一下。

老猿的电脑被锁定追踪了三天，他几乎是崩溃的，觉得自己成了透明人，x对待朋友一点都不厚道，完全不考虑他的心情，连他的键盘都监控了……他写的那些肉麻情诗都被看了个一清二楚，十分没有面子。

老猿跟他抗议了一阵，在他们私下几个人的聊天室里刷屏控诉，觉得夏野没拿他当朋友！

聊天室里其他几个人白天很少在线，还有一个时差党。

偶尔冒出的"小猫两三只"也在追问夏野的"小蜘蛛"，想问他要来玩玩。

老猿："你们还有没有同情心！还是不是朋友了！！"

聊天室沉默了一会儿，又热闹起来了。

"老猿怎么回事？"

"是啊，你自己没发现？x提醒你了吧，咋没解开？"

"老猿不行，老猿解不开。"

"人呢？又被锁了？"

…………

老猿气得不聊了。

夏野那边测试完之后，又弹了老猿一下，只是偷懒没上聊天室，直接在老猿的桌面弹出一个记事本，打字和他交流：

"怎么样，够隐蔽吗？"

老猿愤而撸起袖子，在记事本上给他写起了小论文，痛诉他没有好好对待这段友情，以后必然要后悔！

老猿写得太长，夏野看了两行就从他的字里行间了解到了"小蜘蛛"的性能还不错，就把记事本撤回了。

老猿不肯罢休，用了一晚上时间黑了夏野那边的电脑，也学他弹了个记事本出来，继续给他写小论文。

夏野懒得看，把他踢出去，并锁了老猿的键盘。

愤怒地敲键盘却打出一片空白的老猿："……"

行吧，算你狠。

老猿觉得自己成了工具人，决定这两天都不在聊天室跟x说话，但憋不住时还是会去看，只是不打算主动开口。但x直接神隐了几天，没有出现。

原因很简单，夏野在月末考试。

夏野读初三，过完年再过一个学期就中考了，校长每周例会都恨不得给初三毕业班的学生进行一次中考总动员。每年市一中招生名额有限，而踏进市一中就算半只脚踩进大学的校门了，因此全市的学生挤破头想往里去。

夏野想留点时间去接私活，不想太突出，让老师注意自己，便把成绩一直保持在班级前十名，结果低调了三年终于在最后一个学期被班主任抓到了。

班主任对于夏野这样成绩刚好踩在录取线边缘的学生十分着急，抓着夏野谈了几次，想让他最后关头再提上几分。

夏野为了躲老师，答数学试卷的时候算着分数，多得几分，考了第七名。

这可把班主任高兴坏了。他发了成绩单之后，不但在班里表扬了夏野，下课还把他带到了办公室，苦口婆心道："夏野啊，你一直认真刻苦，希望你在最后的这段时间也保持这样的状态！当然，老师看了你的试卷，觉得你最后那两道大题还是有点亏，是代入的问题……"

他对着试卷说了一通，又拍着胸脯保证道："你放心，老师从今天开始每天下午放学给你补一节课，保管你的分数再提一截！"

夏野千算万算，没算到班主任这么敬业。

他说："老师，不用补课，我回家之后自己可以——"

班主任摆摆手："那怎么能一样，你看这题，前面都是对的，就是最后这里出了一点问题，一看你就是没有把公式吃透彻，变形之后都是一样的问题嘛！"

"老师，真的不用了，我家里不太方便。"

"哦哦，我记得你父亲之前生病来着，怎么样了，他身体还好吗？"

"我爸身体挺好的……"

"那家里还有什么问题？"

夏野现编："其实我爸给我请了家教。"

班主任笑呵呵道："难怪，我就说你最近成绩提高得这么快，很好嘛！这个学习态度很好。"

夏野以为这事可以结束了，没想到班主任站起来抖了抖衣领，又道："那你今天晚上回去准备一下，我打算去你家做个家访。"

夏野愣了："家访？"

班主任兴奋道："对，你短时间内成绩提了一截，我觉得应该跟你爸爸和家教老师谈谈，再努力一下，争取更好的名次！"

夏野："……"

夏野："老师，其实我家请的家教不太好出面。"

班主任觉得奇怪，道："为什么？"

夏野努力编："他忙，我不想打扰他。"

班主任看着他，一脸莫名其妙："他收了家教费，就应该给你上课啊，有什么打扰的？"

"其实他没收钱，是我隔壁的一个叔叔。"他编到这里想起了隔壁的唐叔叔，话也顺了许多，"他是工程师，是从国外留学回来的，平时工作很忙，我爸平时都不让我去打扰他，有不会的题积攒起来才会过去问一次。"

班主任恍然大悟，点点头："那是不该打扰。"

夏野松了一口气。

班主任又道："那我就只跟你爸爸谈下，给你打打气，呵呵！"

这次家访来得突然，不过班主任拿着好成绩来，语气态度十分和善，也和他说的一样，只是来给夏野加油打气。他同时跟夏野的父亲聊了一下高中的录取分数线，鼓励夏野继续努力。

夏学桐一直知道儿子成绩不错，听到班主任来家中说的这些之后，自然也是点头应着，努力配合。

家访还算顺利，夏野送班主任出门的时候却出了点状况，迎面就撞到了提着一兜橙子的唐泓俊。

唐泓俊是特意来感谢夏老师的，他这段时间提了离职，交接工作特别忙，他家唐瑾瑜受了隔壁诸多照顾，前段时间没少吃夏老师家的橘子，夏老师心细，橘子都是提前放暖气片上热过之后才给小孩吃，唐泓俊听说之后心里十分感动，今天下班回来特意给夏老师送些水果过来，算是回礼。

夏野开门的时候愣住了，张了张嘴没敢喊他。

唐泓俊一点都没介意，他现在觉得夏家父子是大好人，热情地拿了橙子递给他："夏野放学了？来来，这是叔叔单位刚分的橙子，咱们两家一家半箱。"

班主任看了眼夏野，问道："这是？"

夏野不敢吭声。

唐泓俊热情道："我住在隔壁，跟夏野家是老邻居了，您是？"

班主任立刻露出笑容，上前跟他握了握手："您好，您好！我是夏野的班主任，久仰大名了，我听夏野说您一直照顾他，哎呀，夏野这次考试成绩提高了十几分，真是托您的福了！"

唐泓俊没懂夏野成绩提高了跟他有什么关系，但是这不妨碍他捧场，他热情回握了老师的手，笑道："哪里，哪里，还是学校管理有方，老师们平时也辛苦了，孩子有现在的成绩是我们大家的功劳！"

夏野闭了闭眼睛，简直不忍去看这场面。

班主任和唐泓俊互捧了几句，觉得这人热情周到而且对夏野关心极了，忍不住多说了几句。

夏野在一旁连忙道："老师，唐叔叔他忙。"

唐泓俊热情道："我还行，孩子的事儿最重要！"

班主任笑着点头，对这位知识分子更有好感了："对对，我也是这么说的，这孩子脸皮薄，不好意思提，但现在不是到了最关键的时候吗，唉，您家里也有小孩吧？学校里的事儿您也清楚，僧多粥少，我们挨个给他们补课也来不及，毕竟全班那么多孩子呢！"

唐泓俊显然不清楚，但还是跟着点头："是这么回事，现在哪行哪业都不容易。"

班主任越发和善了，搓着手道："那什么，您今天方便吗？"

"老师！"夏野脱口而出。

"方便啊！来吧！"

夏野试着挡在前面，但他拦不住唐泓俊的热情，眼睁睁地瞧着唐泓俊把老师带去了隔壁。他头皮都麻了，这会儿都想不起在班主任跟前编的那些瞎话，只能硬着头皮跟着一起过去。

唐家人刚吃过晚饭，正在看电视。

唐瑾瑜瞧见有人进来，一眼就看到了夏野，仰着小脸喊了一声"哥哥"。他围兜还没摘，里面放了半个橘子，正津津有味地吃着。

唐泓俊把他抱起来亲了一下，一点都没有因为他年纪小而敷衍，而是认真介绍道："这是我儿子唐瑾瑜，小瑜，这是你夏野哥哥的老师，你也要喊老师，知道吗？"

"老师好。"小孩认真地喊了一声，一双眼睛里都是好奇。

班主任也没想到唐泓俊家里的小孩这么小，笑呵呵地跟他打了招呼。

陈素玲起身从丈夫怀里接过儿子，笑道："你们聊，我带小瑜进去玩儿。"

唐泓俊泡茶招待，他脾气好，懂的也多，跟谁都能聊上几句。

班主任在这种宾至如归的气氛里聊得很好，他不管说什么，唐泓俊都能给他拔到一个高度，认真地赞扬他。

夏野在一边坐着，认真地听他们说话，俩人跟打太极似的，他能理解他老师绕圈子的原因，无非是想找个由头麻烦邻居给他多补补课，但是他不懂隔壁唐叔叔为什么也是个太极高手。

听了一阵，夏野脚边忽然滚过来一只小皮球。

唐瑾瑜往客厅探了探头，视线跟他撞上之后又缩了回去，过了好一会儿才慢慢又去看他。

夏野弯腰捡起那个小皮球，顺着原路丢回去，很快就被一只小手抱走了。

夏野不用看都能想象到小傻子笑得有多开心，没准儿还会两只手捧着皮球跑，简直跟水族馆里训练有素的小海豹似的，不但会玩皮球，还会用两只小短手在胸前鼓掌。

夏野的脸色变古怪了几分，他偷偷看了旁边的唐叔叔一眼。

他想起来这份热情为什么这么熟悉了，唐家父子简直是一模一样的捧场王。

夏野听着他们老师已经慢慢绕到了关键词，坐在那里一脸木然地等死。

没想到唐叔叔的热情再一次发挥了作用。

班主任是教数学的，他平时在学校里工作，也不怎么跟外面接触交流，不知道聊什么好，就记起夏野提过这位邻居是海归，想着从学术下手，聊点知识，互相增进点感情。

　　但是唐泓俊对人对事都是发自真心地好，听见他提起几本书，刚好他书架上有，就给老师拿了过来："是这个吧？我这边刚好还有两本解析数论方面的，您不嫌弃的话，拿回去看吧！"

　　班主任原本只是提了一句，接过书十分惊喜："对对，就是唐齐老先生的……"他话还没说完就哑火了，翻开第一页，上面写着一个签名和购书时间，字迹苍劲有力，赫然就是他刚念出的名字。

　　班主任手都有点抖，看看书又看看唐泓俊，来回几次还不敢相信："唐院长他……他是您什么人啊？"

　　唐泓俊笑笑："是我父亲。"

　　班主任差点给他跪了。

　　他现在就跟看见一个扫地僧一样——住在平平无奇的筒子楼里，一出手就是绝世武功秘籍，最要命的是秘籍的作者还是亲爹。

　　唐泓俊热情道："老师，您喝茶。"

　　班主任现在想吃速效救心丸。

　　他是数学系硕士，正儿八经学了七年，他们学校在全国排得上一点名号，可是就连他的老师当初也想努力考入Ｓ大，跟在唐老先生身边学习。

　　唐齐是什么人？

　　省城Ｓ大学的综合实力排名在全国前二十名左右，但是数学专业排在全国第三！把清北都压下去了，简直是所有学数学的人梦寐以求的圣地！

　　唐齐先生凭一人之力，拉高了整个学校的排名。更别提加在唐齐先生身上的那些头衔，中科院院士、解析数论学家，当年还参加了华罗庚教授在中科院数学研究所主持的哥德巴赫猜想讨论班……但这些都不及先生做的另一件事——他是目前出书最多的大师，倾注了大量心血著书立说，更是亲力亲为，培养了无数青年人才，是他们所有投身教育事业的人的楷模。

　　班主任捧着书不敢翻，怕折了页，他现在恨不得把这本书供起来。

　　唐泓俊又给他倒了一杯热茶："您刚才说到夏野的成绩？"

　　班主任原本想说的话都忘了，听见他问立刻点头道："是，说来也是麻烦您了，夏野成绩提高很快，这次月末考试更是一下提高了三个名次，进步很大。现在离中考也没几个月的时间，希望您能继续费心，多带带他……"

　　夏野忙道："老师，唐叔叔平时很忙，我可以自己多复习。"

　　班主任看着他，神情复杂，这什么熊孩子，掉进福窝里都不知道，他要不是背负着教学任务走不开，恨不得以身替之！

唐泓俊没听明白，但也不妨碍他对答："没事，没事，前段时间忙，现在不忙了，您让我带他什么？"

班主任讨好道："也没什么，就随便做做题，早知道您是唐院长的公子我就一点都不担心了，呵呵。其实我这次来是想跟您聊聊夏野补课的事儿！"

"补课？"

"夏野之前不就是——"

"老师！我之前成绩不太好。"

夏野站在那里有些难以启齿的样子。

班主任立刻明白过来，唐院长那是什么身份的人啊，说是数学界的泰山北斗也不为过了，别说是夏野，就是他站在老院长面前都只有自惭形秽的份儿——他写的这些题目，怎么配拿到先生面前去看？

夏野含糊道："老师，我自己跟唐叔叔谈吧。"

班主任现在是一点都不担心他成绩了，笑着起身："好好，你们聊，夏野啊，记得一定要好好把握机会，认真学习，你改变命运的机会就在你自己手里了，知道吗？"

夏野点头："我送您下楼。"

唐泓俊拿了外套，笑道："我也去。"

班主任被偶像的儿子送下来，怀里还抱着写着签名的那本书，跟做梦似的，走路都飘。

送走家访的老师，唐泓俊没忙着上楼，他喊住了夏野，看了他好一会儿才缓声道："跟你们老师撒谎了吧？"

夏野心里"咯噔"一下。

唐泓俊下一刻又拍拍他肩膀："是不是别人都找了补习班，你没找，所以才这么说？"

夏野有点尴尬，勉强点头认了，这比他打工的事暴露要好些。

唐泓俊却误会了，他想到了过年那会儿夏野还回来的钱，夏老师的医药费不是小数目，又常年生病，父子俩只能算有个遮风挡雨的地方，夏野比普通学生吃了更多苦，但也更有傲骨，不会轻易要别人一分一毫。

他在心里叹了一声，掌心落在夏野肩上略微加了点分量，小声跟他商量："之前唐叔叔给你找的那个补习班也不一定适合你。这样，你不嫌弃的话，就到唐叔叔家里来，每天晚上抽一个小时，给你辅导一下，你觉得怎么样？"

夏野猛地抬头："唐叔叔不用了，真的，我可以自己多学，多做练习册……"

唐泓俊笑了一声，热情地带着他上楼，不容置疑道："就这么定了，我这就去跟你爸说一声。"

夏野开始留在隔壁补课。

当天晚上唐泓俊就教了他一个多小时。

夏野已经不想拿捏尺寸了，他卧室里的电脑还开着，也不知道"小蜘蛛"监控得怎么样了，心里有事难免着急，唐泓俊教的那些全都一遍过。

唐泓俊惊呆了！

他看着稿纸上列出来的那些题，都是夏野拿来的那份数学试卷上错了的题目，他做了几种变形，最后两道还提高了难度，这边刚提示了两句，夏野就埋头全解出来了！

"夏野，你是个天才啊！"

"没有，是唐叔叔教得好。"

唐泓俊意犹未尽，还想带着他做题。

夏野却道："唐叔叔，我想回去复习巩固一下今天晚上学的。"

唐泓俊收起笔，点头道："也对，贪多嚼不烂，你回去再看一遍，加深印象，今天做得很好！"

夏野站起身收了习题本，客气地跟他道谢，快步走了。

第三章

病毒入侵

夏野白天搞学习，晚上搞电脑，还要挤出点儿时间去打工，眼下很快就浮出了黑眼圈。

唐泓俊瞧见之后更感动了。

他觉得这孩子虽然在他这儿学习的时候看起来很轻松，但是晚上回去肯定熬夜复习了！

晚上临睡前，唐泓俊还和妻子聊了这个话题，十分感慨："夏野这孩子真不错，你别看他不怎么说话，其实特别努力，我都想起我当初上学的时候了，那会儿刚到国外什么都不熟悉，怕学不好，只能熬夜加班加点地补上进度。"

陈素玲坐在床边涂面霜，听见他的话，笑道："你以前可不是这么跟我说的，你说自己老拿第一，还被班上同学排挤，问我有没有什么办法缓和一下。"她看了丈夫一眼，逗他道，"我说让你少考点分数，你舍不得奖学金，还没答应呢！"

唐泓俊脸红了，有点不好意思："我那会儿不是追你吗，也不知道说什么好。"

陈素玲还在笑。

唐泓俊也跟着笑了声，讪讪道："给你写信，隔一个多月才有回信，而且你都不夸我，那我就只能自己说了……"

陈素玲点头道："夸你，你这回要是把夏野辅导成了全校第一，我就好好夸你一回。"

"放心吧！"唐工精神振奋，拍着胸脯保证完成任务。

如今两家人感情十分亲厚，夏老师身体不好，一直在家中休养，隔壁小朋友每天跟在他身后像小尾巴，俩人现在感情好到唐泓俊这个亲爹都忍不住嫉妒。

另外一边，夏野跟着唐泓俊疯狂刷题，再怎么不爱说话的性子，遇到唐家父子这种热情似火的，也屈服了。

夏野晚上来隔壁学习，慢慢地身边多了一个小板凳。

唐瑾瑜也不知道从什么时候开始，喜欢搬着自己的小板凳挪到夏野身边，跟着他一起"写作业"。

小孩的作业要简单得多，拿着本子认真写"1、2、3、4"，他的手指还不能完全掌握好力度，磕磕绊绊地写阿拉伯数字，夏野学多久，他就跟着写多久，一点都不嫌累。

一大一小两个人待在一起时间长了，交集也变多了。

夏野有时候给他检查一下"作业"，随口夸上两句，就能看到小孩高兴地转圈，有时候小朋友胆子大一点，还会扑上来抱一下他的腿，"嘿嘿"笑两声，然后就跑了。

夏野刚开始没明白什么意思，回家跟他爸聊起来的时候，夏老师高兴道："那是他在跟你示好，小瑜现在主动抱腿的人就四个，他爸妈再加一个我，你是第四个啊！下回他再凑近了，你就抱抱他。"

夏野嘴上答应了，但是心里却不以为意。

小傻子现在能见到的人也就这么三四个，会觉得他好也没什么奇怪的。

虽然这么想，但他每天早晚路过隔壁的时候，还是会在窗边放一颗糖。

唐泓俊辅导了夏野大半个月，在模拟考的时候，夏野毫无悬念地拿了全班第一名。

夏野在学校里受了表扬，回到家中，再一次受到了家长们的表扬。

其中唐泓俊最高兴，一个劲儿地夸他，旁边的小孩跟着热情地拍手，仰着小脸，看他像看英雄人物似的，一脸崇拜！

唐泓俊在家里摆了一桌饭菜，亲自下厨做了几道拿手好菜给夏野吃。

夏老师闲不住，也去厨房帮忙了，家里三个大人都在厨房说说笑笑，夏野和唐瑾瑜就坐在外面的客厅里。

夏野平时在家是刷碗的那个，厨房还真不是他施展技能的地方，只好坐在沙发上帮着看孩子。

孩子太听话了，坐在那儿一眨不眨地看他。

夏野瞧见茶几上装着糖块的玻璃罐，里面装了大半罐的花生牛轧糖，蓝色小方格包装，瞧着特别眼熟，仔细一想，原来都是他送给小孩的。

夏野顿了一下，问道："不喜欢吃这个？"

"喜欢！"

"那怎么不吃？"

"妈妈说每天可以吃半块。"

夏野张张嘴，又把话收了回去，小朋友在长身体，确实不能吃太多糖果，对牙齿也不好。

旁边坐着的小捧场王还在努力赞扬他："哥哥，你送的糖最好吃了，比巧克力还好吃！我都舍不得吃完。"

夏野被他捧着，也不知道怎么就跟着点头："下次再给你买其他的。"

"买什么呀？"

"……糖，或者巧克力？"

"哇！"

夏野跟他坐了一小会儿，已经开始想明天去哪里买巧克力了。

门口有人敲门，唐瑾瑜想去看，但是爬下沙发的时候没站稳，一头栽了下去，夏野吓了一跳，伸手就先护住了他的脑袋，但他忘了手上还戴着手表，唐瑾瑜结结实实地和他的手表碰了一下，发出清晰的一声脆响。

夏野心想，坏了，他这表盘是精钢的。

再看看唐家客厅铺着的一层厚实地毯，他心里更虚了。

脑袋磕红了的小朋友表情还傻乎乎的，被夏野抱着的时候没反应过来，好一会儿他才伸手去摸自己额头。

夏野拦着没让他碰，他不会哄孩子，生怕他哭，也不知道怎么想的，嘴里蹦出一句："刺激不？"

唐瑾瑜："？"

夏野出于愧疚，把他抱起来。

"头……"

"你头太大了，下次小心点。"

"啊？"

夏野也不敢跟小孩对视，把他抱回沙发上，自己起身去开门。

外面是来送电视周报的，夏野拿了报纸回来放在茶几上，抬眼瞧见那个放糖果的罐子，犹豫了一下，打开拿了一块，拆开喂给小孩吃。

唐瑾瑜以前没在夏野这儿受过这么好的待遇，糖喂到嘴边的时候才反应过来，赶紧张嘴，一整颗花生牛轧糖塞进去，腮帮子鼓鼓的，说话都不怎么利索了："谢谢哥哥——"

夏野见他吃了糖就冲自己笑，也放心了。

唐瑾瑜坐在那儿踢了两下小脚，心里美滋滋的。

吃饭的时候，陈素玲瞧见儿子脑门红了一块，摸了一下也没见鼓包，觉得奇怪，问道："宝宝，这是怎么弄的啊？"

"陈姨，刚刚我——"

夏野没说完就被小孩拽住了衣角，小孩替他开口道："妈妈，看！"

唐瑾瑜指着电视机，电视里正在播放印度歌舞，舞娘穿着一身金灿灿的纱丽，额前眉心一点红，载歌载舞。

唐瑾瑜又指指自己的额头："漂亮！"

一家人都被他逗笑了，陈素玲更是笑得不行："你这红点也太大了，要是喜欢，下回妈妈给你用红笔点个小的。"

夏野一点开口的机会都没有，唐瑾瑜一个人就把气氛带了起来。

陈素玲把他抱回儿童椅，他规规矩矩地吃完了这顿饭。

有了这一次的聚餐，往后夏野来隔壁吃饭的次数也多了。

夏老师带了几个音乐生给他们做考前辅导，有时候太忙，夏野就被唐泓俊留在这边一起吃饭。

唐泓俊做事认真严谨，既然答应了给夏野补课，就拿出了十二万分的精神，哪怕夏老师不忙，他也不让夏野回去，吃饭都在讨论题目，给他解说更多的解题思路。

夏野一边吃饭一边应着，偶尔看到旁边小孩吃饭，捧着小碗吃得很慢，还在用勺子。陈素玲宠他，怕儿子累着，只让他用一小会儿勺子就接过去亲手喂饭。

一碗饭里蔬菜占了一半，西蓝花和胡萝卜喂到嘴边他也大口地吃，一点都不挑食。吃完了他又开始捧场："谢谢妈妈！太好吃了！"

陈素玲被哄得高兴，脸上的笑容都多了。

夏野想起之前唐瑾瑜吃花生糖的样子，说是半块，其实陈姨也就切那么一点给小孩吃，跟喂仓鼠似的，小朋友却吃得一脸满足。

难怪他爸喜欢喂东西给小孩吃，确实挺有成就感。

他至今就没发现给他什么不捧场的，给张草稿纸都开心。

唐泓俊足足补了一个多小时的课才放夏野回去，他不是爱拖堂，实在是夏野的进步速度让他觉得惊喜，总是忍不住想再出点题目提高一下。

陈素玲等夏野走了，对在一旁伸懒腰活动筋骨的丈夫道："你今天都说什么了？小野瞧着有点紧张。"

唐泓俊笑道："我找爸商量了两道题目给他做，嗐，一般人听到爸的名字都紧张嘛！"

陈素玲想想，点头道："那倒是。"

她想起年轻的时候，唐泓俊带她去家里写作业，让唐老给辅导、补习，她紧张得手都要抽筋了，写个公式都哆哆嗦嗦。

　　唐瑾瑜写完了最后一张草稿纸，交了"作业"，也学着爸爸的样子伸懒腰。

　　陈素玲过去看了一下，虽然写得慢，但是字迹工整，已经有几分样子了。她伸出手捏了捏儿子的小脸，逗他："小瑜下次让爷爷教你学算数啊。"

　　唐瑾瑜一点都不怕："好。"

　　唐泓俊在一旁哈哈大笑："唯一不怕爸的就是小瑜了，不愧是我儿子，有气魄！"他伸手想抱一下，却被小孩拒绝了，"宝宝怎么了？"

　　唐瑾瑜："爸爸，我想去夏老师家吃橘子。"

　　唐泓俊："……"

　　唐泓俊不死心："咱们家也有，还有冰糖橘呢！宝宝，咱们在家里吃好不好，爸爸切给你吃啊？"

　　"不。"

　　唐工被拒绝得明明白白，只能眼睁睁看着自己家小孩跑去隔壁了。

　　傻爸爸心里发酸，想跟着过去，陈素玲拦着他："你呀，人家夏野刚走，你又过去，快别吓唬他了，让他喘口气歇会儿。"

　　唐泓俊想想也是，又拿起那张写满了数字的草稿纸，美滋滋地道："那我看看小瑜写的'作业'！"

　　一张草稿纸上被细心地打了格子，模仿了夏野试卷的样子，上面写的都是"1、2、3、4"，笔迹稚嫩，唐泓俊看得认真，他满意得不得了，嘴边想笑，眼眶却湿热。

　　他很早以前就放弃送儿子去学校的梦想了。

　　他们想自己教，自己带。

　　但是看到小孩好起来，一点点迈开步子往外走，又想他能走得更远，去看看更大的世界。

　　唐泓俊把那张草稿纸认认真真地收起来，放进一个夹子里，这里面已经有十几份这样的"作业"了。

　　另一边，夏野出去之后又去了网吧。

　　只是这次没去龙腾网吧，而是去了另外一家，这家是新开的，原本和他没什么关系，但是"小蜘蛛"监测了数日，第一次捕捉到了那个人的痕迹，锁定的地址就是这家网吧，夏野想来看看这人什么来头。

　　夏野刚走进欣怡网吧就被门口的老板认出来了："小夏是吧？上次在吴老板那儿见过一次……就龙腾网吧，还记得吗？"

夏野不记得他，但是他和龙腾网吧的吴一诚合作了挺长时间，就点点头算是打过招呼。

欣怡网吧的老板特别高兴："我这边的电脑有两台出了故障，正想给吴哥打电话让他帮忙联系你呢，赶巧你就来了，那什么，有空帮我看看不？"

夏野看了眼里面上网的那些人："今天有点事，等明天吧。"

"你来上网的？随便上，不要钱！"

夏野含糊应了一声，把衣服上的帽子罩在了头上，进去转了一圈。

他看得很快，注意力都集中在开着的那几台电脑屏幕上，大部分人在网络聊天室吹牛，另外一些在打游戏，最角落的一台屏幕上显示的是一个论坛，一个中学生模样的男生戴了副眼镜正在飞快地打字。

夏野脚步顿了一下，很快若无其事地绕了过去，坐在了那个人的对面，开了一台电脑。

欣怡网吧是新开的，人不多，尤其是角落里的位置。

夏野身边没有人，他很快就打开了刚才看到的那个论坛，和其他资讯类的网站不同，这里面显示的都是一些程序术语，还有一些关于电脑病毒的讨论，用的都是各种代码，也难怪刚才那个男同学一点都不在意别人看到。

就算有人看见了，在这个年代，也很少有人能看懂。

夏野上论坛大致浏览了一下，和他想的不同，里面并不宣扬散布病毒，仅是一个同好分享的地方而已。

逛论坛的都是反病毒技术爱好者，虽然人数少，但是气氛相当热烈。

夏野启动了"小蜘蛛"，顺着那点蛛丝马迹找过去，很快锁定了论坛上的一个账号。

账号名字叫寒鸦，挺有文艺范儿的名字，目前正在线回复一个帖子，回复的频率和夏野对面那个男同学敲打键盘的频率一致，"小蜘蛛"监测的波动也显示这个人就是夏野要找的人。

夏野之所以这么确定，是因为这个人用了当初攻击龙腾网吧那些电脑的一款病毒软件，而且寒鸦在之前的几次发帖里也提过如何应对这个带有破坏性的病毒。

夏野翻了一下寒鸦的其他帖子，去年的一个热帖引起了他的注意，是讲磁盘修复的。

这两年 CIH 病毒大爆发，这是一种能破坏计算机系统硬件的恶性病毒，最初流行于 T 省，后来随着盗版光碟传播开来，影响非常大。国内相关厂商普遍宣称被 CIH 破坏的 C 盘无法恢复，不少人损失惨重。

但是这个帖子却提出了另一个观点：由于 Windows 机理的限制，多数情况下对

C 盘破坏是无法完成的。帖子里说得非常详细，都是如何破解 CIH 病毒，同时这款病毒也被拿出来做范例，提供给同好练手用。

这和龙腾网吧里发现的病毒非常相似。

夏野的手指在鼠标上轻轻敲了两下，单从这些来看，这个寒鸦确实不像是带有攻击性的人。

他抬头装作不经意地看了一眼对面，那边坐着的人还在敲打键盘，也不知道是在回帖还是有了灵感在写新的程序，眼神专注于屏幕，丝毫没有在意周围的声音和视线。因为坐在正对面，夏野这才发现他鼻梁那里有伤痕，眼镜腿也用透明胶缠了，似乎是被磕坏了一点。

男同学穿戴都不像是穷人，尤其是手上的一块电子表，是时下最流行的。

和他给人的那种文弱书生气的第一感觉不同，这人脸上带着的那点伤怎么瞧都像是跟人打架弄的，特别有违和感。

夏野很难想到这样一个三好学生模样的男生打架的样子。

夏野的视线又落回到屏幕上，开始看他发的那些帖子，倒是有不少观点他都很认同。

尤其是他模拟的那个病毒，等同于弱化版的 CIH。它确实可以达到上次攻击龙腾网吧的攻击性，但是又不足以在短时间内彻底破坏硬件。

难怪他那天看到的时候觉得有些奇怪，吴老板一个开网吧的人，也不至于得罪人专门出手黑他一个小网吧。能做出这个病毒软件的人，又给了吴老板一段时间让他找外援，实在不像是一招制敌的风格。

原来是个"教学产品"。

夏野不动声色地关了论坛，清理了自己的痕迹。

网吧里的环境不太好，旁边有一个三十多岁的男人正在抽烟，吞云吐雾的。

夏野刚皱眉，对面坐着的那个男同学立刻站起来，不满道："老板，怎么公共场合还有人抽烟！"

抽烟的男人不乐意道："我愿意，花钱买的，想抽就抽，你要是嫌有烟味儿就别来网吧啊，自己家买电脑呗！"

到底是少年脸皮薄，被刺上几句就涨红了脸："要不是家里的电脑坏了，我才不来这儿。"

老板在柜台后面不敢吭声，他这儿就卖烟，每天在网吧卖烟可赚不少呢！

男同学显然忍受不了烟味，站起来退了机子就走了。

夏野等他出去，也去了柜台。

他戴着口罩，避开了一部分烟味，放了四块钱在那儿。

老板立刻推了回去:"别呀,你给我钱干吗,我还要给你呢!拿回去吧,明天有空的话来帮我修两台机器就行!"

夏野想了一下,道:"那行,明天中午我来一趟。"

老板连连点头:"好好,小夏啊,那咱们也定一下,我这边虽然小点,但是待遇和吴哥那边给的一样,你看成吗?"

一台电脑维修费二十元,比维修站的价格普遍低了许多,但是不管硬件,只负责技术输出,总体来说,对网吧老板们来说这个价很值,夏野对这点小钱无所谓,点头答应了,老板立刻眉开眼笑。

他生怕夏野不来,提前数了四十元给他,算是定金。

老板又问:"小夏,你方便给我留个电话吗?有事儿我跟你电话联系。"

夏野道:"您联系吴哥吧,他知道怎么找我。"他每回出来的借口都是和同学打球,吴老板那边知道他家里的电话,有回电话被他爸接到了,吴老板还掐着嗓子倾情演绎了一回中学生,硬撑着约了时间喊他出来"打球"。

欣怡网吧的老板点点头:"也成,反正我和吴哥也算是本家,那我去找他联系。"

他也姓吴,算是一个小吴老板。

夏野看到柜台那儿还有零食,拿了五块钱:"给我拿点儿巧克力。"

小吴老板非常热心,给他抓了一大把,足足六七块金丝猴巧克力,多的都算是他送的。

夏野把巧克力揣兜里,又问:"刚才那个戴眼镜的男生您认识吗?"

欣怡网吧的规模不如别家,但是老板绝对是热心且八卦的,来买包烟、拿瓶可乐的他都能叫上名字。夏野一问,他立刻点头说:"认识啊,就这个小区的,平时周末就会来这边上网,读高中,成绩还不错呢!你一定不知道他为啥来这边上网吧?"

"好像听见他说家里电脑坏了。"

"才不是,他家里还有个妹妹,家里就一台电脑,兄妹俩抢,他压根儿抢不过他妹妹,没办法呀,所以才来我这儿上网……"

老板说得意犹未尽,夏野都没开口,老板已经把知道的全都说完了。

刚才那个男孩姓韩,具体名字不知道,有回几个同学和他一起来喊了他一声"小韩",老板也跟着这么喊,他都应着。听着好像在市一中读书,具体的年级不知道。

夏野想起那个名叫"寒鸦"的账号,心想难怪起这么个古怪的名字,原来他自己就姓"韩"。

出来不到一个小时,查到的信息比夏野想的要多。

夏野揣了一兜巧克力,很快就回家去了。

另一边，韩亦辰也回到了家中。

他的妹妹正披着好几条纱巾在走廊上挥舞，头上两个羊角辫，像是一个小乞丐——不过五岁大的小姑娘，活泼一点在家人眼里显得更可爱。

韩亦辰刚回来，小姑娘就看到他了，扑腾着过来："哥哥！你给我买的巧克力呢？"

韩亦辰心里"咯噔"一下，已经完全忘了自己出去的借口，张口就道："啊，小卖部卖完了，得明天才有。"

小丫头特别失望。

韩亦辰看着她身上还裹着一条渔网似的玩意儿，丑到他不忍直视："你这穿的什么？"

小丫头得意地抬高了下巴："仙女，美！"

她想和韩亦辰玩儿，但是韩亦辰半点都不想和她玩儿，瞧见那堆芭比娃娃就脑壳疼，推开妹妹打算回房间。

"你为什么不和仙女玩儿？"

"我不配。"

韩亦辰回了自己房间，觉得没有电脑和网络的时候可真没意思。他看向房门，他家里的电脑在他测试的时候被烧了主板，要换好至少得三五天，市里的维修店没有高级配件。

韩亦辰算是资深网虫，他家里条件还不错，小学的时候就给他买了电脑。他躺在床上满脑子想的还是 1 和 0 的代码，等到快半夜的时候才恍然想起来第二天要考试，不过他太困了，眼皮子直耷拉，都睁不开，意志力不足以支撑他半夜起来复习，直接睡了过去。

另一边，夏野在等了几天之后，终于黑进了寒鸦的电脑。

他放了"小蜘蛛"监控，和他想的基本一致，寒鸦也在网络上搜寻之前的模拟病毒，并开始清理病毒痕迹，虽然有些不尽如人意，但也算卖力了。

与此同时，病毒论坛里发出了一个公告，封了几个用户的账号，说他们违反了规则。

夏野略微一猜，心里就有数了。

不过他还是想找这个寒鸦谈一谈。

夏野用了之前黑老猿电脑的那一套，也在这位的电脑上直接弹出了一个文本对话框。

"寒鸦。"

韩亦辰正和妹妹共用一台电脑，他在写代码，他妹妹坐在一边看动画片《巴巴爸爸》，动画片里面不说一句人话，他正听得耳朵疼，冷不丁一个文档弹到了屏幕中间，上面打出了他的 ID（身份标识号），让他瞬间出了一身冷汗。

韩亦星年纪小，抱着一只玩具小兔子，还以为是自己哥哥弄出来的，不满道："哥哥你把它拿走，挡着我看动画片了！"

电脑屏幕不大，一分为二之后更为狭小。

韩亦辰把对话框挪过来，打字问对面："你谁？"

x："你可以叫我 x，我们见过一面。"

韩亦辰："我不认识你，你找我有什么事？"

这次对方没有回复，沉默片刻之后，韩家兄妹放在脚边的主机箱忽然微微响动，紧跟着光驱弹了出来，连着碰了两次韩亦星的腿，吓得小姑娘丢了手里的小兔子玩具，带着哭腔从椅子上爬下去，一路喊着"妈妈"跑去厨房了。

文档上很快显示出新的字符："我有些话想单独跟你聊，可以先请你妹妹离开一小会儿吗？"

韩亦辰："……"

他妹早就吓跑了，他坐在这儿都能听到小丫头哭着告状的声音，不过光驱弹了两下，那边却信誓旦旦地说"电脑要爆炸了""一会儿要炸死我哥哥了"。

外面大人问了一声，韩亦辰道："妈，没事，就是出了点小故障，我修一下就行了。"他一边这么说，一边关上了书房的门，沉着脸坐下来和网络另一端的人谈话。

x："之前的模拟病毒是你做的？"

韩亦辰："是，你是论坛的会员？"

x："这个病毒样本的代码被人拿走过，练手攻击过别人的电脑，网络上痕迹很少，我怀疑是磁盘携带。"

韩亦辰原本还想威胁对方一下，但是看到这句话愣了片刻，这人说的话和他这些天想的基本一致。

x："你知道是谁拿走的对不对？"

韩亦辰："是，我之前给了我一个徒弟，现在他已经被封号了。那个人是以前在论坛上认识的，说对这个好奇，也是我自己不小心才造成的麻烦，这些天我都在负责……"

x："你打算怎么负责？"

韩亦辰："弄坏了就修呗，之前发的那些我删了，还补了一篇修复的上去，之前那人我也警告过了，我自己犯的事儿我自己去清理门户。"

x："好，知道了。"

韩亦辰："你到底是谁？"

x："时候还不到，以后见了面再跟你聊。"

那边字符闪动几下，又撤回刚发出的几个字，换了一行文字回复："你不用费力气拖延时间，你找不到我。"

韩亦辰正在输入搜索 IP 地址（因特网使用的网址协议地址）的手慢了几分，但依旧没有停下。

韩亦辰："朋友，你知道我这么多，却一点都不跟我说你自己，有点不公平吧？"

x："等以后，有机会我会当面跟你聊。"

韩亦辰："这么有把握？你觉得我一定会答应出去跟你见面？"

x："没关系，我能找到你。"

本来这一句陈述句，算是夏野说得比较温和的话了，但是韩亦辰也是心高气傲的主儿，哪里听过这种居高临下的话语，顿时就被刺激了，放狠话道："你要能找到我，我就喊你爸爸。"

这次那边没回了，只留了一个网络聊天室的地址在文档上。屏幕界面静止半响，两个人谈话的那些字证明着刚才确实有"客人"到访过。

韩亦辰脸色难看，狠狠捶了一下桌面。

他在心里骂了一句："孙子才去聊天室！"

当天晚上，韩亦辰就按地址打开了那个匿名聊天室。

他在里面用的依旧是"寒鸦"这个名字，这个名字在病毒论坛上算小有名气，进去之后立刻引来了欢迎，不过一半是对他的欢迎，另一半则是出于对新人的好奇。

韩亦辰猫在这个小聊天室里等了一个多礼拜，也没见 x 出现，他忍不住问道："x 到底什么时候来？有没有个固定时间？"

老猿人热心又有闲工夫，第一时间就冒出来和他攀谈："不知道呢！"

韩亦辰不死心："你们相处这么长时间了，怎么连这个都不知道？"

老猿发了一串痛哭表情，低像素原始小黄人表情也无法掩盖他内心的痛："谁说不是啊，我都认识他一年多了，经常聊着聊着人就没了，也从来不说啥时候再来！"

韩亦辰趁机挑拨："太过分了！他有没有拿你当兄弟！！"

老猿："就是！"

韩亦辰："老猿，我跟你做兄弟！来，我们私聊！"

老猿感动极了："好啊！好啊！"

这边韩亦辰努力搞好群众关系，试图挖掘一点关于这个神秘人士的信息，而另一边，夏野正在赚钱。

龙腾网吧的吴老板又扩张了两个房间，进了几十台电脑，他这生意做得风生水起，新电脑刚来需要人处理一下，就找到了夏野，让他全给过一遍，装一些常用的软件进去。

这活儿不难，夏野选了一台做控制机，把另外的变成客户端模式，只要打开它们等待一段时间，不用挨个坐下去调试。他稳坐在最靠近柜台位置的那台电脑前就可以一览全局，别人一天多才能完成的活儿，他小半天就搞定了，工作效率只高不低，为了提高电脑速度，还搞了个最优化分配。

吴老板看得惊喜，连声夸他："小夏，你可真够厉害的，我要是会你这手就好了，啧啧，坐在那儿真威风。"

夏野笑了一声："其实也不难，我教您？"

吴老板立刻摇头："不了，不了，我瞧见那堆英文字母就头疼，还是你来吧，你们年轻人才是祖国的希望。"

他给夏野结算了钱，这次给得多一些，小一千块钱。

夏野收了钱，没着急走，站在原地看着吴一诚系在腰上的小包，这包和夜市摆地摊的人收钱用的一样，鼓鼓囊囊。现在网吧普遍都是这样收钱。老板们的柜台前大多放一把躺椅，或者有经商头脑的就像欣怡网吧的老板那样，放点烟酒糖块，再卖几桶泡面。

夏野问："吴哥，您想不想收费再快一点、准确一点？"

吴老板愣了下："怎么准确？"

"精确到每一台电脑，上网时间卡到分秒。"夏野道，"我前几天自己写了个软件，怎么说，有点类似于超市的收银系统，就是来人之后您坐在柜台前用电脑登记一下，给他一个账号密码，他找机子上网，柜台这边的控制机就可以看到网吧里每一台电脑的上网时间，时间到了也不用过去找他收费，电脑自动断网，他会主动来柜台这边充值……"

夏野尽量简化说明，他设计的这套软件，是专门给网吧做的收费系统。

吴老板果然很感兴趣："可以啊，小夏，你这个软件怎么卖？"

夏野道："这个按单月算钱，一台机子一个月五十块钱，我负责它的维护，维护免费。"

吴老板听着微微皱眉，五十块钱猛一听是不少，但是分摊到每一天里也没有多少钱，而且这样确实省下他不少时间，算账也精准。他店里现在机器多了，有些人赖皮，多上一会儿，他有时候也记不清楚，账目也糊里糊涂，这个东西对他来说，实在是不错。

"行，我先买一个月试试！"

吴老板这边全部加起来有七十台左右的机子，虽然只买了一个月试用，夏野这一笔也赚了不少。

现在还是上网贵的年代，网吧也正在兴起，吴老板这边相当于每台电脑给夏野打工半小时，一天一台一块多的管理费。吴老板付了钱有点肉疼，但是很快就知道了这个网吧收费软件的好处了。

吴一诚现在坐在柜台前收钱就可以，等人来了登记一下，再也不用楼上楼下来回跑了，有了空闲时间还学着其他网吧，在柜台上摆了点矿泉水和零食出售。这些东西买的人也不少，尤其是矿泉水，需求量大，他进价又便宜，每天都能卖出去不少。

而且用这个收费软件之后，他的账目也特别清晰。

吴老板之前想要雇两个人，但是雇人一般要包吃住，人员流动性也大，而且让人接触现金总归是要弄出点麻烦事儿。现在好了，他完全不用担心这些，三千多块钱能解决这么多事儿，实在是划算！

夏野说这个叫管理员，套用的是论坛上的名字。不过"网吧管理员"这个称呼还是有些长了，大家慢慢都开始喊"网管"。

吴老板也乐呵呵地应了这个称呼，有些时候还觉得挺得意。

他现在也是技术人员了，操纵整个网吧的管理软件呢！

吴老板这边的网吧与众不同，很快就吸引了不少人，大家一看到柜台前登记领号那一套，就觉得比别家正规，再加上机子多，就算呼朋唤友一起来都能找到位置，也都爱来龙腾网吧。

吴老板为此小发了一笔，见到夏野来，更为殷勤了。

龙腾网吧生意红火，其他家也看着眼馋。

开在市区那边的欣怡网吧的小吴老板和吴一诚算是本家，两个人沾点亲戚关系，跑过来特意看了一下。他瞧见吴一诚坐在柜台前正儿八经对着一台电脑，倚靠着真皮老板椅一边看电影一边轻轻松松收钱的时候，满眼都是羡慕。

"表哥，你这弄得可真正规啊，从哪儿搞来的这一套？"

吴一诚也没瞒着他："夏野给弄的，这小子有本事哪！"

小吴老板一脸羡慕，搓手道："我能跟你学学，回去也弄这么一套吗？表哥你放心，咱们两家不挨着，抢不到生意。"

吴一诚跟他也算是远亲，更何况小吴老板一口一个表哥喊着，他就点点头道："你弄就成，这收费系统也不是我的，是夏野的。我在他那儿办了个会员，按月缴费，要是出了什么问题夏野说了保修。"

小吴老板又问："多少钱啊？"

"一台机子五十元一个月。"

小吴老板算了一下，觉得这买卖划算，也就等于拿了一台电脑整个月的收益出来，他那边有二三十台，现在生意红火，他还想下个月再进十几台电脑，可以搞一下！

吴一诚帮他联系了夏野。

很快，欣怡网吧也弄了一套收费系统，小吴老板还特意改造了一下柜台，他没舍得买大老板椅，只买了一个小转椅，身前放了电脑登记，身后是一排货架，简直像是一个简易小卖部了，当真没放过一点赚钱的机会。他还在门板上挂了附近两三家夜市小摊的菜单，可以帮着订饭和烧烤。

夏野去欣怡网吧的时候，小吴老板热情地要给他订餐："你忙着，中午我给你订楼下老刘炒饭，这家做得好吃，我让他给你放双份儿的牛肉啊！"

夏野戴着口罩，摇头道："不用了，我吃过了。"

小吴老板热情得很，又拿了两瓶饮料放在夏野手边，自己搬了椅子过来看他弄这些，但是屏幕上滚动的字符，中文的都很少，他压根儿看不懂，就干脆转头跟夏野聊天。

"小夏啊，你中午在学校食堂吃的？"

"嗯。"

"你这还是学生，就会这么多，可真了不得，比我们那个时候懂得多啊！"小吴老板热衷八卦，看着夏野这一身本事的人更是好奇，"你多大了？"

夏野懒洋洋道："十八。"

小吴老板怔了一下，面上露出几分疑惑，显然不太信。

"那就十七岁半，还有几个月就过生日了。"

小吴老板："？"

夏野："十六，真不能少了。"

小吴老板听乐了，敢情年龄都能谈判的啊。

不过他识趣，夏野不说，他就不继续问了，心里猜着可能和之前周末经常来他这边上网的小韩一样，都是高中生。

夏野给他弄好了，带着小吴老板试了一下，又怕他忘了步骤，拿了纸笔一步步给他记录下来，看他能熟练操作之后才点头道："基本就是这样了，有什么事儿您打电话找吴哥通知我一声，我抽空就过来。"

小吴老板答应了一声，给他点了两千块钱，看着夏野忍不住感慨道："小夏，我跟你这么大的时候可没这么有本事，你爸妈以后可跟着你享福了。"

夏野收钱的动作顿了一下，没应声，跟他客气地道别后就走了。

下午还有课，夏野骑车赶回学校的路上把口罩拉到下巴，呼吸了几口新鲜空气，鼻间渐渐没有那股烟味了。他怀里揣着两千块钱，但是也没多少高兴的情绪，这钱对他来说，还远远不够。

他爸的身体不好，做手术的事宜早不宜迟，他读书也要钱，以后考了大学怕也不能走太远，或者带上他爸，换一个更大的城市生活……

夏野深呼吸一下，慢慢把那些事压回了心里。

其实他爸不知道他来网吧打工，不知道也好。

刚进四月，北方小城的天气还冷，除了湖边柳树上冒出的一点嫩芽，周围还都是灰扑扑的一片。

夏野顶着风一路骑车到了学校，扔下车子小跑进了教学楼，几乎是踏着铃声进了教室，刚好和班主任撞了个正着。俩人都站在门口，夏野喊了一声："报告！"

班主任站在门口看看他："干什么去了？怎么差点迟到？"

夏野面不改色道："唐叔叔在家帮我改错题。"

班主任立刻和颜悦色地点头道："这么刻苦就对了，快回你座位上去，下次尽量早点，不要让唐先生累着，知道吗？"

"是！"

筒子楼，唐家。

唐瑾瑜正在家里弹钢琴，他今天能完整地弹一首儿歌了，动作姿势还挺规范，最后一个音落下，一旁的夏老师立刻站起身来给他鼓掌，比他还高兴。

夏老师道："小瑜今天表现得很好，我们提前下课，老师带你拍皮球怎么样？"

小朋友坐在琴凳上两脚半悬着，歪头想了一会儿道："不想玩。"

夏老师问："那小瑜想做什么？"

唐瑾瑜："想去老师家学口琴。"

夏老师特别感动，他把小孩抱下琴凳，原本打算放在一边沙发上，但是小孩下意识伸手抱住了他的脖子，睁着一双大眼睛看了过来。夏老师立刻舍不得放下了，一直抱着他去了隔壁，一边走还一边笑道："咱们劳逸结合，不能一直学习对不对？老师先带你玩一会儿，给你讲个故事好不好？"

唐瑾瑜摇头："要学琴。"

"这么喜欢口琴？"

"哥哥说……"

"说你吹得不错吧？"

"说难听。"

"……别听他瞎说，我们小瑜吹得比他好多了，他小学初赛都没过，他懂什么欣赏，这个人都没有乐感的！"

但不管怎么说，夏老师哄一天都不如夏野一句话，唐瑾瑜认定了努力学习这条路，卖力地吹了一下午口琴。

傍晚的时候，夏野放学回家，还没进门就听到家里传出来几声清脆的口琴声。

唐瑾瑜坐在客厅沙发上，看到夏野进来特别高兴，扔下口琴就跑了过来："哥哥！"

夏野被他抱着腿，还没说话，就看到小孩皱着鼻尖小狗似的闻了两下。

夏野不动声色地扯着他后领，把小孩拉到一边沙发旁。

唐瑾瑜没明白什么意思，从沙发旁走过去，这次夏野倒退几步，好像躲他似的。

他这"嫌弃"得太明显了，夏老师都看不过去了："你抱他一下嘛！"

夏野顿了下，含糊道："下次吧，我打球出了一身汗，脏。"

他拿了换洗衣服去冲澡，走得很快。

夏老师心疼唐瑾瑜，抱着送去了隔壁，小孩问晚上能不能来吃橘子的时候，夏老师连声答应。

夏野洗了澡换过衣服出来，家里的饭菜也做好了，他看了客厅一眼，沙发上那个小不点已经不在了。

夏老师端了饭菜过来，看到忍不住笑他："晚了吧，人家小瑜回去了。"

夏野过去帮忙，夏老师还在念叨他，夏野小声道："我没不喜欢他啊，小瑜挺好玩儿的，就是太弱了，感觉一碰就坏。"

夏老师失笑，摇头道："胡说，哪里就会碰坏了，你小的时候也这么大，慢慢一点点长高的。"

大概是因为被拒绝了，一连几天小孩都特别乖，没再主动扑过来抱他的腿。

反倒是夏野有些不自在，少了个腿部挂件，好像俩人关系都没那么亲了，他身上没烟味的时候也会抱起小孩来逗一下，但是小朋友老老实实地待在怀里，要不是笑得那么甜，他都以为小孩跟他生疏了。

夏野心里多少有点亏欠，想做点什么。

唐瑾瑜来夏老师这边吃橘子的时候，夏老师正好在给家里的富贵竹浇水。

这盆富贵竹买来没多久，在夏老师的精心照顾下每片叶子油亮，碧绿的一丛长势喜人，舒展开的叶片生机勃勃。

夏老师带着小朋友一起浇水，跟他聊天："昨天给小瑜讲的那个故事里，谁最喜欢吃竹子来着？"

"熊猫。"

"对了！"

"老师家有竹子了，缺只熊猫！"

夏老师被他逗乐了，还跟着点头："对，下回咱们养只熊猫。"

夏野在厨房洗好碗出来正好听到这句，趁他爸转身去放水壶的工夫，弯腰捏了一下小孩的脸："熊猫也吃橘子，知道吗？"

"啊？"

"不养熊猫，家里橘子都留给你吃。"

唐瑾瑜肉嘟嘟的小脸被捏大了一圈，手感特别好。他明明被"欺负"了，却愣是没觉出来，还冲夏野笑，连连点头，美得没边了。

四月的时候，下了一场大雪。

这座北方小城的天气有些莫测，转暖后又下了一场雪，把路边已经抽了绿的树木都蒙上了一层白。学生们倒是挺高兴，重新穿了两天厚衣服，还嘻嘻哈哈地打了两场雪仗，把冬天没过完的瘾又过了一把。

夏野晚上在唐家补习的时候，第一次瞧见小孩有点坐不住，往窗边跑了两次。

陈素玲把他领回来，摇头道："不行，宝宝不能出去，外面下雪了，很冷……穿厚了也不行，明天妈妈带你出去踩雪好不好？"

夏野听见了，手里的笔顿了一下："小瑜喜欢雪吗？"

唐泓俊笑呵呵道："喜欢啊，小瑜最喜欢下雪了，就是过年的时候太冷，没敢让他出去玩太久，只能踩一小会儿。"

夏野看了一眼目不转睛地看着窗户的小孩，又收回了视线。

隔天中午，夏野从学校回家吃了饭，没午休，拿了把铁锹去外面院子里铲雪。

他刚才问过他爸，唐瑾瑜一般上午跟着陈素玲去公司，等到中午吃过饭才会被送回来，下午跟着他爸学琴，他动作快一点，还能赶在小朋友回来之前做好。

这场雪下得厚实，堆个雪人足够了。

夏野动作很快，雪人也跟其他人堆得不太一样，是一个熊猫的造型。

白胖胖圆滚滚的身子，黑耳朵、黑眼圈，手里还抱着一根竹子——昨天夏老师修剪了家里的富贵竹，他挑了一根，用在了这里。

他正在弯腰忙碌，就听到"嗒嗒"的脚步声，一个小不点扑过来抱住了他的腿，夏野愣了一下，回头就看到了隔壁家小孩。小孩穿了一件红色小羽绒服，戴着红白格子围巾和帽子，像是一颗蹦蹦跳跳的小糖豆。

唐瑾瑜仰头也在看他，但是怎么都想不起刚才要说什么了。他今天被妈妈特许，可以踩一会儿雪。他也不知道为什么，一看到下雪就特别开心，好像有什么特别的回忆似的。

尤其是刚才隔那么远看到一个人在家门前的院子里堆雪人的时候，这种感觉更强烈了，好像是一位特别亲的人曾经也弯着腰亲手给他堆过一个大雪人，那个特别熟悉、温暖的名字含在嘴里说不出来，他急得想哭。

夏野把铁锹放下，抱起他看雪人："喜欢吗？"

唐瑾瑜使劲儿点头："喜欢！"他怕夏野不信，抱着他的脖子又重复了一遍，"特别喜欢！"

夏野摘了手套，用手背给他擦了擦小脸，他还没见过哪个小孩喜欢雪人喜欢到哭鼻子。

唐瑾瑜心里有一种情绪在翻滚，是心脏都快被揪扯起来的那种疼，他也不知道怎么了，控制不住地掉眼泪。

陈素玲走过来想要抱他，但是小孩抱着夏野的脖子不撒手，眼泪都蹭到夏野衣服上去了。

陈素玲失笑："这么喜欢哥哥给你的雪人吗？那小瑜不哭，妈妈可以让你再玩一会儿，好不好？"

唐瑾瑜点点头，瓮声瓮气地说"好"。

夏野就带他在旁边又堆了一个小的，也没让他多上手，团了一个小雪球让他拿着玩儿，还时不时盯着，生怕小孩不知道冷热，凑上去舔一口。

其实夏野多虑了，小朋友站在那里，捧着雪球认真地看他堆雪人，特别听话，让干什么就干什么。

陈素玲看着时间，没让唐瑾瑜多玩雪。夏野也要去学校了，他抖了抖手套拍干净雪，重新戴好，准备骑车走。

临走的时候，小孩主动过来抱了抱他的腿，夏野没敢动，等他退开之后才走。

一整个下午，夏野都在想要不要趁晚上再堆一个雪人。

可惜下午气温又慢慢回升，学校操场的雪都化了大半。

夏野傍晚回家，在路边也没看到干净的雪，最后还是绕去附近的公园找了几棵大树下的积雪才团了一个小雪人，用手压结实了，放在车筐里带了回来。

夏野把雪人放在隔壁唐家的窗户外，揉了揉冻得发红的手，轻轻敲了下窗户。

但是他等了好一会儿，也没看见那个熟悉的小脑袋冒出来。

夏野有些奇怪，只好把雪人放在那里先回家了。

晚上吃饭的时候，他和夏老师说起，夏老师才道："小瑜病了，下午的时候发烧，现在还在医院,我晚上还想去看看他。"

夏野手里的筷子停了下来,拧眉道:"怎么好好的就生病了?是不是中午玩雪的关系?"

夏老师也是一脸疑惑:"我打电话去问来着,你陈姨说不是。下午她正好没事,我们就在家里一起听小瑜弹钢琴,你知道他刚学会一首完整的曲子,弹了两三遍,本来还挺高兴的,小瑜忽然就从琴凳上摔下来了,闭着眼睛说胡话,也听不懂他说的是什么,没一会儿就开始发高烧……"他摇了摇头,叹了口气道,"小瑜身体一直不好,这些日子虽然有点好转,但你唐叔叔他们都在害怕。"

夏野食不知味,很快就放下了筷子:"爸,一会儿我跟您一起去医院看看。"

第四章

包罗万象

医院里。

唐泓俊和陈素玲正在床边陪着,唐泓俊还穿着单位的衣服,外套都忘了拿,他也觉不出冷来,只要医生一来就下意识地跟在医生后面,问他孩子情况怎么样。

医生脸色凝重,先是摇摇头,看到唐泓俊脸色惨白立刻解释道:"这种情况太罕见了,毕竟病人之前的情况特殊,我们也拿不准,现在看来只是高烧发热,但他一直不出汗,也看不出其他的……先打针看看,一会儿护士来做抽血检查。"

唐泓俊连声答应着,神情慌乱地拿着单子去缴费找护士了。

陈素玲在病床旁边坐着,握着儿子那只没有打针的小手,嘴唇哆嗦到讲不出话来,好不容易喊了一声"宝宝",眼泪就滚了下来。

护士来给病床上的小孩抽了血,唐泓俊在病房里待着不放心,跑去抽血化验的地方等结果,他来回踱步,隔几分钟就去问一下,已经有些神经质了。

陈素玲在病床前一步不肯离开,给孩子盖被子的手都在微微发抖。

夏野跟着他爸去医院看望唐瑾瑜。

单人儿童病房布置得没有那么素淡,墙壁上贴了卡通画,病房里弥漫着消毒水的味道。

病床上的小孩脸色潮红,额头上的碎发乱糟糟的,嘴唇发白,穿着一套宽大的病号服缩在被子里,小小的一团。

夏老师过去和陈素玲说话,问了一下情况。

夏野走到床边,看到躺在病床上的小朋友心里忽然疼了一下,平时能跑能跳的小家伙,忽然就躺在这里起不来了,他脖子细小,脆弱得像是一个瓷娃娃。

小孩烧糊涂了,在说胡话,猫儿似的一丁点大的声音,也不知道他在说什么。

夏野听到了,走过去给他盖了盖被子,刚碰到那只小手,就被小孩握住了一根手指头。

他那么小，手指也细，却把夏野的手指抓得紧紧的。

夏野没动，坐在一边陪着他。

唐泓俊很快就回来了，脸上表情喜忧参半："化验结果出来了，医生说没有异常。"

陈素玲和夏老师起身去看化验单，陈素玲问："那现在怎么办？小瑜一直没醒啊。"

唐泓俊摇摇头，带了几分颓丧："不知道，说是还要再观察。"

"那要观察多久？"

"至少一个晚上吧……"

陈素玲张了张嘴，又闭上，好一会儿才咬牙道："那就一晚上，要是小瑜明天一早还没好，我们就转院，要一辆救护车，一路送他去京城，找最好的医院。"

唐泓俊点头，坚定道："好。"

夏老师在一旁很是感慨，但在心里也是赞同他们的，换了他，要是夏野出了这样的意外，不争取到最好的医疗资源他也不甘心。

夏老师没过多打扰他们，问了情况就准备走。

只是夏野坐在那里没动，他的手指还被唐瑾瑜握着，小孩尽管在睡梦中，力气也挺大，细小的手指因为用力都攥得发白了。

夏野看了一下手表："爸，你先回去吧，我七点半上晚自习，还有一段时间，一会儿从医院骑车过去也很近。"

夏老师道："那行，你路上慢点。"

夏野一直坐在床边陪着，小孩嘴唇干得起皮，半梦半醒地说话。一听他说话，陈素玲和唐泓俊就赶紧凑过去回应一两声，他们声音很轻，生怕吵醒他，但又怕不应声小孩就听不到了。

夏野一直到八点都没走，后来是医生来查房，给小孩检查身体的时候才掰开了小孩握着的手指。

陈素玲走过来，低声劝他："小野，你去学校吧，我和你唐叔叔忙得过来。"

夏野点点头，出去了，但是没过几分钟又回来了。

陈素玲惊讶道："怎么没去学校？"

夏野道："陈姨，我给老师打电话请假了，今天我也留下来陪陪小瑜。"

陈素玲还想劝他，但是她自己眼圈还泛红，并没有什么说服力。

夏野晚上留在了医院，他给家里也打了电话，夏老师倒是挺支持他的决定。

"这样也好，你替我多照看一下吧，你唐叔叔他们一家都是好人，有什么能帮忙的，就多帮一下。"夏老师在电话里叹了口气，他身体不好，有心无力，只能在电话里多关心一下，"医生说什么了没有？"

"打了退烧针，温度下去又上来了，反反复复，陈姨给小瑜喂了水，比傍晚的时候好一点了。"

"那就好，那就好。"

夏野把情况大概说了一下，挂断电话就回了病房。

唐瑾瑜住的是一个小套房，里面有陪护床，外面有一个沙发。夏野就在沙发上凑合了一下，这一晚，他略微睡了一两个小时，但是唐家夫妇整晚都没合眼。

夏野亲眼瞧见了唐泓俊和陈素玲对小孩的照顾，一点细微的动静立刻就让这对父母惊慌地披着衣服去看，他们是真的害怕。

唐泓俊一看到小孩体温升高就按铃找护士，护士还没来，他先急匆匆跑出去找值班医生，生怕耽误了病情。

陈素玲起初是在床边陪着，后来就抱着儿子，一整夜没合眼，她一边亲怀里的小孩一边流眼泪，小声呢喃着喊他："宝宝，宝宝醒醒，看看妈妈……"

夏野能做的很少，但也力所能及地做了一些。

凌晨的时候，唐泓俊终于等不住了，他去楼下找了救护车。

陈素玲迅速给孩子收拾好了几样衣物放进包里，她拜托夏野照看一下小孩，自己跑去护士站开病历，这一晚小孩打了几次针，用药剂量她都记录好，留着转院时用。

病床上的小孩缩起来发抖，好像很冷，夏野下意识用被子包裹住他，把他抱在怀里，看着那张昏迷不醒的小脸心都乱了。

那么小那么软的一团在他怀里，整张小脸都烧得发红了，他抱紧一点，怀里的小孩就会发出一小声"呜呜"，拧着眉头动一下。夏野不知道该怎么做，想起昨天晚上，就学着唐泓俊夫妻的样子伸出一只手去，果然小孩慢慢握住了。

但是没一会儿，小孩就开始哭起来，先是呜咽，后来就开始哭着喊"爷爷"，起初口齿不清，慢慢地能听清楚他说了什么。

夏野愣了一下，紧跟着小声和他说话："小瑜？小瑜醒醒，醒醒好不好？"

唐瑾瑜闭着眼睛还在哭，慢慢地嘴里的喊声变了，突然喊了一声"哥哥"。

夏野哄他："是我，你醒醒，睁开眼看看哥哥。"

怀里的小孩呜呜咽咽地哭着喊"哥哥"，满脸都是泪水，大概是被夏野用被子裹得太紧额头上慢慢开始冒汗，细碎的头发都被汗打湿了。

夏野也不知道该怎么办，他僵坐着，不敢抽回被他握住的手，医生说过小瑜一晚上没出汗，现在好不容易出汗了应该是情况好转了。

他正胡乱想着，就听到门外有脚步声，陈素玲推门走了进来。

夏野抱着小孩坐在床边："陈姨，小瑜出汗了！"

陈素玲愣了一下，脸上立刻露出惊喜："真的吗？我看看！"她几步走过来，瞧见之后连连点头，"是出汗了，小野你抱着他别动，我去找医生，马上就回来！"

不过几分钟的时间，主治医生就跟着一起过来了，他立刻把小孩接过去做检查。

夏野站在一旁，想了想又去了一趟楼下，把消息跟唐泓俊说了一下，唐泓俊已经订好救护车了，这会儿听见立刻跑了上去。电梯太慢，他直接爬的楼梯，等到病房门口的时候他已经气喘吁吁、满头大汗。

唐瑾瑜的情况开始好转，体温第一次降到了 37℃。

陈素玲激动得不行，唐泓俊更是去病房外哽咽着哭了一场，回来的时候双眼赤红。

早上七点，小孩睁开了眼睛，喊了一声"饿"。

陈素玲连声答应着，要去给他买饭，刚走到病房外就碰到了提着保温饭盒来送小米粥的夏老师。

夏老师晃了晃手里的保温饭盒，笑道："我在家也没什么事，小野给我打电话说了一声，我就想着帮大家做做后勤，早饭已经带来了，煮了一个多小时，小瑜这会儿吃粥正好。"

陈素玲喂唐瑾瑜吃了一小碗粥，唐泓俊和夏老师在外面说话。

小孩吃了一碗粥很快又睡着了，这次呼吸平稳，看着已经好了许多。

夏老师没在医院待多久，他回去帮忙煮中午饭。医院可以买饭菜，但是能从家里准备热饭热菜还是更好些，也更合小孩的胃口。

夏野又请了一天假，留在医院陪护。

陈素玲过意不去想让他去学校，夏野坐在床边道："陈姨您别这么说，唐叔叔一直照顾我，而且年前我爸出事，也多亏了小瑜。您当我是一家人，就让我留在这儿吧。"

"唉。"

白天的时候大夫给小孩输液，连着输了四大瓶药水，陈素玲和唐泓俊都已经很疲惫了，夏野就让他们去睡，自己专心守着。

唐家夫妇哪里能放心，轮流休息了两三个小时，也在那儿陪着孩子。

唐瑾瑜退烧之后睡得安稳，偶尔说两句梦话，喊的也都是"爷爷"，有一次还喊了一声"夏野"。夏野伸出手指过去，就被他握住，抓紧了像是怕走丢一样。

夏野在旁边陪着他，视线没从小家伙身上离开过。这是他第一次带小孩，也是第一次有人对他这么依赖，他完全处于一个保护者的位置。

傍晚，昏睡了一天一夜的小朋友慢慢苏醒过来。

这时陈素玲正在护士站等着要注射的针药，而唐泓俊正在楼下结算救护车的费用——虽然没用上，但预定了一整天，就怕出意外，准备时刻给儿子办理转院手续。

病房里开了灯，夏野看着小孩抖了抖睫毛，一点点睁开眼。素白的小脸，浓密的睫毛像是水墨色的蝴蝶羽翼轻轻抖动，小孩睁开眼睛的那一刻蝴蝶就活了，带着一点灵动，看到他先弯起眼睛笑起来。

"哥哥。"

"舍得醒了？"

"我做了一个好长的梦，好累呀。"

"都梦到什么了？"

"梦到学校……"

小孩看着他，带着刚睡醒的迷茫，一直盯着夏野："哥哥，我好像认识你很久了。"

夏野被他逗乐了。

小孩带着鼻音说："真的，我看了好久了，一看见就知道是你了。"

夏野揉了揉他的脑袋，把他抱起来："小笨蛋。"

"哥哥聪明……"

"嗯。"

"哥哥最厉害，哥哥以后会一直很好……"

怀里的小朋友刚醒就开始夸人，跟以往一样乖得不像话，像是用糖喂大的娃娃，他夸了很多，长命百岁的话都说出来了。

夏野笑了一声，下巴抵着他小脑袋，应声道："嗯，我们都长命百岁。"

唐瑾瑜这次醒来，就没有再发烧了。

唐家夫妻很高兴，他们没告诉别人其实唐瑾瑜昨天的检查结果不太好。小孩烧了一天一夜，又在医院观察了一段时间，身体各项指标都有起伏，尽管现在恢复健康，医生却表示不太乐观。

孩子年纪太小，一些药用不了，医生也无法保证这次能彻底康复，不会留下什么后遗症，委婉地建议他们去更大的医院再检查一下。

唐家夫妻在这件事上出现了分歧。

陈素玲想要去检查，唐泓俊却不肯。

他现在只能接受儿子是健康的，一来不舍得小孩再抽血做各项化验，二来他根本无法接受孩子有另外一种可能。

两年前，他们去了京城医院，托关系找了最好的医生，得到的诊断根本无法接受。

那个医生说过，小瑜活不过十岁。

唐泓俊和妻子都很难过，但也在盼着奇迹。

唐泓俊深信现在就是奇迹，他的儿子又一次挺过来了，他就在自己面前，那么健康,能吃能睡,还会喊他"爸爸",会冲他笑,他没有任何理由把儿子带去医院再折腾一遍。

"小瑜好了,不用去医院。"唐泓俊坚持道。

陈素玲有些无奈,她比丈夫理智几分,但是在听到小孩软软糯糯地喊了一声"妈妈",伸着小手要抱的时候,她也跟着心软了。

她决定再等一段时间。

这些年,已经听了太多"死亡诊断",她也不想再听一遍。

住院一段时间之后,唐瑾瑜身体恢复,可以出院了。

医生都有些怀疑自己当初的诊断是否正确,要不是亲眼看过他高烧不退,而且以前的病历还在,医生已经开始对高科技设备产生怀疑了,这孩子简直像没病过,或者说高烧之后比之前更健康了。

唐泓俊高高兴兴地准备车带儿子回家,路上他还停车去百货大楼买了一大堆玩具。

陈素玲抱着小孩在车里等,没敢让他下车见风,生怕他又病了。

他们俩坐在车里,陈素玲就笑着逗他:"宝宝这几天可吓坏妈妈了,睡了那么长时间,怎么都喊不醒,说的什么妈妈也不懂,你还记得梦到什么了吗?"

唐瑾瑜摇摇头。

陈素玲亲了他的额头一下,笑道:"也是,别说你,大人们做了梦也不记得呢。"

唐瑾瑜乖乖地坐在妈妈怀里,他其实记得一点。但是记忆很模糊,像是在一个教室里,他穿着和夏野哥哥一样的校服,在那儿埋头奋笔疾书,一直忙着上课和考试……具体的记不清了,好像他成绩还挺好,被表扬了,拿了奖学金。当时他略微松了一口气,还有些高兴。

其余就不记得了。

那似乎是另一个世界、另一个自己身上发生的事。

唐瑾瑜在家休养了一阵,这段时间,夏野参加了中考。

六月份的天气,太阳高悬在空中,是可以痛快吃冰棍的季节了。

唐瑾瑜穿了一身短袖短裤,胸前印着一道小彩虹,蹬着一双淡蓝色的小凉鞋,正趴在窗边的小板凳上看外面。他家里开了空调,但因为同时开了窗户,房间其实也没凉快多少。

陈素玲现在处于特别矛盾的状态:她既想给孩子最好的,又担心儿子在房间里憋闷,干脆都开着了。

唐瑾瑜一直趴在窗边等着，听见楼下自行车铃铛响动的声音，眼睛这才亮起来，爬下小板凳就要踮脚去开门："妈妈，我去接夏野哥哥啦！"

陈素玲正在房间看图册，公司效益不错，多开了一个男装设计部，负责人特别有干劲儿，送来不少图样给她瞧，她往客厅门口看了一眼："去吧，一会儿记得早点回来吃饭。"

"唉！"

陈素玲听到"咔嗒"一声关门的声音，笑着摇摇头，又低头去看图册了。

她带了一些工作回家处理，前段时间小孩发烧的事实在吓到她了，如今过去一两个月，小家伙看起来又跟没事人一样了，而且瞧着比之前还要活泼一些，吃饭和弹琴的时候，手指灵活了很多，平衡感也增强了一点，偶尔小跑的时候也没有摔倒了。

夏野考试回来，搬了不少东西回家。

唐瑾瑜胆子比以前大一点，已经敢一个人站在楼梯口等夏野了，不过瞧见他搬了自己的课桌回来立刻扭头就跑，没一会儿小孩牵着夏老师一起过来帮忙。

夏野让了一下，没让他们两个病号插手："没事，我自己能行。"

夏老师道："那我帮你拿几本书。"

这次夏野没拦着，他扛着书桌和椅子，斜挎着的背包里塞了些书，夏老师拿了七八本出来，给了旁边伸手要帮忙的小朋友一本，交代道："小瑜走路要小心啊，慢慢走。"

小孩认真抱着，学他说话："老师也慢慢走。"

夏老师单手抱着书，另一只手牵着小朋友，跟在儿子后面回家。

夏家就他们爷儿俩住，家具摆设一向简单明了，客厅就一套藤编沙发，还有两三盆富贵竹——春节养的那些分枝了，多插了好几盆，摆在那里给房间带来一抹清凉。

夏野把课桌和椅子放在一旁，先去喝水，一口气喝了大半瓶才解渴。

夏老师问："怎么把课桌也搬回来了？"

夏野放下水杯，随手拿衣摆擦了擦额头的汗："给小瑜用的，您不是要给他上课吗？上课得要个课桌吧？"

夏老师觉得有道理，去拿抹布把课桌认真擦了一遍，还教育小孩道："你看哥哥用的课桌和书本多新，小瑜以后也要爱惜啊。"

唐瑾瑜围着课桌转来转去，美滋滋的。

夏野有点心虚，他那也不算爱惜，是用的频率低——书本翻过一遍就学会了，至于课桌，他没空跟其他人似的瞎画瞎刻。

有了小课桌，唐泓俊和夏老师就开始给小孩认真"上课"了。

因为是暑假，省城的唐老爷子还特意赶过来给孙子发了一个幼儿园小班毕业的毕业证书，和之前的一样，也是他亲手写的。

唐瑾瑜五岁半，已经得到了博导亲手批的毕业证了，而且科目全是Ａ，可以说特别优秀了！

唐老爷子亲自带了小孙子一段时间，每天变着花样夸他，题目做对了说真棒，做错了说有创意，宠得没有底线。

老人是事后才听说小孙子生病的事，他家中两个晚辈报喜不报忧，但是他怎么会毫无察觉？知道小孩高烧不退，睡梦里说胡话还喊了好多声"爷爷"的时候，唐老忍不住掏出手帕擦了几次眼泪。

唐老先生对小孙子倾注了满满的爱，小孩的一丁点进步都让他心里充满喜悦。

他在这里享受了小半个月的天伦之乐之后，因为省城学校里还有事需要他处理，只能依依不舍地走了。

他走之后，唐泓俊夫妇在家中茶几上的那个糖罐里发现了一张存折，里面是五十万元。

陈素玲想给老人拿回去，唐泓俊拦住她，笑道："不用，你就算给爸送回去，爸也不会收，他这钱不是给咱们的。"

陈素玲不解："那是给谁的？"

"给小瑜的呗。"

陈素玲哭笑不得，她拿着这笔钱叹了一声，心底涌起暖意："那我先替小瑜收着，等他大了，再给他。"

而此刻，唐瑾瑜小朋友还半点都不知道自己就要发财了，他正在夏老师家里吃西瓜。

夏野懒得切，挑了个小点的花皮西瓜，一切两半，一人用一把勺子挖着吃。

唐瑾瑜坐在沙发上，盘着腿，西瓜太沉，他只能抱在怀里吃，一勺子塞到嘴里去，小脸就鼓起来一块，仓鼠似的，吃得津津有味。

坐在旁边的夏野单手托着西瓜，正在拨号查成绩。

中考成绩下来了，他查了几门，分数都和他预估的一样，最后一门数学还没查，如果和预期一致的话，全校第一名没跑了，就是不知道这个成绩能在全市排第几。如果按往年的成绩，大概是前五左右，还能拿到奖学金，两千块钱左右，够给小孩买个新手风琴。

夏野看了一眼乖乖吃西瓜的小朋友，拿了张纸巾给他："嘴边擦擦。"

"好！"

夏野看他接张纸巾都很高兴的样子，忍不住笑了一声。

一大一小正面对面傻笑时，家里的电话响了。

夏野以为是同学来问分数的，接起来"喂"了一声，结果那边是班主任，声音兴高采烈，隔着电话都能感受到那份儿热切："夏野！第一，你考了全市第一啊！可真有你的，哈哈哈！"

"全市第一？"

"对！今年的数学题难度提高了，最后两道大题疑似超纲，分数一下就拉下来不少，你知道你数学考了多少吗？119分啊，差一分就是满分！"

"哦。"

"你怎么这么平静！就没有什么想和老师说的吗？"

"有，我那一分怎么扣的？"

…………

夏野考了全市第一名，这个消息传出来不但学校以此为荣，夏、唐两家更是高兴极了。

夏老师为人谦和，这两天更是逢人就笑，唐泓俊想要去定做横幅，和夏老师商量写什么字才好，但是他们这边还没行动，学校就替他们做了。

学校送了两条横幅，小区门口挂了一条，夏野家住的筒子楼下也挂了一条。

红底白字，热烈祝贺了一番。这样就算夏野想低调也难，很快大家就都知道楼里出了一个小状元。

中考的难度比高考低一些，但那也是几万人里拼杀才出一个"状元"，一时夏家引起了筒子楼里各家各户的瞩目。

有些人家里有初二、初三的学生，也有些小想法，旁敲侧击地来问夏老师方不方便让夏野做家教。还有好几家想凑钱，打算让夏野带学生补课，可谓是精打细算了。

不用夏野出面，夏老师就全给推了，没让这些琐事打扰到儿子。难得一个假期，他想让夏野好好放松一下，多休息一阵。

唐泓俊深藏身与名，夏野和班主任都有意瞒着没提他。夏野不想让唐泓俊被打扰，他们班主任比他还要维护唐泓俊——开玩笑，唐齐先生的公子啊，怎么好意思去请人家补课嘛！

夏唐两家单独聚在一起吃了一顿饭。

夏老师请客，找了市里最好的酒店开了包间，算是谢师宴。

唐泓俊一家特意穿了一身正装去赴宴。唐泓俊不必多说，一身穿戴都可以去参加领事馆的宴会了。陈素玲一身素雅的裙装，佩戴了一条双层珍珠项链，温柔典雅。她手里领着的小朋友也穿了新衣服，蓝白相间的条纹T恤，外面套了一件白色薄帽兜衫，裤子是过膝的米色短裤,踩着一双卡通凉鞋,头发略微有点长了,显得小脸更精致了,特别讨喜。

夏老师穿戴简单,不过他身高在那儿,脸上带着轻浅的笑意,像是一个艺术家。他身旁的夏野一身运动装,倒是和唐瑾瑜穿的差不多,只是T恤是黑色的。

坐下之后,唐泓俊笑道:"算我占了一个便宜,要不是学校不允许宴请老师,真应该把小野他们班主任也叫上,那个老师很认真,给学生们出了不少力。"

夏老师点头,笑道:"是,学校有规定,咱们就不破坏规定了,你平时没少带小野补课,谢师宴请你是应该的。"

两家人一起坐着吃饭聊天,说起夏野数学试卷扣的那一分。

夏野当时提了这个疑问,他们班主任还真去查了一下。

最后那道大题他写得太快,省略了一个做题步骤,为此扣了一分。

唐泓俊听了觉得十分可惜,宽慰他:"这不怪你,其实有我的原因,我形成习惯思维了,觉得题目简单就一直让你省略步骤。有些阅卷老师严格一些,没关系,咱们以后多注意一下就成了。"

夏野应了一声,对唐泓俊是很尊敬的。

唐瑾瑜坐在那儿用勺子吃松仁玉米,他这次没有用儿童座椅,陈素玲单手虚扶着他,耐心地哄他多吃一些。

小孩乖得很,让吃什么就吃什么,小脸鼓起来吃得很香。

唐瑾瑜饭量小,很快就吃饱了,大人们还有话要说,夏野就带他出去玩。

陈素玲一直看着门口,等小孩走远了她还有些魂不守舍,一旁的夏老师劝道:"没事的,让小瑜出去转转吧,他这段时间已经可以让人领着走出去一段距离了,也能让他稍微接触一下人群。"

陈素玲收回视线,叹道:"我也知道,就是担心。"

唐泓俊道:"夏野细心,没事的。"

陈素玲其实都知道,酒店就这么大,孩子们在外面走廊上玩,夏野也不会领着小孩乱跑,但她就是舍不得让儿子离开自己的视线范围。

夏老师和唐泓俊两个大男人开了酒,唐泓俊杯子里是白酒,夏老师心脏不好喝红酒,两个人一起举杯。

唐泓俊在筒子楼住了几年,没和哪位邻居红过脸,但要说交情好的也只有隔壁夏老师一家了。半年多前,他甚至没想过会和夏老师家有这么多交集。

这半年来唐泓俊夫妻两人的心情和坐云霄飞车一样,经常飞在半空中,心脏悬在那儿,一有什么状况就微微发颤,不知道哪一刻就坠下来了。

唐泓俊和夏老师交情好,俩人一起喝酒聊了一阵。唐泓俊第一次喝白酒,他酒量不太好，和夏老师聊起孩子时忍不住多喝了几杯，其间摘下眼镜擦了好几次眼泪，头一次当着外人的面哭。

"我舍不得……好多人都劝我们再要一个，但是我们不能要，小瑜还在，我们另外要一个孩子就等于舍弃他……他就算有千般不好也是我的儿子，既然是我们带他来这个世界上，我们就要照顾好他。"

"老夏，我心里难受，不是因为小瑜不好，是觉得自己没用。我看他生病难受，看他一次次去医院抽血化验做检查，他小时候还会哭，现在都不哭了。我问他疼吗，他说不疼。老夏，那么粗的针，一大把一大把的药，我一个成年人都不一定能坚持下来，小瑜那么大一点，他会替我擦眼泪你知道吗……"

夏老师身体也不好，对此感同身受，对小朋友多了几分怜爱。他听着叹了一口气，拍了拍唐泓俊的肩膀："你们做得很好了，小瑜有你们这样的父母，是他的福气。"

唐泓俊却握住了他的手，带着鼻音恳求道："老夏，我能不能求你个事。"

"你说。"

"你能不能收小瑜做干儿子，咱们两家结个干亲？"

"泓俊！"陈素玲有些错愕，还当他喝醉了。

唐泓俊摆摆手，依旧看着夏老师恳求道："我就这么一个孩子，老夏，上次小瑜在医院真把我吓坏了，他说了好多胡话，能喊出来的人除了我爸，就是夏野，你就当我是病急乱投医吧，我从来没求过人，这次我是真的怕了，我怕小瑜下次万一再遇到这样的事他醒不过来……"最后一句已经带了哽咽。

陈素玲动了动唇，不再说话了。

夏老师沉吟一下，道："我很喜欢小瑜，上次我发病也是多亏了小瑜才躲过一劫，真要说起来，也是我和他有缘，是小瑜帮我更多。"

唐泓俊直直地盯着他，带着一丝希望。

夏老师笑道："说来是我们高攀了，你不嫌弃的话，我们两家就结个干亲。我这身体也是老毛病了，以后不知道有多少年盼头，不过我是真心喜欢你家小瑜，不管将来有几年的时间，我都想带带他。"

唐泓俊红着眼睛倒了一杯酒去敬他，他常年搞科研的一个人，一时也不知道该说什么才好，只闷头干了一杯，所有的感情都化在酒里。

走廊外面，夏野抱着唐瑾瑜在看挂画。也没什么好瞧的，倒是大厅里摆了一座山水小景观，里面有活水，养了几尾锦鲤，看起来还热闹一些。

夏野看了一眼那个小池子，又看了看怀里的小孩："想看鱼？"

怀里的小孩点点头，抱着他的脖子探头，对外面很好奇。

夏野看那边没什么人，就抱他过去了，他一直留意着怀里的小孩，见他注意力都在水池那边没什么应激反应才放心。

怀里的小朋友像难得出来放风的小鸟，看什么都新鲜。

"小鱼。"

"嗯，小瑜。"

夏野掐了一下他肉乎乎的小脸，养了两个月总算又恢复了一点，抱在怀里也有点分量了。

"小瑜看小鱼。"夏野教他，见小孩不吭声，自己先笑了。

他们在外面看了一会儿锦鲤，很快就回了包间。

包间里，三位大人默契地沉默着，见他们回来才把视线转到他们身上。夏野有点奇怪，但还是把小孩抱着放在椅子上，问："爸，唐叔叔，怎么了？"

唐泓俊喝了酒之后情绪波动比较大，但是他酒品很好，只是面色发红，瞧着有些激动。一旁的陈素玲看夏野态度和蔼，放缓了语气轻声问道："小野，我们刚才和你爸商量了一下，有件事想问问你的意见，你介意咱们两家结一门干亲吗？虽然有些仓促，但是我和你唐叔叔一直很喜欢你，我们想收你当干儿子，同样地，小瑜以后也喊你一声'哥哥'……"

夏野愣了一下，转头看向他爸，夏老师在那边微微颔首。

陈素玲姿态放得很低，还在耐心地向他征求意见，夏野连忙道："陈姨，您和我爸说就成了，我都答应。"

陈素玲惊喜道："真的？那可太好了。"

唐泓俊坐在一旁眼眶发红，他看了看夏野，又看了一眼自己儿子，忽然喊了服务生过来又要了一瓶酒，非要和夏老师再好好喝一杯。

夏老师拦住他："咱们两家离得这么近，以后常聚就是了，酒喝多了伤身。"

陈素玲也笑道："就是，你也学学人家老夏，养生。"

两家关系更近了一步，称呼都不同了。

聚会结束，夏野帮忙先送唐泓俊回去，陈素玲抱着小孩跟在后面，等夏野要走的时候，对小孩道："快谢谢哥哥。"

夏野就站在那儿等小孩开口。

唐瑾瑜还有些发蒙，看着夏野半天才糯糯地说了句"谢谢"，夏野揉了揉他的脑袋就走了。

唐瑾瑜怎么也想不到，一顿饭的工夫自己会多一个这么厉害的哥哥！

另一边，夏家。

夏野回去之后倒了热茶，陪着他爸坐在沙发上说话。

夏老师只喝了一点红酒，人还很清醒，听见夏野问起就叹了口气："是你唐叔叔的意思，我看他提起的时候，你陈姨比我还惊讶呢，显然也是没想到。"

"怎么突然就要认干亲了？"夏野不解，"唐叔叔家条件比我们好，现在认干亲，我有点想不通。"

"因为小瑜。"

"小瑜怎么了？"

"上次小瑜发烧住院，是在你怀里醒来的，你唐叔叔觉得跟你有缘分，所以想和咱们家结干亲，互相多照顾一些。其实我能理解他，如果是你出了这样的事，但凡有点希望，我什么都信，也会去求人家的。"夏老师喝了一口茶，缓声道，"而且答应这事，我也有私心。"

"爸……"

"我这身体，你也知道，心脏说不定什么时候就不中用了，我就想着万一我不在了你还有个亲人，遇到什么事可以商量一下。"

夏野拧眉打断他道："爸，您别说了。"

夏老师轻笑一声，抬手摸了他脑袋一下，夏野看起来挺高，但其实还是个半大的孩子。

"小野，是爸没用，什么都不能给你，如果你跟在你妈身边，条件肯定会更好——"

夏野忽然开口打断："您别这么说，这不是刚给我找了干爹干妈，还附赠一个弟弟吗。"

夏老师顿了一下，失笑摇头。

夏野站起身："爸，我下午约了同学去打球，先出去了。"

夏老师点头应了，看着儿子的背影心里微微叹了口气，那个人果然还是不能提。他和妻子离婚之后发生了许多事，夏野和母亲的关系并不好，夏野不想提，那么他也尽量不在家里说。

夏野整个暑假都很忙。

龙腾网吧的吴老板帮他推销出去好几套网吧收费软件，夏野现在给他打六折，他推销得更卖力了。夏野忙着去安装调试，有时候一天要调试一百多台机子，戴着口罩从早忙到晚。

龙腾网吧生意越做越大，有些人看到吴一诚在用这款收费软件都来问叫什么。

吴老板瞧着大象图标，这是夏野为了方便他寻找做的快捷键，随口道："万象网管，包罗万象嘛！"

"具体咋用啊，用它之后，这边你一个人就能忙活过来？"

"对啊，这个软件可方便了，我给你看啊，你看点这里，就能设置收费，而且就网管一个人能看到，特别安全。你看这边，有人上网后台都在计时，特别准！"吴老板给他们看了一下，得意道，"这边还有当日查账，安全又方便，我用了几个月了，没出一点错啊。"

有人担心道："不会被什么病毒侵入吧？"

吴老板和夏野认识时间长，也学会了那么一两个时髦名词，吹道："不会，这是防破解的，每个月人家技术员都会来调试，有啥问题都能给处理了。"

几个网吧的老板一听都很动心，纷纷掏钱订了一套。

别的不说，以龙腾网吧为首的这些大型网吧用了这个软件之后，都显得特别正式，网吧老板感觉如果不用就像是小作坊一样，一看就不正规。

这一天，夏野入账了小一万。

吴一诚人不错，怕夏野一个人去收钱不安全，陪着走了一趟。

他买了一辆夏利车，边开车边打趣道："小夏，你这赚钱速度可比我快多了，写个软件以后坐着收钱就成了。"

夏野笑道："软件还有优化的空间，我这两天打算再调整一下，再加个小功能，等测试好了就能拿出来用了。"

吴一诚很感兴趣："还能优化吗？现在就很好用了，是要新加什么功能？"

夏野道："等做好了再跟吴哥说吧。"

吴一诚点头："行，不过咱们可说好了，你做出来之后得第一个给咱们龙腾网吧用啊！"

夏野点头应了。

这段时间赚了不少钱，夏野没敢把钱都拿出来，毕竟半个月赚了六万多元钱，这金额有些大，怕他爸心脏撑不住。他跟夏老师坦白了一半，只说自己做了一套软件卖了，没说具体金额，从赚的钱里拿了一半给他爸。

夏老师有些惊讶，但他对夏野做的事一直都是支持的，收下了夏野交上来的三万元钱，又问他："这钱要不给你买台新电脑吧，现在用的都旧了，我听着主机声音也很大，你拿去买台好些的，如果够的话，再买台笔记本。"

夏野摇头："不用，我那台还能用。"

"但是旧了不方便啊，这些本来就是你赚的钱，夏野，拿着吧，对自己好点。"

夏老师把钱抽出两沓放回儿子手里，只留了一万元钱，就这样还高兴了好几天，给夏野买了不少东西。

高中离家有一段距离，骑车二十分钟左右，他专门去给儿子买了一辆新的自行车。至于衣服，就不用夏老师操心了。

自从和隔壁唐家的关系更近一步之后，夏家父子的衣服就再没少过。陈素玲的公司今年正好开了男装部，新出的衣服要请模特试穿拍照，都不是正常码数，模特要更高更瘦一些，因此那些衣服拍完照就一直挂在公司闲置，她看见了觉得可惜，拿回来送给了夏老师他们。

夏老师身材高挑，坐下时温文儒雅，站起来有一米九的个头，夏野随他，长得也快，拿来的衣服他们父子俩穿着正好。

夏野性子冷淡，但是并不是不分好歹的人，唐家对他怎样他都记在心里，过了几天，他拎了一辆儿童车回来。

唐瑾瑜收到了第一辆车，是那种三个轮子的铁制儿童车，非常稳当，绝对不会摔倒。

陈素玲道："小野不用给他买玩具，他玩具多着呢！"

"姨，没事，这是用奖学金买的，一早就和小瑜说好了。"夏野按照当地习俗喊唐泓俊"叔"，喊陈素玲"姨"，这样去了姓氏叫着更亲几分。

唐瑾瑜围着童车转了一圈，仰着小脸看他："哥哥说……"

夏野捏了一把他的小脸："对，我说的，就买这个。"当初他说给唐瑾瑜买个新手风琴来着，但是又后悔了，不想小孩那么努力学琴，换了一辆儿童车。

唐瑾瑜收到什么都开心，转头又乐呵呵地笑了。

夏野把他抱到车上，抓着他的小脚放在前面两个脚踏上，低声道："慢慢用力，我在后面扶着你。"

唐瑾瑜觉得很新鲜，骑车的时候也觉得特别新奇。

夏野怕他用不上力，在后面不动声色地推着他。这样比走路快上不少，小孩在走廊里来回骑了两遍，有些意犹未尽。唐泓俊下班回家的时候，唐瑾瑜还给他表演了一下。

唐泓俊有些懊恼，他平时光顾着保护儿子，竟然都忘了买小车子。

"宝宝，爸爸明天给你买个更大的！"

"不要。"

"为什么？你要！"

…………

夏野大半个暑假都在忙碌，赚得盆满钵满。要不是太忙，他也不会晾着韩亦辰这么长时间。

夏野进了市一中的校园网，进去之后别的没动，只黑了管理员账号翻出了历年的成绩单，挨个核对姓名、住址和年龄之后，再比对上传的一寸证件照，略微排查之后，就找到了韩亦辰。

学校网站做得很简陋，打开后页面放着歌曲，鼠标动一动都是彩色爱心，放的歌也特别老套，是一首《感恩的心》。歌声响起的时候，夏野正好找到了韩亦辰最近的一份成绩单。

韩亦辰数学没及格，鲜红的59分。夏野有些意外，他之前看病毒网站上的那些帖子分析，觉得这人算术能力不差，没想到会考不及格。

查清韩亦辰这个人之后，夏野登录了匿名聊天室。

老猿第一个蹦出来，一大串感叹号之后就是天崩地裂的一句："死鬼，你还知道来看人家吗？"

"老猿。"

"干什么！！"

"单聊。"

老猿扭捏了一下，迅速开了单聊对话框和夏野聊得火热。夏野发了那套网吧收费软件过去，又趁着传输的工夫和老猿大致讲了一下主要功能。

老猿对这个小玩意儿挺感兴趣，接收之后打开测试了一下："虽然做得有点简陋，但是实用性很强，还不错……哎，等下，你这边怎么还留了一个后门啊，这可不像你的风格，不会是陷阱吧？"

"不是。"

老猿以前在与他交手中没少吃他的亏，疑神疑鬼，不肯信他。

x："留着有其他的用处。"

老猿："你又想坑谁？"

x："没有，放广告用的。"

老猿那边安静了好一会儿，才缓缓打出一句："广告？你这不是计费软件吗？"

"是，它很稳定，只做计费太可惜了。"

"这话我好像听过。"老猿那边打字速度很慢，一字一句地控诉道，"你之前利用我给你做数据统计的时候，就是这么说的。"

虽然还不知道怎么放广告，老猿已经开始同情那些网吧老板了，同时他也有点欣慰，卖身之后还替夏野数钱的终于不再是他一个了，多了一批人啊！

x："老猿，想赚钱吗？"

老猿："怎么不想，我做梦都想发财啊！"

x："一起合作怎么样，你在齐州市对吧，你那边有网吧吗？"

老猿："有，遍地都是！"

x："那你在网吧里见过这种计费软件吗？"

老猿："……那还真没有，你这个挺新鲜的，我也是头一次瞧见。"

x："那就方便了。这套计费软件的使用情况我大致写一份计划书给你，我这边基本上全市普及，数据很不错，你修改一下，在齐州市找网吧推广合作，成了每单给你抽 20% 怎么样？"

老猿刚开始没明白这里面利润有多大，很快收到一份夏野发来的文件，里面除了数据部分其他写得都很幼稚。老猿难得瞧见这人在哪方面有稚嫩的时候，圈圈画画，刚想打字嘲笑一下，结果看到后面的金额就傻眼了。

夏野在这上面没有丝毫弄虚作假，实打实地列出来给老猿看。

老猿震惊了，如果说网吧是下金蛋的母鸡，那人家网吧老板还要砸大笔的钱去买设备，现在他们横插一个软件就能截走这么多？而且 x 还说让他抽 20%，竟然还有这样的好事？

老猿被天上掉下来的金元宝砸得眼冒金花，打字的时候手都有些颤颤巍巍了："死鬼，别闹，你这钱数是写来逗我玩儿的吧？"

夏野一边写程序一边抽空回复道："没有，是真的。"

那边删删减减，犹豫半天问道："你真的一个月赚了十万？"

夏野纠正他："准确地说，不到一个月。"

"……"

"你知道的，我们市比较小，网吧只有这么多。"

老猿心里开始动摇，夏野住的地方小，但是齐州市不一样啊！这里是省会，人流密集，这两年各种网吧遍地开花，大的有几百台机子，中型的也有上百台，哪怕最小的也有三十几台了，如果真推广出去，大笔大笔的钱如潮水涌入……老猿觉得自己的心脏都有些不太好了，跳动得有些超负荷。

他看着那份计划书，觉得 x 疯狂大胆，虽然他之前就有这种感觉，但今天第一次切实感受到。老猿吞了吞口水，盯着屏幕又认真地看了一遍，这份计划他觉得十有八九能成真。

屏幕上，对方又开始打字：

"老猿，怎么样？要不要一起赚点外快？我测过了，可以远程操控，我们忙的时候可以互相顶替一下，只要有人定期去维护一下就行，很简单，不耽误什么时间。我这边快要开学了，白天的时候忙不过来，正好你白天有空，可以顶上，你要是有什么事提前喊我一声，都成。"

老猿咬牙:"干了!"

那边夸奖他:"你嘴皮子这么利索,又有倾诉欲,一定是一个最好的推销员。"

老猿:"你才是推销员,你们全家都是推销员!还能不能尊重一下技术人员了!!"

夏野笑了一声,退出了私聊。

他电脑上弹出一只"小蜘蛛",不停上下爬动提示报警,夏野打开后台看了一下,就看到有人试图鬼鬼祟祟地黑进他系统,被拿来做跳板的竟然还是老猿那台电脑。

夏野测了地址,显示的是欣怡网吧附近小区。

要不是韩亦辰又搞了点小动作,夏野差点忘了这个人。他打开那个匿名聊天室看了一下,刚好看到寒鸦在线,给他发了一条信息过去:"没用,撤回去。"

韩亦辰正在聊天室试图套话,今天那个 x 终于出现了,但是只说了两句人就跑没影了,连带着平时话最多、最好套话的老猿都不见了。韩亦辰十分不爽,他忍不住拿前几天好不容易植入老猿电脑里的木马撬开一点缝隙,入侵了对方的系统,但是刚有小动作,就被人发现了,信息弹出来的时候吓了他一跳。

"我听不懂你在说什么。"韩亦辰死鸭子嘴硬。

"你不知道?"

韩亦辰心里有不好的预感:"什么?"

"老猿电脑是我的备用盘。"

韩亦辰:"?"

那他这几个月跟老猿套近乎岂不是全在对方眼皮子底下吗!也太丢脸了啊!!还有老猿,这个肥头大耳的胖子明明和他交换过照片和星座,说好了一辈子做兄弟,竟然背叛了他!

韩亦辰强忍住内心的羞愤,打字问:"朋友,你加了我不约,不太合适吧?"

x:"忙。"

韩亦辰:"这不是你冷落我的借口。"

x:"你可以利用这段时间研究一下老猿的电脑。"

韩亦辰:"哦,他的电脑有什么过人之处吗?"

"病毒齐全。"

韩亦辰:"……"

"另外告诉你一件事,老猿电脑里有一个有趣的小程序,你登录他的电脑,等于他也在登录你的电脑。"

韩亦辰简直要抓狂,老猿这个人想法怎么这么多,我们不是朋友了吗?他怎么能黑我的电脑?!

像是在漫长的沉默中领会到了什么,对面的人又替老猿解释了一句:"他那小程序平时不会主动攻击，可能没想过会遇到你这样的朋友？"

韩亦辰："……"

x："这周六有时间吗？上午有空的话可以见一面。"

韩亦辰很想应战，但他猛然看到台历上"周六"画着一个鲜红的五角星，旁边用粗笔写着"送妹妹去少年宫"几个字，想着老妈的巴掌，他毫不犹豫地打字回复："那天我刚好有很重要的事，不如周日？"

夏野记忆力强大，不用看台历就知道那天是唐瑾瑜的表演日——这是他们全家挑选的时间，这周末会让小孩演奏一首完整的曲子，全家一起听。他用手指敲了敲桌面，皱眉回道："周日不行，忙。"

这么说着的时候，就听到门外有小孩的声音，夏野匆匆留了一句"下次跟你联系"之后，就下线了。

韩亦辰连着追问几句，都没有任何回应，眉头皱了半天都没松开。

如果说以前他还有几分自信单挑 x，那他现在才颓丧地发现，自己连老猿都防不住，内心接近崩溃。

夏家客厅里，夏老师正在招待小客人。

他给唐瑾瑜拿了一袋雪糕，是最近很流行的一种，叫"香蕉兄弟"，两根小一些的冰棍粘在一起，唐瑾瑜掰开之后来找夏野，先给哥哥分了一支，自己才去吃另外一支。

小孩的手举得老高，一脸期待。

夏野不爱吃太甜的东西，但是雪糕都送到嘴边了，他也就弯腰咬了起来，小朋友一边跟着他一边咬着雪糕。

夏野等他吃完，带他去洗手，问道："去散步？"

踩着小板凳站在洗手池边的小孩果然高兴地连连点头："要去！"

夏野就拿毛巾给他擦干净手，领他下楼了。

唐瑾瑜现在开始慢慢学着出门。这是两家都在努力带他去做的事，其实夏野觉得小孩并不怕外面，反而是家里大人们有些过于紧张，从刚开始的三个大人一起陪着，慢慢到每天抽一个人陪小朋友下去转一圈，情况逐渐在好转。

夏野今天带他走得远了一点，围绕着楼下小花园里的紫藤长廊走了一圈，长廊上面枝叶繁茂，在最边角的地方还长了一棵细藤葡萄。细藤攀爬在石柱上，结了几串不起眼的青葡萄。

还不到葡萄成熟的季节，这会儿的葡萄一看就觉得青涩，不用吃都知道会酸得口水直流。

夏野抱着小孩过去，看怀里的小不点认真地看那串葡萄，就挑了一串完整的摘下来给他："拿着玩儿，别吃，知道吗？"

唐瑾瑜点头应了，视线跟着挪下来，开始看手里的葡萄。

夏野回头望了一眼他们住的筒子楼，灰扑扑的房子，所有的门窗都很小，像是鸽子笼。所有人都是住在这里的鸟，只有他怀里的是只小金丝雀，娇气得很。

唐瑾瑜的单人演奏定在了周末，夏老师搞得很正式，特意把家中布置了一下，在客厅挪出一块空地当作小舞台，旁边还摆了家里的绿植，两家人都穿戴整齐坐在那里认真听。

夏野嫌热，上身穿了衬衫搭马甲，下面搭配了一条运动短裤，被家长们勒令去换了一条长裤回来。

客厅中央，小孩穿了一套背带裤搭配小衬衫，脖子上还系了条巴掌大的灰色小领带，正在吹奏一支长笛，脸颊鼓鼓的，吹得十分卖力。

夏野托着下巴听得漫不经心，他觉得学乐器也就这样，能吹成调就成。

唐瑾瑜认真地吹长笛，旁边立着的支架上放着简易谱子，他时不时抬头看一眼，也不知道怎么回事，把平时挺熟练的一小段吹错了。他有点心虚，瞥了一眼谱子，一口气憋着又吹回正轨，竟然还能自己圆回来。

最后一个音符落下，夏老师带头鼓掌，夸奖道："很好，很好，小瑜气息很足！"专家首肯了，其余人立刻开始热情鼓掌。

唐瑾瑜站在那儿有点脸红，挠了挠脸颊。

其实长笛看上去音键很多，挺复杂，但是演奏起来不难，挑的乐谱也是最简单的，他现在这水平估计也就是小学初赛入选。

夏野装作兴奋地继续鼓掌，他心想小傻子一定不知道，他们这是全家总动员给他打气呢。

演奏日的特定表演结束，唐泓俊做东，请了两家去市里新开的一家西餐厅吃饭。

今天聚餐是为了庆祝夏老师找到了新工作。在休养了几个月后，夏老师在市少年宫找了一份工作，周末给孩子们上乐器课。他会的东西多，几乎没有不会演奏的乐器，少年宫面试的人听他现场演奏了三种乐器，立刻就拍板签了聘任合同。

夏老师本来还有更好的选择，但是觉得一来少年宫比较轻松，就周末去两天，平时还能在家带带学生；二来想带唐瑾瑜一起去外面接触一下其他小朋友，有他在，小孩不至于太害怕。

夏老师跟唐泓俊夫妻俩商量的时候，那边也是一迭声的感谢。

大人们商量这些，都是避开小孩的，所以唐瑾瑜认真地吃牛排，还只当这是在给夏老师庆祝，完全不知道跟自己有关。

唐泓俊坐在那儿教两个孩子西餐礼仪，他给唐瑾瑜切的时候，夏野就认真地看着，他切了一半夏野就学会了，接过他手里的刀叉给弟弟切牛排。

唐瑾瑜盘子里的那块牛排嫩一些，适合小孩入口，不过牛肉对他的肠胃还是有些负担，他更喜欢吃配菜。他吃完自己的，一边看夏野一边小心吃夏野盘子边沿的一块土豆。

夏野忙着给他切肉，没管。唐瑾瑜又吃了一小块面包。

夏野给他切好一小块，学着唐泓俊那样蘸了一点香草黄油喂给他吃，他切得有点大，小孩坐在那儿一动不动地嚼了半天，鼓着腮帮子再没空吃别的了。

陈素玲看得想笑，举着相机道："小野，你再切一块，不不，切你刚才给小瑜吃的那么大的。"

夏野："……我下次切小点。"

"别啊，这个多有趣！"

夏野只得又切了一块举起来，比在小孩脸边让家长拍照留念。他自己忍不住也吃了一块，好像确实有点大，也难为他弟刚才卖力地吃。

饭吃到一半，夏老师就开始和唐泓俊俩人一唱一和，吹少年宫有多好。

唐瑾瑜沉浸在被哥哥喂饭的快乐中，一点都没听到。

唐泓俊靠近儿子，表情浮夸道："少年宫真的这么好吗？会吹长笛的小朋友这么受欢迎啊！每一个乐器合奏团都需要对不对？"

夏老师忍住笑，努力配合他："是，我今天指导的一个合奏团正在找长笛手，而且不光是他们，其他管弦乐团和乐队里面都很欢迎会长笛的人。"

唐泓俊兴冲冲道："小瑜，那咱们也去好不好？"

唐瑾瑜："嗯？"

唐泓俊："小瑜吹得这么好，只在家里给我们演奏太可惜了，我们抽一天时间，也去少年宫演奏给其他小朋友听好不好？"

唐瑾瑜摇头，他今天都吹跑调了，哪里好了啊。

唐泓俊不死心，又道："你看，你夏老师说了，那边好多小朋友都希望你去，他们就缺会长笛的乐手，你去了会特别受欢迎，而且还能认识新朋友……"

唐瑾瑜这才听出来他爸在说啥，他看了周围一圈人，视线在他妈那边停顿一下，又问："夏老师去的少年宫吗？"

"对对，就是那个少年宫！"

"那去吧。"

唐泓俊和夏老师都特别感动，唐泓俊觉得儿子和自己太亲了，什么都听自己的；夏老师觉得这简直就是贴心小棉袄，果然自己选择少年宫是对的，听听，只要他在小朋友就点头答应去了！

唐瑾瑜继续吃饭，心里对这个安排也很满意。他妈平时太忙了，每天还要抽时间来照顾他，周末工作都带回家来做，去少年宫交点钱就能减轻妈妈的负担，划算呀！

大口吃饭的小朋友美滋滋的。

韩亦辰连着下了几次战书要挑战夏野，只是俩人时间实在对不上。

韩亦辰的妹妹周六去少年宫，刚好夏野周日要陪唐瑾瑜一起去少年宫参加乐团活动——夏老师没说谎，长笛手果然很受欢迎，一进来就受到了三个小乐团的热烈欢迎。夏老师选了一个女孩多一点的让唐瑾瑜加入，毕竟女孩子性格都要温和一些，更好相处。

另一边，韩亦辰为此和他妈认真谈判了一番。

韩亦辰的妈妈皱眉不解："不是你自己说要送你妹妹去的吗？接送一天五块钱，是你自己提的吧？要不你别去了，我自己送算了。"

韩亦辰连忙道："别啊，妈，我就这么点零花钱，您别给我断了啊！"

"那你到底要怎么样？"

"我妹那课改成周日不成吗？周六我有事，妈，好妈妈，求您了！"

"哪里有那么好改的，她都熟悉乐团位置了。"

"就我妹敲那个破三角铁，有什么好熟悉位置的，上哪儿去敲不一样……妈，别动手，我就是随口说说！"

韩亦辰挑战权威又一次失败，但他还是不死心，又去找了自己妹妹，想从小的这里找突破口。

没想到这次一下就成了。

韩亦星这个小姑娘十分讲义气，她最好的朋友在周日的小螺号乐团，刚好缺一个敲三角铁的，加上她哥努力敲边鼓，小姑娘立刻高高兴兴地答应了。

韩亦辰松了一口气，想着下周六终于能和 x 约架，整个人都精神抖擞。

夏野之前说再找机会约韩亦辰见一面，但是他没想到机会来得这么巧，竟然在周日少年宫的门口碰到了对方。

上次在网吧匆匆一瞥，只记得对方是一个白净脸皮的学生，架着个瘸腿的眼镜，鼻梁上还有点伤，看起来不那么主流，是个暴力书生。这回在少年宫门前碰到，韩亦辰推着一辆粉色自行车，前面车筐里放着一个美少女卡通书包，后面车座上放了儿童椅，坐着一个扎两个羊角辫的小姑娘，年纪很小，瞧着五岁左右。

兄妹两个皮肤都特别白，一模一样的丹凤眼，连挑起眉头吵架的样子都如出一辙。

韩亦辰推着他妹妹一边走一边不耐烦道："真的不能吃，你看说明啊！不认字？谁让你不好好学习的，去了学校就认识了，来，这次哥给你念——"

韩亦辰把嘴边的干脆面三两口全吃完，拿着包装袋糊弄她。

"小孩不能吃，吃了肚子疼。"最后他还强调了两个字，"有毒。"

"小，小……这不是小！"扎羊角辫的小姑娘愤怒了，兄妹俩又开始新一轮的互掐。

一旁站着的夏野沉默地看了他们一眼，又看了看自己手边领着的小孩。唐瑾瑜乖乖地跟他牵手，身上穿着少年宫统一发的蓝白色小制服、短袖衬衫和齐膝短裤，一双白色小袜子搭配黑色小皮鞋，连袜子边缘都折得整整齐齐。

夏野心想，还是自己牵在手里的这个好。

他努力回想了一下，他家小朋友好像很少说"不"，少有的几次也是"不要吃，给哥哥""不吹口琴，会吵到哥哥""不去，等哥哥"……这么想起来，夏野忍不住低头看了一眼旁边跟着的小家伙。

小孩误会了，以为这是在道别，便抱抱夏野的腿，摆摆手就去了少年宫的门口，夏老师已经在那里等着他了。

同时，吵吵闹闹的韩家兄妹也进行了一场道别。

韩亦星背着小书包，嘴巴噘起来能挂一个小油瓶："我不要你当哥哥了！"

韩亦辰冷笑："你想好再说，小心我不来接你！"

"我要去做别人的妹妹！"

"我还想给别的小朋友当哥哥呢！"

小姑娘气鼓鼓地跑进少年宫去了。

韩亦辰嘴上说得厉害，但还是一直看着她进了楼才挪开视线，推上自行车准备回去。

"韩亦辰。"

旁边站着一个挺高的少年，戴着口罩正在喊他，韩亦辰有些疑惑，站在原地没动。

对方把口罩拽下来一点，挂在下巴上，露出一张俊脸，看着他又问："还是应该喊你'寒鸦'？"

韩亦辰吓得够呛："你谁？"

夏野道："我是 x，之前带你进聊天室的人。"

韩亦辰脸色变了，沉着脸压低声音："你什么意思，跟踪我？"

"没有，碰巧来这里有点事。"夏野冲少年宫那边抬了抬下巴。

韩亦辰警惕道："你还有同伙？"

夏野想了一下："你非要这么说也可以，不算是同伙，不过论辈分你得喊叔叔。"

韩亦辰依旧带着警惕："借一步说话？"

夏野点头应了，看了一眼腕上的手表道："我还有半个小时的时间，你没事的话就跟我来吧。"

韩亦辰就没尿过，立刻推上自行车跟夏野走了。

夏野带他去了附近的一个咖啡厅，坐下跟他简单介绍了一下自己，又要了点吃的，他早上出来得匆忙，还没吃饭。

韩亦辰起初以为他要约架，打架他是一点都不怕的，又不是没打过，别看他长得文弱但是内心充满了侠义之气，从小到大最爱干的事就是除暴安良，维护正义。但是一身侠肝义胆也敌不过口袋空空，他被夏野领着走进来心里就有些发虚，这边的咖啡厅消费不低，没个五十、一百别想出去，气势上就先弱了一头。

等到夏野开始吃饭的时候，他坐在那里吞口水，没动筷。

夏野奇怪："你不吃？"

韩亦辰摇头："不吃了，我在家里吃饱了。"其实他就在来的路上吃了一袋干脆面，只垫了个底，现在也很饿。

夏野吃了几口，瞥了他一眼："都已经要了，不吃也浪费，你当帮我个忙，我们边吃边谈。"他吃完手边的焗饭，又要了一份三明治。

韩亦辰犹豫了一下，吃了桌上的一份松饼，说："你早上没吃饭？"

"嗯，昨天晚上熬夜写程序，只睡了不到三个小时，早上送我弟差点起不来。"

"那你不行，要合理作息，我从来不熬夜。"

"凌晨一点多的时候你是不是又黑老猿电脑了？"

韩亦辰恼羞成怒："不是你让我测他电脑里的病毒库吗？我就试了试！"

夏野笑了一声："没成功对吧？"

韩亦辰哼了一声："你不是都能看到吗？"

夏野摇头："这次看不到了，老猿弄了个防火墙，效果还不错，要啃下那块硬骨头就算是我也要几天几夜的时间，没空陪他折腾。"

韩亦辰好奇道："老猿做防火墙干什么？接的私活儿？"

夏野没回答他，吃完手里的三明治之后，坐在那里想了片刻："之前那个病毒软件是你做的吧？"

韩亦辰心虚道："是，但是它没有网络传播性，除非是特定植入……我已经警告那个人了，现在和他也断了交情，他和那家网吧老板之前起了点争执，然后就想'教训'一下对方，他自己都没想到这病毒这么霸道。"

夏野坐在那儿看他，沉默不语。

韩亦辰声音弱了几分："我可以道歉，如果对方损失大的话，我也可以尽量用自己的方式补偿一下。"

夏野懒声道："不用，我已经替你补偿过了。"

韩亦辰有些动容。

夏野又道："不过天底下没有免费的午餐，你知道吧？"

韩亦辰讲义气，点头道："你开个价吧！"

"好，就等你这句话。"夏野笑了，坐直了身体，"老猿最近在做防火墙，你有没有兴趣来帮个小忙？"

韩亦辰道："可以啊，我欠你一个人情，做这个就能抵销吧？"

夏野点头："可以，他那边缺测试的资源，你一个人顶三个，能帮很多。"

韩亦辰好奇："你们到底在做啥啊？"

"一个小软件，老猿帮忙加固了一下，一时也说不清楚。对了，说起这个，你最近缺零花钱吗？"

韩亦辰犹豫了一下，点点头。

夏野想了想："那一会儿你跟我去趟网吧，正好我接了一个单，我把那软件示范给你看，就是装一套很简单的东西，不麻烦。"

韩亦辰张了张嘴，那句拒绝的话到了嘴边还是没能说出来，他心里是好奇的，很想知道夏野到底在干什么。

另一边，少年宫里。

唐瑾瑜被夏老师牵着手送进了教室，夏老师带周末的班，主要指导的几个小乐团都在这里，尤其是周日的小螺号乐团，是他带的乐团中演奏水平最稳定的一个。小螺号乐团里面女孩儿多，大多是五到八岁之间的小姑娘，像一朵朵花儿似的又乖又漂亮。

夏老师让唐瑾瑜先跟着几个年纪大的小姑娘学习了几天，放心地把唐瑾瑜带进了小螺号乐团。

班上已经到了不少人，正在领队的指导下互相整理领结，看到夏老师进来都列队站好。夏老师拍了拍唐瑾瑜的肩膀，让小孩也归队，看着他站在前排规规矩矩的，忍不住会心一笑。

今天加入的还有周六班的一个小女孩，夏老师领她过来给大家介绍："这是新加入我们的韩亦星小朋友，负责三角铁，大家以后和她好好相处，一起进步好不好？"

一帮小孩奶声奶气地拖长了声音道："好！"

韩亦星虽然是新来的，但和小螺号班里好几个女孩读同一个幼儿园，是很好的朋友,一来就迅速地融入了集体。

这个小乐团成员大部分是女孩子,几个男孩发育晚,这会儿普遍要比女孩矮上小半头,都站在前面。

韩亦星那帮小姑娘特别好说话,看那几个男生势单力薄,就让他们站在第一排最中间,把最好的位置给了他们。

小螺号乐团加上唐瑾瑜总共也就三个小男孩。韩亦星的小闺蜜们叽叽喳喳地告诉她,这个小团体里,大家都认定唐瑾瑜最好看。韩亦星半信半疑,观察了下。

那个叫唐瑾瑜的小男孩确实和其他小朋友不太一样,这里面属他模样最干净漂亮,皮肤和牛奶一样,身上穿戴也特别整齐,脚上那小皮鞋擦得发光。

韩亦星看了一会儿,就很喜欢他了。

小姑娘觉得对方和自己一样白,等到休息的时候,她还特意过去跟唐瑾瑜玩,摸了一下他的脸,夸奖道:"你长得真好看!"

唐瑾瑜冷不丁被摸了一下,眨眨眼反应半天:"谢谢!"

韩亦星继续社交,又夸奖他:"你衣服也漂亮,鞋子最好看!"

唐瑾瑜也觉得自己这身衣服挺好看的,他以前没来过少年宫,这是第一次,没想到小制服会如此精致漂亮,而脚上蹬的那双鞋子是他妈妈亲手准备的,市面上还没有呢!

礼尚往来,唐瑾瑜也夸了她两句。韩亦星愣住了,很快就高兴起来,围着他转圈,还主动给他拿纸杯帮他接水。课间休息的时候生活老师来分小点心,韩亦星特意帮唐瑾瑜抢了一块大些的糕点,他就坐在一旁跟新认识的小朋友一起吃。

唐瑾瑜坐在那儿,跟她手里吃的小年糕一样,软糯香甜,说话又好听,人干净漂亮,简直不要太乖了!

"你跟我走吧。"

"啊?"

韩亦星特别兴奋,眼睛都亮了:"你去我家,给我做弟弟吧?"

唐瑾瑜眨巴着眼睛,不明白什么情况。

"让我哥去你家,咱们换换!"

"不好吧……"

"好!"

韩亦星整个休息时间都黏着新认识的小伙伴,她太喜欢唐瑾瑜了!

唐瑾瑜向夏老师投去求助的目光,但是夏老师过来问了一下,就揉揉他的小脑袋笑道:"小瑜交到朋友了啊,真厉害。"

唐瑾瑜试图反驳一下,但是一旁的韩亦星热情得很,显然已经把他当作朋友了,唐瑾瑜张张嘴，没好意思打击她的积极性。

夏老师对孩子们很耐心，认真听完韩亦星的话点了点头："当然可以，小瑜也想认识新朋友，不过他很害羞，而且身体不太好，你可以帮助他吗？"

韩亦星站起身拍着小胸脯："可以呀！老师你放心，我一定保护好他！"

夏老师被小姑娘逗笑了，摸了摸她的小脑袋，让他们自己去玩了。

韩亦星一直护着唐瑾瑜。

小姑娘的想法很简单，夏老师说他身体不好，老师能骗人吗？

所以她要保护小唐同学呀。

她每次过去跟唐瑾瑜说话的时候，唐瑾瑜就从兜里翻出一块糖给她，小丫头更喜欢这位新朋友了！

唐瑾瑜也不是故意的，他从家里出来的时候他妈特意给带了一些糖果，让他分给其他小朋友吃。他把糖都分给周围的小朋友，韩亦星来的次数多，拿到的自然也比其他人多几块。

在糖果累积到一定数量之后，小姑娘对唐瑾瑜的感觉又升级了，牵着他的手要一起上厕所。

唐瑾瑜甩开她的手，小脸都涨红了："不用，不用，我自己去就行。"

小姑娘十分不解："你干啥，咋一点都不合群？"

唐瑾瑜："……"

不是，你们女孩子的友情都是这样的吗？

第一次被邀请一起去厕所的时候唐瑾瑜躲过去了，但是临放学的时候又遇到了一点麻烦。最后一节课拖了一点时间，唐瑾瑜下课想去洗手间，正要往厕所里走，韩亦星瞧见之后就跑过来，硬拽着唐瑾瑜去她们女生那边。

"你排我前面吧，我前面就一个人啦……"

唐瑾瑜连连摇头，被拖着走了好几步，急得脑门都冒汗了，他不肯过去，试图掰开韩亦星的小手："不可以，我不去！"

"哎呀，别客气！"

"男孩子和女孩子要分开的，不能用一个洗手间。"

唐瑾瑜说得很认真，坚持不肯去，这让韩亦星产生了困惑："为啥？我家就一个洗手间呀，我爸、我哥和我都用一个！你就当在家，没事的。"

小唐同学要崩溃了，恨不得抱着柱子阻止小姑娘的拖拽，这女孩力气真的太大了。

"……家里和学校不一样，我真不去，你放开我吧，我哪儿都不去了，我要回家！"

旁边一个小男孩颤颤巍巍道："唐瑾瑜说得对，不能用一个洗手间，应该去男孩子专用的。"

韩亦星叉腰生气道:"谁说的,唐瑾瑜和我最好,他和我用一个都行!"
"不一样。"
"哪里不一样啦?"
…………
夏野和韩亦辰掐着时间赶过来接家里小孩放学的时候,孩子们的争论正进行到白热化阶段,韩亦星一个人面对三个男孩子,抬高了下巴,丝毫没有认输的架势,活像一只高傲的小孔雀。
"反正不能用一间啦,不可以!"
韩亦星怒道:"谁说的?"
两边进行着幼稚的争吵,已经升级到家庭成员的比拼了,小姑娘跟对方拼哥,特别卖力。她年纪小,目前还存在"多就是好"的误解,争辩从自己能和别人上一个洗手间,上升到她哥能同时上两个洗手间。
对方小朋友惊呆了,这显然已经超出了他们的认知范围。
韩亦星抬高小下巴,哼道:"我哥啥都有!"
赶来的韩亦辰想捂妹妹的嘴也来不及了,恨不得喷出一口血来:"我没有!"
韩亦辰受到了周围所有小朋友的注目,他闭了闭眼睛,拎起自己妹妹往外走。
小姑娘被他夹在胳膊底下,还在愤愤不平:"哥,他们说你不行!你证明给他们看!"
"我证明你个大头鬼啊!"
夏野慢他一步,走过去蹲下身,先问了问唐瑾瑜什么情况。唐瑾瑜支支吾吾,他也不能说是自己引起的,说到源头也太丢人了,他刚才差点就被拖进女厕所了。
夏野领着他去了洗手间,人都走得差不多了,唐瑾瑜终于踏实了。
小孩能照顾好自己,而且自尊心很强,夏野就没帮忙。等他洗完手,夏野带他出去:"回家吗?车在楼下,姨在等着你了。"
唐瑾瑜踮脚看办公室那边,夏野把他抱起来过去找夏老师,小朋友很乖,一直双手环抱着他脖子老老实实地等着。夏老师换了衣服出来,就看到他们一大一小,笑了一声:"走吧,咱们一起回家,小瑜今天特别厉害,交到新朋友了呢!"
夏野顺口问了句:"男孩女孩?"
夏老师笑:"当然是女孩,小瑜可是班上最受女生欢迎的小朋友。"
最受欢迎的唐瑾瑜小朋友憋了半天,没敢吭声。
去了几次少年宫,暑假也慢慢结束了。开学了,夏野去了市一中,他以第一名的成绩没有任何悬念地进入了实验班。实验班各方面教学配置都是最好的,课程也明显要快于其他班级,班上都是尖子生,历年来实验班的学生考上的都是全国知名学府,上清北的也不在少数。

夏野没有再隐藏自己的实力，高中本就课业繁忙，他实在没空去补课了，而且不想再麻烦唐泓俊，唐泓俊工作繁忙，浪费对方的时间夏野心里过意不去。

他把一切都计划好了，学习、打工，忙中有序。

周末的时候他会送唐瑾瑜去少年宫，虽然大部分时间唐泓俊夫妇都会接送，但他觉得小孩好像更期待他送，也愿意多跑一段路，和小孩多相处些时间。

至于打工方面，夏野又进行了一次人手扩充。

他们市小一些，有他和韩亦辰忙碌也能维护过来，齐州市就不一样了，那边是省城，老猿一个人摊子铺太大快要分身乏术，他跟夏野商量过后，又招了三个人一起干。

老猿找的人是他同校的学弟，给夏野介绍的时候做了保证："这都是我研究生时候带的学弟，我还给他们上过课呢，他们现在研一了，正好也闲着没啥事，能来帮忙。就是该做的还是要做个样子，你之前那个合同太草率，咱们自己签一下还行，拿出去漏洞太多，我帮你重新修改了一下，你看看？"

老猿是个实在人，他跑了一趟律师事务所，帮夏野重新拟定了一份合同，条条框框标注清楚。毕竟是网上的东西，这年头盗版横行，被人拿盘把软件刷走再复制几份卖钱也没辙。

出乎老猿意料的是，夏野对商用合同要敏感许多，很多东西一点就透，合同上修改了佣金比例，给老猿的还是每套软件抽20%，其他人也不少。但核心条款他一点没松口，避免以后出现问题，他把权利牢牢捏在了手里。

老猿醉心学术，也就赚个快钱，攒点学费，对这些权利都不太看重，再加上本来就是夏野做出来的软件，说白了他就是个代理人，给老板打工，能抽20%就挺知足。

老猿收了合同，去找那几个学弟签字。

老猿拉来的几个学弟有人直接签了，也有人认认真真读完了合同，详细问了几个条款之后，笑道："袁学长，这合同上面写的都算数吧？"

"算啊。"

"好像还没盖公章？"

"过几天就邮寄过来了，到时候补上一样嘛。"

对方点点头，又试探道："利润这么大，不会有什么问题吧？"

老猿笑呵呵道："不会，我认识小夏很久了，他不骗人。"

对方笑笑，点头道："那就好，既然是袁学长信得过的朋友，那我也签。"

他仔细写了名字，自己留了一份。

老猿把事情办妥当了，又哼着小曲回宿舍楼，跟夏野说了一声，问他："夏野，你哪个大学的啊？离齐州市近吗？有空来玩啊。"

夏野："……韩亦辰没跟你说？"

老猿："说了啊！"

夏野："他怎么说的？"

老猿笑呵呵："他说他是清北的，难怪技术好人也傲，真有资本啊。"

夏野沉默片刻："我跟他是校友。"

老猿立刻花式夸了他们一顿，他跟着夏野发财，头三个月就赚了一大笔钱，足够他躺着研究十年数学了，夸得很有真情实感："不愧是名校生啊，英雄出少年，牛！"

夏野也没吭声，反正他说的是实话。韩亦辰撒谎，以后还是让小韩同学自己去圆好了。

自从多招了人手，夏野手头上的事少了许多，另外还有老猿和韩亦辰的帮忙，三个人盯着总比一个人连轴转要好，夏野也能歇口气缓缓。

老猿跟着夏野赚了足足六位数，韩亦辰虽然没有那么多，但也狠狠发了一笔。小韩有钱之后第一件事就是买了台笔记本电脑，放在家里好好欣赏了一下，晚上独自享用的时候简直乐得飞起！

他终于不用和他妹共用一台电脑了！

夏野的钱大部分存了起来，他需要支付几十万的手术费用，也需要等一个合适的时间带他爸去做手术。等钱存得差不多了，他做的第一件事是提升设备，放了两台电脑在房间里，也配了一台笔记本，有时候会同时开着。上网的费用从来都是自己去交，不敢让他爸插手。

那时网费还没降下来，需要拨号上网，一个月网费和电话费加在一起小一千块，一般人家还真是交不起。

韩亦辰也跟他抱怨过这事："网费太贵了，啥时候能降点，我这个月好几百，都快赶上我妈工资多了，我都怀疑计费器出了问题，你说他们服务器——"

那边打字打一半，夏野一通电话就打过去了，韩亦辰的网"啪"一下就断了。他哀号一声，好不容易下了一半的歌又得从头来，接起来压低声音："夏野，你干啥呀？"

电话那边的声音很严厉："别动服务器，合同第一条写的，还记得吗？"

韩亦辰莫名其妙地挠挠头，对他道："我就随口说一句，没想动啊。"

"别做违法的事。"

"哎，知道！"

等挂断之后，韩亦辰才恍然发觉自己被夏野教训了一顿，他见过夏野，也知道对方比自己小一届，但是夏野个子高，天生气场又强，韩亦辰会下意识地听从他的话，以他马首是瞻。

他还是头一次见夏野这么警告，听着声音冷冰冰的。韩亦辰想了一会儿，跑去问了老猿，他总觉得这里面有点隐情。

老猿那边忙着，抽空回了一句："没啥，夏野就那样，我认识他的时候他就特别守法，之前聊天室有人跟大家相处得都不错，就是有点小毛病，喜欢去盗数据……夏野知道之后二话不说就把人踢了，追着那人一个多月，让他把数据都还原了，要不是后来那家伙出国，怕是现在连上网都有阴影。"

韩亦辰总觉得奇怪，夏野的态度不太对劲，但是老猿那边也问不出什么，也就没再提了。

夏野对物质追求不高，他赚钱的目的很简单，就是赚笔医药费，钱凑够了，就和他爸商量着去约医生动手术。

夏老师对他拿出来的这笔钱感到惊讶，看到夏野对那些合同进行备案的时候才恍然大悟，难怪前段时间夏野让他注册了一个公司，还刻了公章，他以为是小打小闹，顶多和之前一样再入账几万块，没想到这次是近百万的收益。

这笔钱做手术足够了，而且剩下的做夏野的学费也绰绰有余。

夏老师终于没有什么顾虑了，点头同意去医院做手术。

第五章

双喜临门

夏老师去省城大医院做手术，夏野一直陪着。

唐泓俊也特意请了一天假，开车送他们父子过去，留下来给他们帮忙。

夏野到医院跑各种手续，这个少年对跑医院这件事已经很熟练了，他把能做的都自己做了。

夏老师心脏不好，需要安装一个心脏起搏器，夏野在咨询过医生之后选了目前最好的，这样手术的创口也小，身体好恢复。

手术前医生一直在安抚他们："不要太害怕，虽然看起来涉及心脏很严重，但心脏起搏器植入术只是一个微创手术，伤口就这么大。"医生笑着给他们比了一下，大概几厘米大小的伤口，让他们放松些，"这手术技术含量比较高，不过你们既然选择了我们医院，也要对我们的医生有信心嘛！"

夏老师的神情轻松了一些，笑着点点头，医生让他术前签字的时候，夏老师立即就签了。他意识清醒，自己有决定权。

夏老师签字之后，夏野拿着那份手术同意书看了很久，看着上面各种可能突发的危险情况，脑袋发木，平时看什么都一遍过的人愣是看了十几分钟。

医院说这不是大手术，但是在夏野看来，它是救命的手术。

他现在只有他爸一个亲人了，他前面做了那么多事，为的就是这一天，他不能接受任何闪失。

到手术室门前，夏野害怕了。他看着那扇门，脚步迈不动。

夏老师发现了儿子的异常，留下低声安抚了他几句："没事的，医生不是说了吗，只是小手术，而且我们是为了身体更好才做的手术啊。爸爸去做手术，你在这里，等我出来。"

夏野木木地点头，张嘴说"好"，脑袋一片空白。

医生催促了几声，带夏老师进了手术室。

夏野在外面的走廊长椅上坐着，唐泓俊在一旁陪他，一直小声鼓励他。

他们旁边还坐着几个人，都是当天等手术的病患家属。有人焦虑，时不时起来转一下；也有人和同行的人低声交谈，互相握着手给彼此安慰。但是夏野一声不吭，只坐在那儿沉默地等。

唐泓俊坐在一旁揽着他的肩膀，鼓励道："肯定顺利，这是省内最好的医院，咱们找的也是最好的医生，植入心脏起搏器这样的小手术一定没问题。"

夏野听了点头说"是"，情绪放松了一些。

夏老师是当天的第一台手术的病人，手术非常顺利，很快就出来了。他年龄不算大，恢复得也算快，当天就看起来没什么问题了。夏野不放心，坚持让他在医院观察两天才肯带他回去。

唐泓俊在医院陪了他们一会儿，买了些日用品，就自己去了S大探望父亲。

唐泓俊晚上没让保姆动手，亲自下厨给老人做了一顿饭，爷儿俩坐下小酌了一杯。

吃完饭唐泓俊又给老人收拾了房间，唯一显得乱的就是老爷子放在书房桌上的一摞书，上面还放了些论文和文件，这些都很重要，保姆识趣，从不乱动书房的物品。

唐泓俊帮着收拾了一下，把书和文件都摆好之后，瞧见桌上放着几份手写论文，上面笔迹工整，封面上写着"袁汉秋"三个字。他看见笑着问："爸，您这是准备带新学生了？"

唐老顺势看了一眼："哦，没，就是有学生想转系过来，交了份东西让我看看。"

唐泓俊翻了一下："写得不错，是个踏踏实实的好学生，您没收下？"

唐老笑了："哪儿能啊，这是人家系里的大宝贝，搞计算机技术的稀缺人才，那边不肯放手，他们院长都求到我这里来了。而且我看了下论文，觉得也就那样，让他还是搞计算机去吧。"

唐泓俊听了把那份论文放下，去忙别的了。在灯影的映衬下，论文封面上"袁汉秋"三个字显得十分落寞。

在医院住了两天，夏老师出院了，他身体恢复得挺好，脸色也比之前好看许多，夏野看着终于松了一口气。

夏野手头有钱，手术的花费比他预计的少很多，一共花了十来万，他带来的钱只用了很少一部分，便给唐瑾瑜买了许多东西带回去。

他们到家的时候，正好是中午，唐瑾瑜看到他们进来饭都不吃了，爬下小椅子扑过来。

夏野以为小孩是冲着礼物来的，刚想给他，却见小家伙直接扑过来抱住了他爸的腿，他提着东西愣在那儿，但很快，小朋友又扭头扑过来抱住了他的腿，兴奋地喊"哥哥"。

唐泓俊吃醋，把小孩抱在怀里使劲儿亲了好几下，亲得小家伙直躲才哈哈笑着把他放回小椅子上。

陈素玲已经准备好了饭菜，热了一下端出来让大家一起吃，他们在路上的时候她就打电话问过了，一直等着，也就刚才怕饿着小孩给喂了一点饭。

家里人多，唐瑾瑜吃饭更香了。

夏家父子离开两天，家里钥匙就放在隔壁，陈素玲替他们照料妥当，回来就能休息。

夏老师回家之后多有感慨，躺在床上微微叹了口气。

夏野端水进来，听到后很紧张，问："爸，哪里不舒服？"

夏老师坐起来接过水杯，笑着摇摇头："我很好，比以前轻松多了，你看今天上楼也没喘。"

夏野坐在那里陪他。

夏老师喝了水，对他说："这次多亏了你，爸还年轻，不想当你的负担，等以后身体好了，我就可以找个公司全职上班——"

夏野打断他道："不急，家里还有钱，我学费也够，您就在家歇着，其他什么事都没有您的身体重要。"

夏老师抬手摸了一下儿子的脑袋，语气和缓："这是大人应该做的，是责任。"

夏野："您陪着我也是责任。"

他站起身拿走杯子，继续说："您答应过，要照顾我一辈子，我就您一个亲人了。"

夏老师想说点什么，但还是没能说出口，只点了点头轻轻答应了一声。

夏野还有一位亲人，但是看起来，他并不想再提及她。

夏老师把手放在胸口位置，感受了一下稳定的心跳，掌心能清晰地感受到它的频率。这样也好，他多活一些时间，陪着儿子长大。

夏野本想请假留在家里陪他爸几天，但是夏老师没让，高中课业繁重，耽误一点就要花更多时间才能补上，他催着儿子去学校了。

夏野不在，隔壁的小孩每天跑过来探望得更勤快了。

唐瑾瑜这两天没跟他妈妈去公司，主动要求留下照顾夏老师，陈素玲起初还有些不放心，但是看到儿子站在她面前跟她说"我背过妈妈电话了，有事就打电话"，那么认真的小模样，让她想起年初的事，一下心软就答应了。

唐瑾瑜对夏家也熟悉，白天在那边的时候，夏老师招招手，小孩就爬到床上坐着，他们俩一起看书，夏老师低声给他读，略微有点咳嗽的时候，小孩就特别紧张，给夏老师逗得不行。

夏老师刚做完手术容易疲惫，好几次傍晚的时候就睡了。

夏野看着他爸浅睡，放轻了脚步过去，把唐瑾瑜从床边抱走，小孩手里还拿着自己的图画书，举着被一起抱起来。夏野看了一眼，轻声问："怎么又是这本？昨天看的就是这个，不是给你买了很多吗？换着看。"

"好看。"

唐瑾瑜不管那么多，只要是哥哥送的都喜欢，捧着任何一本都可爱惜了。

夏野把小孩圈在怀里，把他手里的图画书拿走，换了一个小游戏机给他，搂着他坐在沙发上玩了一会儿游戏。

那是一个特别老式的玩具，不是电子屏的，一只粉色的套圈游戏机，巴掌大的屏幕上是两只小独角兽，操纵左右两个按键，能让一个个彩色的套圈挂在角上。它甚至不太算是游戏机。

当时买的时候，商场的老板说适合三岁的孩子，夏野和家里大人们一样，都把唐瑾瑜当成更小的孩子对待，买的东西也尽可能更好操作。

夏野握着小孩的手带他打，小孩全神贯注地看着屏幕，掌心软软的小手按键的时候会蜷缩一下。夏野揉揉怀里的毛毛头，小孩头发很软，人也很乖，只在这里陪着他们，一点都不会打扰到他们。

夏野抱着小孩，视线偶尔落在卧室的方向。

他爸植入的那个起搏器不能终身使用，隔几年还要再换，但是这几年都没什么太大问题。虽然不能做重活，但基本生活和普通人没什么两样了。

他在心里算过，剩下的那笔钱存着，他爸也没有太大压力，会相对轻松一些。而且钱还在源源不断地涌入他的口袋，没了最大的顾虑，他也可以在未来两年放手一搏。

他想做的，并不只是网吧计费软件而已。

唐瑾瑜举起手里的游戏机给他看，小声喊他："哥哥，套中啦！"

夏野看了一眼，夸他："不错，今天奖励你吃一个橘子。"

"哇——"

夏野被小孩夸张的样子逗笑了，看多少次都觉得有趣，他就没见过这么捧场的孩子，给个橘子都能乐半天。

夏老师在家闲不住，但也没有违背夏野的意思去上班，就每天去外面散散步，有时候也会带上唐瑾瑜。

市一中每天晚自习放学的时候，附近有好多摆摊的，人很多，像小夜市一样热闹。夏老师他们偶尔也会带唐瑾瑜一起去那边转转，顺便接夏野回家。

家里的大人们现在都会刻意带小孩多出门，让他逐步适应外界，唐泓俊夫妇虽然不舍，但也知道这是必经过程。

唐瑾瑜完全不知道这些，他现在每天都特别高兴，吃得好，玩得好，爸妈对他好，隔壁的夏老师夸他长笛吹得好，而且还能每天看到哥哥，小日子简直不要太美！

唐瑾瑜对夜市不太感兴趣，他最喜欢的事就是坐在校门外的石墩上等哥哥放学。

刚入秋，小孩穿了一件米白色帽兜衫和一条灰色小裤子，坐在那儿乖乖等夏野放学。他手里抓着一颗核桃，是路过夜市的时候夏老师给他买的。

学校的下课铃声响起，没一会儿，就传来一阵响动，校门缓缓打开，陆续有穿着统一校服的学生三五成群地走出来。

唐瑾瑜拿着核桃，眼睛一眨不眨地看着出来的人群，努力在穿戴相同的高中生中间第一时间找到自己哥哥。

夏野个子挺高，推着自行车和几个同学一起走出来，他在人群里不好找，但是坐在石墩上的唐瑾瑜太显眼了，石墩本来就有半人高，小孩坐在上面跷着小脚，晃着脑袋左右转的模样像是小土拨鼠。

夏野走过去拨了拨车铃铛，小孩一下就看到他了，扬起小脸就笑，举着手里的核桃要给他。

夏野没接，问道："哪儿来的？"

"买的。"

夏老师站在一旁笑道："路上看到卖核桃的，买了一些。"

"怎么就买一个？"夏野看了眼唐瑾瑜手里的大核桃，快赶上小孩手那么大了，估计小孩挺宝贝的就没要。他见小孩没戴帽子，皱眉道："怎么没戴帽子出来，把帽兜扣上吧，这两天降温，有点冷。"

"不不不——"

没等说完，唐瑾瑜就被夏野揪过来扣上了帽子。

小孩的帽子很大，夏野上手的时候就觉得不对，有点沉，一扣下来核桃噼里啪啦地掉了下来，夏老师还没来得及阻止，刚"哎"了一声，就看到一帽子的核桃全都砸小孩脑袋上了。

夏老师同情，但还是笑了出来。夏野顿了顿，没憋住也笑了。

唐瑾瑜捂着脑袋："头……"

"头没事，我给你捡核桃。"

夏野把核桃给他捡起来，放自己书包里去了。

"爸，您舍得买核桃，怎么也不舍得买个袋子，放小瑜帽兜里干什么。"

夏老师笑道："他自己要放的，来的时候就不想戴帽子。"

夏野捏了一下小孩的鼻尖，挑眉道："叫你使坏，下次戴帽子知道吗？"

唐瑾瑜憋红了小脸没敢反驳，毕竟是自己装进去的。

夏野收拾好了，又问："我叔呢？"

夏老师道："他呀，去那边给小瑜买气球了。"

放学的时候人多，韩亦辰推着山地车走过来，瞧见夏野就跟他打了个招呼，笑呵呵道："夏野，你弟来了？又接你回家呢，真好啊。"

夏野："喊叔叔。"

韩亦辰带了点恼怒："你够了啊，多久之前的事了，我当时不就说了句气话吗，你至于老抓着不放，还让我喊叔……"

夏野冷声："那是我爸。"

韩亦辰这才看到唐瑾瑜身后站着的夏老师，立刻喊了一声"叔叔"，特别听话。他外表有些欺骗性，猛一看还以为是那种用功读书不理俗事的书呆子，而且学习成绩特别好的那种，很容易让家长有好感。

夏老师笑着点头跟他问好："夏野在学校也交了朋友？"

"是。"

"呵呵，我们小瑜也是。"

韩亦辰对这事太清楚了，得意道："夏叔叔，我是韩亦星她哥哥，我叫韩亦辰。"

夏老师惊喜道："那可真是太巧了，你妹妹和小瑜关系很要好。"

"对对，我妹回家老说小瑜好，没少夸他！"

很快，唐泓俊也回来了。为了让儿子高兴，他买了许多五颜六色的气球。唐瑾瑜家里有很多玩具，这气球也太多了，估计绑在他身上都能带他飘起来，唐泓俊就分了几只给韩亦辰，托他带给韩亦星小朋友。

韩亦辰拿着那几只气球，感动坏了，憋了半天还是把心里那句话压了下去。他真想问问唐瑾瑜，能不能去他家，给他当弟弟。

唐瑾瑜被核桃砸得有了心理阴影，晚上来隔壁吃橘子，都没敢穿戴帽兜的衣服。

夏野要出去扔垃圾，站在门口问他："跟着下去吗？"

小孩立刻放下橘子，跟着一起去了。

夏野带了点补偿的心思，扔完垃圾又带他溜达一圈，去小区门口那个小卖部买了咪咪虾条。五毛钱一包的小零食，夏野给他买了十包，串起来一长串挂在小孩脖子上，他哄道："吃着玩儿，回家洗手之后吃，一次别吃太多知道吗？"

唐瑾瑜笑着点头，被夏野抱回去的时候数了一路，心里可美了。夏野觉得弟弟有点傻，但是傻乎乎的还挺可爱，瞧他这么高兴自己心情也不错。

在外面走了一小圈，夏野把小孩送回家去。

"橘子……"

"明天再吃，天凉了，今天只能吃半个，明天早上我给你两块糖。"夏野跟他商量。

其实不用给什么唐瑾瑜也会听话，但人都有一种奇怪的心理，越是吵着闹着什么都要的小孩，心里就越烦他，反而是这样乖乖点头什么都不要的小孩，更招人疼，让人忍不住想送给他更多的东西。

唐瑾瑜果然很听话，乖乖回家了。

夏野回家之后，进卧室开了电脑，跟韩亦辰他们聊了一会儿。韩亦辰现在为了赚网费特别卖力，远程维护的时候恨不得一个人顶十个，夏野派的活儿都是计件收费，他做起来特别上瘾。

这是工作用的聊天室，人很少，除了韩亦辰就是齐州市那边的人，老猿不在，他找来帮忙的几个学弟都在。

他们不知道网络这边是两个十来岁的毛头小子，而且他们对计算机懂得没那么多，其中一个还是做市场营销的，他们下意识地觉得计算机高手都有些古怪脾气，因此韩亦辰这样跳脱的性子，反而更符合他们心里对高手的认知。

这几个人对韩亦辰"清北高才生"的身份坚信不疑。

夏野跟他们聊完工作，问："老猿呢？"

那边倒是口径统一，都说不知道。

韩亦辰道："我去问问。"

夏野退出聊天室，写了一会儿程序，没一会儿就接到韩亦辰的私聊对话框，小韩同学神神秘秘地告诉他："老猿失恋了。"

夏野："老猿跟你说的？"

"没，我问了他电脑。"

"……你又黑他机子？"

"大家都是好兄弟，我这是出于关心，不必拘泥于这些小事！"韩亦辰噼里啪啦地打字，特别亢奋，"老猿不是喜欢写诗吗，他这几天的诗和平时不一样，我看了，跟深闺怨妇似的，而且他和对方感情很深，好像追了好几年，他读博都是为了那人！"

为了证明自己的话，韩亦辰还将截图发了过来，果然，以往的浪劲儿都没了，字里行间带着幽怨。

韩亦辰："老猿电脑有动静了，咱们去看看他啊！"

夏野："好。"

俩人联手黑了老猿电脑，弹屏找他，占了大半屏幕的文本框蹦出来的时候吓了老猿一跳。

韩亦辰对老猿同志的近况非常关注，打字速度太快，都滚屏了。

老猿很难过，他已经好几天没工作了，他们来问他也没瞒着，唉声叹气："我被我男神拒绝了。"

韩亦辰那边一连串字符滚动都出乱码了，颤颤巍巍地问他："老猿，你什么意思？你之前不是说有个喜欢的学妹，今天又被男神拒绝，你这家伙男女通吃吗？"

老猿："血口喷人！我怎么就男女通吃了？"

"那你男神是？"

"是我们数院的院长，业内大牛，上次院校联赛，你们学校都被我们先生踩在脚下，打得没有还手之力。"

韩亦辰愣了片刻，才想起来自己清北高才生的身份，忍不住吸了口气："你们数院这么厉害啊！"

"那是！"

老猿对数学是真爱，一辈子至死不渝那种，他的梦想就是进数院跟唐齐先生研究一辈子学问，摘下桂冠上最璀璨的那颗明珠，为此他还认认真真地手写了一篇论文，想尽办法送去了老爷子那边。

但他空有一腔热血，奈何报国无门。数院第一男神唐齐先生拒绝了他，老爷子不要他，让他去研究计算机。老猿觉得自己现在做什么都没劲儿了。

韩亦辰鼓励他："没事，明年再考嘛，我有次数学也没考好，第二次努力一下，进步就很大！"

老猿深受鼓舞："你说得对，明年再考，我考十年也要拜入先生门下！"

老猿打了鸡血，决定努力干活，第一件事就是把这两个臭不要脸的家伙踢出去。夏野见他恢复了精神，也放心下来，回去写了一会儿程序，把广告那部分完善了一下。

他一直忙到半夜，直到累了才打了个哈欠停下，关了电脑伸了个懒腰，起身去厨房找吃的。

十五六岁正是长身体的时候，总是容易饿，夏老师考虑到这点，提前在厨房放了一盘蜂蜜小蛋糕和一瓶牛奶，一旁还有洗好的水果，准备得很妥帖。

东西就放在那儿，夏老师也从不催促夏野，他知道儿子做事有分寸，自己先去休息了。

夏野站在厨房里吃了点心，把牛奶也喝了，正吃着听到楼上搬椅子的声响，"哐当"一声，像是踢翻了什么东西，紧跟着就是男主人的抱怨声，楼板很薄，声音断断续续地传过来。

夏野把手里的蛋糕塞进嘴里，一边吃一边想着，筒子楼住了多年，虽然邻里关系简单，居住环境也挺安全，但还是简陋了些。

他现在有钱，可以换一套新房子，最好带花园，外面还可以做个秋千给小孩玩儿。他之前听隔壁陈姨提过一次，也觉得筒子楼环境嘈杂，如果可以的话，两家一起搬家，彼此的新房距离近一些就再好不过了。

夏野垫了下肚子，洗漱后就睡了。他做了一个梦，梦到他们换了新房子，两家人住在一栋别墅里。庭院很大，种了好多果树，夏末院子里葡萄藤爬了满架，唐瑾瑜看着一串串碧绿的青葡萄馋坏了，小声喊他"哥哥"，求他帮忙摘一点，夏野起初不答应，但是禁不住他求，抱着他去摘了一串。小孩就在他怀里吃青葡萄，酸得口水直流也舍不得放下，一边吃一边仰头好奇地看葡萄藤上未完全凋谢的花，米粒大小的白色小花，带着夏日的沁香。家里的大人们在不远处的石桌旁坐着喝茶，他爸和唐叔在下棋，陈姨站在门口喊他们的名字，笑着叫他们进来吃饭。

…………

他在梦里，有了很多家人。一辈子都不会分开的家人。

唐泓俊是第一个感受到夏野变化的人。

与其说这孩子慢热，不如说他警惕心超出常人，唐泓俊辅导过夏野功课，他可不认为自己随便给谁补课都能考第一，还是夏野本身有实力。越是聪慧的孩子，心智越早熟，心思沉稳，懂得多想到的也多。

唐泓俊怎么也没想到，自己和夏野的关系能获得大进展是因为一次谈话。

夏野这个优等生突然被学校叫家长，夏老师刚做完手术，夏野不敢跟他爸说，只能去找唐泓俊。他跟唐泓俊说这件事的时候，一直低头不敢看他，终于有了一点这个年纪该有的模样。

唐泓俊自然是帮他的，去了学校和老师进行了谈话。

这次叫家长的是实验班的班主任，看着和唐泓俊年纪相仿，个子比较小，人看着也和气，他看到唐泓俊来先倒了杯茶，面上带着客气的笑："夏先生是吧，夏野在学校表现很好，品学兼优，一直都是我们重点栽培的尖子生，这次月考也是第一名，非常优秀，您把孩子培养得很好。"

唐泓俊立刻捧了回去："哪里，哪里，也是咱们学校和老师的功劳。"

"他在学校里的表现很好，这您不用担心，就是现在有其他学生举报夏野去网吧，这个……"班主任为难道，"您也知道，我们学校实行严格的军事化管理，按规定是不允许学生踏足网吧的。"

唐泓俊沉痛地说："这事怪我。"

班主任:"啊?"

唐泓俊:"是我这个做家长的没有给孩子提供良好的环境,家里电脑坏了,他才去外面网吧,归根结底还是我准备工作没做到位,我回去攒几个月工资,给孩子换台新电脑。"

班主任有点傻眼:"不……不是……今天来跟您说的不是家里的情况,有同学举报了,按规定我们就得处理。"

唐泓俊诚恳地问:"那学校打算怎么处理呢?"

班主任也想向着自己学生,尤其是尖子生,这都是他的心头宝,但往往成绩好的事也多,实在是又爱又恨。

班主任犹豫了几秒,说:"总要写个检查,例会上念一下。"

唐泓俊痛心疾首:"您不能因为我的贫穷,就惩罚我的孩子啊。"

这话说的,不光班主任不知道该怎么接,连夏野也忍不住偷偷看他。

唐泓俊在单位混迹多年,深知摆事实讲道理的重要性。

他们上级单位来视察的时候,那么多设计院都眼巴巴地排队等着,僧多粥少,他们想要经费,就得拿出真本事。

唐泓俊从年轻的时候起就一直跟在老院长身边学习,摆出一副惭愧的表情深深叹了一口气:"夏野一来就参加了学校的计算机社,您知道的吧?他初中的时候就拿过奖,还去省里比赛,奖杯您见过吗?哦,没有,那我下回带过来……不为别的,就是给您看看。孩子有这方面的特长,我们家长又自豪又愧疚,他这么小就有自己热爱的事,但我们却因为经济条件拖了后腿,归根结底,是我们的错。您放心,回去之后我一定好好工作,不管多难都不能让孩子输在起跑线上。"

班主任觉得他每一句话都很对,但又总觉得哪里不太对。

唐泓俊找完自身的原因,又开始展望未来:"我们虽然不是特别合格的家长,但也很在乎孩子将来的规划,夏野这么喜欢电脑,我们也盼着他将来能考入高等学府继续深造,您知道清北的计算机系吗?听说他们今年还有针对全国中学生的比赛,我觉得我们家夏野就可以试试啊!"

"清北大学的比赛?"

"对啊,说来惭愧,我没能读清北,但不代表我们没有清北梦,老师您说是吗?"

这大饼画得太圆,班主任听得两眼放光,和他有了共同的期许,禁不住跟着唐泓俊一起点头。最后惩罚改成了夏野向班主任做一次口头悔过,保证下次不再发生这样的事。

从老师办公室出来,唐泓俊又在楼下叫住了夏野,问他:"知道是哪个同学举报的吗?"

夏野顿了一下，摇头："听说好几个人，算了，叔您不用管了。"

唐泓俊愤愤不平："怎么能不管？他们怎么知道你去网吧的？那肯定也进去了啊，凭什么只罚咱们，也该让他们叫家长，大家一起坐下好好讲讲道理。电脑本身只是工具，不过是用电脑的人和环境不同而已，学校允许有机房存在，怎么就不允许其他地方有网络呢？"

夏野没想到他会这么说，抬眼打量他："您不怪我去网吧？"

唐泓俊道："你去了又不是玩儿，你爸都跟我说了，是有正经事要做。再说了，就算是玩儿又怎么样，说不好将来电子娱乐业会有很大的发展空间呀。"他说完拍了拍夏野的肩膀，安慰道，"小野，你不用担心这些，以后有什么事跟家里说，我和你爸都很开明，你有目标，有要做的事，我们都很为你高兴。"

夏野笑了一下，点头应了。

唐泓俊陪他去了教学楼，送到楼下又小声叮嘱他不要落下学业，等夏野进了教室他才转身离开。

唐泓俊这是头一回在夏野身上瞧见"缺点"，不是去网吧，而是在交友方面。夏野在学校的朋友只有零星几个，大部分时间像独行侠似的，从来不会停下脚步等别人。这次被举报，十有八九也是在不经意间得罪了别人而不自知。

唐泓俊在国外读书的时候，周围的少年天才也见过不少，他觉得夏野和那些人很像。他们心里有一个明确的目标，而且从不会因为别的事浪费自己的时间，做事习惯直接切入主题，看起来甚至有些"冷漠"。

唐泓俊不排斥这样的"冷漠"，他反而很欣赏。

做一件事的专注度，往往决定了事情的完成度和速度。

只是比起对外人的"冷"，夏野在他们面前多了几分烟火气，会有苦恼，也会求助于家长，整个人看起来更像是这个年纪的少年人——这是夏野允许他们看到的，他可以在家人面前不那么完美。

而且他还对小瑜很好，疼起来半点都不比他们做父母的少。

唐泓俊想到这里，对夏野又多了几分喜爱。

日子照常过，筒子楼里热闹依旧。

五楼的一位阿姨经常往楼下跑，试图给夏老师介绍对象。

夏老师是真心不想再婚，他经历了一次感情，已经无法重燃年轻时候的爱意了，现在只想守着儿子长大。

夏老师态度摆得明显，一点都没有想给家里找个女主人的意思。那位阿姨在他这边做不成工作，就找上夏野，找了个请他帮忙搬东西的理由让夏野上楼来一趟，旁敲侧击地跟他说了一下。

"你爸这个年纪,家里是该多个人照顾,他身体不好,年初的时候不是还差点出事吗?唉,说起来还要谢谢唐工家的小孩,不过那孩子也怪可怜的,这么大都是他爸妈一手带着,听说都离不了人,都是当初那保姆作的孽,怎么会有人对一个孩子下得去手啊……"

夏野把她家煤气罐挪了一下位置,听见阿姨在那儿念叨起唐瑾瑜,才开口问:"保姆做什么了?"

阿姨道:"你不知道?哦,好几年前的事了,小瑜一岁多吧,还穿开裆裤呢,他爸妈忙,家里请了保姆照顾他。你也知道,小瑜以前身体不好,不能走也不能站,生病的孩子总是爱闹腾,也不知道怎么惹到那保姆了,就被抓着按在炉子上啦!"阿姨也是当妈的,说起来都不忍心,皱着眉头心疼道,"多亏是冬天,有个小棉裤隔着,就这样小孩屁股上也烫了一圈水泡,那保姆也害怕了,把孩子扔下就跑了。"

夏野的手不自觉握紧了一点,把煤气罐放好,问她:"没报警?"

"怎么没有!唐工两口子回来看到立刻报警了,刚开始保姆还不害怕,以为顶多道个歉就行了,但唐工他们不肯,找了最好的律师打官司,那人被判了两年有期徒刑呢!"

夏野听了心里依旧不是滋味。

阿姨说完,还想再提给夏老师介绍对象的事,夏野回了一个软钉子,只说:"这事我听我爸的。"

夏野下楼回家后,忍不住问他爸:"爸,我听说小瑜之前被保姆虐待过,没大碍吧?"

夏老师倒是知道这件事,想了一下,说:"很久之前的事情了,小瑜那会儿还小,听说是被烫伤,现在已经不碍事了。"

"我怎么不知道?"

"那年冬天你去省城参加计算机比赛来着,回来时事情都已经解决得差不多了,你唐叔还在小区门口贴了法院宣判的文书,贴了小半个月,对方被判了两年吧。"

夏野模糊记得是有这么一份东西贴在小区门口,但是没提原因,只写了审判结果,他那会儿刚读初中,对这些只匆匆扫了一眼,没有多深的印象。

夏野又问:"小瑜的伤您见过吗?"

夏老师摇头:"这我还真没见过。"

夏野晚上想到这件事的后果担心得睡不着,不过又想着以唐叔一家对小孩的爱护关切程度,现在应该恢复得差不多了,这才慢慢合眼睡了。

等到隔天傍晚,小朋友蹦蹦跶跶地跑过来串门吃橘子的时候,夏野就一直忍不住盯着他看。唐瑾瑜没感觉出来，拿了橘子兴冲冲地要分给夏野吃，今天的蜜橘很大，表皮柔软汁水又多，一看就知道很好吃。

夏野没接他的橘子，看了他一会儿，说："你……"

唐瑾瑜用小手扶着他的膝盖，一脸期待地看着他，已经做好了抢答的准备！

夏野微微皱眉："你屁股让我看下。"

唐瑾瑜："？"

夏野伸手要去抱他，小孩努力闪躲，拽着小裤子不肯给他看，小脸都憋红了："哥哥！哥哥，好！"

"什么？"

"哥哥好！不看！"

"小马屁精。"

夏野最后也没看成，不是力气不够，是不舍得欺负小朋友了。

他觉得可能小朋友被家长叮嘱过，死死护着不让看。夏野沉吟了一下，将他抱着放在自己的膝盖上叮嘱道："你做得对，以后谁都不给看，知道吗？要懂得保护自己，这个世界上坏人很多。"

唐瑾瑜连连点头。

他怎么会随便给别人看啊！他又不是暴露狂。

夏野教育了弟弟之后，对他的关注度也再次提升，这次他发现了另一件事。

他周六提前回家，正好看到另一个小男孩在唐家门口，探着小脑袋进去跟他弟弟说话，瞧着动作熟练，显然不是第一次来了。

小男孩看着大概五六岁的模样，虎头虎脑，个头比唐瑾瑜大一号，在门口说了一会儿话，又伸出手跟防盗门里面的唐瑾瑜要东西。

唐瑾瑜好说话，对方伸手他就给，五六颗巧克力糖给出去后，别人要，他还给。

夏野眯着眼睛看到弟弟给出去的是三角形金色包装的巧克力，金灿灿的一小颗，包装特别精致，也是平时小孩最喜欢吃的一种。

门外的小男孩要东西的样子挺熟练，看着也不是头一回，夏野的脸色不太好看。

隔着一个防盗门两个小孩叽叽喳喳地说话，主要是外面的小男孩在说，瞧着聊得特开心。不过也就说了一小会儿，那个小男孩就摆摆手，自己跑走了。

筒子楼两边是楼梯，夏野在另一边看了一会儿，跟着也上了一层楼，他走得快，上去穿过走廊提前在楼梯口等着那个小孩。

小男孩穿着一身幼儿园的小制服，巧克力糖把口袋塞得鼓鼓囊囊，眼看就要掉出来了。夏野对楼里的小孩不熟，刚想喊住他问问，就看到那小孩忽然停住脚步，掉头就跑了。

走廊那边跑来几个差不多年龄的小男孩，呼啦啦跑上去追他，一口气追到楼下，一边跑还一边喊："季元杰跑啦，抓住他！"

都是小短腿，但是一个人显然跑不过一帮人，三四个萝卜头把那个叫季元杰的小男孩围在楼下，有人做鬼脸笑话他，还有一个直接伸手去他兜里抢他的巧克力吃。

"季元杰又去找小傻子玩了！"

"你怎么有这么多巧克力啊，都是三楼的小傻子给的吗？"

"吃了傻子的糖就会变傻哟——"

一帮小孩抢了糖还各种起哄。

被围在中间的小男孩握紧小拳头，红着脸跟他们争辩："才不是！"

"不是什么，就你跟傻子玩儿！"

"唐瑾瑜才不是傻子！"

"我妈说了，他就是傻子！"

"你们再说，我就去告诉韩亦星，让她打你们！"

⋯⋯⋯⋯

这下大家全都不敢吭声了。

抢到巧克力的小孩谁都没敢把糖放进嘴里，扭扭捏捏地把糖还回去，嘀咕："本来就是，我妈说他就是傻子，他都不能去上学。"

夏野走过去："你们几楼的？"

那帮小孩一看见他过来，一哄而散。

那个叫季元杰的小孩跑得慢了点，被夏野揪住衣领，夏野皱眉问："你几楼的？"

季元杰缩着脖子小声道："五楼。"

夏野看了一眼他的口袋，巧克力都在里面，依旧是鼓鼓的一口袋："这些是跟唐瑾瑜要的？"

小孩摇摇头，但很快又点头，老实道："唐瑾瑜给的。"

"他给你这么多糖干什么？"

"带给我们班韩亦星。"

夏野不爽，伸手要回来一些："你留一块给韩亦星就行了，其余的给我。"

季元杰不敢跟高中生大哥哥反抗，老老实实地留了一块巧克力，其余的都还了回去，放在了夏野的手心里，瞧着眼神满是不舍。

夏野摆摆手，小孩就赶紧跑了。

夏野把巧克力揣兜里，回去之后路过隔壁，敲了敲窗户。

很快，窗帘窸窸窣窣地动了两下，一个小脑袋冒了出来，瞧见他笑了，眼睛一弯月牙儿似的讨人喜欢。

夏野指了指外面，又指了指自己。

窗户里面的小家伙又缩了回去，这次等的时间略微有点长，夏野在外面靠墙站着等了一会儿，听到唐家的门打开，穿着米色小毛衣的小孩就被他爸领着走了出来，小孩扑过来抱着他的腿仰头喊了一声"哥哥"。

夏老师笑："我就说小瑜怎么这么着急出来，原来是你回来了，今天怎么回来得这么早？"

夏野道："今天有体育考试，考完就回来了。"

夏野把兜里的那把巧克力糖果都给了唐瑾瑜，小孩站在那儿捧了一手，大概是经常从夏野这边拿糖，也没觉出哪里不对，给啥都很高兴——能瞧见夏野，不给糖他也高兴。

"哇，谢谢哥哥！"

夏野瞧他这副没心没肺的小模样忍不住皱眉，他弟好像是有那么一点笨，都没瞧出来这些糖是刚才给出去的。

这种事遇到一次也就算了，但是夏野一个礼拜接连遇到两三次"讨糖"事件。

最后一次那个叫季元杰的小男孩竟然还主动把从唐瑾瑜那边要来的巧克力糖果分给了楼上其他的小孩，包括之前说唐瑾瑜是傻子的那些。夏野瞧见后眉头一直没松，回去等唐瑾瑜来隔壁玩的时候，就把小孩叫到了自己房间。

唐瑾瑜不是第一次来夏野的卧室，但是这样的机会很少，哥哥很忙，他每次来都挺珍惜参观的时间，左看看右看看，对那台开着的电脑格外好奇，但也只是看，从来不碰。

夏野坐在床边看他，问道："是不是有人欺负你？"

"啊？"

"有人欺负你就跟我说，知道吗？"

唐瑾瑜想起夏野前几天给他的那些糖，明白过来，但是他觉得不能耽误他哥的时间，高中学习需要争分夺秒，于是背着小手装傻："没有啊，那个哥哥在跟我玩儿。"

夏野皱眉。

唐瑾瑜努力保持一副认真的小表情，夏野看了一会儿，也就摆摆手让他出去了。

等小孩走了，夏野又去问他爸："小瑜最近交朋友了？"

"啊，是，小瑜和楼里几个小孩一起玩儿了，前几次我们陪着，现在也有小孩经常来找他，人缘不错呢！"夏老师倒是挺高兴的，觉得这是很大的进步。

夏野心想，什么人缘不错，根本就是拿他弟当小傻子糊弄。他心里不高兴，但面上也没显出来："这都是什么时候的事，我怎么不知道？"

夏老师自豪道:"这个月初就开始了,你上学忙,平时也不在家,没发现吧?"

夏野:"……"

难怪他觉得前阵子就不太对劲,平时养在家里的小孩,怎么就突然交到了朋友。

夏老师说起来又叹了口气,感慨道:"你唐叔也不容易,提前给人家孩子的家长送了礼,两边都说好了这才带小瑜去楼上交一两个朋友,最后能玩到一起的也就季家一个小儿子。"

夏野想着季元杰把糖分给其他人,心里就更不舒服了,皱眉道:"干什么非要跟他们一起玩,不是周末还去少年宫吗?那边也有小朋友,他和那边的人玩就够了。"

"哎,这是为小瑜上学做准备,他平时对其他小朋友都不怎么感兴趣,也不能就周末和同龄人说话啊,还是需要提前适应一下的。"

夏野愣了:"小瑜要去上学?"

"是啊,总不能一辈子养在家里。"

夏野拿杯子的手顿了一下,完全想象不出他弟弟离开家门的样子。

他认识唐瑾瑜的时候小孩就一直养在家里,现在要去上学,他难免会担心。夏野不自觉地代入家长的情绪,跟着家里的大人们一起焦虑起来。他弟连糖都护不住,去了幼儿园岂不是整天被人欺负?还有那个新交的小朋友季元杰,那小屁孩把糖都放兜里,还能被抢,被人分走,看着也不太聪明。

季元杰每天跑来讨糖吃的时间很固定,都是在幼儿园放学回来之后。唐瑾瑜不爱出去玩,除了唐泓俊领他出门去楼上认识新的小朋友,大部分时间更喜欢一个人待在家里。他不去跟其他小孩玩,能跑下楼找他的,就只剩下一个季元杰了。

季元杰也不是自己想来的,他们玫瑰班的小班长就是韩亦星。韩亦星还有个兼职——正义的"校霸"。

她是学校里最霸道也最正派的小姑娘,力气奇大无比,打遍整个幼儿园无敌手。

季元杰无意中说了和唐瑾瑜住一栋楼的事,小姑娘就上心了。她特别喜欢唐瑾瑜,但是平时只能在周末的小螺号乐团保护他一下,听说季元杰跟唐瑾瑜住一个筒子楼,就派季元杰平时保护一下她弟弟——她在幼儿园已经吹牛了,告诉大家自己有一个又白又漂亮的弟弟,是天底下最乖的小孩。

季元杰刚开始也有点疑惑,但最终屈服于韩亦星的小拳头之下,每天乖乖来探望唐瑾瑜。

季元杰能跑能跳,每天在筒子楼里过得和其他小孩一样快活,他们这里的小孩都彼此认识,一帮小孩撒欢玩儿家长也不担心什么,只在吃饭的时候喊他们回来,因此从季元杰小朋友嘴里,唐瑾瑜也听到了很多筒子楼里的新鲜事。

筒子楼里最新传出的八卦就是夏野出入网吧的事:据说这个优等生在学校被罚写

了检讨；也有人说夏野抽烟，好几次都闻到他身上带着烟味；还有人说夏野逃学，在学校受了处罚，成绩一落千丈，甚至明天就要被退学了……

唐瑾瑜一脸愤怒："瞎说！我哥成绩可好了！"

季元杰嘴里吃着巧克力豆，含糊道："都这么说。"

"我哥前几天跑步，第一！"

"哦，我要那个绿色奶糖……"

唐瑾瑜给了他一块，还在愤愤不平："我哥不抽烟，从来不抽！"

季元杰喜滋滋地吃着奶糖："可是隔壁孙阿姨也这么说啊，你哥上次来她家的时候，她闻到啦！"

"我哥去她家干啥？"

"帮孙阿姨搬煤气罐……"

唐瑾瑜气鼓鼓的，一脸心痛，他哥那双价值千金的手，怎么能去搬煤气罐呢？这帮人压根就不知道那双手的价值呀！他心里有个模糊的概念，那双手比金子还要值钱，但是具体为什么他也说不出来，反正就是心痛！

季元杰还在说孙阿姨，唐瑾瑜明显不乐意了，打断他："我哥那么好，还帮她搬东西，她为啥还说我哥坏话啊？"

季元杰被问愣住了，不好意思地挠挠头。

唐瑾瑜又道："以后不许说我哥坏话。"

"哦！"

"你，还有孙鹏鹏和陈小川他们，反正你们都得帮我哥说话。"

"为啥？我家又没让你哥搬煤气罐！"

"你们是不是吃我糖了？"

"那倒是吃了——"

"吃了我的糖，就要听我的话。"

季元杰半天没吭声，他嘴里还吃着人家送的奶糖，至于孙鹏鹏他们的糖，也是唐瑾瑜让他分出去的，这没错。

唐瑾瑜趁热打铁："你们听话，我以后就把糖都分给你们吃，反正不许说我哥哥。"

"哦。"

两个小朋友隔着防盗门叽叽喳喳地说话，也没注意外面，夏野站在走廊拐角处听着，犹豫了一下，没有过去。他没想到他家小朋友会帮自己说话，不过他维护自己的样子还挺像回事。

等他们开始聊动画片了，夏野才装作刚上楼的模样走出去。

"《大风车》可好看了，我们现在都看《小糊涂神》，韩亦星还有好多贴画。"季元杰嚼着嘴里的奶糖，趴在防盗门上好奇地问，"韩亦星说你是她弟弟，是真的吗？你能不能也当我弟弟？"

唐瑾瑜和路过的夏野都很无语。

季元杰一点都没觉得自己问的问题有毛病，他是真的羡慕。

他自己也有堂哥，但是每次回来都跟他抢零食，从来没有这么大方地分巧克力给他吃过。之前韩亦星在班里炫耀她的新弟弟有多好，季元杰都没啥感觉，因为那个时候他还不知道唐瑾瑜有多好，现在接触多了，季小朋友开始真心实意地羡慕了。

但是他问得底气不足，有点不好意思。

上次来的时候，韩亦星还把她得到的一朵小红花让他给唐瑾瑜带来——那可是小红花呀，全班一天只有五个小朋友能拿到！季元杰上幼儿园两年，只在学校院子里捡到过一朵，特别宝贝地拿回家放在小本子里收藏，不过要是唐瑾瑜要，他也可以送来呀！

唐瑾瑜连连拒绝："不不不，我有哥哥了，不要哥哥了。"

季元杰虽然有点失望，但是因为装了满兜的糖，他也就心满意足地回家去了。

夏野站在门外看了小孩一眼，没吭声。

等唐瑾瑜晚上来隔壁吃橘子的时候，夏野伸手钩住小孩的背带裤，把人拽住了，问："你有几个哥哥？"

"啊？"

唐瑾瑜傻眼，他不知道啊，他爸妈还没带他认全亲戚，光是上回去姥姥家就见着好几个，但是他没来得及数呀！

夏野耐心地教育他："这楼里，你就我一个哥哥，知道吗？"

"哎！"

夏野又教他说了一遍，这才松手放小孩走。

瞧着那个跟在他爸腿边乐颠颠的小萝卜头，夏野的眉头皱起又松开。他想，笨点没事，听话就成，大不了他以后多护着些就是了。

筒子楼里没有秘密，什么事都瞒不了多久。

谣言总是这样，真假参半的话传得最快，一个人听了就忍不住添油加醋地说给另外一个。

陈素玲自己开公司，这两年服装生意正红火，厂房扩了一倍不说，就连平时开的车价值都相当于这边两套房子。筒子楼里别的看不到，陈素玲那辆车可是实实在在的，而且不是唐工那种单位配置的，是自己买的高档轿车。

不少人眼红夏家，除了夏野成绩出奇优异，另外一个原因就是他们和唐家交好。

唐家赚再多的钱，也不过是留给一个小傻子，之前有人跑来劝陈素玲再生一个孩子，被陈素玲当场拉下脸训斥了一顿，赶出了家门，筒子楼里其他女人都不太敢惹陈素玲，同时也有些幸灾乐祸，觉得他们两口子完了。

但是现在，楼里的人们嘀咕起这两家来，都觉得不是滋味。

唐工两口子认了夏野当干儿子，这不是白捡一个高智商的准大学生吗？还有夏家，这可是实打实地攀上高枝了，谁不知道唐工在单位是领导、陈素玲能赚钱？夏野认了他们当干亲，就等于承诺以后照顾唐家的小傻子，但这好处也是肉眼可见的，一下少奋斗二十年啊！

有人在算夏野能从唐家拿多少真金白银；也有人嫉妒唐瑾瑜一个小傻子怎么这么好命，竟然还能绑到一张长期饭票。

不过，筒子楼里的流言蜚语再汹涌，也挡不住夏唐两家的好运。

先是唐泓俊又提了一级，算上年初的升职，今年可谓连升两级。紧跟着夏老师也找到了新工作，在市交响乐团当指挥，据说乐团里的大领导对他格外看重，一看到履历立刻拍板把人留下了，工资直接按年薪发。

在这个年代，年薪制还是一个新鲜词，不少人只在外企听过这种说法，毫无例外，年薪给得都很高，在月工资普遍几百块的时候，给高知人才开年薪普遍都要大几万。

很快夏老师的工资就被人挖出来了。

孙阿姨抱着家里的一盆衣服去筒子楼的水房洗，听到有人不时发出叹气声："天哪！一年七万的工资，那当不是一个月要六千？"

"可不是！听说这只是基本工资，那边领导说夏老师是人才，什么首席的，加了一倍的钱把人留下！"说的人眉飞色舞，"我娘家侄女也在市交响乐团上班，那边的工资其实也不算高，分人，一般也就一千块出头，但是能跟着团到处旅游，待遇可好了！"

"坐飞机去吗？"

"那可不，每个月都能出去一两趟，还有演出费分成，各种补贴也不少，加起来也小一千呢！"

听的人可太羡慕了，一个劲儿追问，孙阿姨听到也忍不住凑过去问了一句："夏老师真赚这么多啊？"

说的人挺直了腰杆，表示消息绝对靠谱："可不，我娘家侄女亲口跟我说的。人家夏老师是艺术家，跟咱们可不一样，哎，早知道我就把我家小孩送去夏老师那边，让他教教，多少感受一下艺术氛围也好啊。"

周围的人一起发出遗憾的声音，她们大多没去听过音乐会，只在电视节目上匆匆一瞥，印象停留在豪华的音乐厅和笔挺的燕尾服西装上，觉得这份工作又神秘又高雅，钱还多，简直羡煞人。

孙阿姨忍不住嘀咕了一句："再好不也是给人打工。"

一旁的女人轻笑道："孙姐，您这说得就不对了，人家可是事业编，市里聘请的大艺术家呢！"

那个侄女在乐团的女人也有点不乐意，觉得孙阿姨不但在踩夏老师，连带着把她侄女也踩低了，不乐意道："孙姐，不懂你可别瞎说啊，正儿八经的好工作到了您嘴里怎么就这么不值钱了呀！我是真心盼着人家夏老师好，你要酸，可别带上我们。"

孙阿姨面红耳赤："谁酸了，我就是随口一说。"

那人嗤笑一声，不客气道："你当做媒呢，还随口一说，也不问问人家愿意不愿意，自己家八竿子打不着的亲戚拿着当宝贝，硬往人家夏老师身边凑，真是笑掉大牙！"

孙阿姨之前做媒的小心思被戳破，闹了个没脸，衣服也不洗了，抱着盆就走。

她回去之后脸上还发烫，心里也难过得厉害，一边觉得水房那帮人说话得理不饶人，平时她们碎嘴子说得也不比她少；一边又觉得夏家父子故意隐瞒家里的真实条件，害她现在里外不是人——不过才个把月的工夫，谁知道夏老师平时瞧着不显山不露水的，一下子就找到这么好的工作啊？

孙阿姨自己生闷气，不打算跟夏家来往了。

这也就是她单方面的想法，几天之后，这个想法就彻底实现了。

年底的时候，夏、唐两家又传喜讯，这次是双喜临门——他们要搬家了。

唐泓俊今年连提两级，正赶上单位分房子。设计院其他领导都搬到新房住了，唐泓俊前两年也有机会，但是为了攒钱给孩子治病，两口子没舍得动一分钱。这两年家里小孩身体好转，他们刚有想法，又赶上唐瑾瑜发烧大病了一场，吓得也不敢轻举妄动，想等小孩身体稳定些再挑个好地方搬走。

现在分房，刚好是个不错的时机，唐泓俊夫妻两人的手头还有之前唐老给的一笔钱，单位的房子比市面上的房子位置好、质量好，唐泓俊就去找夏老师商量了一下，打算一起挑个好点的小区，两家继续当邻居。

夏野手头钱多，想出这笔钱，夏老师没让。

夏老师笑着说："你唐叔给小瑜买房子，爸也给你买。"

这么一句话就让夏野打消了拿钱的心思，他点头答应了。

这是他爸的一份心意，哪怕是一套最小的，他也住得安心。

唐泓俊怎么可能让他们父子俩买小房子，最后商量下来，买了两套复式。这年头大家手里都没几个钱，越大的房子越没人要，哪怕单位的房子，再便宜总价也不少啊！所以他们买到大套型，一点也不费力。

两套复式，唐工要了带前院的一、二两层，夏家要了带后院的三、四两层。

实打实的小两百平的房子，一套十六万。夏老师拿出全部积蓄，再加上自己刚到手的那笔年薪，凑齐了钱，没过多久，两家就拿到了新房钥匙。

陈素玲的娘家是做工程起家的，一听女儿女婿买了新房，立刻就把装修的活计大包大揽接下来，陈家兄妹感情很好，光房子的设计图纸陈文骞就给小妹拿去七八份，让她随便挑。

陈文骞还亲自过来一趟，笑道："你可算是买房子了，你要是再不买，咱妈都要出手了。"

陈素玲奇怪："咱妈要干啥？"

"还能干啥，买房子呗！上回你们给小瑜拍了照片不是送回来了吗，咱妈一看还住在这小破楼里，都生气了，要拿私房钱给小瑜买房呢！"陈文骞道，"我来的时候老太太下了命令，让我给小瑜买套学区房，留着以后用，喏，钱都带来了！泓俊啊，明儿你下班跟我一起去挑一套。"

唐泓俊闹了个大红脸，连连摆手不肯要："二哥，我们有钱，真的！"

陈文骞也摆手："那不一样，这是你岳母的心意，有想法你自己打电话去跟老太太说，我可不敢惹她。"

唐泓俊嘴皮子利索，也仅限于在他们那种文职单位，顶多再在学校和老师谈上两句，遇上陈家二哥这样的，半点办法都没有。

陈文骞手劲儿大，把小外甥抱起来举高："咱们小瑜一瞧就是有福气的模样，姥姥对他好，以后他也孝顺姥姥，对不对啊，乖宝？"

举起来的小孩乖乖不动，眨巴着眼睛看他。

唐瑾瑜已经听傻了，怎么回事？他……他这就有房啦？

第六章

家庭旅行

陈文骞说到做到，当真留下来住了一晚，第二天叫上唐泓俊去看学区房。

唐泓俊中午接到电话，早早去了市中心等着，没一会儿就看到一辆黑色轿车停在路边，陈文骞抱着唐瑾瑜从车里出来，也不知道小孩说了什么，把陈文骞逗得一直笑。

陈文骞生得帅气，换了一身新衣收拾妥当之后，显得白净俊美。怀里抱着的小孩跟他差不多模样，也是一身新衣，头上戴着翻耳小皮帽，身上穿着时下最流行的小夹克衫，蹬着一双小靴子，跟小飞行员差不多，看起来又酷又乖。

俩人一路走过来，抢了不少风头，不少人一直打量，十分好奇。不过看陈文骞的人少，看唐瑾瑜的人多，小孩原本长得就精致漂亮，再加上这身穿搭，显得更出众了。

唐泓俊看到他们赶忙迎过去，伸手要接宝贝儿子："二哥，累了吧？我来，我来。"

陈文骞闪过去，抱着孩子没撒手："不累，走吧，咱们先把房子买了，回头这房子我也好一起给装了。"

唐泓俊还有些不好意思："我知道妈疼小瑜，但是真不用买，这才准备上幼儿园……"

"幼儿园也是上学。"

陈文骞带着小外甥一路过去，他也格外小心，用手护着小孩找了人最少的地方走。来之前他问了妹妹说是小外甥能去商场了，但当舅舅的还是多少有点不放心，看着怀里的小孩低声问："小瑜怕不怕？"

唐瑾瑜摇摇头，小帽子上的护目镜蹭到舅舅手腕，撞得手表发出清脆的一声响。

"不怕！"

陈文骞捏了一下他的小脸，看到他这副小模样就忍不住乐。唐泓俊在一旁看到，犹犹豫豫地想小声提醒二哥轻点，但是还没开口就看到儿子"噗"地吐了一个泡泡。

陈文骞乐得不行，回头道："泓俊，你瞧见没有？一捏吐一个泡泡，可太有意思了！"

唐瑾瑜路上被捏了好几下，试着抗议，没想到吐出来一个泡泡，一路上引得舅舅越发好奇地捏了好几下，现在更是给亲爹现场表演了一个。

  唐泓俊打哈哈，笑说："是吗？我看看。"

  他接过小孩，抱在怀里就不给二舅哥了。陈文骞也没在意，他进了商场找了家卖工具的店面，在货柜里翻找了一下，拿了一套专业的测量工具。

  唐泓俊道："二哥，你要皮尺啊？早跟我说一声，我从单位带一个出来就成。"

  "你那个跟我用的不一样，太细了。"陈文骞拿去付钱，笑道，"老太太说了，让给做个儿童房，家里小孩都有，带小滑梯的那种。一会儿咱们看中了房子我正好测量一下，顺带这次装修一起给你们做好。"

  临近过年，商场里人多，装扮得喜气洋洋的，卖什么的都有，门口摆着一些小孩爱吃的零食，一台机器轰隆隆地翻滚着热气腾腾的奶油爆米花，香气飘满整条街。

  卖爆米花的旁边还有一个卖烤肠的摊位，对面是饮料摊，橙汁和可乐摆在两个冷水箱里，颜色鲜亮，有人来买上一杯，老板就大声吆喝一声，然后拿了纸杯去接，最后用小铁铲挖一些冰块加进去，喝一口冰冰爽爽，透心凉！

  陈文骞带着小外甥来的时候，特意提前喂饱了小朋友，他自己不太在意，但是陈素玲不爱让小孩吃外面这些不健康食品。

  原本他还担心小孩看到其他小朋友吃花花绿绿的零食眼馋，也跟着要，但是也没想到怀里的小家伙对奶油爆米花视若无睹，眼睛直勾勾地看上了对面大桶的冰镇可乐。

  唐瑾瑜趴在他爸的肩膀上往外看，口水都快流下来了。

  "放了那么多冰块吗！看起来好好喝啊！"

  唐瑾瑜想喝冰镇可乐，咬着手指头去看爸爸。唐泓俊第一次不敢面对小孩，他怕老婆，也担心孩子的身体，根本没办法满足儿子在冬天喝冰镇可乐的愿望。

  "爸爸，好爸爸……"

  "这个，啊，对！爸爸今天没带钱包，你问你舅舅？"

  唐泓俊把问题直接扔给了陈文骞。

  舅舅很慌张，对上小朋友渴望的视线更是忍不住闪躲："乖宝，我们不喝这个……"他的视线转了一圈忽然瞧见一旁玻璃镜上自己的脸，忽悠道，"喝可乐长胡子。"

  唐瑾瑜："啊？"

  陈文骞一脸认真地道："跟我一样，长满脸。"

  唐瑾瑜沉默着。

"真的，你看舅舅，昨天就是因为喝了可乐，一下长出那么多的胡子！"

唐瑾瑜也不是非喝不可，他就是有点馋了，听见就跟着点点头。他舅舅都这么卖力表演了，他也得捧场才行："不喝，不好喝。"

"对，不好喝！"陈文骞简直要喜欢死这个小外甥了，他就没见过这么好哄的小孩，明明都在咽口水了，还顺着大人的话说，难怪小妹一家宠成这样啊。

出了商场，一行人直奔市中心最好的学区。

陈文骞办事妥当，他找好了这边的房产中介，中介直接带着他们去看最好的学区房。陈家住在外省的省会城市，房价比起这边要贵一些，陈老太太给的钱是按那边的房价来的，因此照着最好的房子挑也绰绰有余。

中介一边带着看一边热情地说："这是咱们这边最好的学区房了，北边是机关幼儿园，隔着一条马路就到，再往南是实验小学、中学，以后老人来这边带孩子，牵着手就能领过去，特别方便！"

陈文骞瞧着不错，问过唐泓俊后，立刻就买了下来。

从看房到付款，没超过二十分钟。

房产中介一直送他们出小区，脸上笑开了花，这还是他第一次遇到这么快成交的业主，瞧着远去的高档轿车和刚才一直被抱着的小孩，心里羡慕那位小富二代。

家里可是真宠啊，不提学区房，光是从进门开始他就没见那小孩的脚落在地上，全程都被抱着呢！

陈文骞亲自给他们装修房子，唐泓俊跟他说了一下隔壁夏老师家和他家的关系之后，陈文骞拍着胸口道："这不正好吗，都是一家人，你让夏老师挑个图纸，回头我一起给你们装了就是了，一套和两套也没差多少，我这儿一起买料还省事呢！"

唐泓俊就把图纸拿去给隔壁看了下，夏老师谢过之后，挑了简洁风、原木色为主的设计，整洁爽利。

家里大人在讨论装修图纸，两个小的也在聊。

唐瑾瑜今天得到了一个冻梨，嗯着吃的那种，跟喝果汁一样，他嗯上两口又啃几下，吃得开心极了，连下午没喝到冰镇可乐的失望心情都消散不少。

这份快乐一直持续到陈文骞敲门进来，他是来问夏老师选中哪份设计图纸的。唐瑾瑜一看到他就想起下午的冰镇可乐，自己怀里抱着的冻梨也顾不上吃了，趁着舅舅走过身边的时候，扶着夏野的腿大声说："哥哥！"

夏野被他吓了一跳："怎么了？"

"舅舅说不能喝冰可乐，喝了长胡子！"

"……没事,等夏天哥哥带你去喝。"

唐瑾瑜故意又大声问了一遍:"哥哥买的可乐喝了不长胡子吗?"

"夏天喝不长,就冬天喝了才长。"

"……哦。"

夏野面不改色地继续喂小孩吃冻梨,唐瑾瑜想,竟然还有这种特定情形。

陈文骞抬眼看了几次沙发那边吃冻梨的小东西,手痒得想去捏那肉嘟嘟的小脸,不过一杯冰可乐,一直记到晚上呢。

两家定好了装修图纸,剩下的活儿陈文骞全揽过来了。唐家的装修没要一分钱,夏老师那边只要了个成本钱,然后找了公司业务最好的师傅过来全程盯着,保证用最快的速度完工。不过就算这样,也得要小两个月才能完成。

陈文骞忙了一阵把事情安排妥当就回去了。陈文骞走后,也就快到过年了。今年和往常不一样,唐瑾瑜一家不用赶在年初二的时候去姥姥家,陈老爷子对滇省的一个矿山非常感兴趣,刚回来几天,等不及又自己去了一趟。

陈老太太哪里舍得他一个人在外受苦,她和老伴儿是年轻时候一起奋斗过来的患难夫妻,老头子坚持要去,她也没在家享福,收拾收拾跟着一起住进了山里。

陈家两位老人都不在,陈文骞回去也没多待,马不停蹄地跟着去了南边。

陈家的其他小辈们得了通知,今年不用来本家聚会了。陈素玲和她大姐陈秋果都没回家去,姐妹俩不放心,打电话问了好几次,陈老太太那边都说好,让她们好好在家休息。陈老太太还对小女儿额外叮嘱了几句,让她和女婿好好相处,小心照顾好孩子。

"不能因为咱们家现在有点钱,就对人家小唐不好,你工作忙,他也忙,两个人互相体谅知道吗?"陈老太太在电话那边道,"当初小唐追你的时候,去工地上看到你爸,还以为你爸在那儿搬砖呢,二话不说脱了外套给扛了一上午水泥,那么沉的麻袋扛下来肩膀都磨红了,你爸让他歇歇,他坐在那儿不停说你爸辛苦了……这么好的女婿,打着灯笼没处找,你一定对人家小唐好点啊!"

"我二哥回去说什么了?"

"说你掐小唐耳朵!"

陈素玲没憋住笑,陈老太太隔着电话还在教训姑娘,让她别使在家里的小性子:"都是当妈的人啦,就算背地里不给小唐面子,当着小瑜的面儿也不能掐他耳朵嘛!这你让人家小唐怎么在孩子面前挺起腰杆来?"

陈素玲嗔道:"哎呀,妈,小瑜还小他又不懂。"

陈老太太更生气了:"胡说,我乖宝怎么就不懂了!上回来我俩还讲乌鸦喝水的故事呢！"

陈素玲赶紧认错，抱了儿子过来让他喊了几声"姥姥过年好"，小孩声音软甜，没一会儿就把老太太哄得笑起来。

没回娘家，陈素玲琢磨着去探望一下唐老爷子，唐泓俊就这么几天年假，不能浪费。

过年的时候人情味儿最浓，大家觉得总要走亲访友热热闹闹的才算过年，最好鞭炮放够，满街都披红挂彩，小孩们跑来跑去玩摔炮才够热闹。

筒子楼里每年都是这样，小卖部里的摔炮这段时间卖得最火，基本上所有的男孩兜里都揣了几盒，年纪小些的小孩则更喜欢仙女棒，从天色刚擦黑就迫不及待地在楼下院子里点上一根，绕着圈地晃那支仙女棒，看它"嘶嘶"地燃放出好看的小烟花。

年二十九，夏老师做好了一桌饭菜，和夏野提前吃了年夜饭。

他心里有些愧疚，因为市交响乐团接了演出，要去椰城开新年音乐会，时间就在过年期间，明天一早的飞机，要到年初八才回来。一个礼拜的时间，别说过年，就连放年假他都不能陪伴儿子。

夏野倒是没什么感觉，他对这些节日从来没觉得有什么特别的仪式感，平时放寒假也只觉得有很多时间可以用电脑了，没人打扰，比较容易提高效率。

等到吃完饭夏老师坚持要刷碗的时候，夏野才明白过来，笑道："爸，您真不用觉得亏欠我什么，您不就去一个礼拜吗，我们学校放了两个礼拜的假，等您回来还能给我做一周饭，我就爱吃您做的烧排骨，我们学校食堂做的一点味道都没有，比您做的差远了。"

夏老师赶紧答应下来，又叹了口气道："爸这工作以后出差的时候多，可能要委屈你了。"

夏野一边刷碗一边道："不会啊，我没饭吃的时候去隔壁就成了。"

夏老师愣了下，仔细打量了一下儿子的表情，看他一派自然，惊讶道："小野，你愿意去隔壁吃饭吗？"

夏野道："愿意啊，我叔做饭挺好吃的，上回做的那个烧毛豆我和小瑜吃了一整盘。"

"那过年你也……"

夏野有些困惑，抬头看他："过年不能去吗？昨天姨还过来说让我明天去隔壁吃饭。"

夏老师眨眨眼，笑了一声点头道："能，当然能！"

夏野又继续低头刷碗："爸，今天看天气预报，说那边已经三十度了，海岛是不太一样,您记得带点短袖衣服,不过羽绒服也别忘了拿,回来还是冷。"

夏老师想说点什么又不知道说什么才好,只觉得心里彻底踏实了。他比谁都了解夏野,他这个儿子什么都好,就是很难和人亲近起来,可一旦交托了感情,又是最长情的人。

夏野以前只信任他一个,现在好了,除了他,夏野多了那么多可以信任的家人。夏老师放宽了心,第二天一早拎着行李箱去了机场。

年三十中午,夏野被陈素玲叫过去吃饭。他刚进客厅就看到了一排由大到小排列的旅行箱,颜色倒是挺好看,有粉白和粉蓝两种,看起来是配套的一组。

陈素玲问:"小野,你看这里面哪个好?"

夏野随手指了一个:"蓝色那个不错。姨,你们公司要出旅行箱吗?"

陈素玲笑道:"没,跟其他厂子合作,送了几只过来。"她把那个蓝色旅行箱推过来,放在夏野身边看了一下,夸奖道,"是挺好看,刚才小瑜也说这个最适合你呢,来,拿着!"

夏野推辞道:"不用了,姨,我又不出门。"

唐泓俊抱着小孩从外面踩雪回来,正好听到这句,笑道:"出啊,咱们吃完饭收拾下行李就出发。"

夏野愣了:"叔,咱们去哪儿?"

唐泓俊给小孩脱了鞋,让他换了小拖鞋先进去,抖了抖满是雪的小靴子,眉飞色舞道:"去看你爸,我那天听你爸说的时候就一直想,椰城那么好的地方,不能让你爸一个人享福,咱们都去!我给小瑜他爷爷也订了票,傍晚的飞机,晚上就到椰城啦!我特意没跟你爸说,搞个突然袭击!"

夏野完全没想到,吃饭的时候追问了几句,才知道这是唐泓俊临时做的决定。

"要不是过年票不好买,咱们今天早上就能跟你爸一起出门了。"唐泓俊还觉可惜,给两个孩子一人撕了一只鸡腿,劝他们多吃一些,"小野,先吃饭,你姨已经把衣服都准备好了,你一会儿回家拿点日常用的东西就行了,其余的不用带。"

家里大人已经拍板,夏野就跟着答应下来。

陈素玲细心,准备了全家出行的东西,夏野和唐瑾瑜两个男孩的东西基本一样,只是型号大小的区别而已,连水壶都是同款。

唐瑾瑜的粉蓝色小水壶上有卡通图案,夏野那个是深蓝色,印着一串字母,是时下最流行的运动款。

唐瑾瑜没有旅行箱,只背着一只和夏野同款的小背包,坐在唐泓俊白色的旅行箱上,双手抱着拉杆,像是在坐移动小车。

旅行途中出了一点小岔子，夏野晕机。

陈素玲买的是头等舱，但空间也有限，只能按铃让空姐拿来药片让他服下，过了一会儿看到夏野脸色好转，她有些自责："怪我，也没事先想到你可能会晕机，应该准备薄荷油的。"

夏野轻轻摇头："姨，我没事，以前就这样，睡一会儿就好了。"

陈素玲听到不再打扰他，让他休息。

四个小时的旅程有些无聊，陈素玲和唐泓俊一早就起来忙碌，这会儿也累了，很快睡着了。

等到旅程过半，陈素玲从浅眠中醒来的时候，发现身边的小孩不见了，她吓了一跳，一边解开腰上的安全带一边四处环顾找孩子，手指头都有些不听使唤，开始微微发抖，但是很快就在旁边一排看到了那个熟悉的小身影——唐瑾瑜去了旁边的座椅，正坐在夏野腿上，被哥哥抱着一起看窗外。

陈素玲一颗心提起又放下，身上都出了一层冷汗，她看了一眼过道那边的唐泓俊，丈夫还睡得人事不知，压根儿就不知道小孩自己跑过来了，她忍不住拍了丈夫胳膊一下，唐泓俊被吓得惊醒，还未睁眼就道："对对，那个数值不能用，再重新核算……"

陈素玲哭笑不得，低声喊他："快醒醒，你看看这是哪儿。"

唐泓俊清醒过来，看了一圈才反应过来，好脾气地笑道："原来是做梦，吓我一跳。你怎么醒了？还早，再睡会儿吧。"

陈素玲摇摇头，让他和自己换位置。

他们上飞机的时候为了方便照顾孩子，她带着唐瑾瑜坐一排，丈夫带夏野坐了过道另一边。

唐泓俊解开安全带的时候才发现儿子过来了，被小家伙软软地喊了一声"爸爸"，他一颗心都甜化了，亲了好几下才跟老婆换位置。

陈素玲坐过去，问："小瑜，你刚才换位置怎么不喊妈妈？"

"妈妈累了，要休息。"小孩仰头说着，又认真保证，"我在爸爸和哥哥身边，哪里都不去。"

陈素玲心里软了一下，摸摸他软软的头发，轻声道："下次要喊醒妈妈，知道吗？"

"嗯！"

"还有，哥哥身体不舒服，你不要打扰哥哥……"

夏野道："姨，我没事了，小瑜来给我送薄荷糖。"

陈素玲这才看到小孩手里握着一盒薄荷糖，好奇地问："哪里来的糖？"

"大姐姐给的！"唐瑾瑜展示给他妈看，不只是手上的那盒薄荷糖，他兜里还有好几片口香糖、彩色糖纸包裹的水果糖，还有一包跳跳糖。小朋友展示完，又认真道：

"其他的不要，哥哥只吃薄荷糖。"

夏野帮忙解释了下，说是空姐给的。

夏野把安全带放松了些，把小孩圈在怀里一起捆住，抱着他看窗外。也不知道是晕机药还是薄荷糖的功效，他现在好一些了，听着小孩说话，心情慢慢放松。

"妈妈，这里晚上也能看到云彩呀！"

"什么颜色的？"

"深蓝和浅蓝！"小孩歪头想了一会儿，笑得一双眼睛弯成月牙儿，高兴道，"好像我和哥哥的水壶呀！"

一旁的唐泓俊独自坐在对面，缓了半天终于彻底清醒过来，小心喊了妻子一声："素玲，小瑜怎么去那边啦？"

陈素玲嘴角抽动了下，没理他。

唐泓俊困惑极了："他啥时候过去的呀？"

一行人到了椰城，在机场的时候又多等了一阵，唐老爷子的飞机要晚半小时，一家人约定了在机场碰面。

唐泓俊让妻子领着孩子们在这里接机，自己去找车。

没多久，下一班飞机落地，唐老爷子跟着人群走出来，老远就看到自家小孙子被举得高高的，手里还拿了一张"福"字——也是出来匆忙没带纸笔，又怕老人找不到他们，陈素玲就让唐瑾瑜举了个"福"，小孩还拿倒了，浑然不觉地举着，原本他和夏野站在一起就引人注目，这会儿更是引得不少人看过来。

夏野长得帅气，这个年纪的小孩大多叛逆，他脸上表情淡淡的瞧着不怎么好相处，偏偏抱着一个爱笑的小孩，一大一小反差特别强烈。

唐老喜不自禁，冲他们招招手，快走了几步："小瑜！"

小孩听到声音扭头看过来，他被举得高，看得也清楚，脆生生喊了声"爷爷"。陈素玲顺着看过去才瞧见老人，笑道："还是小瑜眼神好。爸，我来拿行李！"

她刚一动手，夏野就把唐瑾瑜递到她怀里，自己去推行李，他跟着唐瑾瑜叫，也喊了一声"爷爷"。

唐老爷子高兴得不得了，连连点头："好好，都是好孩子。"

唐瑾瑜递过"福"字："爷爷过年好！"

老人笑呵呵地接过，轻轻捏了捏他的小脸："过年好，宝宝来，让爷爷也沾点儿福气哟！"

唐泓俊刚好找好了车，过来接上一家人先去了酒店。

春节酒店不好订，想要住夏老师他们交响乐团住的那家更不容易，还是陈素玲托了他爸认识的一位老朋友才帮忙留了房间。陈老做生意多年，交游广，在椰城的这位老朋友是专门做酒店生意的，在当地很吃得开。

在酒店看春晚的感觉有点新鲜，唐泓俊一直抱着唐瑾瑜，小声跟他说话，怕他在这里不适应。唐老爷子也想小孙子了，但儿子抱着走来走去，他都看不到几眼，忍不住道："你放下小瑜，让他自己玩儿。"

唐泓俊放下小孩，小孩立刻就扑过去抱夏野的腿，抱住了仰头期待道："哥哥，看烟花！"

夏野低头看看他，又看了一眼阳台那边，和北方不太一样，南方这座小海岛过年的时候更喜欢放烟花，从刚才就能听到接连不断的烟火声，由远及近，这会儿天空还能瞧见不时炸开一朵绚烂的火花。

夏野弯腰把他抱起来，去阳台那边看烟火。

唐家父子谁都没捞着，唐老使唤儿子去布置酒菜，自己端了一个大糖盒去阳台跟两个孙子交流感情去了。

等到快十一点的时候，门铃响了。

夏老师站在门口，身上还穿着一身演出穿的西装，发胶都没卸，看到他们的时候满脸惊喜："你们真来了啊？这可真是，我一听到酒店前台留言就过来了，你们怎么找到这儿的，我想都没敢想……"

唐泓俊拉他进来，笑呵呵道："来来，老夏，你瞧瞧还有谁来了？"

夏老师刚和儿子分开一个白天，晚上再见的时候依旧笑个不停，看看夏野又看看房间里忙碌的一家人，桌上摆了酒菜和各种糖果点心，窗上还贴了好几张"福"字，他有一瞬间恍惚，以为是回到了家里。

唐老坐在沙发上招呼他过来，老人慈祥道："过年嘛，就应该一家人守岁，小夏过来，坐这边，一起再吃点饺子，刚送上来的，要了好几种馅儿呢！"

夏老师被拉过来，坐在那儿还在笑，陪着老人聊了几句才恍然想起："您看我这记性，伯父，我这边还有几张音乐会的票，您要是明天没事，欢迎来看。"

唐老爷子对这个挺感兴趣，刚想点头又犹豫起来："可惜了，我就带了几身夏天穿的衣服，没带礼服来……"

陈素玲笑道："爸，我给您带了，咱们一家的都有，就是夏老师不送票来，我也打算去现场听听，好久没听音乐会了，小瑜也是头一回去呢。"

唐老爷子很高兴："是该带小瑜也去听听，他现在也学乐器，是要多看多学习嘛！"

小朋友学的还是很基础的东西，但在老人心里也算是个小艺术家，花式夸奖了一下宝贝乖孙。

说到礼服，夏老师也讲了一件趣事："伯父，您不知道，我当初刚参加工作的时候都不敢说自己的真实身高，那会儿各地经费都紧张，衣服也没得挑，就那些尺码，太高了买衣服要另外加钱，工作都不好找呀。"夏老师感慨道，"我那会儿写简历，从来只敢说自己一米八八。"

唐老好奇道："小夏你真实身高是多少啊？"

"我一米九一啊。"

唐老笑起来："高了好，我瞧着小野随你，模样长得好，也是个高个儿，以后一表人才。"

唐泓俊故意逗夏野："是啊，别的不说，夏野你要是想打工就去找你姨，你比她公司聘的那些男模特都强。这么帅一个小伙子，不知道以后要骗到哪家小姑娘喽！"

唐瑾瑜坐在一边被夏野喂着吃开心果，吃着东西都没耽误他说话："哥哥不骗人。"

夏野又塞了一颗开心果给他，小孩吃得嘎嘣响："哥哥好！"

唐泓俊故意吃醋道："就你整天护着，你今天还没让爸爸抱一下呢，来，爸爸抱。"他说着把小孩接过去，小孩也听话，一家人谁抱都行，喂一口坚果仁就吃一口，吃得可香了。

两家人团聚，热热闹闹地过了一个节。

唐泓俊和夏老师一起喝了几杯红酒，也算是庆祝他们买房搬家，大家都特别高兴。

一大家子一边看春晚一边聊天，零点钟声敲响的时候窗外礼花炸响，深夜的天空被照亮，一片绚烂烟花绽放，流光溢彩。

一家人笑着互相给对方拜年，唐老给在场的每一个人都发了红包，老人准备了不少，所有人都是他晚辈，这红包拿得舒坦。

其他大人给夏野和唐瑾瑜准备了大红包，每一个都很厚，唐瑾瑜人小，抱了满怀的红包，跟在夏野腿边说吉祥话。小孩起初能跟上，后面嘴皮子没那么利索了，就跟着学最后两个字，"发财""如意"之类的词一个个往外蹦儿。

热闹了一场，老人又吩咐他们早点睡，自己先回房间去休息了。

夏老师明天还要演出，不过交响乐团的人也都住在这个酒店，不耽误事。经过一番协调，夏野住进夏老师的房间，唐泓俊让他们父子先回去休息了。

唐瑾瑜换了新环境，倒是不太认生，陈素玲跟酒店要了一张小床，放在大床旁边，起先还跟小孩手拉手哄他，给他讲故事，一个故事没讲完，小朋友就睡着了。

陈素玲放轻了声音，把故事书收起来，留了一盏小夜灯也侧身躺下休息。她的视线落在儿子那张张酣睡的小脸上，瞧他安稳睡着，唇角就忍不住扬起，心里也跟着柔软起来。

她的宝宝在这儿，她可以是坚强的铠甲，也可以是温柔的海洋。

第二天，唐泓俊带着家里人去听音乐会。

陈素玲准备得很周到，她自己一身小礼服，给唐泓俊和唐老准备的是深色西服套装，而家里两个孩子穿的则是同一款式的小西装。

陈素玲还是第一次见夏野穿正装，比他平时显得成熟一些，腰线一收，线条感更明显了，一双大长腿得了夏老师遗传，肩膀腰身都显露出来，身材比例实在是好。因为着装需要，他把头发梳起来一点，没有平时那么散漫，剑眉星目，鼻梁高挺，是十几岁女孩最喜欢的帅气的少年模样。

陈素玲忍不住拉着他转了一转，她是做服装的，第一眼看到的就是衣服，夏野这个衣架子把一身七八分的衣服硬衬成了十分，等抬头看到少年那张脸的时候，更是忍不住夸赞："你叔昨天说让你来公司当模特的时候，我还没想到，换了身衣服我才看出来，真是不错！小野，下次来姨公司，拍几套照片，保管不比那些男模特们差！"

夏野笑笑没吭声，被家里人这么夸奖心情还是不错的。

唐瑾瑜也穿好了衣服，被他爸牵着手领过来。小孩穿的衣服款式和夏野一样，皮鞋花纹都是同一款，缩小了的小西装看起来很萌，连领结都是圆乎乎的，带着几分童趣。唐瑾瑜跑过来，抱着妈妈的腿，抬头让她看，陈素玲捏了一下他的小脸，笑道："哪里来的小王子呀？真漂亮。"

唐瑾瑜有点不好意思地冲她笑。

陈素玲怎么瞧都满意，就是觉得儿子头发有点乱，伸手想给他抚平，摸上去却有些扎手，原来是被人打了发胶。

"哟，不是小瑜自己弄乱的呀，谁给你弄的头发？"

"爸爸弄了左边，爷爷弄的右边。"

陈素玲听了直乐，难怪左右都朝相反的方向翘起来一撮儿，不过也可爱，像是英俊的小王子在地毯上撒欢打了一个滚，一跑起来头发就跟着晃动。

她给小孩把头发重新整理了一下，一家人收拾妥当，出发去听音乐会。

唐瑾瑜是第一次来现场听音乐会，不过他很乖，和哥哥相邻坐着，一大一小坐在一起，一看就是兄弟俩。

唐老喜欢音乐，有时候音乐会给他带来数学的灵感，他非常享受。唐泓俊和陈素玲两个人年轻的时候也没少一起来听音乐会，这会儿回忆起当初，心里也是甜蜜。唐瑾瑜可能是在家里被夏老师带着有些习惯了，最初有点紧张，很快就融入其中，听得聚精会神。

只有夏野一个人，坐在那儿面露沉思样。

夏野的视线都在他爸身上，也幸亏夏老师这次担任的是总指挥，不然夏野都不知道怎么融入这种音乐氛围。

两个多小时的音乐会很快结束了，唐老爷子听得意犹未尽，起身跟着大家一起鼓掌。旁边的唐瑾瑜被抱起来，去给夏老师献了一束花，夏老师躬身接过的时候轻轻捏了小孩的脸，冲他微笑，小朋友的眼睛亮得像有小星星，眼神满是崇拜。

夏老师的音乐会还要几天才能结束，陈素玲做了一些游玩计划。

陈家认识的那位老朋友在椰城发展得不错，听说陈素玲一家来了这边，就让人安排了一下，一定要招待他们去周边小岛上玩儿。

对方实在热情，陈素玲也不好驳了长辈的面子，就答应下来。陈素玲想带夏野一起去岛上，跟夏老师说了下，笑道："你这是工作，我们是放假，让小野跟着我们一起去玩儿吧，他心细，还能帮我照顾小瑜呢！"

夏老师笑着答应了，他要是留儿子在这边，恐怕才让儿子感到折磨。

夏老师努力工作的时候，唐家人开始收拾东西，准备去度假了。夏野带的东西少，总共就没几样，因为这边酒店也不退，就只带了一个背包，里面装着笔记本电脑和一身换洗衣服，轻便出行。

唐瑾瑜年纪小，不用自己收拾行李，在大人们忙碌的时候，他甚至还被允许玩儿了一会儿捉迷藏。小孩躲在最大的那个旅行箱里，夏野看到衣服边角，还是倚靠在门口故意喊了两声，装作找过之后才说："我认输了，真的找不到，小瑜出来吧。"

客厅中央那个最大的旅行箱动了两下，紧跟着"啪嗒"一声，箱子摊开之后就冒出一个小脑袋，冲他乐。

夏野走过去，捏了一下他的脸："这箱子不错，你进去，一会儿正好把你拎走。"

唐瑾瑜冲他伸手，夏野习惯性地把小孩抱起来，任由他环着自己脖子，聊些幼稚的小问题。

唐瑾瑜最近说话的频率高了，普通沟通没什么障碍，但是不能说快了，一急就容易磕巴。夏野每次都慢慢和他说话，他觉得他弟其实不傻，相反比起其他小孩算聪明的，就是小时候身体不好，一直没完全恢复，不过总有一天会恢复好的。

热情招待他们的老板姓洪，十年前独自一人来椰城打拼，赶上了好时候，做了几笔汽车生意发家，之后又投资做了酒店生意。洪老板事情忙，只见了陈素玲一个人，没有陪着一起去度假，但特意安排了秘书开车随行，招待得很好。

秘书开了一辆七座商务车，外面看不出什么，里面却豪华宽敞，带着他们一行五人开车三个多小时去了海边。

"上岛需要坐船，咱们在这边排队，一会儿让司机把车开到船上去，略微有点不方便，不过上岛之后就好了。"秘书在前面领着他们，"洪老板一早就交代好了，咱们酒店刚开业没几天，留了最好的套房招待大家呢！"

洪老板这两年做生意赚了不少，正赶上这里空了几座小岛允许商用，立刻大手笔地租了三十年。岛上有一座珊瑚酒店，就是洪老板开的，目的也非常明确，就是做旅游生意。他挑的小岛自然是周边最好的，无论是潜水还是在岛上散步都很不错，这座珊瑚酒店刚正式开业没几天，也是特意让老朋友一家人来瞧瞧。

陈素玲接过这类商场上的客套话，有说有笑地跟秘书聊了一路。

唐老爷子在南方暖和的天气里身子骨明显更好一些，精神也足，让夏野抱着唐瑾瑜站在自己身边，一路上给他们讲珊瑚的冷知识。唐泓俊几次想插嘴，都没得到机会。

"小瑜，其实爸爸也知道……"

"你当然知道嘛，因为都是我教给你的，小瑜别听你爸的，爷爷给你讲啊。"

唐泓俊又一次碰壁，摸摸鼻子站在一旁，干脆跟着一起听讲。

下船之后，一行人又坐车走了一段距离，就到了珊瑚酒店。

酒店刚开业，装饰得别具特色，进入门庭之后就是一道小桥流水，酒店大堂是半开放式的，两边都是热带独有的植被，粗壮且绿荫厚实。

唐瑾瑜被爷爷牵着手走过那儿的时候，正好看到旁边有工作人员在往池子里放锦鲤，搞得仪式感很强，每入水一尾锦鲤都会有人在一旁说上一句"锦鲤入池塘，富贵又吉祥"，唐瑾瑜看得津津有味。

唐老低头看着小孙子，笑呵呵道："小瑜想看啊？一会儿爷爷来陪你看好不好？"

一旁的秘书机灵，听了笑道："酒店里面也有，现在外面晒，您在酒店里先休息一下，等太阳落下去还有其他节目，晚上就在海边吃饭。"她转头又问陈素玲，"路上来得匆忙，还没来得及问，陈小姐和您家人有对什么海鲜过敏的吗？咱们厨师也好提前准备一下，让大家吃得满意。"

陈素玲道："除了牡丹虾，其他都行，对了，牡蛎要少一点，倒不是过敏，我家儿子喜欢吃那个，有次贪吃差点生病了呢。"

秘书记下，点头应了。

夏野跟在陈素玲身后，他手里还替她提着包，听到她说忍不住抬头看了一眼。唐家人都没有什么食物过敏，只有他对牡丹虾过敏。看来陈姨把他的事记在了心里。

唐瑾瑜惦记着之前说的锦鲤，放下东西后就跑来找夏野，要他抱着去看："爷爷在门口，一起。"

夏野捏了一下他鼻尖："偷懒。"

话虽这么说，但他抱着没撒手。

这里锦鲤和外面养在池子里的不一样，算得上是镇店之宝，被妥善安置在酒店风水最好的地方。做生意的大老板或多或少都有些信这个，有些人就喜欢养些风水鱼，希望它们能带给自己好运和财气。

"这条叫'金银鳞',是专门培育的,游动起来最漂亮;还有这条,颜色万里挑一,叫'楼兰',上百万呢!"

"这鱼缸里的鱼要一百多万?"

"不是,就这一条就一百多万啦。"

唐老爷子和唐瑾瑜站在那儿欣赏,但他们对锦鲤是外行,怎么瞧都看不出好在哪里,还是一旁的工作人员指点道:"您看这里,它体量最大,而且身上的颜色和其他的不一样,这鱼讲究色正,白色要雪白,红色要油润鲜红,鳞片要有光泽感,还有它背上的红斑,也有讲究……"

总结下来,就是生得讨巧,长得漂亮,天生富贵命。

小孩踮脚扒在旁边看,那条富贵鱼摆动了下尾巴凑过来,冲他吐了个泡泡。

陈素玲觉得有趣,给儿子拍了好几张照片,又觉得单人的太空了,最后变成了全家合照。

珊瑚酒店是非常适合度假的休闲之所。唐老爷子难得和小孙子见一面,这几天变着花样给小孩送玩具,给他讲故事,爷孙俩感情急速升温。

酒店有网络,夏野的笔记本也派上了用场。他在房间的时间比较多,一旦连接网络上那个无限宽广的世界就沉浸在其中,不觉时间流逝。

过年期间,老猿和韩亦辰他们都在线,瞧见夏野进入聊天室,纷纷跟他打了招呼。

老猿:"你来得正好,我刚想找你呢。之前你那个广告弹窗我测了下,在网管软件上没问题,就是后台太霸道了,弹一下,但凡网吧里用了咱们软件的机子都跟着同一时间蹦弹窗……"

夏野问:"运行卡吗?"

老猿:"那倒不会。"

夏野又问:"杀毒软件准备得怎么样了?"

提到这个老猿就精神了不少:"你说的那些我都改好了,很顺利,就差测评了,这不,我喊了小韩过来帮忙,想过年这两天试试手。"

夏野:"好,准备一下,年后就上这个吧。"

老猿还是有点担心用户有意见,毕竟他们这是收费软件,突然加广告总有点不太好。但是夏野紧跟着发来的新合同直接让他看傻了眼,过了好一会儿才问道:"夏野,这……这价格不太对吧?你是不是少加了一个零?"

新发来的合同写着续约条款,除了新加入的广告一项,还有一些新服务,他们搞的这个杀毒软件就在免费试用的行列之中。但这些都不是重点,重点是夏野调整了收费标准。

以前是每台电脑五十元一个月，现在改成了每一百台电脑五十元一月。百倍悬殊，实在把老猿吓了一跳。

老猿小心翼翼地问："咱们这是要打价格战？之前确实也有人跟风想模仿，但是没个一两年跟不上来，他们没那技术，我觉得一下也不用压这么狠，原本市场咱们就占了多数，这价格出去，别家也不用做了。"

夏野道："不是价格战。"

老猿："那是？"

"我要市场。"夏野打字回他，"越多越好。"

老猿纯搞技术的，他以前觉得夏野跟他差不多，顶多是比他的技术厉害一点，现在他看不懂夏野葫芦里卖什么药了，不过还是点头答应下来："成，我都听你的。"老猿心大，不过一旦决定做什么就变得专注，又问道，"咱们这广告弹窗有了，你想好去哪儿拉广告没有啊？总不能整天弹楼下的'张老三烧烤''肥姨大排档盖浇饭'吧？"

夏野发了一个网址过去，老猿打开看了下，是一个论坛。主要是交流发帖，发布招聘信息，算是专门承接广告业务的那种。论坛页面做得很简洁，注册之后谁都能用，只是注册的时候需要向管理员提供认证资质，拍照并提交身份信息。

老猿看得津津有味，并自己发了一个帖子试了下："有点意思，像我们学校的布告墙，每回毕业的时候招聘公司都这么贴。"

老猿对这个很满意，唯独对论坛名字不太满意，因为它就叫"论坛"。

老猿对这毫无美感的两个字满是痛心："夏野，这名字不好听啊，万一广告论坛以后火了呢，叫出去多没面子，你说你也不给'孩子'起个正经名字！"

夏野："你来？"

老猿道："你的'孩子'你负责。"

网络那边沉默了片刻，老猿再次刷新论坛的时候，就看到名字已经改了，改成了"楼兰"，标识还做了一点装饰，像是加了一条小鱼尾巴。

老猿夸奖他："好！好！这个名字有气势，'黄沙百战穿金甲，不破楼兰终不还'！"

夏野看着聊天室屏幕上老猿打的那行字，轻笑了一声。

他想解释一下，但又懒得去说了。

其实这是一条鱼的名字，还是最娇气、最漂亮的那一条。

夏野身边的长沙发上，他的外套轻轻动了动，很快又安静下来。裹着他衣服的小孩睡着了，小嘴微张，小脸看起来红扑扑的。

夏野瞧着弟弟睡得像小猪一样，担心他掉下来，想了一下还是抱着他放去房间的床上了。

而这时，聊天室的屏幕上——

韩亦辰："……天啊！"

韩亦辰："夏野你疯了！怎么就疯狂降到原来的百分之一了！"

韩亦辰："人呢？你们人呢？我刚才被老猿那杀毒软件弄得机子都卡了，拼死才杀出一条血路出来相见，兄弟你们人呢？！"

在海岛上的日子过得散漫悠闲。

阳光充足一些，总是很容易让人感到快乐。

唐瑾瑜这几天玩得特别开心，他很喜欢大海，也喜欢吃海鲜，小肚子都吃得圆起来了。夏野忙完了自己的事，也会带他一起去海边玩儿，家里长辈们坐在岸边乘凉，有小店在卖青椰子，他们买了几个一边品尝一边看海。

浪花打在沙滩上，远处波涛涌动过来，发出"哗啦"声，像是夏日晴空里闷响的雷声，夹杂着海滩上人们跑过的欢笑声，好像当真能把忧愁都洗刷干净，只剩下轻松。

夏野走在沙滩上，身后跟着一条小尾巴。

他弯腰捡贝壳的时候，小尾巴也跟着蹲下来一起捡，还巴巴地举着手里的贝壳要送给他："哥哥！"

夏野本来就是随手捡着玩儿的，看唐瑾瑜给他，就把自己手里的贝壳和小孩的交换了，小孩把他给的贝壳放在兜里，一脸稚气的满足模样，笑得特开心。

"哥哥这个是粉色的，真好看！"

夏野自己都没注意到，抬手揉了一下努力捧场的小家伙的脑袋，问道："要不要喝椰子？"

"要！"

夏野带他去买了一个椰子，让小朋友自己挑，临付钱的时候夏野让他自己学着给。唐瑾瑜在一把钱里看了一下，习惯性地去抽一元的，刚才卖椰子的老板说两块钱一个椰子，他听得可清楚了，拿两张一块钱刚好！

夏野躲开了没给他："拿一张两块的，昨天不是还写数字了吗，写着'2'的那张就是。"

唐瑾瑜："嗯？"

夏野："拿一张两块的。"

唐瑾瑜完全没想到还有两元面值的钱，夏野把那张两块的塞到他手里时他还拿着翻来覆去看了好几下，第一次瞧见似的——也不怪唐瑾瑜，他真的是第一次看到这个面值的钱。

夏野忍俊不禁，咳了一声把笑容压下去："以后给你零花钱，自己买东西，多买几次就认识了。"

唐瑾瑜把钱给了老板，换了一个大椰子，他一个人抱不动，夏野拿着喂他喝了一会儿。小孩踮着脚探头喝椰子汁，夏野瞧着他，有一种自己在养小动物的错觉，忍不住想摸摸他的小脑袋。

小朋友喝不了多少就饱了，夏野给他拿回来，让他慢慢喝。

陈素玲招手让他们过来，问他们要不要吃小点心，她从酒店带了一些过来，放在盒子里，摆开像是在野餐。

"这家酒店做的豆糕不错，还有糯米红豆馅儿的，你们来尝尝！"

夏野这个年纪正长身体，吃多少都不嫌多，他坐下来吃了两块点心。唐瑾瑜看到了围着转，也分了一小块豆糕，就坐在夏野身边踢着脚丫，乖乖地吃豆糕。

豆糕软糯清甜，里面加了糯米粉，咬起来软乎乎的特别好吃。

小孩头发有点长了，吃东西的时候老掉下来遮挡眼睛，夏野瞧见几次，忍不住去跟陈素玲要了一根皮筋，给他拢了一把头发，扎了一个小辫子。

唐瑾瑜仰头配合，豆糕都不吃了。

夏野给他扎完，自己打量了一下，别说，他弟扎小辫子还挺帅。

唐瑾瑜扎了小辫子就迫不及待地回头去找家里其他人炫耀，一张小脸本就白皙精致，额头上还有散下来的碎发，这会儿看起来显得眼睛更大了。

陈素玲给儿子擦了下额头上的汗，笑着夸道："宝宝真漂亮，妈妈都要认不出来了，明天再让哥哥给你扎个小辫儿！"

唐瑾瑜点点头，美滋滋地吃豆糕，等吃完了又牵着妈妈的手，小声问妈妈能不能买一套挖沙子的玩具。

陈素玲点了一下他的鼻尖，笑道："当然可以呀。"

别说一套玩具，这会儿不管小家伙开口要什么，唐家夫妇都会给他买。

终于实现了带小孩一起来海边的梦想，唐泓俊一连几天都特别高兴，这会儿更是亲自领着儿子去买了一套玩具。网兜里装着七八样挖沙子的小工具，五颜六色的特别可爱，唐瑾瑜拿了里面的一个小水桶开始在沙滩上做城堡，唐泓俊这个大设计师蹲在一旁陪着，乐呵呵地指点儿子哪里承重最好，怎么做最坚固。

唐老爷子也溜达过去陪小孙子堆沙堡，还动手捡了点贝壳做装饰。大一点的贝壳放在上面当窗户，小贝壳放地上被当作路，一小截碎珊瑚被海浪冲上来，变成了他们这个庭院里的树。

沙滩上不只他们一家，好多人都带了孩子一起来旅游，老远就能听到小孩们的笑声。陈素玲坐在不远处看着自己的丈夫和宝贝，她家小朋友转头的时候，扎着的小辫子一晃一晃的，特别显眼，她瞧了一会儿也忍不住笑了。

夏野也在看，光是这么看着，心情都跟着好了不少。

唐瑾瑜那一网兜挖沙的玩具玩了好几天都没腻。

除了陪爸爸和爷爷堆沙堡，他每天还会捡一枚最好看的贝壳拿回来送给夏野。

夏野有时候给他一支铅笔，有时候给两块糖，作为交换。他把贝壳随手放在酒店房间的床头，大概是游客都有带些贝壳走的习惯，酒店员工打扫的时候不但没动，还送了一个透明的小盒子给他装起来，夏野晚上回来看到的时候愣了下，普通的小贝壳装好之后在灯光下看起来还真的挺漂亮。

小孩捡得认真，洗得也很干净，每一枚都圆润可爱，淡粉色的居多，在灯光下发出微弱的珠光。

夏野拿起来放手里把玩了一下，已经有五枚了。想着小孩在沙滩上努力低头寻找的样子，夏野忍不住扬了下唇角，是有点可爱。

把贝壳放在床头，夏野这一夜睡得很好。梦里不只有庭院，还隐约能听到海浪声。

唐瑾瑜扎了几天小辫子，也带来了误会。在沙滩另一边玩的几个小朋友都在看他，刚开始因为唐泓俊全程陪同，也没有其他小朋友敢靠近一起玩儿，唐泓俊不过是去拿点东西的工夫，那帮小孩就都跑过来了。

夏野在岸边看着，瞧见其他孩子过来的时候，他就开始向他弟那边走，还没走近就瞧见其中两个小孩争吵起来。个子高的那个男孩还推了旁边的男孩一下，嚷嚷道："你不许说话，让他自己说！"

被推了一下的男孩也不甘示弱："好，你也不许讲，我们听他说！"

一帮小孩围着唐瑾瑜，认真地看着他。

唐瑾瑜站在那儿，手里拎着个小水桶，眨巴着眼睛道："男孩。"

大家顿时失望了，只有那个被推了的小男孩挺起胸膛道："我就说吧！扎小辫子怎么啦，我堂哥唱歌，他也扎小辫，昨天我就说他是男孩子啦！"

虽然不是漂亮的小姑娘，但是最高的那个小男孩还是伸出手想去拉唐瑾瑜和他们一起玩儿，不过他还没碰到，唐瑾瑜就被拉开了。

"别碰他。"

小孩抬头看，瞧见夏野就笑："哥哥！"

高个子的小男孩也就六岁左右，磕磕巴巴道："哥哥，我们想跟他玩儿！"

夏野看他一眼，视线落在他的手上停顿了一下，那个小男孩顿时红了脸，他刚才玩沙子，手上挺脏的，他赶紧背过手去。

这帮小孩里唐瑾瑜是最小的一个，身高也最矮，夏野不放心他留在这儿，带他先回去了。

唐老爷子坐在岸边躺椅上休息，老远就看到两个孙子从沙滩回来，夏野走得快，难得他家小孙子还能跟上，老爷子还在感到奇怪，他家宝宝为什么能跑那么快，等走近了，才瞧见是被夏野提回来的，还在那儿踢小短腿呢！

"……我说叔为什么不在，你玩会儿沙子还要换鞋？"

"一直进沙子。"

"刚才玩儿的时候不怕沙子，现在怎么突然这么爱干净了？"

"刚才也怕呀。"

兄弟两个一边走一边说，唐瑾瑜踢了踢脚丫，还在低头看自己脚上的新鞋，一脸发愁，这是他哥给他买的新鞋，穿出来玩才发现进沙子。

夏野误会了，还当小孩鞋里进沙子不太舒服，抱着他坐下来，给他把小鞋子脱了抖了抖，刚想再给他弟穿上，就看到小孩缩着脚丫一直躲，嘴里喊道："脏，脏……"

夏野："就你爱干净，刚才别人碰都不知道躲。"他说着抬起小孩的小脚丫吹了一下，把沙子吹干净了，这才给他穿上鞋子。

夏野不知道自己这个动作做得有多自然，他以前见唐泓俊做过无数遍，自己第一次做，倒是也像模像样。

唐瑾瑜是觉得自己脚丫太脏，怕弄脏了小鞋子。他哥吹那一下的时候，小孩脚趾都蜷缩起来，也顾不得吃惊了，痒得哈哈笑一直躲。夏野给他穿好小鞋子，又挠了几下，小孩讨饶直喊"哥哥"才放过他。

唐泓俊拿了一双新鞋回来，唐瑾瑜去换了，又把夏野送的那双装好放起来。唐泓俊多看了两眼，想着这个花色型号的以后可以多买两双，他家宝宝难得喜欢啊！

傍晚，夏老师来了。

夏老师工作忙完了提前过来找他们，他到海边找到夏野和唐瑾瑜的时候，小朋友玩儿累了，正在遮阳伞下的躺椅上要睡不睡——小孩很想睡，但是每次小脑袋点一下，夏野就戳戳他的脸，不让他睡。

夏老师走过去："让他睡会儿吧，别累着。"

夏野道："姨让我看着的，说现在睡了晚上不好好睡觉，第二天没精神。"说话的工夫，小孩又开始打瞌睡，夏野捏了一下他的小脸，小孩困到不行，但被叫醒后看到人先笑，脾气特别好。

夏老师那句"会不会生气"到了嘴边也咽下了，自己跟着摇头笑起来："也太好哄了。"

被叫醒的小孩看到夏老师，张嘴拜年："伯伯过年好。"

唐瑾瑜还记着爸妈教给他的话，不到初五不算过完年，见了都要拜年。他在少年宫跟着小螺号乐团的小朋友们一起喊老师，私下按他们那边的规矩喊伯伯，和夏野喊唐泓俊"叔"是一样的。

夏老师笑了一声，也跟他拜年："过年好啊，小瑜。"他捏了一下小孩的耳垂，肉嘟嘟的，耳垂厚实，手感很好。

小孩抬头看他，一脸茫然。

夏老师笑道："耳垂厚，有福哟，伯伯沾沾我们小瑜的福气。"

夏老师牵着小朋友在海边慢慢走，一边散步一边回酒店去。

夏野走在另一边，替小孩挡了一点海风，其实也不冷，但他依旧下意识地这么照顾了。

夏老师看到觉得有趣，心里也有些感慨。他自己身体不好，不知道以后能陪夏野多少年，有没有机会看到夏野组建家庭、拥有自己的孩子。

牵着他的手走路的小朋友晃了晃，抓紧了他的手指仰头兴奋道："伯伯，哥哥送了我粉色的贝壳，那么大一只，可漂亮了！"

夏老师笑道："是吗，哥哥还送你什么了？"

"没有啦！"

小孩笑得特别开心，好像得到一枚贝壳就真的满足了。

夏野在一旁逗他："瞎说，昨天还给你两块糖。"

"哎，可是哥哥说用糖跟我换贝壳的呀？"

"……你那些贝壳不是送我的吗？"

"唔？"

"少装傻，说话！"

一大一小低声争辩，小孩吵不过就开始装听不懂，迈着小步想往夏老师这边躲，中途被夏野拎着衣领抱起来开始挠痒痒，他哈哈笑着不住地求饶："哥哥，好！哥哥好！"

夏老师忍不住也笑了，就没见过这么软的小包子，被欺负了也只知道夸人讨饶。他看看儿子，又看看小家伙，目光柔和。

他的人生已经走过一半，面对儿子，还有诸多不舍，而身边的这个小家伙，不过是刚刚蹒跚迈步开始自己的人生，每一步都走得小心翼翼。他无法想象唐泓俊夫妇这几年里经历的绝望，但是他和小朋友，多少能感受到一些相同的东西。

他们都有不舍，他们都想要明天。一个接一个的明天，第二天能看到太阳光洒在脸上，睁开眼就是一种幸福。

夏野没再逗小孩，很快把他放下来，让夏老师牵着手走。

唐瑾瑜跟夏老师很亲，一边走一边跟他说这几天的新发现，看到熟悉的地方都要说几句，夏老师耐心地听着，听到他问起自己，也会讲一下这两天工作的事给小孩听，对他非常尊重。

"这次算是这几年来第一次指挥大型音乐会，比我预想的要好一些，算是圆满完成了任务。"

"伯伯以前也好！"

唐瑾瑜看过以前夏老师指挥的录像带，夏家只有几卷，夏野拿给他看的那卷最后夏老师还上台演奏了小提琴，观众反响非常热烈。

夏野微微皱眉，有些紧张地看向他爸。夏老师唇边的笑意收起来，没有说话，过了好一会儿才轻轻叹了口气道："伯伯以前做得不好，出过错。"

小孩仰头看他，视线落在他的胸口，问道："是身体不好的关系吗？"

夏老师牵着他的手，点头道："嗯，是啊。"

他那个时候因为和妻子离婚，每晚几乎无法入睡，身体一度很差，坚持上台的后果就是昏倒在场，搞砸了一次重要的演奏会。那次失误重大，他自己过不了心里那道坎，引咎辞职，离开了乐团，不久之后带着儿子回到老家，一直到今天。

人生和演出一样，没有重来的机会，他当时无法处理好感情和工作的关系，就已经是错了，意志消沉无法振作，一连几年都无法站回舞台，也是大错。

"错了，可以改。"小孩抓着他的手指晃了晃，一边走一边道，"很难的，我口琴也吹错过。"

夏老师低头看他，小孩踢着脚丫走着，小脚趾都从洞洞鞋里跑出来一点了。

小朋友牵着他的手，认真道："要改很久的，我们一起努力。"

夏老师愣了下，点头笑道："好，以后我和小瑜一起努力啊。"

在小岛上享受了几天阳光，吃了几顿海鲜大餐之后，一家人返程了。坐船回去的时候，正好看到一群海豚。

船上的人都去看，唐瑾瑜也被夏野抱起来带过去看了一下。小孩看得认真，但也特别小心，一靠近船围栏的时候就紧紧抱着夏野的脖子，一边好奇地看海豚，一边回头去找人，瞧见后面的陈素玲之后立刻笑弯了眼睛："妈妈！看呀，海豚！好多海豚呀！"

陈素玲握着他的小手，把他从夏野那边接过来，抱在怀里一起看海豚。

唐泓俊背着相机，给他们母子俩拍了几张照片。他和妻子就读的大学也靠海，虽然不是这里，但那片海洋也很美，他最大的愿望就是一家三口能来海边一起重温过去的时光。

他曾说过，等以后他们有了自己的小家庭，有了宝宝，就带着他们的孩子来海边玩，他会教宝宝游泳，教小孩认识陆地和海洋……后来，这话他就没有再说起过。

他们的宝宝和普通孩子不一样，这个孩子需要更多的照顾和更多的爱才能活下来。

去海边，对他们夫妻来说，已经变成了一种奢望。他们彼此心照不宣，没有再提。

过去的几年，他们每天最担心的不是去医院，而是怕无法把孩子从医院接回家中，他们怕再也看不到小家伙了。

一年四季有那么多景色，小家伙也没瞧见过多少。

春天的风，夏天的雨，秋天的圆月，冬天的落雪。

唐泓俊心想，他太小了，真的太小了，他怕小家伙以前不记得，也怕他以后看不到。

他握着相机，看着不远处妻子抱着儿子的身影，明明已经抱在怀里，她却还是习惯性地握着他的小手，没敢松开。

他们怎么敢呢？他们不知道牵着宝宝的手还能走过几个四季。

被抱着看了一会儿海豚的小朋友转头找人，看到他之后就喊"爸爸"，还冲他挥着小手。

唐泓俊也冲他挥挥手，比了比手中的相机，使劲儿笑道："小瑜，你抱着妈妈，爸爸给你们拍照啊！"

小朋友很听话，伸手抱住了妈妈的脖子，还凑过去亲了一下。

唐泓俊认真地给老婆孩子拍照，像是其他来这里旅游的人一样拍了好多张，最后还是没忍住眼泪，趁小孩转身的时候，匆匆擦掉了。

几个小时的飞行之后，南北的气候差异显露出来，回到北方又是冰雪未化的时节。

唐泓俊夫妇怕小孩感冒，恨不得把小孩裹成一个球。

唐瑾瑜只露出一双眼睛来，两只小手悬在半空中，因为身上衣服太多已经掌握不了平衡了。不过他也不用担心这个，他从下飞机起几乎就没自己走过路，在机场是爸爸抱着，出去之后就变成哥哥抱着——夏野觉得他眼睛露出来的那道缝隙也进风，干脆把他帽子拉下来一点，遮住了眼睛。

唐瑾瑜在一片黑暗里安稳地睡了一路，到了家还没醒。

他们回来的时候已经是年初八，不少单位已经开始上班了，唐泓俊回来休息了一天就去单位了。

夏老师要好一些，他还有一个礼拜的带薪假，正好留在家里给儿子做些好吃的，陪他一阵。

夏老师做的烧排骨很不错，不只是夏野爱吃，唐瑾瑜也喜欢吃。烧排骨算是所有红烧的菜品里，夏野最喜欢的一道了，尤其是刚出锅的时候，撒上一些炒熟的芝麻，香味扑鼻，咬起来外皮焦脆，内里滑嫩，蘸上一点汤汁尤其下饭。

排骨炖得酥烂，唐瑾瑜能吃上两三块，用小勺舀几勺汤汁拌饭，吃得满嘴油花儿，别提多美了。

两家还没搬家，只要夏老师这边的排骨"刺啦"一声下锅，唐瑾瑜那边就闻到味了，夏家这几天吃烧排骨都不用喊，小孩自己闻到芝麻的香气就端着小碗跑过来，特别熟练。

这两天唐泓俊又开始给儿子带新玩意儿。他下班回家之后，拿了不少卡通贴纸给儿子看，上面的乐器唐瑾瑜都认识，唐泓俊问一个，小孩就说一个。

唐泓俊先展示了一遍，又问："宝宝，你看，这个叫电子琴，是不是也很好看？"

小孩点头，捧场道："好看！"

唐泓俊又道："爸爸问过了，这个电子琴都在幼儿园里用，老师弹琴的时候好多小朋友唱歌！"他放着家里大几万的钢琴不说，在那儿瞎吹，"这个电子琴啊，比咱们家的钢琴还好，插上电可以弹好久啊！"

唐瑾瑜一脸困惑，他家钢琴不插电也能弹啊。

唐泓俊自己吹了一阵，还试图让儿子也认同，但是这次小孩没跟着他说，坚持道："爷爷给的好。"

唐泓俊想歪了，为祖孙情还感动了一把，但是依旧没忘自己的初衷，继续在那儿鼓吹幼儿园里的各种设施："爸爸找了好几家幼儿园，有电子琴和小滑梯的特别少，而且很难去得成，明天爸爸带你去看一下，咱们就看看小滑梯……好不好？"

唐瑾瑜这才听明白过来，他爸这是想让他上幼儿园，在做思想工作。

他对这事一点都不排斥，点头道："好。"

夏老师如今还在少年宫兼职，不过只去礼拜天一天，也是因为唐瑾瑜参加那边的小螺号乐团才去的。礼拜天，唐瑾瑜从小螺号乐团出来之后，由唐泓俊抱着他，再加上夏老师陪同，两位大人陪他去看了一下那个幼儿园。

幼儿园要到元宵节之后才开，这会儿没什么人，唐泓俊跟门卫提前打过招呼，带小朋友进去转了一圈，让他熟悉了一下。

之后每隔几天，唐泓俊夫妇都会带唐瑾瑜过来一趟，带他熟悉新的环境，还带他进教学楼里去看了下,抱着他隔着玻璃窗看了小教室。

陈素玲弯腰问道:"宝宝,你看,这边有这么多的小桌子和椅子,等过段时间里面就会有很多小朋友,你要不要来这里玩?"

小孩点头说"好",乖得没有半点脾气。

陈素玲抱着他亲了一下,回去之后自己先舍不得了。

不管怎么说,唐瑾瑜小朋友终于要开始上幼儿园了。

第七章

胸有成竹

唐瑾瑜上幼儿园的第一天，全家都去送了。

门口执勤的老师都有点蒙，幼儿园小班开学的时候可能会见到这样的场景，现在很少瞧见这样的了，不过也有个别家庭特别宠爱孩子，送小孩上学都是全家出动。老师又瞧了一眼他们送来的那个小孩，模样挺漂亮，被家里大人宠成这样，他却一点都不淘气，乖乖跟老师问好，还跟家长挥手道别，反而是外面站着的那几位家长极为不舍，没一个先走的。

唐泓俊扒在门口不肯走，盯着儿子的背影，差点想跟着一起进去。

老师看到了，笑着拦在他前面："没事的，都上一个学期了，小孩肯定适应得很好。"

唐泓俊道："我们家不是啊，我们是插班生。"

这也是唐泓俊担心的一点，过完年送来，小班已经开始下学期的课程了，他倒是想再等半年，但是陈素玲不赞同。她好不容易才下定决心要让儿子慢慢独立，觉得再等几天，她自己都要反悔了。

夫妻俩合计了一下，干脆让唐瑾瑜当了插班生。

陈素玲认为，唐瑾瑜过完年六岁了，正常情况下都可以读大班了，而且他很乖，读写一类他们在家也都教过，上小班应该没什么问题。

唐泓俊一直在看幼儿园的围栏，很矮，他还上手摸了摸。

夏老师咳了一声，笑道："老唐，翻墙不好，影响不好。"

唐泓俊讪笑："我也没想翻过去，就是看看，随便看看。"

不只唐泓俊，远在省城的唐老爷子也是一整天心里不踏实。老爷子第一次上课带了手机来，往常只戴块手表就够了，但是这次忍不住，一到课间休息就给这边打电话，一天打来好几个，全都是问小孩怎么样了。

老人实在不放心小孙子，一天要问好几遍才踏实。

对于儿子哄小孙子上幼儿园的说辞，老人非常不满。

唐老又问："中午几点去接呀？"

"中午不回家吃饭，幼儿园管饭，老师带着一起睡午觉，下午我们就去接。"

老爷子那边又叹了一声，但也没多说什么，只叮嘱道："第一天去，多少有点不适应，你提前买点玩具和零食带上，小瑜不是喜欢吃巧克力吗？你多买点儿，哄哄他。"

"我知道了，爸您放心，都准备了。"

唐老爷子一天都皱着眉头表情凝重，像是在思索大事，搞得身边一帮学生也都紧张起来，老人平时对待学术就很严谨，这会儿学生们都觉得是自己的专业出了问题，交上去的论文都再三检查，生怕自己粗心马虎，漏了什么数值。

夏老师在乐团的时候也难得走神几次，想着小孩，不过很快就调整好状态了，他对小朋友很有信心。

一中教学楼里，夏野翻着书心不在焉，抬眼看窗外，外面积雪还没融化，学校开学的时候组织学生清扫了路面，把积雪都堆在两旁。幼儿园比他们开学要晚上一阵，但学校里肯定也有一些地方堆着雪，不知道他弟有没有偷着去踩雪。

他家小孩什么都好，就是太喜欢雪了，看到雪人就迈不动脚。小孩被抱去雪地上踩一会儿，回来能高兴半天。夏野想到这里，又忍不住皱眉——也不知道幼儿园的老师管得严不严，万一小孩踩了雪，鞋子肯定要湿，今天一早送去园里的时候可没带替换的鞋，只带了一个小水壶。

夏野的这份焦虑到中午在食堂吃饭的时候到达顶点。

中午食堂里吃饭的人多，夏野打了饭坐在那里就听到韩亦辰隔着老远招呼他。韩亦辰比他大一届，读高二了，一点学长的架子都没有，端着盘子过来找夏野一起坐，笑呵呵道："咱们食堂打饭可真难，我排了半天才抢到一勺辣子鸡丁，哎，还是放假的时候在家吃饭舒服……"

夏野食不下咽，起身道："我吃好了。"

韩亦辰抓着他不放，奇怪道："你干什么去啊，这才动了两筷子，怎么就吃饱了？"

夏野道："有点事，出去一趟。"

韩亦辰："干吗去？要紧吗？我陪你啊？"

"……我弟今天去幼儿园，他第一天去，我不放心，过去看看他。"

韩亦辰问了下学校，一听是实验幼儿园，顿时就坐下了，摆摆手："在实验幼儿园啊，别担心了，我妹在呢。这样，我晚上回去跟她说一声，小瑜的事你就甭操心了，保管给你照顾得好好的。"

夏野到底还是趁午休的时候去了一趟。

他骑车到幼儿园的时候，还没到十二点，小朋友们都在吃饭，他找到教室去的时候，正好看到站在教室门口偷偷往玻璃窗里看的陈素玲。

陈素玲看到他还比了比手势，没让他出声，又指了指里面小声道："在吃饭呢。"

夏野过去看了一眼，跟他们集体去食堂吃饭不一样，这里的小朋友是在教室里分饭吃的。他们年纪小，更喜欢在熟悉的地方吃饭，也方便老师管理。

唐瑾瑜坐在最后一排，安安静静地捧着小碗吃饭，今天中午吃的是冬瓜排骨汤，每个小朋友碗里都有几块排骨，一旁是两道青菜——一道香菇菜心，另一道是炒胡萝卜。

饭菜搭配得还可以，就是教室里有些吵，不时有孩子不小心弄翻了小碗，哭着喊老师。

唐瑾瑜旁边的小朋友就弄翻了碗，小瑜看到之后，还主动帮着收拾了一下，拿纸巾擦得很像那么回事，特别会照顾人。

等吃完饭，老师又给每个小朋友发了一块巧克力蛋糕，甜甜的点心吸引了所有小朋友的视线，连唐瑾瑜都不例外。

夏野瞧着那蛋糕特别眼熟，没等问，就听旁边的陈素玲轻咳了一声，有些不好意思地道："我让人送来的，也是怕小瑜想家，他平时就喜欢吃这个……"

两个人在外面瞧了一阵，放心之后，就悄悄走了。

唐泓俊在单位也一直看着时间，等到放学的时候，掐着点和陈素玲去幼儿园接孩子。

他们白天的时候送来得有些晚，因此没有遇到太多人，但是下午家长们都下班了，幼儿园门口像是集会，站满了人，声势浩大。

小铁门还没开，前面站着很多人，从年轻的爸爸妈妈到头发花白的爷爷奶奶，每个人都气势汹汹，摩拳擦掌地等着冲进去。那氛围太热烈了，唐泓俊也受到了鼓舞，呢子大衣都脱下来让老婆抱着，已经开始做热身运动了。

幼儿园铁门一打开，周围家长呼啦啦开始往里跑！

唐泓俊一马当先，跑了个第一！

他喘着气冲到小班教室的时候，就看到教室里站了一排背好小书包、斜挎着水壶的小朋友，他家宝贝儿子站在最后一个。老师大声喊了一声"唐瑾瑜"，小孩就歪头看了看，笑着扑过来抱住了唐泓俊的腿，亲热地道："爸爸！"

唐泓俊抱起他亲了一口，听着老师夸奖了几句小孩今天的表现，就带着小孩回去了。

唐瑾瑜在回去的路上很轻松，瞧着跟平时没什么两样。

陈素玲握着他的小手，问他今天在幼儿园里发生的事，小孩说了一遍，又笑着仰头道:"妈妈,今天有小蛋糕!"

陈素玲装出一副惊讶的样子:"是吗?"

"和妈妈买给我吃的一样,好甜呀!"

"那可真不错,"陈素玲亲亲他的小脸蛋,笑道,"没准明天还有呢。"

唐瑾瑜上了几天幼儿园,带他的老师就特意请家长过来了一趟。

唐泓俊接到通知的时候吓坏了,以为是小孩在学校出什么事了,请了个假就赶紧去了,到了之后才知道老师想给调班。

"您别担心,就是想跟您建议一下,我们园里觉得您家孩子很好,自理能力强,也听话,教的那些内容他都会,我觉得他完全可以读大班。"

唐泓俊有些迟疑:"小瑜能行吗?"

老师笑道:"行啊,您家小孩很聪明,而且他本身就比班上其他小孩大两岁,我们带他的几个老师都觉得可以,如果去了觉得不太适应,也可以再回来。"

唐泓俊没有立刻答应,说回去跟家里人商量一下。

老师觉得他们对孩子有些过度保护,但是其他事情都很好说话的唐泓俊,在孩子这方面却不肯放松一丝一毫。

唐泓俊夫妇轮番来幼儿园偷偷观察了几次,确定儿子完全适应之后,才答应让小孩调班。他们会答应还有一个原因,唐瑾瑜在幼儿园遇到了小伙伴,就在大班的玫瑰班里,唐瑾瑜上学第二天就有五六个小孩子,毫无例外都是小女孩,以韩亦星为首,下课来找唐瑾瑜玩儿。

老师让小朋友画画、做小手工,唐泓俊发现他儿子从来都不用自己完成作业,大班的那些小姑娘每天都来帮忙,韩亦星来得最勤快,后来连她们班上的小男孩都来了,至于是不是自愿的不好说,但是帮忙是真热情。

跟在韩亦星身后的还有一个小男孩也跑得勤快,唐泓俊也认得他,是他们住的筒子楼里五楼一家的小儿子,叫季元杰。这个男孩脾气顶好,筒子楼里人多嘴杂,难免有不少孩子跟着学说一些粗话,只有他没跟着学,他求了那么多人家,也是季家第一个答应让孩子下来和唐瑾瑜一起玩。

季元杰正坐在一旁给唐瑾瑜折小青蛙,特别卖力。

他不卖力不行,他们班来了一半人,都在帮韩亦星弟弟做作业。

韩亦星说了,她弟要得第一名。

玫瑰班小朋友们努力折了十几只纸青蛙,还从里面认真筛选出了两只跳得最远的,韩亦星捧着那两只小青蛙给了唐瑾瑜,认真道:"这个写着'1'的你交作业。"

唐瑾瑜:"写着'2'的呢?"

韩亦星："留着呀，要是那个坏了，就交这个！"

小姑娘想得非常周到，给唐瑾瑜完成手工作业后，又带着一帮小孩跑回自己班去了，特别有气势。

下午放学的时候，唐瑾瑜果然拿到了一朵小红花。

他把小红花交上来的时候，陈素玲看了丈夫一眼，笑着眨眨眼睛，又低头对小孩道："宝宝，你想不想去姐姐的班上？"

唐瑾瑜一脸茫然："哪个姐姐？"

"就是韩亦星呀。"

"她不是我姐姐，是朋友。"

"那你想和她一个班吗？小螺号乐团里其他女孩子也有不少在那个班上呢。"

老师读的那些书唐瑾瑜拿在手里都能看懂，调班也不过是换个环境玩儿，他听到就点点头。

陈素玲觉得他们家儿子脾气是真的好，是说什么都答应的那种，抱着他亲了好几口。

唐瑾瑜在幼儿园特别适应，因为韩亦星她们班上的那些故事书他也都能看懂。不过这已经是家里能放宽的极限了，如果没有那么多认识的小孩，唐泓俊夫妇绝对不会松手。

在慢慢适应了幼儿园的环境后，春天也到了。

幼儿园进行了一次郊游，唐泓俊提前跟学校打过招呼，这次学校破例让他这个家长陪同前往，只是他想抱着儿子走的时候，被小孩摇头拒绝了。

"爸爸，我可以走。"

唐瑾瑜在他面前来回走了几遍，证明自己可以。唐泓俊张了张嘴，还是没舍得，弯腰把他抱起来坚定道："爸爸抱你过去，等会儿你再和大家一起走回来。"

小孩被抱着也乖，伸手环住他的脖子道："其他小朋友都是自己走，他们的爸爸没来。"

"因为他们的爸爸厉害。"

"唔？"

"我不行，爸爸太喜欢小瑜了，舍不得和小瑜分开呀，分开一小会儿就想要哭。"唐泓俊抱着儿子，拿下巴上短短的胡楂儿蹭他的小脸，把小孩逗乐了，他也轻声笑起来。

比起其他的家长，他实在是太不坚强了。

唐泓俊陪着唐瑾瑜春游，还给孩子们每人买了一份奶油爆米花，这件事受到了玫瑰班全体小朋友的欢迎，但被班上的保育老师严肃地批评了。

唐泓俊回去之后交了一份书面检讨，保证绝不再犯，才被放过。

夏野有的时候也会来接唐瑾瑜放学，比如周五的时候，他们有体育课，每次都能提前放学。不过这个概率只有一半，另一半要看他们班主任——只要班主任抱着一沓试卷笑呵呵地走进来，再说一句"今天你们体育老师身体不舒服"，这课十有八九就变成正课了。

一中的体育老师明明上着最健康的课，偏偏是最体弱多病的，一个学期和学生们见不到几次。

这天周五，夏野难得能正常上体育课，他们班约好了和隔壁班打篮球，夏野打了半场就拎包要走。

班上的同学小跑过来拦着他："哎，夏野！干吗去啊？现在走多没劲儿，咱们班超他们十分了，就等你篮板，扣他们几个咱们班就赢定啦！"

夏野把背包拿上，额头上还有汗湿的发："你们打吧，我有点事。"

那同学是班上学习委员，跟夏野关系还不错，追问道："什么事啊，很急吗？"

"嗯，十万火急。"

周五，幼儿园也提前半小时放学，夏野骑车赶到的时候，园门口已经有不少等着的家长了。夏野找了一下，就看到不远处等着的家里大人，这次他爸难得地抢了先，已经就位了。

今天依旧是马拉松比赛一样的气氛，就连夏老师都被周围氛围带动得往前小跑了两步，夏野连忙拦着，把自己背包放他怀里："爸，您替我拿着，我去接小瑜。"

夏野轻轻松松跑了个第一，他到二楼走廊的时候，那些家长才跑到教学楼门口。

唐瑾瑜调到大班后，教室换到了二楼，比之前还好找一些。夏野找到玫瑰班，但是这次唐瑾瑜没有跟他出来，他弟坐在那里等着一个小女孩，不肯先走。

玫瑰班的老师正在批评教育小朋友。老师不是针对唐瑾瑜，是在教育他旁边坐着的那个小姑娘，口吻难得带了几分严肃。

唐瑾瑜耷拉着小脑袋，连夏野到门口都没瞧见。唐瑾瑜和韩亦星坐在小板凳上，老老实实地挨训，两个小可怜含着眼泪，其中一个还挂彩了。

夏野敲了敲门，老师看到后走过来，她现在已经认识来接唐瑾瑜的家长了，回头喊了一声："唐瑾瑜，你哥哥来接你，可以回去了！"

小孩摇摇头，没动。

老师也有些无奈："他不肯走，从刚才就一直说要陪着韩亦星。"

夏野问："他们俩怎么了？"

他弟身上看着倒是挺干净，但是韩亦星脸上怎么带了个牙印？

老师道："韩亦星小朋友跟人打架，我已经联系了她的家长，一会儿要留下来。"

"那我弟弟呢？"

"就是为他打的啊！"

玫瑰班的小老师第一次遇到这么棘手的事，班里小姑娘多，但是有韩亦星这样虎虎生威的小班长带着，到哪儿都能拿第一名。韩亦星平时非常爱护自己班的小朋友，集体荣誉感极强，唐瑾瑜调班过来的时候，小姑娘就特别喜欢这个插班生，每天都巴巴地送不少东西给他。

不但自己送，韩亦星还号召全班小朋友凑了五十朵小红花送给唐瑾瑜——班上的季元杰也贡献出了一朵，小老师都在替他心疼，这孩子从来没自己拿过小红花，唯一的一朵还是在幼儿园外面的院子里捡到的，太惨了。

因为唐瑾瑜身体的关系，老师在介绍的时候，特意交代了一句要多照顾新来的小朋友，韩亦星作为玫瑰班的小班长，自然什么都抢在最前面！

幼儿园的小木床是两层的，中午休息的时候，唐瑾瑜还没爬，就被韩亦星一下子推上去了！

唐瑾瑜："我睡下铺。"

韩亦星只好让他下来，这次体贴地给他盖了小被子。

除了这些，韩亦星在其他方面也对他照顾有加。韩亦星喜欢唐瑾瑜的一个原因，就是觉得全班他俩最白。

韩亦星确实很白，但小姑娘泼辣得像只小老虎。

相反，唐瑾瑜就不一样了，坐在那里能乖乖地看一天故事书；别人弄不好的积木，他过去随便摆一下就摆好了；其他小孩找不到的玩具，他顺着"蛛丝马迹"一下就能找回来；甚至有的小朋友衣服上的扣子掉了，他都会找一根皮筋把纽扣穿起来，做成一个手环给对方戴好，告诉他晚上回家找妈妈缝回去就好了……

隔壁班的郭小琥头一次因为这样没挨训。他把纽扣带回家，妈妈不但没有因为他贪玩弄掉纽扣生气，还夸他聪明！

郭小琥实在太喜欢隔壁班的唐瑾瑜了，但是每天只能利用一点自由活动的时间去隔壁班找唐瑾瑜玩儿，他好几次围着唐瑾瑜转圈，也不知道说啥好，就在那儿夸他。

"你长得真白！"

"真漂亮！"

"全幼儿园最漂亮！"

…………

唐瑾瑜欲言又止，把故事书放在膝盖上摊平了，困惑地看着他。

一旁玩儿三角板的季元杰磕磕巴巴地纠正道:"星星最漂亮。"

隔壁的小霸王掏掏耳朵:"啥?"

季元杰小声道:"全幼儿园最漂亮的,是星星。"

他心里真是这么想的,唐瑾瑜是很乖,但是韩亦星更漂亮啊。

郭小琥没搭理他,伸手抢了他的三角板送给唐瑾瑜:"你玩!"

唐瑾瑜:"……"

刚开始韩亦星没察觉,但是郭小琥来的次数多了,小姑娘立刻把弟弟保护起来,她觉得这人是来跟她抢弟弟的。

两个人小矛盾不断,大矛盾也在唐瑾瑜的努力阻拦下暂时化解了,直到今天下午发水果和小点心的时候——

韩亦星是值日生,站在最前面公平地给每一个小朋友分零食。

快轮到唐瑾瑜的时候,郭小琥从隔壁班迈着小短腿跑过来插队,抢在了唐瑾瑜前面。这个年纪的小孩不知道怎么示好,有时候会想办法引起对方的注意,调皮一些也正常,但韩亦星还站在前面看着呢!

小姑娘哪儿能让啊,上去一把就把郭小琥推趴下了,叉腰怒道:"你干什么欺负人!"

被推倒的郭小琥:"?"

两个小家伙打了一架,这次就算是唐瑾瑜也拦不住了。

郭小琥结结实实地被小姑娘揍了一顿,毫无招架之力,最后反抗的时候咬了小姑娘的脸,于是留了一个浅浅的牙印和不少口水,被小姑娘又拍了一巴掌,要不是老师来得快,两人怕是要接着打。

放学的时候,两个小霸王一起被叫了家长。

唐瑾瑜觉得这事自己也有责任,毕竟韩亦星是为自己出头,所以没走,一直陪着。

小孩不走,夏野也陪着。

韩亦辰来得很快,他身上还穿着校服,跑来时气喘吁吁地问:"……我妹没事吧?谁打她了?"

老师说:"没事,是韩亦星小朋友先动的手。"

"她打谁了?"

"隔壁班的。"

韩亦辰倒吸一口冷气:"我妹干架都干到隔壁班去了?"

"……不是,是隔壁班小朋友插队,被你妹妹推了一下。"

韩亦辰松了一口气,又问:"严重吗?真对不住,我们带着去看看医生吧,那小女孩在哪儿呢?"

老师面无表情:"她打的是个男孩。"

韩亦辰:"?"

韩亦辰被老师带着去了隔壁班和对方家长见了一面,给人家赔礼道歉,再看到一旁领着弟弟的夏野,内心忍不住疯狂羡慕。

夏野看到对面兄妹俩,想起第一次遇到韩亦辰的时候。那会儿在网吧,他查了好几天才等到这个家伙,一个鼻梁上带伤的男孩,明明一身书生气,却也跟人打架,性子直来直去,倒是也有点意思。

韩亦辰虽然道歉了,但看到自己妹妹脸上的牙印,依旧有点不高兴,低头对那孩子道:"你怎么还咬人!知不知道小姑娘脸上不能带伤啊?"

对方小孩吓了一跳,委屈得想哭,磕磕巴巴地说了"对不起",韩亦星不乐意了,上前拦道:"哥,你不要对他这么凶,我已经原谅他了!"

"啥?"韩亦辰惊呆了。

两个小朋友已经握手言和,表示都要听老师的话,当好朋友,不做坏孩子,也不会打架了。

韩亦辰还在一旁有些凌乱,他搞不懂他妹在想啥,他们幼儿园的恩怨也太好解决了吧!都这么爱恨匆匆一切随风吗?

幼儿园的老师还是做了一下双方家长的思想教育工作,这边正说着,走廊那边有了动静。不一会儿,门口有个小脑袋在探头看他们,夏野抬眼去看,对方立刻缩了回去,一阵脚步声响起,小孩跑远了。

夏野记得那个小男孩,好像是他们筒子楼里一个邻居家的孩子,当初经常跑下来找他弟要糖吃,叫季元杰。跟他弟关系还不错,也在玫瑰班。

夏野看了一眼,没放在心上,继续陪在那里一起接受教育,老师不说完他弟是不会走的。

等了一阵,唐泓俊和夏老师也找上来了,他们还是第一次在外面等着没见小孩出来。他们到的时候老师已经批评教育得差不多了,最后还让几个小孩互相拥抱了一下,才让他们各自跟着家长回家去。

回去的路上,夏野把事情大概说了一下。唐泓俊叹了口气,牵着小孩的手只觉得自己儿子太难了。

夏老师笑道:"受欢迎是好事,他可以处理好的,之前在少年宫的时候就是这样,小瑜和很多人都是好朋友,是不是啊?"

唐瑾瑜点点头。

唐泓俊还是心疼小孩,半路经过面包房给他买了一块小蛋糕。

四月，夏唐两家挑了一个适宜搬迁的好日子，一起搬出了筒子楼，住进了新房子。

一栋叠拼别墅分前后院，因为是边户的关系，两家的花园都比较大，其他人家为了保护隐私，用石墙封了一半，他们两家关系好，完全不用这样，挨着的部分做了一个小石桌，一旁搭了秋千，做两家人夏天乘凉的地方。

唐泓俊给花园规划了一下，种了几棵果树，他们家种的是苹果树，春夏开花结果的时候满院子都是香味儿，要不是北方不适合种橘子，唐泓俊肯定要给儿子种几棵橘子树。夏老师听夏野的，种的是石榴和葡萄。

唐瑾瑜分到了一小块地方，他种了西瓜，不过这会儿已经有点晚了，瓜藤看起来有点细弱。

因为是小朋友第一次独立种的植物，这个西瓜藤受到了全家的关注。

唐泓俊在早上出门的时候，忍不住会去给它浇点水，希望它长得快一点。

夏老师有时候出门，也会浇点水，夏野放学回来，手里有没喝完的矿泉水，也会淋在瓜苗上，陈素玲比他们还细心一些，特意让秘书去买了营养液和盆栽专用肥料，隔三岔五就埋一些进去。

在一家人的努力下，瓜藤没过一个礼拜就蔫儿黄了，软趴趴地耷拉在地皮上，彻底不行了。

唐泓俊是第一个发现这件事的人，早上儿子蹦蹦跳跳要去看的时候，他拦在前面坚决没让，找了借口道："你夏野哥哥让你今天过去找他。"

"没有啊，昨天没说……"

"刚才打电话跟我说的，你快去吧。"

唐瑾瑜"哦"了一声，要出门。

唐泓俊又让他绕着秋千走过去，自己站在旁边遮挡着，没让小孩看到瓜苗。

唐瑾瑜去了后院，夏老师正在客厅看书，瞧见他进来笑道："找你哥哥吧？他在卧室了。"

唐瑾瑜问："哥哥还没醒吗？"

夏老师道："这会儿差不多醒了，你去看看。"

平时周末夏野会晚起一些，这段时间还有点起床气，要缓一会儿才行，不过也分人，唐瑾瑜去叫，从来没见他翻过脸，顶多皱皱眉头。

今天也不例外，唐瑾瑜踮脚打开卧室的门，喊了一声"哥哥"就觉得不太对劲，卧室里的窗帘还拉着，他觉得他爸可能在逗他玩，但又担心夏野真的找他有事，凑到床边趴着喊了他一声。

"哥哥！"

床上的人翻了个身，一双手臂伸过来，唐瑾瑜想跑的时候已经晚了，被抱着一起裹进薄被里，听到夏野含糊不清的一声："别吵，再睡会儿，我昨天忙到三点多……"

怀里的小东西踢踢腿。夏野按住了他，眼睛都没睁开："又干什么？"

"哥哥，我脚上还有一只拖鞋呀。"

夏野摸索着给他脱了，扔地上，很快就睡了过去。

唐瑾瑜躺在那里被裹着挺暖和，自己玩了一会儿，也慢慢跟着睡着了。

小孩陪着睡了一个多小时，夏野醒来的时候，卷着他被子的小猪睡得很香。

夏野起床洗漱完毕，又拉开窗帘，外面天已经大亮了。

床上的小家伙刚醒，坐起来迷迷糊糊地揉眼睛："哥哥？"

夏野过去把他抱起来，小孩就伸手环抱住他的脖子，还没搞清楚在哪儿，夏野揉了揉他翘起来的头发，低声问："吃饭了没？"

小孩打了个哈欠，软声道："吃。"

夏野失笑："我问你吃过没有，算了，一会儿再跟我出去吃点吧。"

唐瑾瑜被抱着去洗脸，等夏野挤好牙膏给他放嘴里的时候，含糊道："我刷过牙了。"

夏野看了一眼手表："谁让你不早说，快点，一会儿带你出去玩儿。"

"哦。"

小孩很听话，刷牙速度加快了几分，收拾好跟着夏野一起出去了。

夏野约了韩亦辰见面，周末的时候也没别的地方可以去，因为带着小朋友就挑了一处有儿童乐园的快餐店，叫了两份餐，一边吃一边等。

唐瑾瑜一周可以吃一次这样的快餐，一般都是夏野带他来，不过一个汉堡一块鸡翅，小孩吃得眼睛都眯起来，特别高兴。

夏野要了一杯冰可乐，给他弟的那杯包装一样，但是里面是白开水。

唐瑾瑜好哄，手里有汉堡就知足了，也不追着要可乐喝，喝水也美滋滋的。

韩亦辰来得有点晚，他也带了个小拖油瓶，进门的时候一边帮妹妹撑着推拉门一边跟她拌嘴，小姑娘人小但是气势上一点都没输。

"我不管，哥哥赔我一个水晶球，不然我就告诉妈妈，你偷喝我奶粉！"

"胡……胡说八道！谁喝了？"

"你还偷吃我零食，我看到了！"

"我替你尝尝怎么了？"

"…………"

兄妹俩走过来，韩亦星瞧见唐瑾瑜终于收敛了点，但小丫头的嘴巴噘得还是能挂油瓶。

夏野问道:"怎么了?"

韩亦辰坐下:"别提了,我今天出门的时候没看到她的玩具,把一个塑料球不小心踩坏了。"

小姑娘在一旁严肃地纠正他:"是水晶球。"

韩亦辰举手求饶:"行行行,水晶的,我踩坏了,我赔个一模一样的,行了吧!"

得了这么一句保证,小姑娘才高兴起来,唐瑾瑜分给她薯条吃,小孩一边吃一边叽叽喳喳跟小伙伴聊天。

韩亦辰头疼得厉害,看了眼夏野身边的小孩,羡慕道:"要是天底下的小孩都跟你弟这样就好了,怎么吃东西都堵不上她的嘴呢?"

夏野道:"小孩都这样。"

韩亦辰幽幽地抬头,视线落在他身上:"怎么可能一样,不信咱俩换换?"

夏野笑了一声,没接这句话,起身去给他们拿了一份餐点。

韩亦星吃了几根薯条,又给唐瑾瑜展示了一下自己新贴的指甲,也不知道从哪找来的卡通贴纸,爱美的小姑娘把它贴在指甲上,臭美道:"你看!我新做的指甲,可漂亮啦!"

唐瑾瑜礼貌性地赞美了一下。

小姑娘开心道:"来,我也给你做个指甲!"

唐瑾瑜使劲儿摇头,竭力拒绝:"我是男孩子,不要做指甲。"

"那有什么的,男女平等呀!"

夏野不过是拿个快餐的工夫,回来座位上那一大两小都贴上了贴纸,唐瑾瑜就右边脸颊贴了一个小星星,情况要好一些,韩亦辰从额头到脸上一片亮晶晶的,闪瞎人眼。

一旁的小姑娘还在给她哥打扮,"啪"的一下又是一个粉红色爱心,贴在她哥那只手表上,挺酷的一只机械表,现在已经和主人一样花花绿绿了。

夏野平时脸上的表情淡淡的,笑的时候很少,小姑娘有点怕他,没敢给他贴。

小孩饭量小,吃了几口就饱了,韩亦辰带他们去洗了手,然后让他们去店里的小游乐区玩,他和夏野找了附近的一张桌子开始聊正事。

夏野跟他熟,开门见山地问:"宋益找你没有?"

韩亦辰一边撕自己脸上的贴纸,一边皱眉道:"找了,说是问之前推广的事。老猿都跟他说了价格,合同也放在那儿,他不但找了我,其他几个人他也都单独找了一遍,像是在探口风。"

夏野:"关于广告的事?"

韩亦辰摇摇头:"不是广告,之前软件的代理费利润太多,大家吃得太饱,这会儿突然降下来，肯定多少会有点小矛盾。"

夏野前几个月从椰城回来之后，就推出了新版的万象网管，分为两个版本，老版本是净化版，不带广告弹窗，但是也不享受新的服务，价格和之前一样；新版本的网管软件加了广告弹窗，合同也按年来重新签订，比之前要复杂一些，但价格降到百分之一。

这两个全看自己选择。网吧老板们又不傻，当然选择便宜的新版本，很快新版本就推广了出去，比之前老版本的速度快多了。

虽然利润比去年要低许多，但是架不住这两年网吧如雨后春笋一茬接一茬地开起来，还是有一些收入，齐州市雇用的那些人也没闹出什么矛盾，顶多私下议论几句罢了。

但是新版本是按年收费的，过了最初的高峰期，很快收入就跌落不少，维护起来确实有些麻烦，难免有人会心存不满。

宋益就是其中一个，他是当初老猿介绍来的第一批学生，可能和学的专业有关，他在经商上有些小天赋，也比较重视合同，当初第一个问起公司公章的也是他。

韩亦辰道："宋益那边你别担心，我帮你盯着，我之前也跟老猿说了一声，不过老猿说他这个学弟工作挺卖力的，不怎么相信……"他把手表上最后几个彩色贴纸撕下来，想了想道，"我其实也不太明白宋益想干什么，过年那会儿有类似的收费软件想模仿咱们，还是宋益去找律师，威胁对方要打官司，他对公司的事很尽心啊，看着不像要另起门户。"

夏野道："我以为他会对广告推广的事感兴趣。"

韩亦辰道："倒是也问了几句，他做市场的，可能更喜欢软件这样的实物推广吧，好歹也有张光盘，拎着个公文包过去跟人家谈完了，给安装好，看得见摸得着是不是？你说的这个广告推广，我觉得没三五年起不来。夏野，你这步走得有点悬，现在大家都喜欢在电视上打广告，电脑上的谁看呀。"

夏野道："将来广告的载体肯定要改成新媒体，电脑就是其中之一。"

韩亦辰嘀咕道："那也比不上LED（发光二极管）屏啊，人家那才是正儿八经的新媒体，在火车站放一块好多人看。"

夏野抬头看他一眼，韩亦辰立刻闭嘴不吭声了，他心里还是觉得那些立起来的、硕大的LED广告屏气派些，大概能火好几十年吧，以后的广告就是那样了。

夏野又问了他和老猿的杀毒软件，那软件现在跟着网吧的收费软件叫，名叫"万象卫士"，还挺像那么回事。

韩亦辰对公司运作不感兴趣，他来就是为了赚点零花钱，现在收入已经大大超过零花钱的范围了，每天美滋滋的，更喜欢做的事就是和老猿一起鼓捣万象卫士，这会儿听见夏野问立刻点头道:"准备得差不多了,我俩试过没问题,我还想问你呢,这两天你忙完没有?忙完要不要也来试试?老猿可是跟我吹牛了,说你出马,一个顶我俩。"

夏野笑了一声,道:"老猿防守还不错。"

韩亦辰得意道:"再加上一个我,我和老猿现在可是双剑合璧,天下无敌啊!"

夏野道:"好,我晚上试试。"

韩亦辰得了这句话,整个人都振奋起来,抖了抖衣领道:"等什么晚上,咱们还在这儿干吗,走吧,现在就回去!"

夏野摇头:"我一会儿回去要改一下论坛代码,加个东西。"

韩亦辰道:"就那个广告论坛'楼兰'吗?"

"对。"

"你改什么啊?"

"我设置一个广告竞价,做几个简单的竞拍按钮。"

"不是,那论坛现在就咱们几个人才去溜达一圈看看,平时点击量都在个位数,你还想着能竞拍呢?"

"现在用不到,不代表以后用不到。"夏野说得认真,他喝光了杯子里最后一口冰可乐,将它放在桌上,"提前做出竞价系统,也是方便以后后台管理。"

韩亦辰看着他,眼神复杂,最后还是表达了一下敬佩:"你这还没做出来,就敢这么说,真牛。"

夏野抬头看了一眼游乐区那边,视线追着玩儿滑梯的小孩,淡声道:"我自己做的东西,我对它有信心。"

韩亦辰愣了一下,摇头轻笑。

软件霸道,开发者也一样霸道。

夏野这人,用老猿的话说他从不做没把握的事,但凡他想做的,都是说一不二。

这人大权在握,游刃有余,信手摆弄着一盘棋子,随意放弃那些巨大的利润,做这些的时候,完全没有被利益遮住眼睛,他永远在看下一步,计算下一步的事。能这样做事的人,要么在家中见惯了钱财,要么就是心智坚毅。

年初的时候,韩亦辰也为骤降的利润心疼过,他搞不懂夏野下一步要怎么走,但是老猿跟他说了一句话,老猿说你甭管现在是亏多少,你看以后,跟着夏野走,他值得。

韩亦辰现在就隐隐约约有一种感觉,广告推送是夏野要做的第一步,但是接下来,还有另一个大动作要做。这种感觉有点像他们在追逐一个目标的时候,从一个跳板跳到下一个跳板,不断接近目标。

网管软件,只是夏野的一个跳板,他看到了更远的地方,所以才如此胸有成竹。

就算亏了上百万，也不过是夏野一年的收入而已。

韩亦辰这么想着，忍不住又原地变成一颗柠檬，明明大家差不多大，都有着一样的两只手，用着同款的电脑，怎么他就没夏野这么厉害的经商头脑呢？

夏野和韩亦辰商量好了晚上测试的时间，去游乐区接了唐瑾瑜，他虽然说急着去修改论坛，但见小朋友还在玩一只皮球，也没催他，还站在外面陪他玩儿了一会儿抛球游戏。

韩亦辰站在一旁看了一眼："你对你弟真好。"

夏野："还行，就这一个。"

韩亦辰扭头看了看抓着滑梯反向爬上去的妹妹，小姑娘力大无比，兴奋得小脸都红了……

他也就这一个妹妹，今天依然是不想兄妹相认的一天。

夏野扔了一会儿球，韩亦辰就发现不对了，夏野在学校打球的时候他瞧见过，控制力很好，但是现在他每次都把小皮球故意扔远一点，不让他弟接着，小孩也老实，来来回回一直跑着捡球，捡回来还巴巴地举起来给夏野，小脸上都是期待，像是一只摇尾巴的小奶狗一样乖。

果然，夏野拿到球，又抬了手腕抛出一个弧度，小皮球滚出去一段距离，小孩跑去给他捡了，还特别高兴。

韩亦辰实在看不下去了，诚恳地对他道："夏野，你别使唤你弟弟了，你使唤我妹妹行不行啊？我妹跑得比小瑜快多了，你让她替小瑜捡会儿球！"

夏野："……"

夏野跟他解释："小瑜跑步不好，需要练习。"

游乐区里铺了软垫子，摔倒也没事，里面捡球的小朋友来回跑了好几趟，额头上微微冒了汗，等再递了小皮球过来的时候，夏野没接，反手把小孩从里面抱出来，对韩亦辰道："今天就先到这儿，我们回去了，晚上你记得跟老猿说一声。"

韩亦辰看着他怀里的小朋友乖乖摆手说再见，嫉妒到不行，点头道："我知道了。"

他心想，晚上就把夏野杀到喊爸爸。

他可是准备了好几个撒手锏啊，老猿那边擅长防守，但他是干预的一把好手，最近一直没跟人PK（对决），手可是痒得厉害！

夏野抱着唐瑾瑜回去，小孩半路说要自己走，夏野看了一眼水泥地面，没放他下去："你今天运动过了。"

唐瑾瑜道："走路不算。"

夏野捏了一下他的鼻尖："你在垫子上跑的，小笨蛋。"

他们回家之后，唐瑾瑜和往常一样，先去看了自己种的西瓜苗。

不过今天的西瓜苗被一块黑色的塑料布遮挡起来了，唐泓俊用竹子做了一个支撑，弄得有点像大棚的样子，见唐瑾瑜蹲在旁边看，还特意过去跟他解释了一下："这是保温膜，帮助植物生长的。"

唐瑾瑜有点不太理解，他觉得现在天气够热了，这种难道不应该是冬天用的吗？

唐泓俊信誓旦旦："爸爸特意找爷爷问过了，他们农科院的人都用这种专业的保温膜，在里面种一天，抵上外面一个礼拜！小瑜你放心，瓜苗在里面会长得特别大，特别好，耐心等一天就行了！"

唐瑾瑜听着他爸给他形容，怎么都觉得那已经不是他的西瓜苗了。

晚上，夏家。

夏野上网找了老猿和韩亦辰。

老猿是第一个跟夏野吃螃蟹的人，虽然后期没有其他人那么卖力，但是刚开始实打实吃了几口肉，赚了一大笔钱。老猿是个厚道人，拿了这么多钱有点良心不安，这个万象卫士就是他的提议，他主刀，夏野提供技术支援，韩亦辰负责测评，几个人利用空闲时间弄的一个杀毒软件。老猿不放心，把防火墙也做了，从可执行代码到数据包形式的攻击都给防范了一下，保护得密不透风。

老猿说了，这是他们吃饭的家伙，一定要看护好。

后期夏野忙，老猿就拉着韩亦辰一起干活，一个攻击一个打补丁，你来我往，不亦乐乎。

夏野上线的时候，顺带还给他们带来了一个惊喜，他拉到了第一个广告。

刚开始老猿以为夏野能找来的就是网吧楼下那些卖炒面烧烤一类的，但是很快他就发现自己想错了，夏野拉到的第一个广告是钢筋建筑材料的推广，和报纸上类似，只是多加了一个图片，实拍，特别有真实感。

"有点意思，这效果很不错啊！"老猿啧啧称赞道，"你从哪儿找来的？"

"从易商论坛。"

"……就那个专门挂交易链接收中介费的那个？"

"对。"

"那你这是截和啊！"

"还行吧，能者多劳。"

老猿嘴角抽动了一下，他觉得人家易商并不这么想，这跟抢饭碗有啥区别，而且还是弹窗性质，一下就从好几万台机子上弹出来，推广效果不要太霸道。

老猿开始担心易商论坛那边的反应，毕竟现在网上正规的论坛太少了，一般都是有大公司背景，这个易商显然也是有地面渠道的，进入网络是小打小闹，他们搞这么一下，对方很有可能会打击报复。

夏野道："我也有这方面的顾虑，所以打算提前做一个测试。"

老猿心里有不好的预感，颤抖着手打字问："你做了什么？"

夏野："我刚才去易商那边发了个帖子，问他们有没有兴趣参与我们今天晚上的测试。"他说着又补充了一句，"小规模的。"

很快，夏野又道："来了，接着。"

老猿："干什么了，怎么就要我接着了？！"

已经来不及了，蜂拥而至的黑客已经开始攻击老猿的防火墙，老猿来不及跟他贫，全神贯注地看着屏幕上滚动的数据。

病毒主要利用系统功能，黑客更注重系统漏洞，一般来说，当遇到黑客攻击时反病毒软件无法对系统进行保护。

老猿不知道夏野开启的是多大功率的群发嘲讽技能，一下把两个最烦人的玩意儿都招来了！

要不是实在腾不出手，他都想去问问夏野这都是打哪儿修炼的？

一个通宵，老猿和韩亦辰被测试得明明白白。

老猿死扛住最后一道线，两眼发黑，努力呼唤韩亦辰："贤侄，你来吧，我年纪大了顶不住。"

韩亦辰也快不行了："我也撑不住。"

老猿："别瞎说，你们是早上八九点钟的太阳，这世界是我们的，但归根结底还是你们的啊。"

韩亦辰："你年富力强，老当益壮，你来，你来。"

"这么客气干什么，你来你来！"

俩人推让来推让去，都没来得及走，又迎来了下一波冲击。

等韩亦辰忙碌完，他手里那台笔记本已经热得可以煎鸡蛋了，他心痛到不行。

垃圾夏野，不做人啊！

倒在床上临睡的最后一秒，韩亦辰想着今天是周一，好像老师说要考数学。

但这个想法只停留了一秒，很快就被无尽的睡意淹没过去。

夏野没有受到什么影响，他在老猿和韩亦辰前半夜奋战的时候就睡了一觉，等到后半夜才起来，替他们盯了一会儿。他没怎么出手，只有一两个人不太规矩，他警告了一下，对方倒也识趣，很快就撤了。

只是正常的流量，万象卫士还是坚固地顶住了。

易商论坛的人来得快，退得也快，其实也就是来过过招。

老猿他们硬气，加上还有夏野撑着，对方小心试探之后并没有再做出大举动。

他们没有动作，不代表夏野没有。

他写了一份昨天的测评，顺带贴上了楼兰论坛，算是对昨天的事做了一个总结，敌我攻防分析得明确。这引来了网上不少人围观，有些人是对网络安全方面感兴趣，没赶上昨天的盛况今天来补上，也有些人单纯就是跟着盖楼，来瞻仰大神。

夏野在这边的发言依旧是用的"x"，但是老猿起来的时候没有注意，老猿只睡了两个小时，还是趴在电脑桌上睡的，梦里都是一片惨烈的厮杀，一个激灵醒过来心里尽是惶恐，心想完了要被敌人攻破都城啊，瞧见一切安好后看到夏野发在论坛上的帖子，上去就是一句"老夏你不做人"！

楼下跟着盲目崇拜的人敬仰道："原来'x'是指'夏'吗？原来是夏神，失敬失敬！"

"夏神厉害，昨天晚上一战封神！"

"路过，我也来踩踩。"

…………

老猿简直怒不可遏！昨天血战到天亮的明明是他好吗！

最多再加个韩亦辰，不能再多了。

韩亦辰比他还惨，只睡了两三个钟头就去学校，礼拜一校长讲话，他站在操场上都差点睡着，更别提上午的数学考试了，十有八九又要不及格。

楼兰论坛火了一把，夏野趁着热度又发了几个招聘广告，都是之前齐州市那边的人跟他提的人手需求。齐州市是省会，那边网吧基本上已经被他们的收费软件占领市场了，但是工作人员少，目前又都跑去卖软件了，做维护的人手短缺。

夏野发上去的招聘，人员工资都是按件计费，还真有人来接活儿。不过为了安全起见，聘请的都是齐州市当地的人，需要去老猿和宋益那边签合同，确保不会泄露管理员账号。

也有人在底下留言，说他们那边用的也是万象网管，问什么时候在他们那边也有招聘。

夏野留言回复了一下，问的人还挺多，最后只能发新帖子置顶，只说会尽快安排。这帖子自然也被顶起来了，在网上赚钱如今还是一件新鲜事，大家积极性都很高。不管是有能力的人还是来这里瞧热闹的，总归是贡献了一波热度，论坛的点击量瞬间就上去了。

老猿追着夏野哭诉昨晚的不易，说他"卖妻求荣"。

夏野："我还没结婚，哪里来的妻子？"

他法定年龄都不够。

老猿痛哭流涕："我跟了你这么多年，如今人老珠黄，昨天被你无情地丢在战场上，难道还配不上这一点名分吗！"

"你当然不配。"

老猿心如刀绞，下线疗伤去了。

应付完老猿，宋益那边又打来了电话。宋益这人总的来说是个不错的工作伙伴，他比老猿要更有事业心，做事细腻，有些夏野没想到的地方他都会料理周全。自从他来了之后，夏野省心了许多。

宋益只觉得抓住了大时机，跟着跳到了一艘劈波远航的大船上，每天看到、想到的都是这艘船。

夏野把齐州市的网吧业务都给了宋益去做，宋益兢兢业业，每次的收益表都做得很详细，没有一点隐瞒。他不知道夏野的底细，只当他真如韩亦辰所吹嘘的一样，是清北的高才生，见他行事作风，心里猜着夏野八成是富二代，出来历练的。

只是比起老猿，宋益想再往前走一步的心思更明显，他已经不是第一次越过老猿来找夏野，这次打电话来是询问论坛求职的事，昨晚发生那么大的事，他自然也在论坛看到了。

夏野道："就按平常的面试来就好了，合同做得详细些，你和老猿商量着办，手下多几个人也好办事。"

宋益答应了，又问："那齐州市这边先做试点，要不要再租一间办公室？"

夏野一边换校服一边对着手机说："可以。"

宋益又提了以前的问题，小心道："市场上现在开始有同款了，价格比我们的高一些，但是不带广告，华北区目前还没有什么影响，就是南方那边市场空白，要不要做点什么预防？"

"给推广员在抽成的基础上再多加5%的出差津贴，尽快占领市场，新地区的信任度也要做好，多配一些后期维护人员，钱不是问题。"

宋益欲言又止，但还是答应下来："好，我去安排。"

说完工作上的事，宋益又放松了语气笑道："一直都没跟你见过面，怎么样，要不要抽空来齐州一趟？让我们也见见老板的风采，另外你也看看我们的工作环境，现在布置得还不错，上回袁学长来都夸我们这边配置的电脑好。"

夏野道："最近忙，等过段时间吧。"

"老板最近都忙什么？"

"上课。"

这个理由无法反驳，宋益只能祝他学业顺利，说等老板有空了再来视察，恭敬地挂了电话。

齐州市的办公室里，宋益坐在办公桌前打开电脑，他登录了管理员界面认真地看了片刻。

他是负责市场推广的，对技术方面并不懂，但这段时间以来也没少看公司的网吧收费软件，尤其是年后新推出的这款，那个广告推广做成了一个小图标，点一下就变成一个推荐面板，其余位置还空着，特别奇怪，像是特意给什么留着一样。

宋益若有所思，但是也想不出这是什么。

他听老猿说过夏野是网络上有名的黑客，至于多有名气，老猿吹得太厉害，他有一半是不信的。

夏野如今才是大学生，五六年前，也不过十几岁，一个十几岁的孩子能做出什么惊天动地的事？

但是老猿的技术他是见识过的，对于他们这帮人，他一向是小心居多，也从不做账目上的手脚，这点小钱他还看不上。

公司的流水金额巨大，截至年初的时候，夏野口袋里入账总归有个几百万。宋益坐在这个位置上，也赚了一些，但几万和几百万的差距，宋益拿在手里，有些不是滋味。尤其是按如今的推广速度，到了年底的时候，公司的收入保守估计会超千万。

宋益想要股份。他之前委婉地向其他人询问过，但是跟他一样想法的目前还没有，不少人还沉浸在收入过万的兴奋里，没有思考这个公司最大的价值。

宋益坐在老板椅上转了半圈，环视了一下整间办公室，这是他选定的位置，在齐州市最繁华的一处写字楼里，他租下了这里，布置得和他想象中的办公环境一样，低调奢华，十分气派。也是因为有了这份工作，今年学校还拿他当创业先进，打算让他在今年的毕业典礼上演讲。

宋益看着办公桌上那个小巧精致的帆船模型，半晌没有挪开视线，沉迷其中。

他上了船，但不满足只待在船上。

他也想握住船舵。

门外响起几声敲门声，宋益的视线收回，看了门口道："请进！"

办公室的门被推开，一个二十多岁的年轻人站在门口拿着一份简历，向里面张望了一下，似乎被这里的办公环境吓了一跳，有些局促地道："您好，我今天在论坛看到有招聘信息……请问您这里招人吗？"

宋益摆出一个和善的笑容，伸手示意道："当然，欢迎你的到来，我是负责面试的人员，简历交到这边，稍等一下我们就可以进行面试了。"

齐州市的招聘工作在顺利进行，而在几百公里以外，唐家的院子里也在进行着一场郑重的活动。

唐泓俊小心地把黑色"大棚"揭开，露出一夜未见的西瓜幼苗——已经不能算是幼苗了，它粗了好几圈，茎蔓粗壮，卷须都冒出来一点，五六片巴掌大的叶子迎风而立！

唐瑾瑜干巴巴地道："我觉得它快结果了。"

唐泓俊乐呵呵道："对对，我买……埋大棚的时候啊，农科院的人就跟我说了，这是新式的保温大棚，用一晚上效果就特别明显！作物在里面长得就是快啊！"

唐瑾瑜转圈看了一会儿，点头道："是长得好。"

唐泓俊见小孩没看出什么，特别高兴："小瑜，你放心，爸爸一定让你吃上西瓜！"

唐瑾瑜想了想，道："我想要个小牌子。"

唐泓俊宠溺道："当然行啊，宝宝你要什么样的牌子？爸爸马上就给你做。"

唐瑾瑜跟他比画了一下大小："这样正方形的，木头小牌子，我们幼儿园里也有花园，每个班去过之后，都会记录上。"他说得慢，努力表达清楚自己的意思，"还能记录天气，以后下雨了，我就不给瓜苗浇水了。"

唐泓俊心里大喜，觉得这是一个好法子，他们家以后谁浇水了就写一笔，就不怕这瓜苗被浇死了！

他连忙答应下来，当天就做了个小牌子。

也正好赶上夏天多雨时节，连着几场雨下来，大家都心照不宣地不去给瓜苗浇水了。

唐瑾瑜穿着一件淡蓝色小雨衣，踩着一双蓝色的雨鞋，拿了粉笔认真地在小木牌上记录了今天的天气。他爸做的这个小木牌特别专业，是T字形的，上面还有一道挡雨的横板，有菱形凹沟用来排水，模样精巧漂亮。

小孩在木牌后面画了雨滴的简笔画，夏野撑着伞在一旁陪他，等他画完了，又弯腰握着小朋友的手教他写了一个"雨"字。

风雨中，在"大棚"里的瓜苗迎风摇摆，巴掌大的叶片被风吹起，露出短短的绒毛，丝毫没有在怕的！

夏野忍不住多瞧了那瓜苗一眼，也不知道唐叔从哪里找来的宝贝，几天时间已经蔓延出去好一段了，这架势，他们集体浇水估计也不碍事，实在是长得太壮实了。

另一边，幼儿园放学。

季元杰打着一把粉色波点小雨伞高高兴兴地回来了，他妈正在家做饭，她瞧见儿子小心地把雨伞撑开放在客厅晾晒的样子觉得有些奇怪，她记得儿子以前喜欢的是那件黄色的小雨衣啊。

季元杰扔下小书包,高高兴兴地喊道:"妈妈,星星今天跟我说话啦!"

季妈妈:"跟你说什么啦?"

"星星说'脱下你的雨衣,穿到我身上'。"

"哈哈哈哈哈哈哈!"

季妈妈怀疑自己生了个小智障,但是太有趣了,忍不住想笑。

季元杰没有笑,他趴在沙发上露出一个小脑袋,还在得意:"她夸我的小雨衣好看,嘿嘿!"

她用手指蹭了儿子一鼻尖面粉,逗他:"所以星星拿自己的小雨伞跟你换了雨衣,对不对?"

季元杰认真地点头:"星星可好啦,妈妈,星星从来不欺负人。"

这句话说到了季妈妈心里去,以前季元杰还小,跑到筒子楼下面去跟其他小孩玩,每次都被其他大孩子抢东西,上了幼儿园就好多了,知道要"换"才肯给人家。她问的时候,小孩就跟今天一样认真地告诉她,说是星星教的,不能抢,可以换着玩儿。

季妈妈问他:"小杰,你想不想搬家啊,咱们也搬家,挨着星星她家小区,可近了,就隔着一条马路。"

季元杰眨巴眨巴眼睛,立刻高兴起来,使劲儿点头!

季妈妈被儿子逗乐了,指挥他去洗手,自己把剩下的饺子包好,准备下锅煮。

他们家这两年发展也不错,楼下唐工搬家之后,她就跟丈夫商量着也打算搬走。她家季元杰马上就要上小学了,周围的环境不大好,经常有大孩子们欺负小孩子的事,她实在不放心,这段时间看了不少房子,挑中了一个小区,在附近菜场看的时候恰巧遇到韩亦星的家长,才知道她家就住对面。

季元杰的妈妈挺高兴,她知道季元杰在幼儿园里最喜欢的就是韩亦星了,每天回家都说上好一会儿星星今天对他好的事。

她家和筒子楼里的其他人家不一样,她老公上班,她自己出来单干,虽然没有陈素玲那么厉害,但也有间自己的商铺,小日子过得不错。

当初唐工找来的时候,也是她家先点头让小孩去楼下找唐瑾瑜玩儿。

季元杰的妈妈有些看不上筒子楼里的人,那些人家收了唐工送的东西背后还说闲话,要不然那么小的孩子哪里知道什么"小傻子"?还不都是大人们背后说,孩子才听到的。

千禧年初,大家对网络还比较陌生,刚开始网吧里的弹窗冒出来的时候,不少人还好奇地点开看,在资讯不是十分发达的年代,大家对这种广告只觉得新奇有趣。

有些人试探着打电话过去，询问之后，才发现真的有这么一个厂子，那些钢筋建筑材料也是真的。广告效应真正开始，是在三天之后。

在接了十几个电话，把车轱辘话翻来覆去说了无数遍之后，鑫丰钢筋厂的老板才意识到自己已经把存货全部卖光了。

这批钢筋材料从去年起一直囤积在仓库，因为要轧新一批的钢板，仓库也放不下，急需腾出地方来，这才发了一个广告。他们这批钢筋材料也赚不到什么钱，老板哪里舍得在电视上打广告，只往当地报纸上放了两个小豆腐块大小的出售广告，还是在夹缝里，就这还花他好几百块。

他们所在的城市，这种小厂子太多，报纸发出去也没有什么水花。

直到他那个读大学的侄子给他推荐了什么网络媒体，他抱着死马当活马医的想法，咬牙花了一千块钱投网络广告。

没想到这一千块居然成了！

不过三天的时间，他仓库里的那些钢筋都卖出去了！

而且后续还有电话打过来，问他还有没有货，早知道一个广告就能卖得这么红火，他一年前就该去网络上找人打广告了呀！

鑫丰钢筋厂的老板高兴地坐下灌了一杯茶，喝到一半才猛地一拍大腿，他怎么给忘了，他仓库里是没有了，但是周边还有那么多家小厂子，这些人手里的存货不比他之前少，他只要收购了来，在中间赚个差价就够了啊！

老板急急忙忙又给之前那些来询问的人打电话，等联系好了之后，又去给侄子打了一个电话，恳切地道："之前你给我投的那个网络广告在哪儿找的？"

"叔，怎么了，那家效果不好吗？我也是在网上看到他们新开业优惠力度挺大……"

鑫丰的老板急忙道："好好好，那家效果特别好，怎么还有开业优惠的吗？你赶紧再给我买一周，不，买两个月的推广！"

网上的广告传播力度大，有心人会认真地把这些时不时蹦出来的资讯收集起来，在还是靠业务员跑步前进推广的年代，这个第一手资讯实在太重要了。

慢慢地楼兰论坛变成了继易商论坛之后最受厂商欢迎的地方。

易商论坛做的都是大买卖，商家有实体铺货，运作链成熟，但也正因为如此，卖的那些汽车和楼房的广告位，让人望而却步。

相反，楼兰论坛就不一样了，找来这里的大多是中小商家，每天的弹窗份额有限，后期也分了地区，各个地区的竞拍价格不一样，也不按广告时间来，只计算弹出次数——楼兰的工作人员解释过，这是因为他们只在网吧电脑开机时自动弹出一次广告，除非用户下线，他们不会再弹第二次，他们要保证网吧软件用户的体验感——总体计算下来，大概一天能拍到的弹窗数量在百余个左右，价格也不贵，大家都乐意去尝试一下推广，一般来说效果都挺好。

鑫丰钢筋厂的老板在拿到钱之后，心里彻底踏实了，还专门在楼兰发了一个帖子，引来不少人看，算是给论坛也添了把人气。

他在帖子的最后感慨道：原来网上真的能找到商机啊！

宋益也开始激动了。

因为弹窗广告真的开始盈利了！

宋益是个谨慎的人，也因为谨慎，相对夏野这样开疆拓土之人来说，他更为保守。在没有看到收益之前，他一直对这个新项目持慎重的态度，而在看到它的发展前景之后，也立刻行动起来了！

夏野之前在论坛设置的广告竞拍，因为人少，一直被闲置，现在弹窗广告火爆，宋益立刻让专人负责这个业务，规定每天中午十二点为竞拍时间，把网吧按区域大致划分，让不同地方的厂商来竞价。

尝试几天之后，业务就走上正轨了。

竞价按钮起到了重要作用。网吧生意最火爆的时间是在夜里，所以晚上的弹窗时间更受人欢迎。不同地区价格差异也大，长江以南地区小厂更多，竞拍也更激烈一些，总要多上几轮。

还有不少人以为楼兰论坛是招聘求职的地方，之前老猿他们随手贴了一个招聘兼职网管的板块，如今已经重新规划，做成了招聘求职板块。即便没有竞拍区那么火爆，平时来的人也不少，有些人想通过网络找兼职，就会来"楼兰"看看。

"楼兰"火了。

宋益认真记录，写了一份关于广告业务未来的发展和展望的报告，给夏野发送了邮件。

在几轮邮件沟通之后，宋益从心底觉得跟夏野算是跟对人了。夏野对决策说一不二，却没有那么喜欢掌控权力，他用宋益的同时，给了对方很大的权限，让他放开手脚去做事。宋益为此非常兴奋，他觉得这是自己提升能力的地方，工作更为卖力了。

宋益忙得日夜颠倒，在扩展公司业务的时候，小心请示夏野是否可以批十万元作为他手头的流动资金使用，夏野直接给了他三十万。

宋益在心里叹了口气，摇头笑了一声。

他曾经以为自己是天之骄子，但跟夏野比起来，还是差得远了。

中午是论坛高峰期，人流量峰值急升，宋益盼咐了专人维护。他现在对论坛非常重视，就连吃饭也都在办公室里吃，几天来眼下有微微的青黑色，但精神状态很好，处于创业者独有的亢奋之中。

宋益在简单地听了手下人报告之后，又开始浏览今天的工作邮件，百忙之余，他也想过夏野他们。

宋益经历广告业务之后，从心里就对夏野产生了敬畏，觉得不愧是名校生，眼光是要长远一些。只是不知道夏野和韩亦辰，这两个清北高才生此刻在忙些什么？

数百公里之外，韩家。

韩亦辰难得能有一个礼拜天休息，正坐在地板上打游戏，一台小霸王游戏机连接了电视屏幕，游戏里的厮杀非常激烈。

走廊上一个裹着纱巾的小姑娘跑过来，"哈"的一声，一指头戳在他背上："哥哥看招，点穴！"

韩亦辰捏着手里的游戏遥控器闭了闭眼，不耐烦道："韩亦星你烦不烦！"

小姑娘没搭理他。

韩亦辰忍不住又催她："快给我解开，我要打游戏！"

小姑娘走过来绕着韩亦辰转了两圈，煞有介事地在他胳膊上点了一下，算是解开了穴道。

韩亦辰继续打游戏，自始至终一直盯着电视屏幕，手指操作如飞。

小姑娘还是绕着他不肯走，过了一会儿扑到他后背上抱着他的脖子撒娇道："哥哥，哥哥你看看我呀！"

韩亦辰头都没回，张口道："好看。"

"你都没看我一眼！"

"我用心观察。"

....

小姑娘哼唧了一会儿，趴在他背上问："哥哥，我们什么时候去找唐瑾瑜玩儿啊？"

韩亦辰冷笑一声："我就知道你不是真的来找我，整天就知道玩儿，作业写完了没有？你们幼儿园布置的手工呢，这次不是说要做标本吗，你做好了吗？"

小姑娘"哼"了一声："我一会儿就能做好，我就想先玩一会儿。"

韩亦辰道："你去楼下找媛媛玩儿，不然就去找隔壁楼的王馨悦，实在不行一会儿我带你去小姨家，你和那边的表妹玩儿。"

"可我就想和唐瑾瑜玩啊！"

"不行！"

小姑娘怒了："为什么不行！"

韩亦辰冷酷地"杀"了屏幕那头的敌人，心说因为他是小男生，你这么小就知道找小男生玩以后还了得？不过他没有这么回答，找了个理由道："因为他忙。"

韩亦星半信半疑："你怎么知道的？"

韩亦辰编瞎话糊弄她："我跟他哥熟啊，不信你去打个电话问夏野哥哥就知道了，这个礼拜唐瑾瑜全家出去郊游去了，真的，一早就出去了，要等天黑才回来，不在家。"

韩亦星毕竟只上了幼儿园，人生阅历还浅，思考了一会儿，点头认可了他哥的话，哼哼唧唧地从她哥的背上爬下来，跑去沙发上玩芭比娃娃了。

韩亦辰难得清静，迅速通关，游戏玩得津津有味。

他要把握住最后的玩乐机会，月考的成绩快下来了，数学这次肯定不及格，要是让他妈看到试卷铁定又是河东狮吼，想想就害怕。韩亦辰也有点委屈，其实大部分题目他都会，但是考试前通宵没睡，只眯了那么一会儿，考到一半就睡过去了。

他现在看屏幕，所有敌人都长了一张夏野的脸，瞧着就不像好人，开口又是十级嘲讽技能，他顿时牙痒痒，按在游戏手柄上的手指简直要飞起来。

韩家兄妹在玩的时候，夏野正带着唐瑾瑜做作业。

小朋友的手工课作业有点麻烦，要做一个植物标本，需要把植物夹在书本里，让它干一些之后才方便定型。

小孩很乖，从来不在夏野这里乱动东西，需要什么也一定先问，对房间里的物品有时候比夏野还小心，都有点强迫症了。

唐瑾瑜自己带了一个厚本子来，夏野给他在本子里夹了几片三叶草，然后轻弹了一下他额头："你拿我这儿当博物馆了？没什么不能动的，别把电脑主机给我踢翻了就成，自己去玩儿吧。"

唐瑾瑜哪敢在他房间里撒野，下意识就要去客厅，但是他又有点舍不得，走两步回头看看房间，虽然不知道为什么，但他每回来哥哥的房间都莫名激动，真的有点像进博物馆呀！

夏野看了他一眼，误会了，起身走过去把他抱起来："知道了，我陪你去，怎么这么爱撒娇。"

唐瑾瑜抓着他的胳膊还没反应过来："啊？"

"你是男孩子，知道吗？我就陪你最后一次，以后要学着自己玩儿，独立点。"

夏野这么教训着，抱着小孩去了客厅，熟练地给他拿了一盒积木，倒在沙发上让他玩儿。上回俩人拼了一半的小汽车滚了出来，夏野拿起来："正好，昨天没弄完，今天把车轮装上。你找找里面有没有圆形，要小点的，知道吗？"

唐瑾瑜觉得他哥玩这个比他还起劲，这套乐高更像是他哥的玩具。

第七章　胸有成竹

他们一边玩一边做手工作业，一直到中午吃饭的时候，才做好唐瑾瑜的植物标本。

今天夏老师单位有事，没能回来，是夏野做的饭。

夏野把小孩赶到厨房门外，关了门没让他进来。隔着玻璃门看到一个小影子在那儿转来转去，他觉得好笑，一边切菜一边道："一会儿厨房起锅很危险，离远点，听到没有？"

门外的小孩乖乖退开，搬了小板凳坐在外面等。

夏野在厨房忙活半天，搞得阵仗特别大，最后也只忙活出两碗青菜肉丝面，这面不能用好不好吃来形容，只能说是熟了。

唐瑾瑜分到了一小碗，小孩照旧捧场，吃了一口就开始夸。夏野自己听了都臊得慌，埋头吃了两口面，催他快吃。

小朋友现在已经能独立用筷子了，慢慢吃面条，跟品尝什么美味似的，高兴半天。夏野就没见过这么好养活的孩子，他都忍不住去拆榨菜包下饭了，旁边的小孩愣是吃得头都不抬，把一小碗面条都吃光了。

小家伙吃饱了容易困，坐下就开始打瞌睡，夏野捏了两下他的脸，哄道："等会儿去房间里睡。"

唐瑾瑜抬手揉了揉眼睛，答应了一声，夏野收拾碗筷的工夫，他又在儿童椅上频频点头，困得头都抬不起来。

夏野走过去把他抱起来，小孩跟他熟，闭着眼睛环住他的脖子，小脑袋在他身上蹭了蹭，喊了一声"哥哥"。

夏野心里有块儿地方变得特别柔软，脚步都忍不住放轻了，他抱着小孩去卧室，把他放在床上盖好薄毯。他站在一旁看了片刻，见小家伙彻底睡熟，这才转身坐回书桌旁继续忙碌。

这还是他第一次在有外人的情况下工作，以前他用电脑的时候，他爸也不会踏进一步，现在他能让人在身边床上睡着，自己用电脑工作了。

不过严格来说，这么大点的小孩，更像是一只小动物。

代码写了一半，夏野强行控制自己不去看旁边，专心做事。

唐瑾瑜在这边过了一个礼拜天，晚上他妈来接他。

唐瑾瑜开心道："哥哥放暑假的时候，瓜就熟了。"

"大棚"里的瓜苗长势喜人，别家的瓜苗要长两个月才结果，它有唐泓俊的"拔苗助长"，一个月就结了一个大西瓜，圆滚滚的花皮大西瓜，特别漂亮！

夏野也知道小孩最宝贝那个西瓜，笑道："你舍得让我吃？"

唐瑾瑜点点头，眼睛笑成小月牙："大家一起吃。"

夏野想了一下那个西瓜的大小，再长几天，怕是要有十几斤重，确实够他们一大家子吃的。

陈素玲又问他要不要过去吃晚饭，夏野摇头拒绝了："我爸晚上回来，我已经准备得差不多了，晚上我等他回来一起吃。"

陈素玲听他这么说也没多劝，牵着小朋友回前院去了。

他们两家离得近，万事都方便。

夏野算着时间，去煮了两碗青菜肉丝面，和中午一样的配方，他有自知之明，这次提前把榨菜倒在盘子里备用。

夏老师回来就闻到了饭菜的香气，惊讶道："小野，你做饭了？"

夏野把筷子放在餐桌上："刚做好，爸，趁热吃吧。"

夏老师洗了手过来吃饭，却不像平时那么放松，他吃了两口面，有些欲言又止的样子。

夏野看了他一眼："爸，没那么难吃吧？"

"啊？哦哦，不是，不是饭菜的事，你做得很好。"夏老师匆匆吃了两口，但咽下去之后又顿住了筷子，小心地看了夏野一眼，开口道，"小野，你暑假有空吗？"

夏野愣了，疑惑道："怎么您也问我暑假的事。还成吧，不算忙，怎么了？"

夏老师犹犹豫豫的，让他先吃饭，夏野哪儿吃得下去，皱眉问："到底怎么了？"

夏老师道："是这样的，你妈她给我打了个电话，她想接你去她那边过暑假——"

夏野"啪"的一声放下筷子，对面坐着的夏老师立刻不敢说下去了，只好低头看碗。

夏野道："这事很好解决，我现在就去给您换个手机卡，家里的座机号也换了，这样她找不到，以后也不用再联系了。"

"小野……"

夏野闭了闭眼："爸，我不是针对您。"

夏老师叹了口气："我知道。"

父子二人一晚上没再说话，夏老师一直微微皱着眉，晚上吃药的时候，夏野看到了，给他倒了一杯温开水。

夏老师喝了两口水，手指在水杯上摩挲几下："她很多年没见你了，说想你。"

夏野不为所动，冷声道："她是成年人，可以自己回来。"

夏老师摇了摇头，想说什么但话到嘴边又变成了叹息，他拍了拍儿子的手："是爸没用，你妈妈想追求自己的人生，也没有错，我不能一直拖累她。"

夏野看到桌上的药有些后悔了，听到他爸这么说，立刻道歉："爸，对不起，我不是这个意思，我……心情不好。"

夏老师道:"不管怎么说,她都是你妈妈,她对你还是关心的。"

夏野坐在一旁保持沉默。

见儿子排斥,夏老师也没再提这事。

夏野还有一周考试,但每天晚上都重复着同一个噩梦。

他反复梦到几年前的事,他梦到父亲在道歉,父亲为他做的那件事劳心劳力,住进了医院,他还梦到了那个女人,虽然站在法庭上为他辩护,但看向他的时候眉心微微隆起,带着精致妆容的脸上露出厌烦的神情……

夏老师为此非常自责,他带了儿子这么多年,对他太了解了,最近夏野精神状态不好,外人可能看他和平时一样,但他一眼就知道夏野因为这事受了影响。

考试前一天,夏老师在桌上放了一部新手机:"爸爸想过了,都听你的,我换了手机……"

夏野看了一眼,依旧是最普通的直板手机,他爸之前用的是蓝色的,现在换成了黑色的。

夏老师坐在对面,还在跟儿子保证:"我们不跟她联系。"

夏野喝了碗里最后一口粥,语气放轻了许多:"您换个卡就行了,之前那个手机您用着顺手,不用特意换。"

夏老师笑道:"没扔,放床头当闹钟了。"

夏野听了也笑,他爸节俭惯了,也就这点不太像艺术家,平时站在台上的时候举手投足都带着贵气,在家什么都不舍得扔,他弟也跟着学,小财迷似的。

夏野吃完饭放下碗,进屋复习去了。

他们父子有约定,如果临近考试,或者夏老师工作上有什么要紧事,彼此就体谅对方,做饭刷碗全由其中一个人承包。这么多年,他们都是这么过来的。生活虽然清贫,但父子俩没因为什么事闹过矛盾,唯一不能提的,就是那个女人。

夏野考试发挥正常,提前交卷出来了。

监考老师是高二数学组的组长,对他这个尖子生特别宽容,刚才转悠着监考的时候就看过夏野答题,一句劝他再多检查一遍的意思都没有,只点点头就放他出去了。

夏野的数学也就中考的时候扣了一分,从那以后,打从开学到现在,大考小考,再没有扣过一分,已经是全校数学老师捧在手里的大宝贝了。

夏野答应给唐瑾瑜买新出的儿童期刊,需要拐去书店一趟。他正骑着车,忽然觉得有点不对。他身后有辆银灰色轿车始终不近不远地跟着,夏野提速,对方也开快一点,夏野慢下来,对方也跟着放慢速度。

现在是下午四点多，这个时候路上行驶的车辆不少，这辆轿车看起来也不是特别显眼。

夏野等红绿灯的时候用眼角余光看了一眼，是陌生牌照，不是本市的。

绿灯再亮起，他毫不犹豫地掉转车头，骑车穿过人行道，从小巷子里走了。

那辆车还在主车道上，看样子不打算跟过来了。

夏野绕了一大圈，拐去了平时常去的那家书店，书店的老板都认识他了，瞧见他来笑眯眯道：“是来拿《童话大王》吧？留着呢，今天最后一本啦。”他一边把书递给夏野，一边又问，"你弟呢，今天没跟着呀？"

"没有，他在家。"

"哟，这可真难得，平时那么黏着你，小尾巴似的。"

夏野笑了一声，给了他钱，没让找钱，买了一盒泡泡糖。

他正准备走，一辆银灰色轿车就停在了门口，一个三十来岁模样漂亮的女人从车上走下来，她踩着一双高跟鞋，穿戴干练，头发绾起，像是随时可以去参加商务会议，除了胸口佩戴了一枚钻石胸针，没佩戴其余饰物。夏野在看到她之后，立刻推着自行车要走，但对方从下车起视线就直直地盯着他，此时她开口喊道：“夏野！”

夏野脚步顿了顿，等她走过来，转身低声道：“找个地方，坐下谈，我以后还要在这里生活，不想把事情闹大。”

对方看着他，点头道：“我也是这么想的。走吧，附近有个咖啡馆，你跟我上车。”

夏野冷声道：“我有车。”

女人愣了一下，看他推着的自行车微微皱眉，低声道："随你。"

附近的咖啡馆也是夏野常来的地方，他前几天刚带唐瑾瑜来这边吃了一次点心，小孩对这边的焦糖布丁赞不绝口，但夸出花儿来也只能吃小半个。

夏野坐下，看着对面的人，神色厌烦。他觉得自己的生活区域被入侵了，排斥的情绪太过直白，对面的女人坐下后很快就觉察出来了，她翻了菜单，随手点了两杯咖啡，对他道：“我这次来找你是因为——”

夏野伸手叫住服务生：“我的那杯不要奶油，我对奶油过敏。”

女人愣了一下，神色复杂道："抱歉，我忘了。"

夏野笑了一下，往后倚靠着座椅，神态轻松了许多：“你确实忘了，其实我可以吃奶油，不过敏。”

对方恼怒道：“夏野！”

夏野坐在对面看她，不为所动。

站在旁边的服务生小心道：“那个，请问还要不要加奶油啊？”

女人冷声道：“不要了，那两杯咖啡都不要了，来两杯水。”

服务生小心翼翼地说:"但是本店有最低消费的……"

他话还未说完,就看到女人挑起眉头,于是立刻去下单了。

这二位瞧着不太像是拿不出最低消费的人,显然是要找地方吵架,他还是躲远点好。

卡座上的两人陷入一阵沉默,过了好一会儿,对面的女人才道:"你就跟你爸这么学的?"

夏野道:"还有很多,您想体验一下?"

"我这次找你来,是想谈一下。那个网管收费软件你们没有一次性卖掉,还能想到这样运作,眼光确实不错,但是网吧赚的能有多少?而且你年纪还小,读书才是首要任务,整天跟网吧打交道像什么样子……"

夏野懒得跟她兜圈子:"您直说吧,我不是我爸,你说什么都信。"

"我想收购你的公司,你开个价,钱不是问题。"

夏野的视线在她脸上停顿一下,多年未见,她还是和他记忆里的一样,不管是在家里还是外面,都是这样居高临下的语气,好像她要做的事,一定就能做到一样。

夏野摇头:"我不卖。"

女人皱眉:"我知道那个公司你现在还有点舍不得,但是市场早晚要整合,你们什么都没有,小打小闹着不过赶对了时机而已,等其他大公司入场,被收购也是迟早的事。与其被别人低价收购,不如给我,至少在钱方面我不会亏待你,你只管说个数……"

夏野道:"你买不起。"

"夏野,你不要任性了,商场不是小孩子可以胡来的地方!"

"那您坐在这儿,又是以什么身份来跟我说话呢?"夏野看着她,对面的人眉眼依旧那么美,但眼角已经有了淡淡的纹路,抿着唇也不见笑,只是比起当初,他长大了,也不再那样害怕了,"我应该怎么称呼你?庄女士?秦夫人?还是明城的董事长?"

庄雅坐在对面,看着他不满地说:"你非要跟我这么说话?我是你的母亲!"

夏野冷声道:"你走的时候就不是了。"

第八章

打抱不平

庄雅觉得他不可理喻，但又强迫自己坐下来耐心跟他说话："我是为了你好，你不要以为现在形势还不错，可以靠这个一辈子赚钱，你需要钱，我给你，等你再长大一点，想清楚自己要做什么的时候，可以当作启动资金去实现自己的梦想……"

夏野看着她，面沉如水。

庄雅顿了一下，语气放缓道："你现在还小，不懂也是正常的，妈妈是过来人，有些话也想说给你听。人在什么年纪，就应该做什么事，你知道吗？你现在不应该把赚钱放在首要位置，而是要学习，开阔视野。"

夏野道："所以你后悔了吗？"

庄雅愣了下："什么？"

夏野语气生硬，嘲讽道："后悔没早点离开我和我爸，去做你该做的事。"

庄雅脸色难看起来，眉头蹙起，有些不耐烦道："我也不是一直都这么有时间跟你干耗着，我工作很忙，这次来只有半天时间，不管你信不信，我这次是真心实意想帮你。"

夏野摇头："我不需要任何帮助。"

庄雅因他这种油盐不进的态度恼火起来，长大的儿子在她眼里也跟小时候一样，固执地陷在自己的逻辑里，完全讲不通道理。她喝了一口水，修饰精致的指甲敲在水杯上："这些年你爸到底怎么教你的，我就知道在这种小地方肯定受不了什么正规教育——"

"说起我爸，我也想替他问一句。"夏野忽然开口打断她，盯住她道，"你当初是为了钱离开我们的，对吧？"

庄雅压低声音怒道："你爸都跟你说了什么？"

夏野看着她，好一会儿才摇摇头，哑声道："他从来不跟我说这些，一个字都没说过，他只说自己没做好，说拖累了你，说没照顾好我。你跟了他十多年，你还不知道他是什么性格吗？他就是一个老好人，但是你不要好人，你要钱，要权势，就因为你要那些东西所以你当年坚持要走。"

"夏野！"

"你宁可嫁过去给别人十几岁的孩子当妈，也要走到你认可的那个圈子里去。"

庄雅闭了闭眼睛，胸口怒意汹涌，但她的素养不允许她在这里做出什么失礼的事情，她生平最恨的就是难堪——因为穷而难堪，也因为卑微的姿态而难堪，她发过誓，不管什么时候她都不会变回过去的那个自己。

夏野也跟她谈不下去了，起身就走。

庄雅已经很久没有被人这样无礼对待过了，气得手发抖，站起来喊了他两声，但夏野完全没有停下的意思，推开店门直接走了出去。

咖啡店的风铃碰撞在一起发出清脆的响声，这个时间店里没什么客人，只有服务生好奇地看了这边两眼。

庄雅也受够了，拍了一张大钞在桌上，脸色铁青地从店里离开了。

夏野回去得很早，家里还没人，他也没心情去前院给小孩送书了，径直回卧室蒙头就睡。他这几天一直没有休息好，今天更是如此，只觉得头疼得厉害，恶心想吐，不论是生理上的，还是心理的。

他努力不去想今天见到的人，不去想那些说过的话，可一直到昏昏沉沉睡着了那些声音还在耳边反复回响。

他做了一场梦，梦到了那场审判。

所有的桌椅都变得很大，而他缩小成了一个孩子，站在那里，茫然无措。

"才十岁！"

"不知道天高地厚！"

"这也太可怕了，这是犯罪啊！"

"对，国内第一起网络犯罪，电信数据库被修改……当属于重大金额的刑事案件。"

"就算有儿童保护法，那么他的家长呢？家长的监管责任没有做好，应当承担起责任！"

…………

四面八方都是声音，有的人窃窃私语，有的人坐在高台上大声宣判，十岁的男孩站在那里环顾四周，心里想的却是他爸身体不好，满脸的紧张与担心。

环视一圈并没有看到父亲的身影，他不但没有放松，反而越发不安起来，他爸不在，是了，他爸病了，在医院治疗。

在梦里身旁多了一道身影，他抬头，看到了他妈妈。

他们很像。

以前庄雅带他出门的时候，遇到他们的人不用问都知道他们是母子，他们长得真的太像了。

一旁的女人鼻梁高挺，薄唇殷红，对谁都是淡淡的，挑高了眉头看过来的时候带着漫不经心的傲慢。她站在那儿，没有去牵儿子的手，只是出面陪着，听自己找来的律师口若悬河地辩论。

梦里的小男孩想碰碰她的手，但他的手很快就被拍掉了，换来一句轻声呵斥："坐好！"

就像以前一样，男孩坐在那里，脸上没什么表情，像一个精致的木偶。只是这个木偶，远不如女人想的那么听话，他不再是她可以带出去炫耀的资本了。

梦境断断续续，很快又变成了夏野以前住过的家中。

家里的物品凌乱，女人在收拾东西，弱小的孩子怎么拦都拦不住，她装好一个行李箱，临走的时候再次被男孩抱住了胳膊，这次男孩慌乱到不行，不住地保证："我，我会好好听话，妈妈别走，别丢下我和爸爸，我会做好孩子……我再也不碰电脑了，我跟您保证！"

女人皱眉，扯开他的胳膊，用极为不耐烦的语气呵斥道："你什么时候能像一个正常的孩子？你什么时候能正常一点，让我轻松点，喘口气？"

在梦里女人一直掐着他的胳膊，嘴巴张张合合在训斥着什么，他想挣脱也挣脱不开，略动一下，就被拽得更紧，胸口也闷得喘不过气。

夏野的睫毛抖了抖，从梦中醒过来，睁开眼睛就看到旁边趴着的小朋友正冲他笑，小朋友的小脑袋蹭在他的胸口上，他轻声道："哥哥起床。"

夏野闭着眼睛，翻身拍了他两下。唐瑾瑜平时动作慢，这会儿人机灵起来，翻身就躲。

夏野也没理他，起来去洗漱了，几捧水泼在脸上，过了好一会儿他才彻底清醒过来，他身上都是汗，胃里也不太舒服，什么都吃不下。

唐瑾瑜走过来站在他腿边，小孩完全不记仇，还踮脚给他递毛巾："哥哥考试累吗？"

夏野道："累。"

"那一会儿，你来我家好不好？"

"做什么？"

"切西瓜给哥哥吃。"

夏野看他一眼，小孩乐颠颠儿的，抱着他的腿仰头道："哥哥考完试，一起吃！"

可甜啦！"

夏野脸上的表情松动一些，弯腰把他抱起来："一个西瓜就高兴成这样，你今年也没少吃西瓜吧？前天不是还买了吗？"

"不一样，我种的好。"小孩美滋滋地给他比画，"爸爸今天早上称了，十六斤，瓜王！"

外面街上卖的也有十几斤重的西瓜，但是比起家里自己种出来的总归是少了份儿新奇。再加上这瓜几乎是在他们眼皮子底下一天天长大的，小孩宝贝得不得了，每天都拿小尺子测量尺寸，刮风下雨都不耽误。

夏野抱他出去，在外面客厅看到随手扔在茶几上的《童话大王》，拿起来给他，果然换来"哇"的一声，紧跟着好听的话就从怀里小孩的嘴里源源不断地传出来，就因为一本书，小孩能夸上一整天。

夏野抱着他慢慢走下楼，一边走一边听他说话，都是他听惯了的那些，他弟现在也没学什么新词，就是翻来覆去地说"哥哥好"。

不知道为什么，夏野一路听着，心里平静了不少。

等去了前院，推门进去的时候他也恢复了平时的样子。

唐泓俊已经准备好了砧板和刀，瞧见他们进来忙招呼他们过来帮忙，也都是一些小忙，让两个孩子拿湿毛巾擦一下瓜，算是开过光了。

唐瑾瑜擦得特别小心，擦完还踮脚对夏野道："哥哥看，小猪尾巴。"

夏野顺着看过去，这西瓜长得圆滚滚的，跟他弟平时玩儿的皮球放大版一样，在顶端有一个短短的"尾巴"，还打了一个圈儿。

唐泓俊道："小瑜，你看爸爸，爸爸要切开了！"

夏野把小孩抱起来放在一旁的椅子上，让他站着看。

唐泓俊就举起刀切开了西瓜，只听"噼啪"一声脆响，刀刃刚切进去瓜就裂开了！餐厅桌上的大西瓜脆生生地裂成两半，皮薄又脆，红心黑籽，水分十足，西瓜汁都流出来了，最里面稍微有点熟过了，微微带了点沙，但咬起来更甜。

唐泓俊切了半个分给大家吃，夏野原本没什么胃口，但是西瓜微凉，吃在嘴里清甜，他也跟着吃了两块。

唐瑾瑜吃了一大块，满足地啃瓜皮上微红的部分。

唐泓俊心疼道："小瑜不吃那块了，爸爸给你换一块，咱们吃这个大的啊，这个甜！"

唐瑾瑜不接，摇头道："我吃饱了。"

唐泓俊还在劝他："一小块没饱，可以再多吃一点点，咱们还剩下这么多呢。"

"剩下的给哥哥带走。"

"啊？"

"哥哥考试，很累。"

唐泓俊看了眼桌上剩下的大半个西瓜，努力劝道："那也吃不了这么多啊，宝宝，咱们也留一点，你种了一个夏天呢，多吃一块不要紧。"

唐瑾瑜摇摇头，不肯吃了。

小孩吃了一块就满足，夏野哪里会把剩下的全带走，两家各留了一半，另外唐泓俊还给晚上加班的夏老师多拿了一份。

夏野瞧着袋子里的西瓜："叔，太多了，给小瑜再留点。"

唐泓俊叹了口气："我也想啊，但是小瑜从今天早上摘下西瓜就算好了，咱们家不是五口人吗，十六斤的西瓜，一人三斤。"

夏野不解："那还多了一斤。"

唐泓俊乐了："给你留的啊，小瑜每次分东西，不都是你的最多吗，哎，我这个当爹的都比不上喽！"

夏野笑了一声，提着西瓜回去了。

夏老师晚上加班回来，听他说了这事，对没赶上切瓜仪式感到可惜，不过在吃到放在冰箱里的西瓜之后又笑道："小瑜还没吃过冰西瓜呢，等他再大点，下次给他也尝尝。"

唐瑾瑜一直被保护得很好，唐泓俊夫妇甚至保护得有些过了，但是他们宁可小心一些，也不敢再让小孩生病，上次发烧就吓坏了他们。

夏家对小朋友的身体也非常关心，家里全部人都联合起来，努力营造"西瓜从来不需要冰镇吃"的假象。整个夏天，只有在最热的几天里，小孩才被允许吃几口冰激凌，舔一下都特别满足。

全家都在希望小孩快点长大，健健康康，无忧无虑。

唐瑾瑜幼儿园放暑假的时候，白天被陈素玲带在身边一起去公司，晚上回家就去夏老师那边玩一会儿，他现在已经开始学难度高一些的曲子了，夏老师给他买了一把小提琴，手把手教他拉琴。

小孩站在那里，一练就是几个小时，丝毫不嫌枯燥。

有时候唐泓俊心疼了，就过来哄他把琴拿下来，让他休息一会儿，但是小朋友认真道："爸爸，我喜欢拉琴，你让我再练习一会儿吧。"

唐泓俊没有办法，转头去向夏老师求助。

夏老师笑道："小瑜有天赋，你让他学吧，不碍事的，我以前每天都练习这么长时间，要做好一件事不是那么容易的。"

唐泓俊当然明白这个道理，他以前读书的时候也很辛苦，正是因为自己吃了一遍苦，所以才舍不得让儿子吃苦。

看着小孩又开始认真地练琴，唐泓俊叹了口气："老夏，你说我这么努力工作，不就是想让孩子们享福吗，怎么小瑜也不知道偷懒呢？"

夏老师被他逗笑了，跟着点头，感慨道："小野也是，他能在卧室和电脑过一辈子。"

卧室里，夏野正在电脑前忙碌着。

他的卧室是一个套间，外面的小客厅没有做隔断，地方宽敞，放了三台电脑也不显拥挤。因为工作需要，他还给自己的卧室做了隔音，夏老师和唐瑾瑜在外面练琴的声音只能传进来一点，很快就被电脑主机的风扇声掩盖住了。

夏野这几天一直在忙一件事——他把网吧收费软件里面的那个控制面板彻底完善了，放在桌面上是一个图标的模样，点开后会有一个放大版的界面，里面放着两个小图标，一个是广告推荐，一个是万象卫士。

这只是第一排，下面还有很多空间，空荡荡的。

夏野这次瞄准了游戏。千禧年之前，因为网速限制和其他原因，网吧里的游戏绝大部分还是单机游戏，但是从千禧年初，陆续开始出现网络游戏，虽然这些游戏还极不成熟，但是却无一例外吸引了不少玩家。

夏野从一开始就没有打算利用论坛只赚招商广告的钱，目前楼兰一天的广告费最高能达到十八万元，低谷时期也是上万元，但这些钱对于他一开始瞄准的目标来说，都只能算是小钱。

网吧里最吸引人的还是游戏。

一个游戏想要迅速占领某一片地区的市场是非常难的，在通信刚开始发展的2G（第二代手机通信技术规格）时代，网络游戏厂商想要推广自家新出的游戏，需要雇用游戏推广专员——和其他公司的业务员一样，一家家网吧去跑，去谈合作，给推广费，有些还会额外送一些宣传画和图册一类的物品，想要迅速打开市场，绝对是非常困难的。

但是夏野相信自己可以做好。

他看着屏幕上的那个万象控制界面，目前上面只有少得可怜的两个小图标，但是只要他想，这个控制面板里再安装多少小图标都可以，它甚至就是为游戏而生的，更准确地说，它是一个游戏面板。

而万象网管背后，是数以万计的网吧和数百万台时刻运作着的电脑。

夏野之前让宋益试着去联系过国内几个比较热门的游戏厂商，但是他们公司毕竟还是一家新做起来的小公司，无法接触到大型游戏厂商的高层，只能联系到几个业务推广员，并没有什么实质进展。

宋益对这部分业务并不熟练。

夏野做好之后，就不打算再等了，他亲自挑了一位合作伙伴。

《神迹》是乔氏集团今年刚从 H 国引进的网络游戏，在 H 国并不算红火，最开始的时候只是他们的小老板乔佐自己喜欢玩，就求大哥乔岩分了一个团队给他，专门做游戏一类。

乔佐也遗传到了乔家人的经商头脑，看中了国内一片空白的网游产业，准备做出一番成就，认真选了暑假这个黄金档期来发布游戏，但是游戏测试之后，并没有出现他想象中的火爆场面，反而出现了一堆外挂。

推广不顺，外挂横行，乔佐对此大为恼火。

他的私人邮箱收到了几封邮件，但乔佐一直在公司忙碌，带着团队不停修改，没有看到。他第二天想起来去查看的时候，就看到标题一模一样的三封邮件，乔佐随便挑了一封邮件打开，里面只有一张截图，和一个联系方式。

截图是他们安全团队管理员的界面，截图上面的网址赫然显示的是他们的内网，上面还有登录账号，是 001 号管理员的，下面密码空白，显然对方已经破解，但并未登录。

乔佐脸色不太好看，他当时自己招的安全人员，把自己也算在这个团队里，1 号就是他！

再打开一封，是一个满是数字排列的截图，乔佐看不懂，找了一个安全人员过来看了一下，对方看老板脸色不好，小心道："这个，是数据库……"

乔佐问："数据库和管理台他都能上，这人是黑客？"

"应该是。"

"技术很高吗？他这是什么意思，我不懂。"乔佐皱眉，"如果要攻击，昨天他发邮件的时候就可以直接上手了，但是他没这么做，还留一个地址，是来这儿炫耀来了？"

一旁的安全人员想了想，道："我觉得不是，他可能是个'猎人'。"

乔佐不懂他们这些黑话，追问："什么是'猎人'？"

"专门做黑盒测试的，bug（漏洞）猎人，不是攻击的黑客，他发邮件和联系方式的原因可能是提醒我们发现了漏洞，想让我们修改。"

乔佐皱眉："有这么好心？"

身边的人咳了一声："其实，一般遇到'猎人'，都要找过去给些感谢费。"他看着老板恍然的表情，又补了一句，"而且有些猎人很厉害，他们能找到，把这些发给你，就说明他们有解决的办法。"

乔佐来了点精神，立刻按照邮件里的联系方式找过去，进了一个聊天室。

署名为"我为工作狂"的聊天室里"叮咚"一声响，乔佐加入了群聊。

突然多出来一个人，让聊天室里几个人开始冒泡。

老猿是第一个发话的，看了半天才斟酌道："这谁？我瞧着怎么像是真名啊？"

寒鸦也迅速上线围观："让我瞧瞧，真稀奇，这年头还有用真名上网的呢？"

老猿："哎，你别这么没礼貌，要对新人热情啊！来来，这位朋友，你好你好，你多大了？你是哪里人呀？你是男还是女？你的爱好和梦想是什么？"

宋经理："请问是业务合作吗？"

乔佐："……"

乔佐被问得头都大了，不知道该从哪里说起。

很快，x上线并认领了乔少："我找他有合作要谈，单聊。"

聊天室里一片和谐，在老猿的带领下三呼"恭送吾主"，送他们离开。

x："收到邮件了吗？"

听到对方这么说乔佐才松了口气，觉得这人是个能正常沟通的，立刻打字道："已收到，请问怎么称呼？"

"免贵姓夏。"

"夏先生，您这次发来的几张截图对我们意义重大，我们会修改平台之前存在的漏洞，请问您所需要的报酬是？"

"这个不急，我还有一件事想跟你谈。"

乔佐灵光一现，问："是游戏外挂的事？你对反外挂也有研究吗？"

x："略懂一二，关注过一些，还没做过。"停顿片刻，又打字道，"那些游戏装备其实就是不同的数据，你们游戏在运作的时候，有大量的数据包要传送，但是加密之后，数据量会变大，从而对网络造成拥塞。"

乔佐："是这样。"

x："所以网络游戏对数据的打包，不可能从头到脚都加密，只能是对其中一部分关键信息加密，而另一部分不加密。外挂就是在客户端，逐一进行测试，一个点一个点地寻找突破口，把你没有加密的东西找出来，然后通过修改数据包的数据，让某一样物品无限增多……恕我直言，贵公司现在用的是二进制加密算法，并不安全。"

乔佐怎么听这人都不像是略懂一二的样子，忍不住问道："你入侵过了？"

"……不，我只是测评了一下。"

那边发了几行数字代码，解释道："你可以看一下这个，如果是我来防范的话，最好的办法是选用另一种加密方式,把所有的算法平衡运用到所有装备上,再在网络传送和游戏数据之间找一个平衡点。"

乔佐看不懂,叫安全团队的人过来看,安全人员看了片刻,恍然道:"原来是这样,老板,这个算法更高级,虽然只是一部分,但是比我们之前加密的更保险,而且打包之后数据量更小。"

乔佐见旁边几个成员都在点头,知道这是遇到行家了,态度立刻变客气了许多,问道:"这个算法非常好,请问夏先生可否割爱?这个算法,二十万卖给我怎么样?"

网络另一端,夏野看着屏幕里的话,正想打字,就听到外面敲门声,很小的几声之后门被推开一条缝隙,小家伙探头来找他:"哥哥,我想喝水。"

夏野起身过去:"外面水瓶里不是有吗?"

小朋友跟在他腿边走,蹦蹦跳跳地:"那个凉,我要喝奶,凉的冲不开。"

唐家很疼爱小孩,唐老爷子特意托人从国外带回奶粉让唐瑾瑜喝,每天都要叮嘱他多喝点儿。因为唐瑾瑜经常来夏家,在这边也放了不少日用品,奶粉也拿来了一罐。

夏野给他冲奶,动作熟练。他们家不允许小朋友自己碰热水瓶,要不然唐瑾瑜也不会为了这个来敲门找他。

夏野给他冲好了奶粉,在手背上试了下温度,然后递给小孩:"慢点喝,一会儿还要再喝半杯清水,知道吗?"

唐瑾瑜点点头,夏野抱他去沙发上喝,那边还放着小孩看到一半的书。

夏野安顿好小孩,自己回了卧室,看到屏幕时怔了片刻。

乔佐不是耐性很好的人,这会儿已经开始忍不住刷屏了。

"二十万确实有点少,不如五十万?"

"八十万怎么样?"

"一百二十万,这是我最后的底线了,夏先生意下如何?"

大概是迟迟等不到回应,乔佐再次打破了自己的底线:"夏先生?如果您觉得不合适,也可以开个价。我可以明确告诉你,它对我确实很重要。"

不用他说,夏野就已经看出来了。这位乔少比他预想的要直爽,夏野也没再拖着他,回复道:"一百二十万可以卖给你。"

"好,成交!"

对面很快就发了消息过来,显然一直在线等他回复,对方还感谢道:"夏先生很够朋友,希望我们这次合作愉快,很高兴能认识你这样的高手。"

夏野也觉得这位朋友够意思,他原本没想把这个算法卖这么贵,只是当作敲门砖而已,不过送上门来的钱,不拿白不拿。

夏野发了算法过去,乔佐那边找了专门的人来看,自己还留在电脑前交谈:"夏先生是来公司取钱，还是给我一个账户，我汇过去？"

x："汇款吧，我还有事走不开，另外我还想谈点其他的事。"

乔佐："夏先生太客气了，有什么事尽管开口。"

x："你们要做广告推广吗？"

乔佐："您要谈的就是这个？"

x："是。"

乔佐斟酌道："严格来说这是宣传部门的工作，不过无所谓了，我可以做主。夏先生那边能推广多少？"

"一百万台电脑。"

"……多少？！"

"第一批，一百万台机子，我能保证全都安装你们的新游戏。"

乔佐被这个数量吓傻了，打字的时候几次删删改改，斟酌用词，但是这次没等他先发过去，对面又补充了一句："乔先生，我可以让华北地区 80% 的网吧都安装你们的游戏，这个推广，你有兴趣吗？"

乔佐一时有些困惑，问道："你是电脑出品厂商？不，不对，就算是电脑供应商也无法保证所有网吧都买同一牌子，而且还是大批量购入。"这个推广实在是太可怕了，也太具诱惑力了，乔佐忍不住追问，"夏先生到底是做什么的？真的有办法可以做到？"

"乔先生有兴趣可以查一下万象网管这个软件，您所在的沪市应该也有网吧在用，现在网吧机子上的控制面板过几天会改成游戏面板，功能其实一样，就是加一个小图标进去，您亲自看一下就知道了。"

乔佐记下来，对面的神秘人 x 很快就下线了，头像变为灰色。

乔佐不太甘心，又返回聊天室去看了一下，大概是下午的关系，聊天室里大部分人的头像基本都是灰色的，只有一个昵称为"宋经理"的人显示在线。

乔佐向他询问了两句，对方业务水平很强，非常严谨，除了向他推广楼兰论坛也不多说什么。乔佐只打听到 x 是他们这伙人的老板，其余就什么都问不到了。

乔佐下线后，立刻拎起座椅上的西装外套，吩咐身边人："你们留几个人继续研究那个算法，去宣传部门叫几个人，还有许特助，让他开车在楼下等。"

旁边的人立刻开始行动，跟着乔佐匆匆走了出去。

乔佐就近找了一个用万象网管软件的网吧。他从接触电脑开始用的就是最高端的电脑，还从未来过这样的地方，他走进去，后面跟着的人立刻去付钱，等再找过去的时候就看到乔佐已经找了位置坐下，打开了一台电脑。

乔佐盯着屏幕，他已经找到了那位夏先生说的控制面板，反复打开又关上，数次之后，他忽然明白过来。

他试着把里面的两个小图标点开，万象卫士是一个大象简笔画的标识，很快就弹出来，并且询问是否杀木马病毒。乔佐关掉它，试着把杀毒软件拖去回收箱删除的时候，却一直弹出警示话语，显示系统原因，重要文件无法删除。

乔佐的眼睛亮了一下："这人有点意思啊。"

他在网吧看了不到十分钟，就已经知道夏先生打算做的事，控制面板上预留出来的区域很大，可以放很多游戏图标，但是现在，那是一片空白区域。

乔佐心脏跳得快了起来，他没有丝毫犹豫，迅速返回公司，重新登录了那个聊天室，这次没有再说任何废话，直接找了宋经理。

"我要找你们老板，谈一笔大生意。"

宋经理回复道："稍等。"

乔佐坐在电脑前，看着屏幕上那个灰色的头像，手指不住地敲击着桌面，他是个商人，因为新发现的最优质渠道激动得手指微微颤抖，浑身上下都开始兴奋起来。

而另一边，夏野估算着那样的大公司从察看到审核，逐一敲定下来至少需要一两天的时间，就离开电脑前一边舒展身体一边走去客厅，打算休息一下。

唐瑾瑜一杯牛奶已经喝完了，小孩正在乖乖喝水，看到夏野出来立刻放下杯子跑过来抱了抱他，亲亲热热地道："哥哥！哥哥，去楼下拍球玩儿！"

夏野顺手把他抱起来，小孩抱起来很轻，跟坐在他胳膊上一样："去哪边的院子？"

唐瑾瑜抱着他的脖子，想了想："去哥哥家的院子。"

夏野带他走到窗边看了下，两家一前一后的院子，果树都长得很好，已经有树荫了，下去也不算热。他就带小孩到楼下，但是没拍几下小皮球唐瑾瑜就开始走神，一直扭头看隔壁的院子，听到一声"汪"就彻底被吸引了，马上小跑过去在围墙边踮起脚探头去看。

夏唐两家是边户，雕花围墙外是一条小路，经常有人带着宠物在小区里散步。唐瑾瑜看得津津有味。夏野把他抱起来，小孩还在认真看。

夏野扭头看他，小朋友也在一脸期待地看着夏野。

"想养？"

"唔，哥哥想。"

夏野被小家伙气笑了，捏了一下他的鼻尖："我才不想养，我养这一个就够了。你知不知道养宠物有多费事啊？"

唐瑾瑜之前被夏野拿核桃打过头，夏野也喜欢弹他脑袋，这次伸手过来的时候小孩下意识就捂住了头,但是没想到被捏了鼻子,他傻乎乎地看着哥哥都没反应过来。

"要准备他每天吃的饭,零食也要管好,举着两只小手跟你要吃的还得下狠心去拒绝,太难了。"夏野又捏他的小脸,"还要每天送去幼儿园,周末带着出去玩儿,买故事书,在家给他冲完牛奶还得陪他下来拍皮球……"

唐瑾瑜伸出小手去捂脸,这次被夏野弹了一下脑门,动作熟练。

"所以啊,你在这儿看看就好了,看别人养还省事,都不用那么麻烦,不也挺有趣吗?"

小朋友不敢反驳了,被夏野抱着看了一会儿别人遛狗。

夏天外面还是热,树上蝉鸣声不断,夏野没让他在外面久待,很快又带他回楼上去了。

刚进门,夏野就听到手机声不间断地响着。

夏野让唐瑾瑜去客厅喝水,自己找了手机接起来,宋益在电话那边跟他简单说了一下。虽然早有预料会成功,但他也没想到乔氏会这么快就找上门来,夏野低头看了一眼手表,这也就一个小时而已。

再次上线的时候,乔佐单刀直入,直接问网吧推广的费用。

x:"一台电脑的安装费是一元。"

乔佐微微皱眉:"这有些贵了。"初期第一步推广就是百万元,后期在其他城市推进当不是要天文数字,"这款游戏在国内是第一款大型网络游戏,我敢保证,它红起来只是时间问题。"

x:"乔少能从 H 国抢先拿下《神迹》这款游戏的代理,您现在想做的也是抢占先机,不是吗?时间不等人,几个月的时间,或许其他公司就能率先拿下市场。"

乔佐沉默片刻,这正是他所担心的。他能看到国内大型网游的空白市场,其他公司自然也可以,他在抢夺《神迹》代理的时候就已经同其他公司有过交锋,H 国可不止《神迹》一款游戏,而且其他代理商也把目光转向了周边国家,甚至投向欧美。

就像 x 说的,他现在要抢滩登陆。

对于聪明人,乔佐不吝啬夸奖:"你很有头脑,我喜欢和聪明人打交道。"

那边客气地回复:"您也是,第一个吃螃蟹的人,时机不会亏待他。"

在网上简单聊了几句,基本确定合作意向,乔佐热情邀请,希望能和夏先生见一面,好好商谈细节。

夏野问了他们公司所在的几个分公司地址之后,挑了齐州市的那个,对乔佐道:"那这样,选在齐州市见面可以吗?我近期过去一趟。"

乔佐热情道:"当然!"

乔氏的钱到得很快，夏野用的是夏老师的账户，钱汇到的时候把夏老师吓了一跳，他去找夏野，发现儿子把旅行箱搬出来了。

夏野跟乔氏的人又磨合了一下那个算法，昨天睡得有些晚，临睡前只找了几件衣服，还未来得及装进箱子就先睡了，起来看到他爸，过了一会儿才带着鼻音道："对，那钱是刚卖了一个算法……说起来有点复杂，是一家游戏公司给我的，您存着吧，过段时间可能要用。"

夏野的钱都在夏老师手里，夏老师尽数给他存好，一分也没有动，那些钱现在累积下来也有大几百万了，再加上手头的这一笔，已经达到了夏老师从未想过的巨额数字。

在夏老师眼里，钱只是儿子工作优异的一项证明，他还是更关心夏野身体："你下次也早点休息，太辛苦了，还是长身体的时候啊，小心长不高。"

夏野坐起身轻笑一声："怎么可能，我随您，肯定能长得高。"

夏老师也跟着笑了，又问："你这是要去哪儿？"

"去趟齐州市，很快就回来。"

"什么时候出发，要去多久？"

"明天吧，两三天就回。爸，您不用担心，那边有朋友在。"

夏老师也知道他们公司的几个人，还知道齐州市已经有了一个公司的样子，办公室都有好几间，犹豫了一下点头道："那行，你路上小心些，有什么事随时和家里联系。"

次日，夏野出门的时候，行李箱刚推出来就把唐瑾瑜吓了一跳，小孩跟在他腿边追问道："哥哥要出去吗？"

夏野逗他："是啊，不是你把我叫醒的吗？"

他有起床气，一般到该起的时间他爸都把门打开一条缝让小朋友进去，知道他对小家伙要纵容一些，叫醒服务基本由小家伙完成。

这次唐瑾瑜怔了一下，脸颊就鼓起来，不是生气，是在忍着不哭。

夏老师瞧小孩脸上的表情不好，一副眼泪打转的模样，立刻把他抱起来安慰道："你别吓唬他。小瑜别哭啊，伯伯带你去吃蛋饼，没事的，你哥过几天就回来了。"

唐瑾瑜不肯走，伸出小手去拽夏野的衣袖，特别舍不得他。

夏野心都软了，也幸亏只是去齐州市，换了其他地方时间只会更久，他弟怕是要哭成泪娃娃。他伸手捏了捏唐瑾瑜的小脸，哄他道："就两天，我肯定回来，这里是咱们家，我不回家能去哪儿呢？"

小孩伸出两根手指，认真道："两天。"

"嗯，就两天。"

夏老师抱着小家伙一直送到院门口，怀里的小朋友金豆豆已经滚下来了，夏野给他擦了好几次，小孩哭着伸手，喊了一声"哥哥"。

夏野下意识就要去接，被他爸拦住了，哭笑不得地挥手赶他："你快走吧，办完了事赶紧回来，我替你看着，你要是再抱一下，今天就别打算走了，非黏你到晚上不可。"

夏野就挥挥手，把戴着的棒球帽压低一点，转身走了。

去齐州市的车只要三个小时，他上车睡了一会儿，路上颠簸，睡得也不怎么好。中途在服务区休息，夏野去加油站附近的便利店买了瓶水，付钱的时候瞧见旁边摆着的一大罐棒棒糖，鬼使神差地问了一句："多少钱？"

店员道："一根五毛钱。"

夏野道："这一罐我都要了。"

一整罐五十根混合口味的棒棒糖。

夏野觉得罐子碍事就把糖都倒在背包里，再次上路的时候，身边都是甜甜的奶香味儿，这回舒服多了，跟在家里差不多，而且回去之后，也算有拿得出手的东西了。

已经在齐州市等了两天的乔佐，还在翘首以待，期盼夏神的到来。

另一边，韩亦辰也收拾了行李，他的目的地也是齐州市。

韩亦辰这次考试成绩不错，暑假得了许多特权，他妈放话说了，让他撒欢儿去玩，作为奖励她不多管他。

韩妈妈显然低估了他儿子的本事，这一撒手，韩亦辰就跑到了几百公里外的齐州市。

韩亦辰临动身之前，只悄悄跟宋益说了一声："我要去齐州一趟，老猿这段时间都不在线，他估计也看不出来，反正这事我只跟你一个人说，要是夏野问，你一定帮我隐瞒。"

宋益听到之后立刻说要热情接待，同时也表达了困惑："为什么要瞒着夏野？"

韩亦辰含糊道："私事，不太方便，反正你帮我瞒着就是了。"

宋益没有犹豫，立刻说"好"。

韩亦辰不放心，又叮嘱道："我特意晚了一天出发，夏野也去齐州市了，他要是去找你，你一定别露馅儿啊。"

宋益坐在屏幕前瞬间联想无数，但很快笑着打字回应道："当然，我站在你这边，你只管放心。你要是有什么不方便跟其他人说的'私事'也可以来找我，尽管开口，我在齐州市几年,还是有些关系用得上的,能帮一些小忙。"

韩亦辰随口应了一声,很快就下线了。他买好了车票,今天一早就出发。

宋益放长线想要拉拢对方,话也说得十分客气,又连着几次打电话找了韩亦辰,表示了想要帮忙的态度。

只是韩亦辰显然跟他不在一个频道上,十分江湖气地道:"不用,这点恩怨我能自己解决。"

宋益沉默片刻,困惑道:"能冒昧问一下,到底出什么事了吗?"没听说过韩亦辰在公司有党争之心,在外面似乎也不容易结下仇家,是什么恩怨让一个远在千里之外的清北高才生跑来齐州市解决,宋益实在想不通。

韩亦辰吸了口气,幽声道:"老宋。"

宋益反应了一会儿,才明白过来这是在喊他:"我在。"

韩亦辰:"既然你这么够朋友,我就实话跟你说了吧,我这次去是要做一件特别重要的事。"

宋益打起十二分精神,认真听着。

"我要去帮我兄弟打架。"

"……打什么?"

"打架,这周末约了人,我兄弟让人欺负了,这事不能就这么过去。"

对韩亦辰这样的说辞,宋益起初是一个字都不信,这简直不像是成年人能干出来的事,和韩亦辰平时表现出的能力差太远了。可等他问了地址赶过去的时候,看到S大校门外站着两个十来岁的少年,心里开始动摇。

韩亦辰和一个同他年纪相仿的男孩站在墙边,两个人正在低声说话,都是戴眼镜的好学生模样,仔细看,俩人面容相仿,其中一个是韩亦辰的堂哥韩一博,都是白净书生模样,区别就是堂哥的眼镜更厚一些,酒瓶底似的挂在鼻梁上,看起来忠厚老实,但额头上有个大包,肿得老高。

韩亦辰气愤道:"那帮畜生,怎么还磕人脑袋,打傻了怎么办!"

韩一博跟着握紧拳头:"他们还校园霸凌,欺……欺负弱小!"

韩亦辰怒了:"他们还欺负你了?"

"不是我,是其他弱小。"

宋益带着复杂的心情走过去,跟他们打了招呼:"韩亦辰?"

韩亦辰上前一步,对着他伸出的手击掌一下:"是我。堂哥,这是我说的老宋,人不错,坚持要来给咱们帮忙,过了今天他就是我韩亦辰的好兄弟了。"

韩一博也学着样子跟宋益击掌,努力装出一副江湖气道:"好兄弟!今天有你们撑场子,我一定不能尿!"

宋益握手的姿势保持在半空中，接了两巴掌，只能尴尬地收回来，看着他们问："这是怎么回事？要不我们先找地方说清楚，把事情理一理，也不一定非要打打杀杀。"

韩亦辰没走，站在那儿就给说清楚了。

起因就在于他这个堂哥。堂哥没白瞎这副文弱书生的样貌，从小跳级读书，高中都没上，直接读了少年班，十五岁成功进入S大读了大学，算是个少年天才。与此同时，韩一博也继承了老韩家特有的打抱不平精神，在遇到校园霸凌的时候，他挺身而出，当众指责了对方。

于是韩一博也成了被欺凌的对象。

那帮人也缺德，看着韩一博年纪小个头矮，又出众一些，处处针对他。韩一博被揍了两次，虽然也想奋起还击，但完全不是对手，被打得哭兮兮。

他虽是大二学生，其实就比韩亦辰大几个月而已，十七岁的半大少年去跟人打架打输了，也不好意思跟家里人开口说这事，只能跟自己平日里比较亲近的堂弟诉苦。

韩亦辰能忍吗？他绝对不能忍啊！听完买了一张车票就来了。

宋益穿着一身笔挺西装，站在校外墙边听完了整个故事，他抬头看了他们一眼，视线最后落在韩亦辰身上，斟酌道："原来是少年班出来的，我倒是听说过一点那边的情况，稍微有点复杂……就是这事我觉得还有周旋的余地，要不我先出面，帮你们去说一下？不然真闹起来，可能学校会处分，当然亦辰你是外校，清北少年班的要求我不太清楚，这个……"

韩亦辰摆摆手，深沉地道："老宋你不用说了，我知道你什么意思，这架我是一定要打的。等打完了，我就把我的事告诉你。"

韩亦辰只当他认出自己是个高中生，大不了过一会儿承认就是了，反正他和夏野之前也说了，等以后有机会见到老猿和宋益他们就说出来，高中生，又不是什么见不得人的身份。

他不知道，宋益已经下意识把他当作是和韩一博一样的小天才，并且顺着公司的事业线彻底想歪了。

宋益想要拉拢他，自然什么都顺着，沉吟片刻点头道："行，我陪你们走一趟。"

韩亦辰拍了拍他肩膀："够兄弟！"

宋益跟着他们去了一趟学校，S大的校园他再熟悉不过，但是从来没想过会因为打群架的理由回来。宋益在心里还是认为不能真打起来，他觉得可以用文明人的方式解决。

但是他低估了少年人的行动力，尤其是少年班的人。少年班的孩子都是很小的年龄就考上大学的，比如韩一博这样的，才十七岁，比宋益小了七八岁，处于无法完全用语言沟通的年纪。

韩一博带他们找到对方的宿舍，推开门大喝一声："吕炳在不在！出……出来应战！"

韩亦辰推开他堂哥，咬牙道："应什么战，滚出来受死！"

宿舍里有两三个高个子男生立刻站了起来，其中一个壮实一些的沉着脸走过来："韩一博，你还敢来！"

韩一博怒道："我为什么不敢！是你们有错在先，每次都来我们宿舍骗吃骗喝，还抢其他同学的饭卡，你自己说你让别人请你吃多少次饭了，自己一分钱都不往外掏，不……不要脸！"

吕炳之前看到他们身后跟着的宋益一身笔挺西装，还有些顾忌，等听完韩一博的话忍不住恼羞成怒，上去就要推他："滚滚滚，你算个什么东西，也轮得到你教训我！吃你们的东西那叫看得起你们！"

宋益本想上前劝说，他好歹是研究生院的优秀毕业生，多少还有几分同校学长的面子，但他刚上前一步就看韩亦辰那个小堂哥从衣服里掏出一件防身武器——双节棍。对方刚一靠近，他"啪"的一下就敲在人脑门上，先报了仇！

"你们这群贪婪的小人，为了让大家免于你们的剥削，我今天一定要好好教训你们！"

"堂哥，别跟他们废话，冲啊！"

韩亦辰一马当先冲了过去，先踹倒一个人，小堂哥紧随其后嘴里怪叫着也挥舞着双节棍冲了上去。他的双节棍用得十分不熟练，材质是塑胶的，打一下人，回弹后打一下自己，可谓杀敌一千自损八百，不用别人动手就能把自己打得鼻青脸肿。

宋益顿时就不敢冲了。这什么情况！天底下怎么会有这么敌我不分的垃圾武器！

宋益要面子，打身上是一回事，但打脸上那绝对不行，他这个经理还要不要混了！

对面的吕炳当头挨了一棍，哪里会忍气吞声，平时都是他欺负人，如今被一个小矮子找上门报仇，立刻就要打回来，但他很快也发现了，韩一博手里的双节棍抡起来力量特大，周围一圈敌我不分，挨一下可真够疼的。他一边大声喊着搬救兵，一边绕到后面给了那个穿西装看起来不太会打的人一脚！

"还有人没有，数院的人来咱们院打架找事了，快来人啊！"

宋益挨了一脚，又挡住了拳头，心里的火直往上涌："这位同学，你不要含血喷人，如果不是你有错在先我们也不会——"

他还未说完又挨了一拳，这次奋力偏头躲过，但对方的拳头擦过他的额头后又挝开顺势揪住了他的头发，眼看要拽着他往旁边的铁床上撞，宋益跟他纠缠在一起，眼睛都红了。

"别动我头发！我再说一遍，别逼我发火！我去你大爷！"

………

宋益彻底没了好脾气，上去就给了对方一拳，他空闲时候还专门去练过搏击，几拳下去对方就趴下一个。这时吕炳喊来的帮手也到了，混战简直没完没了。也幸亏这宿舍狭小，多的人也进不来，顶多就六七个人在里面互殴，韩亦辰他们三个勉强保持没倒下的状态。

这里实在太热闹，很快吸引了越来越多的人在门口围观。

宋益觉得这事已经脱离了控制范围，一边拿拖把将对方拦出去，一边喊韩亦辰："过来！抵着门，死命抵着别松开！"

韩亦辰和小堂哥使出吃奶的力气抵住宿舍门，吕炳那几个人被赶出去也是一脸蒙，反应过来，立刻砸门："有病吧！这是我们宿舍，你们几个给我出来！有种出来！"

宋益让韩亦辰死死抵住门，自己掏出手机找援兵。

这会儿什么关系都不好使了，也只有本校的来得最快，他迅速打通了老猿的电话，没等那边慢条斯理地"喂"完，飞快道："学长，我们现在遇到点麻烦，你能来一下吗？是，是在学校，本科部化院这边……"

他报了地址，让老猿来救场。

老猿是博士生，来这边当过助教，给本科生带过课，对这边环境比宋益更熟悉一些。

没过多久，老猿就来了，跟他一起来的还有学校的保卫科人员，宿舍的舍管大爷也在外面努力控制人群，看到他们立刻说："你们可来了，快去看看吧，两边学生打得好凶啊，这么多年没见过打得这么厉害的，趴下十几个！"

老猿吓了一跳，立刻扒拉开人群往里走："宋益，小韩！你们没事吧？"

宿舍门已经破了一个窟窿，摇摇欲坠，老猿在外面又喊了一遍，里面的人才松开手，老猿虽然胖但身体灵活，立刻闪了进去，瞧见他们三个胳膊腿俱全，只是韩亦辰的眼圈乌黑一个，宋益嘴角挂彩，一身西装算是报废了，落了无数脚印，最严重的也就是韩亦辰身后那个男生，鼻青脸肿的，特别惨。

老猿咽了咽口水，问他们："这到底是怎么回事？"

宋益第一次难以启齿。

数理化不分家，数院的人跑到化院打架的事被迅速报到学校老师那里去了，学校反应很快，立刻派了专门的老师过来，过来的老师刚问了两句，又申请了调人，这次的情况实在太特殊，把副校长都惊动了。

副校长亲自来了一趟保卫科，推门就看到里面站着七个男生，六个模样凄惨，只有一个胖子全身一点伤都没有，看到他来还跟他问好："朱老师，您来了啊？这么点小事还麻烦您特意跑一趟，呵呵呵。"

"袁汉秋，你怎么在这儿？"朱校长也很奇怪，他是计算机专业的教授，这胖子正是他的得意门生，平时中规中矩，人老实得连一只蚂蚁都不去踩，唯一叛逆的心思就是想跳去数院另拜师门，其余的可以说没什么缺点了。

老猿有些腼腆，搓手道："这个，我朋友和化院那边有点小误会。"

化院几个男生怒目而视，但当着朱校长的面儿不敢开口。

朱校长看了他们一圈："小事？你们这可不是小事，都特意报上来了，说是下面处理不了！"老头围着他们转了一圈，尤其是对宋益，忍不住多看了几眼，也认出来了，"我倒要问问这究竟是怎么回事，本科生、硕士生，现在连博士生都来了，这是一场什么架，怎么能把三大院的人都叫齐？"

另一边，夏野已经到齐州市和乔佐会面，并进行了第一轮商谈。

夏野要做长期合作，条件给得非常优惠，而乔少爷不缺钱，他见了夏野之后对他这个人更感兴趣，除工作之外，对他们这种神秘的职业也很好奇。

夏野喝了一口茶，放下茶杯："这是私事，无可奉告。"

乔佐觉得这人太酷了。

夏野看了一眼腕表："那今天就先到这里，条件我们大家基本认可，至于你们提的第二期推广计划我需要找我们的人再商定一下，才能给出一个准确时间，最迟今天晚上，给你消息。"

乔佐对此非常满意，亲自送他出去。

夏野出了乔氏大门，打电话去找自己公司的人，但是打了一圈下来，不是没人接就是打不通，老猿更过分，打过去就挂断，几次之后才接起来，还是压低了声音小声道："喂，夏野啊我这边有点事，特别忙——"

夏野道："那你忙，我去找宋益。"

老猿支支吾吾地回："宋益也在忙。"

夏野只当他们学校有事："好的我知道了，我上线去找韩亦辰。"

"小韩不在线上，那什么，他今天也忙。"

夏野揉了揉眉心："给你一分钟时间，立刻解释清楚到底怎么回事。"

老猿在电话里支支吾吾地说了，还尽量替兄弟们做了一下美化，毕竟这事说到底也是为了正义而战。

老猿叹道："事情的经过大概就是这样，我们在这儿等学校的处分，那边正开会商量，我们一时半会儿走不开。"

夏野说了一声"知道了"，挂断了电话。

老猿站在原地想了想，道："我们不能就这么坐以待毙，毕竟小韩身份不一样，我得去找他们说说。"

韩亦辰拽住他："别，别！"

老猿不肯，坚持道："你这不远千里跑来打抱不平，归根结底是我们学校某一小部分同学出了问题，这都传到友校去了，影响实在不好，我去跟校长反映一下，好歹也能从轻处理啊。"

韩亦辰实在没办法，看了一眼化院那边被罚站的几个人，偷偷趴在老猿耳边说了什么。

老猿虎躯一震，转过身来看着他："什么？！你……你竟然是……"

韩亦辰点点头，摊手无奈道："我真的是。"

老猿眨巴眨巴眼睛，又问："那夏野说他和你一个学校的，他也是？"

"嗯，对啊，他跟我一个学校的，还比我低一个年级。"

老猿捂住胸口倒退几步，略微缓了缓，又拽着韩亦辰的手要去敲办公室的门："那你这身份更好用了，再加上你堂哥年纪也小，未成年，你一会儿进去就哭，知道吗，哭惨点，我们朱校长看着严厉实际最容易心软，我带你一起去求他。"

老猿的招数没用上，朱校长就从办公室里走出来了。

他看了周围几个同学一眼，清了清嗓子："今天的事，情节性质非常恶劣！"

几个学生低头应了，站在墙边不敢动弹。

朱校长过了一会儿才缓和了语气道："这次就算了，全部记过，回去写五千字检讨，知道吗？"他站到韩亦辰兄弟俩面前，咬重音对他们道，"你们数院的老院长亲自打电话求到这里来，要不是看你们年纪小，不懂事，这次一定从重处理。有什么问题就跟老师反映，下次不允许私下打架，知不知道？"

韩一博赶紧答应了，有种劫后余生的感觉。

老猿跟在旁边听着特别羡慕，数院的老院长啊，他的男神果然心地善良，爱护每一个学生如同爱护自己的孩子。

朱校长站到自己爱徒身前，看着他那一脸动容的表情就知道这位又起了叛逃之心，顺带敲打了他一下："下次数院的事你少掺和，给你分的那些做完没有？报告写了没有？"

老猿低头诺诺应声。

轮到宋益，朱校长看了看他，没批评，只长长地叹了口气。

宋益觉得这比挨训还丢人，恨不得找个地缝钻进去。

一行人灰头土脸地出来的时候，接到了夏野的电话。

"没事了吧？"

老猿笑呵呵道："没事了，没事了，还算运气好，只记过写检讨。"

"那一会儿我发你一个地址，你们几个赶紧过来，有些公司里的紧要业务跟你们谈。"

几个人收到夏野发来的地址，迅速按照那个茶社地址找了过去。

因为是公司的事，所以没带韩亦辰的那个小堂哥，就他们三个人赶了过去。在出租车上，宋益也知道了韩亦辰的真实身份，在听到夏野也是高中生，甚至是一个高一的学生之后，他的瞳孔忍不住缩了缩，尽管心底升起波澜，但面上不显。

宋益看了眼身旁低头发短信的韩亦辰，想了片刻，问："小韩，你对万象卫士有什么想法没有？"

韩亦辰茫然："什么想法？"

"我觉得它非常优秀，只放在一个附加的位置上有些可惜了，完全可以和市面上其他杀毒软件去竞争。"宋益斟酌一下，看着他问道，"你有没有想过，把它单独拿出来去卖？"

韩亦辰挠了挠头："我说了也不算啊，公司的事你问夏野和老猿，我就是跟着帮忙打杂的。"

宋益又把视线投在了老猿身上："学长的意思是？"

老猿觉得不太好，微微皱眉对他道："这事还是先问问夏野吧，那软件他用了不少心思，一多半都是他提的主意。"

宋益笑道："你们三个人都是开发者，只要有两个同意，另外一票我去说服老板。"

老猿坐在前座不吭声了，扭头去看窗外的风景。

宋益在后排还在谈市面上杀毒软件的盈利和前景，十分看好他们这款软件，从言语里能听出已经规划了一些大概方向了。

"现在一份杀毒软件要卖三十元到一百五十元不等，而且装了之后还特别卡，小韩，我说真心话，你们的设计更适合现在的市场，页面简洁方便，效果也好。而且光碟的成本很低，我算过了，只做杀毒软件盈利就很高……"

韩亦辰也听不懂他说啥，但是毕竟是一起打过架的交情，宋益说他就附和上两句，其实他并没有弄清宋益的意图，只是单纯给兄弟捧场而已。

宋益谈笑风生，运筹帷幄。

他现在觉得自己身上的伤没有那么疼了，准备至少要把韩亦辰这一票争取到。

他看得出老猿和韩亦辰的底细，这二位是搞技术的，没有什么扩张心思，不是他的职场竞争对手，搞清这点后宋益对他们两个的态度也更友好了。

等到茶社楼下，宋益走出出租车时抖了抖衣领，把身上的脚印尽量拍打干净，觉得精神又重新振奋起来。

但这种振奋,也不过维持了五分钟。

夏野是昨天和乔氏的人在这里谈的,见环境清幽,也有包间,很方便谈话,就干脆选了这里让他们来。等几个人从外面走进来的时候,夏野放到嘴边的茶都忘了喝,好一会儿才放下杯子问:"怎么打得这么厉害?"

韩亦辰跟他熟,走过去坐下道:"别提了,打群架,拳脚无眼都这样。"

夏野气笑了:"怎么,你还对这业务很熟?"

韩亦辰也觉得没什么面子,坐那儿干笑了一声,抓了一把开心果吃。

宋益也坐下,停顿片刻,笑道:"但也不是没有收获,我们这次来在路上还商量了一个新方案,是关于万象卫士的,老板有没有兴趣听听?"

夏野对宋益还是很客气的,不管怎么说,这是一个业务人才,他们公司现在最靠谱的也就宋益一个,其余都跟充话费送的一样。老猿一心进数院,韩亦辰大学还没考上,先帮数院的去打了一架,简直乱搞。

宋益开始说杀毒软件单独分出来售卖的想法,他说得很激动,但是并没有打动夏野。

夏野只听了几句,说:"也可以,反正都是差不多的东西,你找个手下人去做吧。"

宋益脸上的笑顿了一下,不解地拧眉:"为什么让别人做,我觉得我可以胜任……"

夏野从背包里拿了一份文件出来,推到他手边:"你还有别的事要做,先看看这个。"

合同不过几页,还是草拟阶段,能看出商讨的痕迹,宋益很快就翻看完了,心里像坐了一趟过山车,大起大落,滋味难言。

他还在想怎么和其他家厮杀,争取一小块杀毒软件市场份额的时候,夏野已经去开拓了游戏版图,占领了一片新领域,而且已经把第一单大生意都谈妥了。

夏野在一旁教训韩亦辰:"你多大了,做事之前能不能动动脑子?还打群架,你回去问问你妹,这事她都干不出来。"

韩亦辰缩在旁边,委屈道:"你别只说我一个啊,老宋也去了。"

夏野抬头看了眼宋益,神色复杂:"不是我说你们,真的太幼稚了。"

宋益心里那点争权的火熄灭了大半,只剩下微弱的火种还在摇摆。

韩亦辰吃了一阵开心果,又好奇道:"夏野,刚才你给老猿打电话,是不是给我们找关系来着?"

"嗯。"

"你手眼通天啊,怎么找的关系?找的谁啊?"

"找了小瑜的爷爷，他爷爷是这里的老教授。"

老猿听到八卦了一句："就是你那个弟弟小瑜吗，他爷爷当老师我肯定认识，我跟老教授们最熟了，是谁啊？"

夏野淡声道："唐齐先生。"

老猿猛地就站了起来，大喝一声："你说谁？！"

夏野："……唐齐先生啊，怎么了？"

老猿差点当场给他跪了，颤颤巍巍地追问了半天，跟夏野再三确认之后虎目含泪，嘴里念叨着："老天不亡我啊，老天有眼，这是给了我重新做人的机会，我终于等到这一天了！夏野，不，夏总，我跟您一辈子，给您和您弟弟当牛做马，我下辈子还结草衔环，您带我去看看老爷子，聆听一下他的教诲，行不行？"

夏野道："等过两天吧，我是要过去一趟看唐爷爷。"

韩亦辰好奇道："你还不回去啊？你弟怕是今天就要蹲在门口哭了。"

夏野笑了一声，说起家里的小孩神色都柔和了许多，又得意地挑眉："不回去了，在这儿多玩儿几天，小瑜过来了。"

韩亦辰满眼羡慕："真的假的，这才两天你弟就找过来了啊？"

夏野看了一下腕上的手表："三天。"

他走的时候说两天就回，今天多耽搁了半天，原本想坐晚上的车回去，但是唐瑾瑜一早就被陈姨带过来了，听说小孩早上没瞧见他就哭了一场，上了车才不哭的。

夏野来这边主要是分派工作，宋益是主力，其余是技术辅助。

宋益是工作上的一把好手，什么工作只管分派下去，他从来不说一个"不"字，哪怕再难也能杀出一条血路，更何况这次是一片全新的领域。夏野跟他介绍的时候，他神色凝重，全神贯注地听，偶尔问上两句，最后合上文件道："我知道了，我会尽快去落实，第二批推广的数据晚上七点之前汇报给你，别的不敢保证，数量上绝对会超过一百万台机子。"

夏野点头道："辛苦了。"

宋益拿着文件，立刻回公司去忙了。他是个工作狂，有新工作后嘴上的伤都忘了。比起盈利几十万元的杀毒软件，游戏合同动辄百万，是大生意，让他一颗心都振奋起来。

老猿看着宋益离去的背影，小声跟夏野说了几句，夏野没听完就摇头道："不碍事，公司大了，迟早有人要走。"

韩亦辰问："谁要走啊？"

夏野没答，只对老猿道："但是我敢保证，老宋在做完这一单之前，绝对不会走。"

老猿奇怪道："你就这么信任他？"

夏野拿起背包，起身道："我只是对我自己的能力自信，他离开我，再也找不到这么牛的公司，也没有人会撒开了手让他大胆去做。"

老猿想了一下，也乐了："是啊，你说得对，老宋又不傻，这么好的地儿要我我也不走啊。"

韩亦辰这才听明白过来，立刻道："你们咋这么说老宋啊，他多仗义，今天还帮我打架！"

对面两人不约而同地看了韩亦辰一眼，老猿的神情尤其显得关爱，他拿了一碟核桃仁推到他手边："小韩啊，多吃点，补补。"

夏野低头看表，对他们道："陈姨和小瑜要到了，我先去接他们。"

老猿听见立刻跟上，狗腿子般地道："夏野，等等我，带我一个！我也去看看！"

"你去看什么？"

"当然是看望我们数院的皇长孙小殿下！"

陈素玲带唐瑾瑜一路赶到齐州市时已经是下午了。

她在路上就跟夏野说好了在哪里碰面，她这次来还有工作，也是顺路。等到了地方车还未停下，就看到站在路边梧桐树下等着的夏野，男孩个子高挑，五官帅气，穿一身简单的休闲装都引人注目。

夏野也看到她的车了，走过来，笑道："陈姨。"

陈素玲也笑了，下车对他道："怎么突然一个人出来，早说一声，我让司机送你过来就是了。"

夏野笑："没什么大事，都已经办好了。"他往车里看了一眼，就看到唐瑾瑜冒了个头又很快钻了回去，他有些奇怪，还当小孩生气了，弯腰去看的时候，就瞧见唐瑾瑜举着一只巴掌大的精巧燕子风筝高高兴兴地钻了出来："哥哥，给！"

夏野把他抱出来，小朋友今天穿了背带裤，里面一件软软的白色小T恤，大概是路上睡了一觉头发翘起来一撮，见了他就笑，举着小风筝献宝道："哥哥，给你！"

陈素玲笑道："快收着吧，昨天在公司人家送他一个小燕子风筝，小瑜从昨儿就说要送给你，今天早上就去找你，见你没回来还特别伤心。这都拿了一路了，念叨着见面就要给你呢！"

夏野接过那个小风筝，风筝扎成燕子的形状，十分精巧，不过他手心大小，颜色鲜艳很漂亮。

小孩见他收了很高兴，亲亲热热地抱着他的脖子蹭了蹭，又喊了一声"哥哥"。

夏野用额头抵了他一下，笑道："谢谢宝宝。"

等在一旁的老猿看着他们兄弟亲热，忍不住咳了一声走上前来，笑着主动打招呼：

"我是夏野的好朋友，鄙人姓袁，袁汉秋，久仰久仰。"他说着上前跟陈素玲握了握手，说了几句客气话，紧跟着视线转移到唐瑾瑜身上，转着圈去夸他，"哎哟，这就是小瑜吧？你哥哥天天说你，让我看看，不得了，长得真好啊！我从来就没见过长这么漂亮的小孩！"

他的语气太过夸张谄媚，夏野忍不住用胳膊肘碰了他一下，不许他再靠近。

老猿毫不在乎，他现在脸都不要了，挨一下又算什么？嘴里依旧恭维不断，一个劲儿夸小孩好看。

唐瑾瑜在夏野怀里探头去看，满眼好奇。

夏野道："这是哥哥的朋友。"

老猿这个朋友极其不要脸，顺杆就爬，还要伸手去抱小殿下。

唐瑾瑜不给他抱，扭头缩回哥哥怀里去了。

夏野笑了一声，伸手摸了一把小脑袋，对老猿解释："他还小，怕见生人。"

老猿笑呵呵地说："不妨事，多见几次就熟悉了，以后有的是时间。"

陈素玲还有工作要忙，留了一部车给夏野让他先带唐瑾瑜回酒店休息。

"房间都开好了，你住在我们隔壁，晚上我要是回来得晚，你就先带小瑜睡，明天早上咱们一起去吃早餐，你再给我送回来就成。"她说着捏了一下儿子的脸蛋，逗他道，"见着哥哥就不哭啦？晚上你和哥哥吃饭，妈妈还要忙工作，不许淘气知不知道？"

唐瑾瑜点点头，特别乖。

老猿在一旁看得啧啧称奇，他之前只是抱着一颗上位之心来巴结讨好小殿下，但是现在看来他们数院的小殿下真可爱，完全想象不出他淘气的时候是什么样子。

等陈素玲走了，老猿又觍着脸问："夏总，咱们现在去哪儿啊？"

夏野看他一眼："回酒店吧，你也来？"

老猿搓手，讨好地笑道："现在才几点，回酒店也太早了，你对齐州市不熟吧？好歹我在这儿也读了几年书，哪儿有好吃的我太熟了。这样，我做东，今儿就算给你和小瑜洗尘，怎么样？"

夏野耐心地等他说完。

果然，老猿又扭捏道："那什么，能不能喊上我们唐院长，我真的敬仰他老人家很久了，一直想请他吃顿饭。再说小瑜难得来一趟，也该见见爷爷嘛！"

夏野没答应，怀里的小孩听到了仰头去看他："哥哥，我们去看爷爷吗？"

夏野问他："小瑜想现在去见爷爷吗？"

老猿屏住呼吸，紧张地看着小殿下，见小孩轻轻点了头，心里的小人简直要喜极而泣："夏野！你看看啊！多好的孩子，我的天哪！"

皇长孙小殿下迅速晋升为老猿心里排名第一的乖小孩。

于是他蹭了小殿下的车，终于如愿以偿去拜访唐院长了。

老院长接到的通知是明天下午儿媳带着小孙子过来看望他，没想到今天就看到小朋友了，他特别惊喜，招呼他们进来一起喝茶，然后抱过小孩不住地往他兜里塞零食。

老爷子故意装作一副不高兴的样子："小瑜这么久都不来看爷爷，今天到了也不来家里，怎么还去住酒店啦？"

唐瑾瑜捂着背带裤上的兜，里面的奶糖快要满得掉出来了。

"是妈妈不让来。"

唐老觉得奇怪，道："你妈妈不让你来看我吗？"

小孩认真点头："妈妈要工作到很晚，早上五点就要出去，说会吵到爷爷，我们住酒店，等爷爷休息的时候再来。"

唐老爷子一颗心都要被自己的乖孙萌化了，觉得小家伙又软又甜，还贴心。

在路上，一直话痨的老猿打从一进门看到唐齐先生之后，整个人都变成了哑巴。如果仔细看，还能瞧见他坐在那里膝盖微微颤抖，用双手使劲儿撑着才勉强不失态，嘴巴更是紧紧闭着，别说贫嘴了，呼吸都不敢太大声。

这是数院的男神啊！

他们S大的最强王者，凭一己之力提升了他们全校的荣誉，而他，能坐在唐齐先生的家中，喝一杯先生亲自给他倒的茶水，何其幸哉！

老猿都快感动哭了。

他觉得自己的人生已经圆满了！

晚上，他们去了老猿精心挑选的一家私房菜馆，饭馆的厨师以前是一家国营老饭店的大厨，退休之后自己单干。知道这地方的人不多，大厨也只接待熟客，关键是做菜真的好吃，而且用料实在，菜一眼看上去朴实无华，但尝一口就知道鲜得无敌。

老猿点了几道招牌菜，齐州市有名的糖醋大鲤鱼、汤爆双脆和葱烧海参都点了，又要了他们做得最好的几道小点心，专门讨好小朋友，孝敬他们小殿下。

菜不多不少，他们几个人吃分量刚好。

唐老夸奖道："这菜点得好，不浪费粮食才是最好的。"

老猿立刻点头："是，是，浪费可耻，这棒骨还剩了两根，老师您看要不我拿回去当夜宵，我晚上通宵写论文，一用脑就特别容易饿。"

唐老爷子自然是答应的，顺带还夸奖了他勤俭节约的做法。

老猿脸上浮起一抹红光，坐在那里极力掩饰心中的自豪。

等结账的时候，老猿拔腿就冲，出去把钱付了，站在前台等服务员找零钱的时候还跟做梦似的，脚踩着棉花一般，想起刚才唐院长的一句夸奖忍不住就是一阵傻笑。

唐瑾瑜还小，吃饱了容易犯困，揉了两下眼睛，夏野瞧见了，把他抱过来，小声问了句。小孩跟他说话，声音很轻，没说两句就埋头在他怀里睡了。

唐老爷子也放轻了声音，问道："睡着了？我来抱着吧。"

夏野摇头，小声道："一动就醒了，一会儿我抱回车上，带回去睡，他今天有点累了。"

唐老爷子想了想，点头道："也好，明天再带小瑜来啊。"

夏野笑着点头，送了老人出去，正巧赶上老猿返回来，低声说了一句，老猿立刻拍着胸脯保证把唐院长送回去，让夏野照顾他弟就成。

夏野看他一副迫不及待要表现的样子，笑道："那行，送到了给我发个短信。"

"你放心吧！"

唐瑾瑜被带回酒店，一路都在打瞌睡，他的脑袋上盖着一件夏野的外套，这样就像躲在一方安静的小世界里一样，丝毫不觉外面换了地方。

要是换了平时，陈素玲会特意哄他，不让他睡，要等着晚上再睡，但是夏野瞧见有点心疼，就纵容了一回，随他去了。

睡到晚上九点多，小孩醒了，他头发翘着一撮，从酒店的床上一骨碌爬起来，坐在那儿发了好一会儿呆才想起来这是哪儿。

他揉着眼睛爬下床去找人。酒店的拖鞋明显大一号，唐瑾瑜穿在脚上像两条小船，他趿拉着鞋迈着小步子走到客厅，夏野正在客厅沙发上低声打电话，面前摆着一台笔记本电脑，屏幕发着幽光。

忽然夏野的膝盖被一双小手扶住了，紧跟着穿背带裤的小朋友动作熟练地往他腿上爬，在他怀里找好了位置，翻身，歪头枕在他的胳膊上，眨巴着眼睛看他。

夏野一边跟电话里的人说话，一边瞧见他弟脚上那双大拖鞋，忍不住笑了一声："你这哪儿找的鞋，穿袜子就行了，这太大了……"他顺手把拖鞋从小孩脚上拿下来，给他正了正卡通小袜子，又对电话里的人道，"不是说你，我在跟我弟说话，嗯，醒了。"

电话那边是老猿，自从见了唐院长之后整个人跟打了鸡血似的，工作也特别卖力，大晚上不睡还在给夏野打工，十分有觉悟。

"按你说的来吧，先试试，我觉得没什么问题。"夏野一心二用，一边带孩子一边跟老猿说话，"报表宋益已经给我了。"

老猿在电话那边真心实意地夸道："老宋不愧是全公司行动力最强的人。"夸完又问，"我们小殿下怎么样？让我跟他聊两句？"

"不用了。"

"哎，别挂！你跟我聊也成啊，我就想问问，咱们明天去哪儿玩啊？"

"你送韩亦辰去车站，看着他上车回去，然后和老宋对接一下数据，再完善一下程序。"夏野给他们安排好了，也给自己安排了任务，"我带小瑜去陈姨那边，等下午她有空了，再去看望唐爷爷。"

老猿听着是私人家庭聚会，也不好张口让他带着自己了，羡慕道："真好，那回头你要是单独带小瑜去见老爷子，一定喊上我啊。"

夏野答应了一声，挂了电话。

唐瑾瑜的小行李箱放在陈素玲那边的车上了，夏野带他洗完澡，拿了一件自己的T恤给他暂时当睡衣穿，然后把他抱到床上给他讲故事。

大概是在车上睡了一路，晚上又睡了一小觉，这会儿小孩特别精神，往常夏野给他讲两个故事他就睡着了，但是今天他一点睡意都没有。

夏野低头看他，小朋友立刻乖乖歪头装睡，过一会儿再偷偷睁眼睛，正好和夏野看了个对眼，小孩挺不好意思的，"嘿嘿"笑了一声，伸出小手抱着夏野胳膊喊"哥哥"。

夏野揉了揉他的小脑袋，又翻开一页故事书："睡不着？那我再给你讲个故事吧。"

唐瑾瑜道："哥哥忙。"

夏野被他逗笑了，弹了一下他的额头："说得这么好听，你倒是松手啊！"

唐瑾瑜抱着没撒手，拿脑袋蹭了蹭他的胳膊："哥哥，我睡不着，我陪你看电脑。"

夏野也觉出来了，这劲头估计半夜才能困，干脆抱着他去开了电脑。

唐瑾瑜很听话，夏野工作的时候他不闹，没过多久就爬到沙发上自己玩儿了，夏野看他一眼，道："旁边背包里有东西，给你的。"

唐瑾瑜打开背包就看到里面有一堆棒棒糖，高高兴兴地问："都是我的吗？"

"都是你的，不过你今天吃过一块奶糖了，不能再吃糖，你拿着玩儿一会吧。"

小朋友乐颠颠地拿出棒棒糖放在沙发上玩，一字排开打算按口味颜色分类，又数了数量，最后把自己最喜欢的巧克力牛奶口味的放在了第一排的位置，一小把够他吃好久了——他每天都只能吃一小颗，不能多吃。

对他来说，糖果是一种奖励物资，能吃到嘴里的其实很少，大部分分给幼儿园其他小伙伴了，他只留下夏野送的和自己最喜欢的口味。

小朋友在沙发上认真地数棒棒糖，夏野听到忍不住笑了。

一直到晚上十一点多，小孩的"电池"才消耗完毕，困得又开始揉眼睛了。

夏野也差不多忙完了，跟屏幕那边的老猿和宋益盼咐了一下收尾工作，洗漱后就带小朋友一起睡了。

陈素玲这次是带团队来拍照的。

晚上的拍摄结束后，陈素玲大概看了一眼照片，皱着眉头并不是很满意。

秘书是从她创业开始就跟着的老部下，陈素玲单独吩咐她道："你明天和小丁一起去，务必监督好，那边的人要是不听小丁的，你就出面，那几个模特要是还闹就告诉他们不用合作了！"

秘书利落地应了一声。

陈素玲回到酒店的时候已经是半夜了，看了一眼隔壁房门，也没再去叫唐瑾瑜回来。

她回去给唐泓俊打了个电话，聊了两句就睡了。

隔天一早，陈素玲的门铃被人按响，轻轻几声"叮咚"之后，她起身去看了一下，隔着猫眼就看到唐瑾瑜踮着脚正在按门铃。

她打开门，小孩扑过来抱了抱她的腿，亲亲热热地喊"妈妈"。

陈素玲瞧见儿子后心情顿时好了不少，在他的小脸上亲了一口，问道："怎么自己过来了？你哥哥呢？"

唐瑾瑜道："哥哥去买粥啦，我和哥哥早上去餐厅看了，只有玉米粥，哥哥说妈妈不喜欢喝，他去买别的。"

陈素玲觉得这俩孩子窝心得不得了，抱着唐瑾瑜回房间："真乖，哥哥去买粥，所以让小瑜自己来找妈妈对不对？"

"嗯！"

"小瑜洗脸了吗？妈妈检查一下啊。"

"洗啦！"小朋友特别自豪，露出小白牙给妈妈看，指着小牙道，"哥哥还让我刷了一百下牙齿。"

陈素玲带了他一会儿，没多久，夏野就回来了，手里带了几罐粥，还有两个热乎乎的油旋饼。

陈素玲早上吃得少，喝一罐粥就够了，唐瑾瑜更喜欢吃油旋饼，一边吃一边跟陈素玲说："妈妈，我们昨天去找爷爷，就吃的这个饼！"

夏野把昨天和唐老一起吃饭的事说了一下，陈素玲笑道："是该去看看，我这边实在忙，不然昨天就去了。"

正说着她手机又响了，接起来听了两句后她唇边的笑意就淡了下去。

电话是秘书打来的，早上拍照又闹出小矛盾，陈素玲拧着眉头饭也不吃了，起身去了阳台那边，压低声音跟秘书说话。

唐瑾瑜好奇，扭头去看，被夏野捏了一下小脖子，叮嘱道："好好吃饭，把粥喝了。"

唐瑾瑜的早饭是一碗南瓜鸡茸粥，咸甜口味，小孩比较喜欢吃的那种。

啃了小半个饼，吃了一小碗粥，唐瑾瑜就饱了。

陈素玲那边出了点问题，有两个模特罢工。

秘书道："这家公司还有几个男模特，条件挺好的，但已经拍了一半，如果全辞退，怕是要耽误小半个月，赶下个季度有些来不及……"

陈素玲拧眉："把不听话的那几个赶走，你们在那儿等一会儿，我马上就赶过去。"

她挂断电话，就要急匆匆出门。

唐瑾瑜怀里抱着一个玩具熊坐在沙发上喊了一声"妈妈"，不知道发生了什么事。

陈素玲拎起包，走过去亲了他一下："妈妈有点急事，要去工作，你今天和哥哥先去玩好不好？"

唐瑾瑜眼巴巴地看着她，问："很忙吗？"

陈素玲一颗心都软了，叹了口气摸了摸他的小脑袋："很忙。"

小孩仰头看她，又小声问："我可以和哥哥去游乐场吗？"

换了平时陈素玲肯定不放心他出门，一定会说换个时间她跟着一起去，但是现在哪里舍得拒绝他，立刻就答应了。

等她走了，夏野给小孩穿了鞋子，还在想怎么安慰他，就看到眼前的小脚丫一摆一摆地晃起来，他抬头去看，小孩一脸美滋滋的小模样："哥哥，游乐场有冰可乐！"

夏野挑眉。

小朋友期待地看着他："夏天喝不长胡子，对不对？"

夏野忍了两下，没忍住弹了他的脑门："我发现你最近聪明了不少，小心眼儿挺多啊。"

都知道趁陈姨不在的时候偷偷找他要冰可乐喝了。

陈素玲那边忙起来顾不上，夏野就先带唐瑾瑜去了游乐场。

不过走到半路，他就接到了乔佐的电话。

乔佐昨天和夏野聊得意犹未尽，想要今天再约："夏野，有空没有，我今天不急着回沪市，想再找你谈谈。你在哪里，今天我去拜访你！"

夏野道："我今天不太方便。"

"跟女朋友一起？"

"那倒没有。"

"那有什么不方便的！相见就是有缘，不用拘束那么多，正好我过去顺便把合同签了！"

要只是提前面一句也就算了，这个签合同计划比夏野之前预计的要提前了好几天，他都怀疑乔氏对这位乔少的约束力，就没见过这么迫不及待送钱合作的富二代。

乔佐在电话里说："昨天那个报表我看了，就按你们说的来。对了，你不是说之后要让你们那边的人和乔氏接洽一下吗？也不用找时间了，今天就不错，带出来一起认识一下。"

夏野想了一下，点头答应了。他给宋益打了电话，之后低头看了一眼腿边站着的小孩。唐瑾瑜今天穿了一条白色背带裤，裤脚挽起一些，蹬着一双小白鞋，里面套了一件暖黄色格子小衬衫，顶着一头软软的头发，怀里抱着一只小熊，也在仰头看他。

夏野问他："想去游乐园还是想喝冰可乐？"

小孩毫不犹豫地做出了选择："冰可乐！"

夏野捏了一下他的小脸："走吧，我带你去喝。不过哥哥要谈事，你坐在一边吃点心，哪里都不许去，知道吗？"

"好！"

第九章
不止于此

按照乔佐说的，夏野又叫上了宋益，齐州市最适合出面和乔氏接洽的人也就是宋益了，而且宋益形象不错，多少可以撑一下公司门面。

夏野带小孩，能去的地方不多，乔佐就找了一家茶社，比之前的环境要更清雅一些，点心也好吃。

到了之后，二楼已经被乔佐包场，临窗的位置刚好能看到湖景，楼下有几株睡莲，在炎炎夏日里带来一丝清凉，暑气都散了些。

乔佐穿了一身休闲服，好像刚打球回来。夏野一身运动服加棒球帽，怀里抱着一个穿背带裤小衬衫的白净小朋友。三个人穿搭风格一致，都很惬意。只有宋益穿了一身正装，和他们格格不入。

乔佐跟宋益认识了一下，坐着和他聊了两句，但很快就对宋益腻味了，他觉得这人和他们公司里那些古板严肃的经理们差不多，没什么新鲜感，还是眼前这个技术特别牛的夏野有意思。

桌上放着功夫茶，一整套杯子放在面前，琳琅满目，很是精致，只是小孩看了一会儿，就忍不住偷偷跟夏野咬耳朵，抱着他的脖子小声说话。

夏野揉了揉他的脑袋，抬头问："这里有没有冰可乐？"

服务生愣了一下，不过立刻笑道："茶楼里没有，不过您需要，我可以给您准备。"

"好的，多谢。"

不多时服务生就拿了可乐过来，顺带还送来了一只杯子和一小碗冰块。

唐瑾瑜眼巴巴地看着他哥"啪"的一声打开了那罐可乐，视线紧跟着饮料移动。

夏野没往玻璃杯里倒，他拿了面前那个功夫茶的小杯子过来，先捡了一小块冰放进去，这就已经占了茶杯大半的位置，然后把可乐倒进去，也就是抿一口的量。唐瑾瑜喝了两小杯，夏野就让人收起来了。

小孩也不闹，心满意足地坐在一边自己玩儿。

乔佐看见忍不住笑道："怎么也不多给点，喝得这么少。"

夏野摇头："这些就够了。"就这都是偷着给的，回去之后还不能说。

聊到游戏方面，乔佐又打开手机给他们看了一把刀。

"这是什么？"

"屠龙宝刀！"

乔少爷得意极了："全服第一把，厉不厉害？"

夏野第一次见玩自己公司游戏玩得这么开心的人，不过这游戏是乔少的，他开心就好。

从游戏说到公事，这方面宋益发挥了巨大作用，客套话说得非常好，夏野抽空回头看了一眼他弟。唐瑾瑜正坐在那里堆橘子玩儿，大橘子上面放小橘子，最上面是一颗金橘，看起来玩得特别高兴。

夏野嘴角动了动，还是勾起一个弧度来。

弟弟有点傻，但是特别可爱。小朋友现在还有些婴儿肥，小脸肉嘟嘟的，小手小脚，看起来有点笨拙，不知道长大后会不会变成精致的少年，不过按现在这样，长大后估计也是爱笑的模样，弯着眼睛，似乎周身都散发着暖橘色的光。

"实话跟你们说，这是我第一次做生意，也是我第一次应酬，我大哥说一定要出来多联络一下感情，其实我也不懂有什么好应酬的，我一直懒得搞这些，不过你人很不错，跟你聊天还是挺愉快的。"乔佐给了夏野很高的评价，带着有钱人特有的单纯，一瞧就是被家中保护得很好，没经历过什么风浪。

乔佐确实不缺钱，但他对这次的游戏推广格外重视，不容有失。如果失败，那就只能回港城继承一座写字楼，老老实实吃红利股份过活，虽然也有大笔进账，但实在乏味。

从另一方面讲，夏野也从未经历过什么风浪，他像一个战士，策马扬鞭，驰骋沙场，开辟的都是全新的疆域，短时间内还未遇到可以一敌的对手。

一旁的宋益忍不住看他，又看了一眼夏野，心里做了一下对比，认真来讲，乔佐才是他心目中拿钱搞创业的富二代形象，夏野年龄虽然小，但看起来比乔少要成熟稳重多了。

乔佐要了不少点心，夏野对甜食不怎么感兴趣，乔佐就拿了一小碟点心给唐瑾瑜，逗他："小弟弟要不要吃糕？"

唐瑾瑜摇摇头，夏野又小声问了一遍，小孩就摸摸自己的肚子，仰头道："哥哥，我吃饱了。"

早上出门的时候夏野喂了他一碗粥，小孩到现在都不饿，夏野知道他饭量小，就拿了那碟糕点过来放在自己手边，对他道："想吃的时候跟我说，我切一小块儿给你。"

"嗯！"

聊了一阵顺带把合同签了，乔佐觉得这次职场社交也差不多到尾声了，接过宋益递来的名片，又给了他一个电话号码，让他跟乔氏齐州分公司这边的人接洽。

"我出来匆忙没带名片，你去了报我的名字就行，有什么事去找许特助，我跟他说了，会尽量配合你们宣传。"

宋益笑着答应下来，神情都振奋了许多。

公事处理完，夏野也打算带唐瑾瑜走了，宋益追上来，问："夏野，你来了还没去咱们办公室看过呢，要不要过去看看？中午我来安排，这边有几家馆子不错，值得尝尝。"

夏野怀里的小孩探头去看宋益，看了好一阵，瞧着并不怕他。

夏野想了想，道："下次吧，今天还有别的事要忙，你在齐州这边辛苦一些，等年底给你红包。"

宋益笑着应了，送他们到门外。

陈素玲派了一部车让司机跟着他们，这时司机见夏野他们出来，立刻开到了门口。

夏野临上车前回头对宋益道："对了，过几天从公司账上拨笔款，买辆车吧，这样你去乔氏也方便。"而且以后也不止这一单生意，乔氏的游戏推广做起来，就像是一个活广告，之后怕是宋益有的跑了。

宋益笑道："好，那我先谢谢老板体恤了。"

唐瑾瑜挥手说"再见"，到嘴边的一句"叔叔"让夏野捂住了，夏野对他道："喊哥哥就行了。"

小孩老老实实地喊了一声"哥哥"，宋益忍俊不禁，点头应了："小瑜有空再来玩，宋哥带你去吃点心。"

上了车，唐瑾瑜还在看窗外，夏野凑过去看了一眼觉得奇怪，道："你昨天不是还怕人吗？怎么今天见了这个不怕？"按理说老猿比宋益长得亲和得多。

唐瑾瑜也在奇怪："我好像见过那个哥哥。"

夏野揉了一把他的脑袋："瞎说，我都是第一次见。"

唐瑾瑜回头又看了一眼，莫名觉得宋益给他一种亲切感，一些画面闪过——好像是在学校颁奖，但是模糊不清，他也搞不清楚怎么回事。

唐瑾瑜因为喝了冰可乐，已经达成心愿，一点都不好奇游乐场了，中午的时候夏野干脆带他去了唐老那边一起吃饭。

他们爷仨在家做了一桌，其乐融融。唐瑾瑜搬了小板凳坐在那里认真地剥豆子，剥出来一盘就端给爷爷，唐老爷子主勺，做了虾仁毛豆烩豆腐，香滑软嫩，最适合小朋友吃，另外还烧了两道家常小菜，特别下饭。唐瑾瑜吃了满满一小碗米饭，夏野饭量大得多，吃了三碗饭。

他们吃得香，连带着唐老的胃口都跟着好了不少。

在唐老爷子这里一直玩儿到下午四点多，夏野带唐瑾瑜去探班。

陈素玲那边忙了一天还没拍摄完毕，全组的人都带着焦躁的情绪。

天气很热，公司买了两箱冷饮，不断被人取走，就连陈素玲自己都喝了两瓶冰镇矿泉水才缓解了暑气。

当下很多公司都尚未完善，服装业也是刚起步，模特公司有了，但是专门摄影的团队还没有，一般都是公司养几个摄影师，到时候跟团队带着服装一起出外景，毕竟这种拍摄和普通人物摄影不同，需要把更多注意力放在衣服上。

夏野牵着唐瑾瑜的小手走过来，陈素玲正在看两个摄影师相机里的照片，微微皱眉，对他们拍的东西不是很满意。

"这一组，再来一遍。"

摄影师答应了一声，去做了。

另外一个摄影师问："陈总，这边还需要一个女模特……"

陈素玲道："不都在那儿吗？"

摄影师不好说，抬头去看秘书，秘书走过来道："走了两个女模特，就是上午闹着要罢工的，我让她们回去了。"

陈素玲点头道："那就让她们回去，你给模特公司打电话，再找两个来，我们赶时间，费用出双倍就是了，务必赶在今天晚上之前拍好。"

秘书答应了一声，去忙了。

唐瑾瑜跑过来抱着她的胳膊喊了一声"妈妈"，突然出现的小朋友让陈素玲有些惊喜，她抱着小孩亲了一下，笑道："怎么现在来啦？妈妈刚想给你们打电话，说晚上先吃点点心等等我，今天收工后咱们一起去吃饭呢。"

唐瑾瑜抱着她，好奇地看着前面的专业相机。

摄影师在公司给唐瑾瑜拍过照片，自然知道这是陈总放在心尖尖上的儿子，连带着夏野的名字他们也知道，于是看见他们笑着打了声招呼。

旁边有工作人员没见过夏野，陈素玲就抱着唐瑾瑜站起来，给他们介绍了一下："这是我小儿子，那个是大儿子，怎么样，长得都不错吧？"

周围的人看到老板终于露出一丝笑意，都跟着放松了些，笑着夸了几句，有说唐瑾瑜可爱的，也有人夸夏野，那个摄影师就是其中之一，他认真地打量着夏野，夸道："小伙子长得真不错，个子高，身材比例也好，以后陈总都不用为找不到模特发愁了，您身边就有一个顶好的了！"

陈素玲笑了一声："他还是学生，哪儿会这些，让他先忙学习吧。"

夏野抱着唐瑾瑜留在现场吃了盒饭，陈素玲匆匆吃了两口，很快就继续工作了。

夏野原本还担心小孩挑食，但是他端起炒饭，小孩就站在他面前张大了嘴等着喂，满满一大口，吃得很香的样子，一点都没有因为环境艰苦发小脾气。吃完饭还自己捡了广告纸折小青蛙，拿过去给夏野看，夏野也找了一张纸给他折了小纸扇，替他扇风。

小朋友头发被汗微微打湿，粘在额头上也不耽误玩儿，只要在亲人身边就开开心心的。

秘书走过来问："要不你们先去车里等？车里有空调，凉快一些。"

唐瑾瑜把自己学着做的小折扇送给她，眼睛弯弯道："我和哥哥在这里陪妈妈，姐姐，这个送给你扇风，扇一下就凉快啦！"

秘书也跟着笑了，接过来道："好啊，谢谢小瑜。"

夏野低声问："很麻烦吗？陈姨还要忙多久？"

秘书叹了一声，道："陈总也不容易，都跟了一天了，那些人……算了，我们尽量吧，希望今天晚上能弄完。"

唐瑾瑜道："肯定能行！"

秘书逗他："你又知道什么了？"

小孩坚定道："妈妈说了，晚上还要回去吃饭，一会儿就能拍好啦。"

夏野怔了一下，看了一眼旁边的盒饭，问："小瑜，你刚才吃的是什么？"

小朋友低头折纸："点心呀，妈妈让先吃点心，等等她。"

夏野："……"

难怪刚才陈姨吃两口就走，小家伙也不拦，原来把饭当成了点心，他张张嘴也没再跟小朋友解释，晚上回去再点一份菠萝包给他当饭吃好了。

傍晚时分，陈素玲的运气突然好起来，正好赶上一大片红似火的晚霞，摄影师很有经验，立刻催着模特换衣服赶时间抢拍，这样好的自然光影很难得，拍好了非常加分，也正好符合他们新一季的衣服风格。

其他照片都好拍，就最后还剩下一套男女情侣棉服，别说女模特，就是男模特也只剩下一位了。

摄影师急得脑门冒汗，来回找人，然后把视线落在了带小孩的夏野身上。

他跑过去跟负责人丁彦召说了一声，小丁也是忙得狼狈，看过去眼前一亮，他跟陈素玲多年，男装部就是他一手建起来的，算是公司的老人，立刻就跑去跟陈素玲要人。

陈素玲惊讶道："夏野？他不行，他还是个孩子呢，没拍过这些啊。"

丁彦召道："行！怎么不行。"

陈素玲："身高好像也不太够吧，小野有一米八几？"

摄影师在一旁道："够了够了，身高是矮了一点，但是比例好啊，咱们拍的成片里，有个男模特和他就差不多身高，都是骨架比较小的，让他俩一个人换了女装，一个男装，拍这套刚好。"

摄影师在一旁眼巴巴地看她，陈素玲哭笑不得，带着他们走过去问夏野。

丁彦召已经把那个骨架比较纤细的男模特带了过来，他兴奋道："小夏，你站起来看看，你俩谁高？"

夏野有些迟疑，但还是站了起来。

摄影师："陈总，谁高就让谁穿那套男装吧，女装是中性风格，又是棉服，看不出来！"

夏野立刻就把脊背挺直了，从考虑要不要拍照，立刻变成一定要拍男装照。

最后夏野以微弱的身高优势胜出，迅速穿上了那套男装。

时间要紧，夏野答应了就没磨蹭，换好衣服简单上了妆立刻就去拍摄了。他是完全的新手，一旁的男模特熟练一些，带着他摆了姿势，不过就算只是单纯地站着，夏野的身高比例在那儿怎么都不会难看。

两套衣服都是黑红为主。女性那套，虽是中性风，但颜色是张扬的大红色，用黑金窄边做了束腰，轮廓鲜明。

夏野那套是黑色为主，穿上之后他习惯性地把拉链一直拉到顶，遮挡住了小半张脸，原本工作人员要给他调整，被丁彦召拦住了："就这样，先这么拍几张，这效果不错，多展示几个面。"

摄影师单独给他多拍了几张，夏野非常配合。

穿女装的男模特趁摄影师单独拍夏野的时候，坐到一旁休息，但他身上的衣服还没换，因为一会儿还要单独拍他的。不时有路过的人回头看他，也有认识他的其他模特调侃他，他都有点不好意思了。

忽然一只小手摸到他的衣角，那小孩夸道："哥哥，你穿这个真漂亮。"

男模特低头，看到一个小孩，白白净净特别可爱。

小孩一边看，还在卖力夸他："红色衣服最好看啦。"

"嗯？"

"我冬天的羽绒服也是红色的，特别漂亮！"小朋友认真吹捧，"我妈妈做的衣服，都可漂亮啦。"

男模特笑了，那份不自在也少了许多。

唐瑾瑜给他一把小纸扇，男模特受宠若惊，他知道这是陈总的小孩，白天工作的陈总一直非常严厉，但是她的孩子出乎意料地是个小甜椒。

夏野那边很快结束，小孩跑去给他扇扇子，围着喊哥哥。

夏野伸手推推他："别碰我，热。"

小孩离远一点，还在看他："哥哥喝水，有冰块的。"

第九章　不止于此　223

　　夏野接过来没喝，他嘴上第一次抹唇膏，头发也被烫了个什么一次性的纹理，现在浑身上下都不舒服，整个人都暴躁了不少。
　　摄影师大声道："对！对！小夏，保持住，一会儿还是这个表情知道吗！"
　　夏野："……"
　　紧赶慢赶，团队终于赶在晚霞彻底消失之前拍完了照片，此行的工作算是完成了。
　　剩下的都是可以在室内补拍的，并且当天晚上就能完成，已经算很轻松了，所有人脸上都露出了笑容。
　　男模特换下那身红色棉服，团队人员都在忙，秘书瞧见走过来搭了把手，男模特忙说了声"谢谢"。听到不远处小朋友的笑声，他忍不住又抬头看了一眼，刚才和他搭档的夏野也是一脑门儿的汗，换回了自己的衣服，正把小孩拎起来夹在胳膊下大步带走，小朋友一点都不怕，还在仰头喊"哥哥"。
　　男模特夸道："陈总家的小朋友真乖。"
　　秘书看过去，笑着点点头："是啊，小瑜很乖。"

　　晚上回到酒店，夏野要了一份菠萝包，和小孩一人一半吃了。
　　陈素玲赶完拍摄，心中一块石头落地，也有些饿了，不过她只要了一碟水果。因为要保持身材，水果都没多吃，挑着杧果分给了小孩。吃完那一小碗，陈素玲问："小瑜，要不要跟妈妈去挑照片？"
　　唐瑾瑜抬头看夏野，夏野正咬着一根冰棒在吃，下午穿棉服的热劲儿还没缓过来。
　　陈素玲笑道："你看哥哥干什么，自己选。"
　　唐瑾瑜认真地考虑一会儿，决定留下来陪夏野。
　　夏野留在房间里，他开了电脑，先看了邮件。
　　小孩跑过来，扶着他的膝盖，犹犹豫豫地没往上爬。
　　夏野看他一眼，问："怎么了？"
　　唐瑾瑜嘀咕一句。
　　夏野挑眉："大点声，再说一遍给我听。"
　　"哥哥刚才吃的是我的冰棒。"
　　"然后呢？"
　　"哥哥要还我一个……"小朋友扶着他的膝盖跟他要冰棒，抬头瞧见夏野的脸色立刻改口说不要了，一边说一边扭头想跑，没跑两步就被夏野伸手揪住衣领拽了回来。
　　夏野问他："你跑什么？"
　　"我不要了！哥哥好，我不要了。"
　　"过来，我吐给你啊。"

"不要不要……"

"就你爱干净。"

夏野装作要把嘴里的最后一点冰吐给他，吓得小朋友一直摆手，他被逗乐了，揉了小朋友的脑袋一把："傻不傻，我都咽下去了，没了。"

他干脆抱着小朋友继续看邮件，小孩很轻，抱在怀里也不碍事。

唐瑾瑜的目光落在桌子旁边的垃圾桶上，里面还有那个碎碎冰的袋子，显示是一根牛奶味儿的，昨天秘书姐姐给他，他放在酒店小冰箱，妈妈说今天可以吃一小块来着。

夏野回复完邮件，一边开着聊天室看他们聊，一边跟小孩有一搭没一搭地聊天："你刚才怎么不跟姨去挑照片？"

唐瑾瑜认真道："我陪哥哥。"

夏野问他："想我了？"

"嗯！"

"我才走了两天。"

"两天都想。"

夏野被这个小糖糕甜了一下，轻轻捏他鼻尖，笑了。

宋益打了一个电话过来，说要来送份文件。夏野对他好，宋经理也是攒足了力气忙这一单生意，这两天跟打了鸡血一样，风风火火，从早忙到晚都不觉得累。

夏野起身要去楼下拿，唐瑾瑜跟在他腿边道："哥哥，带我一起。"

夏野抬起胳膊，小孩就仰头看他，伸手要抱。

身体比意识反应得要快，夏野把人抱起来之后才嘀咕一句："下次自己走，长大了，知道吗？"

唐瑾瑜抱着他的脖子，期待道："楼下有碎碎冰，哥哥，我看到了。"

夏野拿过自己的棒球帽，扣在小孩的脑袋上，毫不留情地戳破他的幻想："不能吃。"

"买一个，我就看看。"

"不行。"

大概是觉察到夏野其实最好说话，从他身上比较好突破，小孩一路小声求他，比画着一个手指头给他看："就买一个。"

夏野把棒球帽给他揭开，又倒着扣在他脑袋上："做梦。"

宋益在大厅看到他们走出来，笑着迎上去，把手里的文件袋给了夏野，顺便跟他简单交代了一下。

"我安排好了，乔氏那边说要抓紧，今天我让老猿和韩亦辰一回去就查了一下，后台没问题，咱们这边的技术人员也都已经就位，后天，也就是周五晚上，就能把游戏放到面板上。"宋益对他道，"网吧那边有几家有点异议，不过之前签合同的时候就已经订好了，他们自己签的字，最后也都谈拢了，可以上。"

说到网吧方面，宋益又忍不住对夏野有些佩服，这人大约是从一开始设计这款软件的时候就已经想到了今天，合同里写得清清楚楚，如果要使用万象网管的话，他们就有推广的权限，为期至少三个月，当时他和那些网吧老板一样，都以为只是弹窗的时间，万万没想到会用在安装游戏上。

三个月的强制安装，之后也可以卸载，但大家三个月内都玩熟了，会有很大概率成为这款游戏的忠实玩家。

不想按照这份合同走也可以，在万象网管到期之后，不再使用就可以了。

他们现在做的是网吧会员模式，手头的会员就有七万左右，这是网吧的数量，而不少网吧都是连锁店，旗下分店众多，每家至少百余台机器，光是推广游戏的广告费都能让他们在未来两三年里赚得盆满钵满。

那是一笔多大的金额，宋益现在都不敢想，他只要想到这是之前从未被开拓过的疆域就热血沸腾。

他们在做别人从未做过的事。

比起宋益的激动情绪，夏野要平静得多，简单交接之后看了他一眼，道："老宋，回去也多休息一下。"他指了指宋益的眼睛，轻轻摇了摇头。

宋益心里一惊，立刻凑过去看了一眼文件："怎么，有哪里我没看清楚吗？我瞧瞧。"

夏野把文件收起来，笑道："没有，我说你都有黑眼圈了，多睡会儿。公司不止你一个人，之前老猿不是找了好些吗，你把活儿吩咐下去，别累垮了。"

宋益笑道："没事，我不累，就是想着后天第一次推广有点亢奋。"

两个人正说着，就听到一旁有高跟鞋的声音，很快那人就站定在夏野身后，轻轻喊了他一声。

夏野脸上的笑意收拢，没回头，眼睛垂下去看了眼腿边的小孩，对他道："小瑜记得房间吗，房卡在你兜里，一会儿让宋哥带你回去。"

唐瑾瑜人小但是对情绪十分敏感，他觉察到了夏野身上的变化，有些紧张地抱着他的腿喊了一声"哥哥"。

宋益下意识看了一眼夏野和他身后那个着装明艳的女人，对方佩戴着奢华珠宝，妆发精致，像是一个贵妇人，仔细看模样和夏野有些相似。他低声问夏野："需要我替你出面吗？"

夏野摇摇头，对他道："你带小瑜去买根棒冰，一会儿送他去房间，他认得路。"

宋益答应了，但是唐瑾瑜不肯跟他去，抱着夏野不松开。

庄雅已经走过来了,她自己一个人来的,拎着一个和风纸袋,视线在夏野和他身边那个小孩身上停顿了一下,问:"他是谁?"

"我弟弟。"

"……你爸再婚了?"

"没有,和你不一样。"

母子两人寥寥几句对话,就针锋相对起来。宋益是一个很识趣的人,大概听出他们的关系,抱起唐瑾瑜道:"我先带小瑜去玩。"

夏野点点头,叮嘱道:"别走远,就在酒店,我一会儿就来接他。"

"好。"

唐瑾瑜趴在宋益背上还在看他,两只小手把宋益的西装都揪起来,夏野看小孩吓得含了两汪眼泪,心里也不太舒服。他抬眼看庄雅,冷淡道:"有什么事吗?"

庄雅皱眉:"你还是在怨我?"

夏野深吸了一口气,道:"都是很久之前的事了,现在已经想开了。"

"那为什么不能坐下来,咱们好好谈谈……"

"我想通了一件事,就是你当初不想做我妈了,所以我以后也不要当你的孩子,我这么说没错吧?"夏野拒绝道,"我现在过得挺好,你既然也不打算回来,我们还是不要联系了吧,我怕会像我爸以前那样,影响你的事业。"

庄雅面上一阵红一阵白,她几次想开口,都把到嘴边的话咽了下去,过了好一会儿才道:"我这次来齐州市出差,也是凑巧,没想到你也在这里。白天我路过飞霞路看到一个人像你,就让秘书去看了一下。"

她跟夏野解释,但是对面的男孩没有接话,她只好自己一个人说下去:"你今天,拍了很多照片。"酒店大堂有小提琴声,庄雅觉得自己的心脏也被细腻的琴弦纠缠住一样,微微发酸,"我记得你以前不喜欢拍照,每年只肯拍入学证件照。你如果缺钱,我这里有,真的,没有必要去做不喜欢的事……"

夏野淡声道:"我不缺钱。"

"那你怎么去做模特?还在夏天穿那么厚的衣服,太辛苦了。"

"我是去给家里帮忙。"

庄雅抬头看他,神情复杂。

"那是小瑜的妈妈,我也拿她当妈妈,所以我愿意去做那些事。"夏野视线没有躲避,看着她道,"一家人帮忙不是应该的吗?"

庄雅觉得这里不是谈话的好地方,深吸了一口气压住情绪,对他道:"以前,我有做得不对的地方,但跟你爸离婚前我没有一点对不起他,我为你也付出很多,当年的事,我知道不全是你的错。"

最后一句她说得很慢，咬字很重。夏野看着她，等她说下去。

"妈妈也有很多不得已，我知道那个程序是你做的，但用它入侵网络的人不是你——"

夏野打断她道："你现在知道是谁了，对吗？"

庄雅咬唇，一言不发。

夏野转身要走，如果说他之前的愤怒里带着一丝委屈和期待，一直等待着在母亲面前沉冤得雪的那一天，那么现在，他连最后一丝期待都没有了。

庄雅在身后喊他，夏野的脚步顿了顿，绷直了脊背。

庄雅咬牙道："我想补偿你，之前的事，我也会让对方付出代价，但不是现在。"她走过去，握住夏野的胳膊，把纸袋放到他手里，手指都在微微发抖，"妈妈从一开始就不想要你的公司，只是想补偿你，你需要什么，我现在都可以给你了，但是那个人……还要再等一等。小野，我熬了这么多年终于走到这一天，我不想一辈子都这么窝囊地活着，你再给我一点时间，好不好？"

"你是给自己活……"

"是，所以才要活得更好。"

夏野沉默了一会儿，掰开她的手哑声道："那你就往前看，更不应该回头。"

庄雅的脊背挺得笔直，等他走远了，听不到脚步声了，才忍不住抖了抖肩膀，眼中忍不住涌出眼泪。她曾对自己说过，从不后悔，但今天看到孩子，她还是升起一丝悔意。

她现在有钱了，也失去了唯一的骨肉。

一辆银灰色轿车等在酒店门外，庄雅上车后也没说去哪儿，司机小声问："庄总，咱们现在去机场吗？"

庄雅道："去机场干什么？"

"回沪市？秦总刚才打电话来，说有些事要找您。"

庄雅冷笑一声："不去，留在齐州市。他还有脸打电话，不是说我联合高层把他赶下台吗？沪市的烂摊子让他自己去收拾！"

司机不敢说话，按吩咐开去了齐州市分公司。

庄雅一直看着旁边那个纸袋，里面是她亲手做的寿司，他却不愿吃了。

夏野去找宋益。

宋益正抱着小孩在酒店里的咖啡厅买蛋糕，手里还提着一袋碎碎冰，但是小孩对这些毫无兴致，趴在他肩膀上看都不看一眼，任凭宋益拿什么哄都没用。

直到瞧见夏野的身影，小孩才一下抬起头来："哥哥！"

夏野过去把小孩接过来,立刻被小家伙抱住了脖子。

夏野揉了揉他的脑袋算是安抚,又对宋益道:"刚才见笑了。"

宋益站在原地大气都不敢出,更不敢笑。

夏野道:"我爸和我妈离婚了,那是我妈。"

宋益心里有许多疑问,但识趣的什么都没问。

夏野把他手里的那袋碎碎冰接过来,又抱着唐瑾瑜去挑一个小蛋糕。唐瑾瑜现在有精神多了,认真看了一圈要了一块带草莓的。

宋益在身后看他,忽然觉得夏野没有那么难接近,这人只是原则性极强,不触碰他的原则就好。

宋益回去之后,怎么想都觉得刚才在酒店看到的女士眼熟,他凭记忆翻出几本财经杂志,找了一会儿就看到了一张合影,中间在和人握手的人正是庄雅。

照片旁边的文字是秦氏集团一项酒店收购项目的介绍,庄雅作为董事出席,和今天晚上相比,要更英气一些,看起来春风得意。

宋益又查了一些关于庄雅的消息,大多和商业有关,最近的花边新闻也都是她丈夫秦总的,被拍到和一些女明星在酒会上的合照。

关于庄雅离婚的消息他没在网上搜到,只知道她是二婚嫁入豪门。

宋益的手指在键盘上顿了一下,后知后觉地意识到,夏野本身就是黑客,他不想让人看到的消息,网络上怎么可能找得到。

第二天,陈素玲带唐瑾瑜去医院做了检查。

小朋友很听话,让干什么就干什么,反倒是第一次陪他来做检查的夏野看得忍不住皱眉,抽血太多,十几根管子里,都是殷红的血。

护士解释道:"不要紧的,一管血大概三毫升左右,这次抽取的血量不会对孩子的身体有什么影响的。"

夏野点点头,等她抽完血,给小孩按着止血棉,低声跟他说话。

唐瑾瑜没什么精神,检查完都是夏野抱着走的,陈素玲要抱,夏野摇摇头:"姨,我来吧,小瑜不沉。"

"今天医生还说小瑜长高了,也胖了,三十多斤呢!"陈素玲转头逗小孩,"我们有大半袋米那么重了哦,是不是啊宝宝?"

唐瑾瑜趴在夏野肩上,乖乖点头。

夏野抱着他,觉得小孩那点肉都长到脸上去了,他比普通小孩要矮一点,人也瘦小,看着都让人心疼。

检查完去吃饭,陈素玲点了一些补血的粥和菜,唐瑾瑜不挑食,给什么吃什么,但是饭量很小，一会儿就摇头说吃饱了。

陈素玲哄他多吃了几勺粥，也没敢多喂，小孩小时候吃多了会噎，好长时间都恹恹的不肯吃东西，她不敢强求，现在这样就已经好很多了。

夏野又给他买了面包，装背包里带着，一次不能吃多就少食多餐，总不会饿着就是了。

陈素玲在齐州市的工作忙完了，当天下午带夏野他们一起返回家中。

夏野回来先睡了一觉，养足精神，他估计之后两三天睡眠时间都会很少。

事实上，他猜得没错，《神迹》上线后迅速火爆全网。

一整个暑假，到处都能听到人们谈想去网吧玩儿这款游戏，甚至有的网吧因为人多机子少，不少人站着围观别人打这款网游，经常能听到网吧里传出一声"爆了"，然后呼啦啦围上去不少人，紧张地去看爆了什么装备。

乔氏因为《神迹》赚翻了，迅速找夏野合作进行第二次推广。

这次不用夏野说，宋益也知道占领市场的重要性，一边招兵买马迅速占领其他省市网吧市场，一边在夏野和老猿等人的指挥下，让手下程序员进行相关维护。宋益做事稳重，再烦琐的事到了他手里，也能从一团乱麻里理出头绪，有他坐镇齐州市，公司稳稳当当，没出一点问题。

唯一忙里出乱的小事，是公司有几个人离职了。

其实是被挖墙脚。他们生意做得红火，其他家看了自然眼馋，再加上这个模式并不难套用，而且虽然大市场被抢占了，但剩下的一小部分也是肉，自然有人眼热看上了。

重金之下，公司里真有几个人出走了，有那么一两个没有职业道德的人，被挖走的同时还带走了公司里的部分程序代码，在外面做了一个和万象网管类似的收费软件，连游戏面板都是一样的。

宋益毫不犹豫地找了律师打官司，公司现在不缺钱，即便不容易打赢官司，他砸钱也要绊住对方腿脚，让他们吃吃苦头。

宋益也开除了一个人，是当初老猿介绍来的，算是和他同级的老员工。

宋益对此没有解释，老猿觉得里外都是师弟，实在不懂宋益这是在干啥，就让他自己去给夏野解释一下，反正他是技术工，不管这些。

宋益去找夏野，还是在那个聊天室里。

夏野单独跟他聊了一下，对宋益给出的"他手脚不干净"这样的理由也没多说什么，只让他看着办。

夏野给了他充分的信任，并且兴致勃勃地谈起未来："老宋，这个游戏面板'装满'之后，你有什么想法没有？"

宋益打字回道："没有，我只看得到眼前，对网络不是那么了解。"

"网吧的生意迟早有饱和的一天，快的话三年左右，慢一点最多五年，对我们来说网吧只是一个跳板，等到了一个阶段，就可以出手卖掉，拿到一笔真正的启动资金。我相信将来人人都会拥有电脑，这是大趋势，迟早的事，等以后人手一台，不，不止一台电脑的时候，那才是真正改变的时候。"

宋益迟疑道："改变商业？"

"不，改变生活。"

"老宋，你信我，网络不止于此，未来不止于此。"

宋益看着夏野发来的两行字，手指停顿在键盘上，他从内心里忽然涌出一股狂热，像是被鼓动了一下，之前一直摇摆不定的念头终于彻底烟消云散，取而代之的是一颗种子——落入土中即刻就能生根发芽，并且他坚信它是可以长成大树的种子。

夏野看着屏幕，宋益那边停顿了很久，发来一行消息："稍等，我有重要的事想跟你谈。"

夏野还没回复，宋益那边的头像就暗了下去，他下线了。

这还是宋益第一次突然下线，夏野以为办公室停电了，毕竟这个追求完美的工作狂这段时间一直以身作则，带头睡在办公室里加班加点地工作。

三个小时后，夏野接到了宋益的电话。

外面天都黑了，只余路灯和停在楼下的一辆黑色轿车开着的车灯在亮。

夏野下楼找过去，看到宋益的时候有些惊讶："怎么突然过来了？公司出什么事了？"

宋益摇摇头："是我，我想找你当面谈谈。"

夏野站在那里听他说下去。

宋益倚靠着车门，想了一会儿，道："你知道红海和蓝海吗？"他笑了一声，"简单地说红海就是已经存在的产业，并且厮杀白热化，而蓝海是未知的市场空间。我以前，不止一次想试试自己的能力，我认为我不比你们任何一个人差，但是我一次次在红海里厮杀，你却开辟了一片蓝海。"

他接着说："我告诉自己，第一次你做出网管软件是好运气，但好运不会一直光顾某一个人。第二次，你做了游戏控制面板，我开始怀疑，怀疑我和你的差距到底有多大。直到今天傍晚的时候，我确定了一件事。"

宋益深吸一口气，从车里拿出一份文件递过去："我想和你单独签一份合同。"

夏野接过来大概翻看了一眼，条件很苛刻，这合同相当于宋益自己的一份卖身契，从此和公司绑定在一起，属于聘用制职业经理人，甚至还要严格许多倍，很多都是约束宋益的，并且他已经在最后一页签了名字。

夏野微微皱眉："其实你不用这样。"

宋益道："你看最后的条款，我有条件的，我要5%的股份。"

夏野抬头看他："很优惠的条件。"

宋益笑了一声，走过去伸出手道："那么，接下来几十年多多关照了，老板。"

他想过了，他想去看看夏野说的那片海。

那片能在未来改变世界的海。

宋益难得过来一趟，但夏野也只留了他一天，没办法，暑假结束，学校开学了，他和韩亦辰都得回校去上课。

宋益自己开车过来的，原本上午就要回齐州市，韩亦辰知道了，非要请宋益吃顿饭。他和宋益是一起打过架的交情，现在跟宋益的关系比和老猿还好，他把老宋当亲兄弟。

宋益就多留了一阵，跟他们中午一起吃了饭，因为下午两个高中生还要上课，他们就在学校附近找了一家馆子，吃的是烤鱼。

夏野和韩亦辰中午放学之后就过来了，俩人还穿着一身校服，宋益提前到的，已经点好菜了，穿戴的和平时一样，衣冠楚楚，特别像社会成功人士。

韩亦辰见了他非常兴奋，放下书包热情道："老宋，这家店的烤鱼一绝，可好吃了！你等着啊，我知道一家小店还卖特色美食，我去给你买一份，他家就中午开一小会儿，错过就没了！"

宋益想拦着，但韩亦辰已经风风火火地跑出去了。

夏野笑道："没事，你让他去吧。"他给宋益倒了一杯茶，一边喝一边问，"对了，之前你开除的那个人怎么回事？老猿一直觉得过意不去，说你和那人都是他学弟。"

宋益合同都签了也没什么要瞒着老板的，解释道："他没有对公司手脚不干净，只是他在接触秦氏的人，庄总的特助找过他，我问了，他也承认了。"

夏野沉默片刻，拍了拍他肩膀道："你做得对，我该谢谢你。"

"分内之事。"

老猿是个老好人，平时一团和气，觉得谁都不错，属于即便是学弟出错了也要自己主动承担一半责任的那种。宋益和他不同，他把公司看得更重，夏野是公司的核心，自然不容许有一丝一毫的闪失，尤其是他那天亲耳听到夏野和庄雅不和，他的选择已经明确了站队，不可能再让这样一个人留在公司。

宋益不管是对自己还是他人，出手都从不留情，这是他的原则。

夏野最欣赏他的也是这一点。

宋益轻笑一声："你比我强多了，我十几岁的时候只知道读书考大学，其余什么都不懂，哪儿像你，才上高中都已经对人生有规划了。"

夏野道："你也还年轻。"

宋益摇摇头："不完全是年龄的问题，我即便是现在也刚找到一个方向而已。人和人确实是有差距的，要承认这一点很难，不过瞧见你，我就认了。"他手指握着茶杯转了两下，感慨道，"最可怕的是，你年纪这么小就知道自己想做什么，要什么，懂得取舍。换了我，早在第一桶金拿到手的时候就迷失了。"

夏野有些意外地看了他一眼，宋益在他面前一直都带着几分强势，这还是第一次与他交心。

两人低声谈了几句，韩亦辰就回来了。

小韩同学捧着一盒小吃跑进来，一脸期待道："老宋，来，你尝尝！这是他们家的招牌，我特意让老板多加了料！"

他把纸盒放在桌上，里面装的是满满的章鱼小丸子，撒了厚厚一层鲣鱼花。

宋益："……看起来挺不错。"

他拿筷子夹了一个，两口吃下去，再度评价道："很好吃。"

韩亦辰热情道："好吃吧？你吃这个啊，这个加了芥末酱，他们家的独门配方，很特别！"

宋益被迫尝试了一下现在青少年的美味小吃，鼻腔和眼睛里全是芥末刺激的味道，他几次摘了眼镜去擦眼角，难得显出一丝狼狈来："可以了，我吃这些就够了。"

"别啊老宋，不好吃吗？"

"好吃。"

虽然这么说，但是宋益放下筷子不肯再吃了。

正好店里的烤鱼送上来，宋益看了一眼烤鱼，是很正常的那种，一时松了口气。

席间韩亦辰还想把自己最爱喝的饮料推荐给宋益："老宋，来瓶柠果汁？特别好喝！"

宋益立刻道："你自己喝吧，我喜欢喝白开水。"

韩亦辰还想再劝，一旁的夏野帮着解了围，岔开话题聊了几句公司业务上的事，宋益如释重负，终于可以正常社交，一边吃烤鱼一边跟他们谈公司这段时间的效益。

韩亦辰几次想插话，都被宋益压了下去。

"我今天上午还特意去了龙腾网吧那边，跟他们老板合影留念，网吧里第一台使用网管收费软件的电脑我也拍下来了，留着以后我们公司周年庆的时候拿出来回顾一下。我建议以后每年都拍一些照片和录影留念，等到以后公司做大了，都是一些很美好的回忆。"宋益说到工作就自信了许多，眼里带着坚毅的光，"一会儿咱们吃完饭，也在门口合影吧，今天对我来说，也很有纪念意义。"

韩亦辰疑惑道:"纪念啥?你第一次来我们这儿吗?"

宋益笑道:"算是正式入伙吧。"

韩亦辰笑嘻嘻道:"老宋你说这话就见外了,我一直拿你当好兄弟!你放心,以后有我一口饭吃,肯定少不了你的!"

宋益对他吃的那些垃圾食品敬谢不敏,为了不再吃那盒章鱼小丸子,努力进行职场社交。

宋益口才不错,尤其是代入了自己的新身份后吹起来毫不含糊,眼睛都不眨。他把他们目前只有几间租赁办公室的小公司夸得天花乱坠,一副"这是一家伟大的公司,我们即将扬帆启航"的样子,弄得韩亦辰都忍不住挠头,频频看他。

韩亦辰心里嘀咕,他们啥时候这么牛了啊?

不过老宋说得铿锵有力,他也给兄弟捧场,附和着说了一阵。

吃完烤鱼,算是接风送行一起了,宋益告别他们返回了齐州市。

韩亦辰跟夏野回去的时候,还在担心:"老宋没事吧?是不是这两天活太多了,他累蒙了,说的啥资金链和上市什么的,我都听不懂。"

夏野笑道:"可能累着了,过段时间就好了。"

"过段时间活就少了?"

"不,老宋就适应了。"

韩亦辰:"……"

夏野说得没错,紧跟而来的是其他游戏厂商的合约。暑假推广《神迹》来了一个开门红,紧跟着广告推广业务像雪花一样纷纷飞来,宋益按照夏野说的,严格控制品级,没有因为对方给的钱多就上一些不成气候的小游戏,合作的都是信誉良好的游戏厂商。如果把关之下没有出现什么问题,到了年底自然是双赢。

国内网吧数量快速疯涨,短短两年就翻了将近三倍,大街小巷,随处可见,每一家都人气爆棚,有时候还需要排号才能玩上游戏。

在网吧老板们数钱数到手软的时候,网络游戏厂商们也在这片领域内厮杀,争取自己的利益,在大多数人没有自己的电脑的年代,网吧就是厂商的主战场。

而夏野手里的游戏面板,更是成了游戏厂商的必争之地。

乔氏的《神迹》在这一年里独领风骚,在线人数从十万一路飙升,一年后就达到了六十万人同时在线,甚至有些偏远的地方的人开车到几百公里外的城市去购买点卡,因为游戏太火爆让点卡供不应求。这件事还被玩家们骂到了网上。

有个土豪玩家特意去楼兰论坛买了一个弹窗广告,用弹窗骂了游戏策划,这一行为后来上了当地报纸。不少网友更是跑到楼兰论坛去瞻仰了一下弹窗的价格,导致楼兰的人气更旺了，算是无形中做了一波宣传。

宋益稳稳坐镇公司，这个大管家当得尽职尽责，没有一丝懈怠。

他看着屏幕上的报表数据，把它们当成棋子，努力下好手头仅有的一盘棋。

他拿出全部的谨慎，因为他没有输的资格。

生意做得顺利，时间过得也快。

夏野从高一入学，一眨眼就到了高二，唐瑾瑜也开始念小学二年级了。

八岁大的唐瑾瑜长高了一些，眉眼长开了，但依旧和小时候一样精致可爱，皮肤白皙，一个酒窝笑起来很甜，唯一不变的是小孩头上时不时翘起来的一撮头发，他发质太软了，睡觉起来后头发总会乱翘。

儿子读小学的这两年，唐泓俊夫妇相对放松了一些。

小孩冬天的时候也发过烧，但是情况没有以前那么严重，住院几天调养一下就好了。每次住院都是全家总动员，唐瑾瑜只要醒过来，身边永远都至少有一个家人守着。有时候唐泓俊在给他削苹果，有时候是陈素玲在给他暖输液时冰凉的小手，有时候是夏老师和夏野在旁边。夏野会偷偷带一些小零食，他摸摸小孩软软的头发："家里还有一整箱，等你好了，都给你吃。"

生病的时候唐瑾瑜会做梦，梦里的情节总是很模糊，他很想记起来，但是醒过来看到家人，看到夏野，又全部忘了，他的小脸挨着夏野的手心蹭了蹭，小声喊他："哥哥。"

夏野坐在床边抱着他，问道："怎么了？"

"我好像梦到你了。"

夏野笑了一声："梦到我什么了？"

"哥哥对我好，还有……还有学校……"

小孩努力想了半天，还是夏野给他揉平了眉心，安抚道："没事，记不住就算了，以后哥哥会对你更好。"

唐瑾瑜趴在夏野怀里，埋头蹭了蹭，好似要把小情绪蹭掉，然后张开小手抱紧了他。

过年的时候唐瑾瑜会去姥姥家，可是如果生病了，就去不成，会留在家里。

每次下雪，隔天院子里都会有一个雪人，有时候是圆圆的胖胖的，有时候是熊猫拿着竹子的，唐瑾瑜每次隔着窗户瞧见就知道是谁做的雪人。他爸喜欢做带胡萝卜鼻子的大雪人，夏老师的富贵竹养得特别好，夏野哥哥喜欢给他做抱着竹子的熊猫雪人。

刚上二年级的那年冬天，小孩感冒好几次，除了带他去医院家人没敢让他离开房门一步，踩雪的活动也没有了。

唐瑾瑜每天就站在窗边看外面，陈素玲问他想不想出去，他就摇头道："不出去，我在家里陪妈妈。"

陈素玲心疼他，但也实在不敢再有一点闪失。

那年冬天的雪下得很大，鹅毛似的飘了好几天，院子里的雪人都"胖"了不少，夏野来看他的时候，小孩就牵着他的手一起去窗户那边看，指着那个雪人笑道："哥哥看，它有围巾，但是没有戴帽子，头都大了一圈，哈哈哈！"

夏野揉了揉他的小脑袋："我看看，是你的大还是它的大。"

唐瑾瑜抓着他的手测量，认真道："当然是它啊，我头不大。"

夏野被小孩逗乐了。

第二天，院子里的雪人先生戴上了帽子，不过是一顶棒球帽，跟唐瑾瑜以前戴的时候一样，是倒扣在脑袋上的，看起来特别酷。

唐瑾瑜又有点发热，陈素玲都不敢带他去医院了，今年冬天特别多的小孩得流感，她专门请人来家里给唐瑾瑜打针，自己也把工作带回家里，一直守在孩子身边。

傍晚，夏野去了前院，看到小孩卧室的窗帘拉着，但有柔和的灯光透出来。

夏野团了一捧雪在窗边捏了一个小雪人，捏好之后揉了揉冻得发红的手，敲了一下那扇熟悉的窗户。很快，窗帘窸窸窣窣地动了两下，一颗小脑袋从窗帘后面钻了出来，看到他就笑出一口小白牙。

夏野指了指自己，又指了指窗边那个小雪人。小孩就隔着窗户认真地看一会儿，眼睛亮晶晶的，还想伸手去碰窗玻璃。

夏野重重敲了一下窗户，那只小手立刻又缩了回去，小朋友抬头看他，很快躲回窗帘里面不见了。

没一会儿，大门就被打开了，唐泓俊站在外面的门庭走廊里，瞧见夏野笑道："哟，我说小瑜怎么这么着急，原来是有礼物啊。"

夏野喊了一声"叔"，就要走过去。

唐泓俊笑道："不急，你把那雪人也带进来吧，这边有盒子，一会儿放冰箱里去。"

夏野就捧了那个小雪人进去了，唐瑾瑜穿着小拖鞋跑过来，夏野躲开他，低声道："别靠近我，身上冷。"

唐瑾瑜就站远一点，等小雪人被爸爸放进冰箱，他才转过头，像小尾巴一样跟着夏野喊"哥哥"。

夏野是特意来看小家伙的，听着他咳嗽，就带他去卧室，让他躺下休息。

唐瑾瑜躺了一天，现在正精神，除了脸上还有些微微发红外看不出什么异样，他坐在床上跟夏野说话："哥哥，我今年都没有出去过，外面雪好大。"

"嗯。"

"是不是很软呀？"

"还行，路面上的化了一些，踩过之后很硬，骑车会打滑。"

唐瑾瑜立刻道："哥哥很厉害，从来不会摔倒。"

夏野笑了一声，他蹲下来给小孩脱了鞋子，小朋友还穿着棉袜，毛绒材质的，让他的小脚丫看起来都胖了，特别可爱。夏野搓了一下手心，等手没那么凉了，握着小孩的脚，让他踩在自己的手心上，对他道："大概这么凉，你踩一下试试？"

唐瑾瑜的脚丫都没他的手大，踩了两下，自己乐了。

不像雪，微微带着一点凉意，但是好软呀。

冬天过去，天气慢慢暖和起来，唐瑾瑜的身体也很快好转了。

唐瑾瑜去学校的时候已经是三月份，小学已经开学有一段时间，他回到教室，发现他的同桌季元杰还细心地帮他擦了桌椅。

唐瑾瑜现在班上的同学有一半都是以前幼儿园的小朋友，不过幼儿园同班分过来的只有季元杰和韩亦星。

他和季元杰的个子矮一些，被分在了前排坐着。两个小男生周围都是女孩，韩亦星就坐在他们后面——她现在是二年级一班的班长，管着全班的纪律。

季元杰特别高兴他回来，打开课本，贴心地告诉小伙伴昨天上课讲的内容，还有今天要抽背的课文。

"季元杰！不许说话！"

自习时间代替老师坐在讲台上的小班长韩亦星开始点名。

季元杰老实道："那个，我就和唐瑾瑜说一下课文……"

"不许打扰唐瑾瑜学习！"

"哦。"

季元杰缩回去，偷偷把书递给同桌，让他看昨天布置的作业。

唐瑾瑜大概看了一下，其实就是每篇课文后面的一课一练。他生病的时候夏野经常拿课文当故事讲给他听，带他做完了大半本书的习题，学习进度已经远超同班同学。

第十章

未雨绸缪

韩亦辰正在热火朝天地复习。

他现在去聊天室少了,改用通信软件联系,企鹅号上的名字叫"02届准清北生",然而老猿并不尊重他这个准高才生。

"59分清北大学生!"

"那是我高一的成绩,你干什么掀人老底?"

"你说你上次摸底考试多少分?来,你大声告诉我!"

"129啊!"

"丢不丢人!"

韩亦辰一脸蒙,他以为老猿会夸他。

老猿隔着屏幕跟他视频,拿着教案拍桌,痛心道:"你何止对不起我们唐院长编写的辅导书,你连我都对不起!"

韩亦辰底子不差,就是想法太多,解题解到一半就按自己的想法瞎搞,老猿纠正了几次恨不得从齐州市过来教育他。临近高考,韩亦辰这个毛病终于被老猿掰过来一些,主要是老猿的语气高人一等,韩亦辰经常被他说得一愣一愣的,稍有反驳就被老猿当头一棒,毫不客气地呵斥他有辱数学。

但凡韩亦辰有什么想法,都会被老猿叱责道:"这是我们数院老院长编写的材料,他老人家写的,能有错吗?"

"你应心中怀揣敬畏,时刻提醒自己面对的是怎样的大师,能摸到这本数学书都是三生有幸,懂?"

"闭嘴吧,听我的!"

小韩同学试着反驳,就被老猿拍桌骂道:"竖子不足与谋,你不向我和我男神的公式道歉,我就将你逐出师门!"

"你也没进唐院长的师门啊……"

"哼！"

老猿是没进去，但是他的心已经留在了数院。

上个月他们皇长孙小殿下过生日，他还送了一个"聚财神牛"的摆件给小朋友，24K纯金两角顶天大金牛外加红木底托，特别符合金牛座的气质！

在老猿的督促下，韩亦辰的成绩有了大幅提升，夏野也在其中出了一把力，他给韩亦辰辅导了其他功课，韩亦辰刚开始被低自己一年级的人辅导有点不好意思，但是见到夏野的成绩单就跪了——除了语文和英语扣了两分，其余全部满分。

韩亦辰哆哆嗦嗦地问他："夏野，你跟我说实话，上回那个有一门功课缺考还拿了年级前五的人是不是你啊？"

夏野想了想，点头道："是我。"

"我不明白你还读高中干什么，你今年应该和我一起参加高考。"

夏野弹了弹试卷，平淡道："老师也问了，不过我想多体验一下高中生活，离家也近，方便照顾家人，不急着去大学。"

韩亦辰被这人身上的自信彻底震住了，从此以后老老实实地跟着他学习。

老猿和夏野的助力十分有效，韩亦辰的成绩突飞猛进，最终离清北录取线就差了5分。

不过他的运气也确实好，上午刚接到这个噩耗，下午又迎来喜讯，因为他之前参加全国青少年组计算机大赛拿了金奖，清北大学招生办的人特意找到学校，表示他这个情况可以破格录取，属于优先照顾的人才。

一天之内，韩亦辰的心情大起大落，实在太刺激了。

韩家在市里最好的酒店摆了几桌，夏唐两家都去了。韩家父母特别感谢了夏老师和夏野，韩亦辰他爸还给夏老师敬了两杯酒，连声感谢。

大人们在一旁客套，韩亦辰走过来低声道："夏野，老猿最近在忙什么，我请他来这边聚聚他也不来，我还想当面谢师呢。"

夏野知道得多一些，对他道："老猿忙着带项目。"

韩亦辰好奇道："他带什么项目啊？他今年不是毕业了吗？"

老猿今年博士毕业，但被他们计算机学院的教授留下了，带他的朱教授就是S大的副校长，对老猿这个人才十分看重，不舍得放他走。朱校长惜才，但又被这逆徒隔三岔五要调去数院的申请报告气得受不了，干脆打发他去历练一下，让他带队和一家公司的新兴项目合作，眼不见为净。

朱校长怕自己年纪大脾气不好，再瞧见老猿跑去数院要打人——每次唐齐先生的公开课这厮就跑去听讲，人多的时候直接坐在台阶上，面子都不要，这小子给唐先生端茶递水不说,还问来了数院的论文题目也要跟着做,还每份都做得特别完整交上去。

全校都以为这家伙是唐齐先生的徒弟!

这个逆徒!不孝子!

朱院长决定增加老猿的工作量,顺便让他接触一下甲方,和外面企业打打交道,让他感受一下来自社会的毒打。

老猿现在苦兮兮地被流放了,带队外出实践,据说熬夜写程序都瘦了二两肉。

韩亦辰听完唏嘘不已,当即许愿道:"我希望将来过得比老猿好,认认真真体验大学生活,写论文之余再谈个漂亮女朋友,要是能牵牵小手就更好了。"

唐瑾瑜抬头,好奇地看他。

夏野捏着小孩的脖子让他转回来,夹了一块蹄髈肉给他:"别听,你韩哥这些话不健康。"

韩亦辰抗议道:"我这么说才是最健康的好吧,哪儿能跟你一样,抱着电脑就能过一辈子。"

唐瑾瑜一边吃肉一边问:"哥哥,你以后也——"

夏野又给他夹了一块西蓝花,喂进他嘴里。

唐瑾瑜费力咽下去,还想问,又被塞了一个肉丸子。

小孩老实了,不问了。

唐瑾瑜今年种的西瓜成熟了。

不过,他记得当初自己种下去的品种叫黑美人,家里院子里结出来的却是花皮大西瓜。

唐瑾瑜努力装作没看出来。

又到了全家人拼演技的时候,唐泓俊抢在前面,认真夸道:"这瓜一看就好,比去年的还大一圈呢,小瑜,爸爸跟你保证,这瓜绝对又大又甜!"

唐爸爸今年又完美地实现了诺言:绝对让他家小孩吃上亲手种出来的西瓜!

今年的瓜果然很甜,一家人挑了个月亮最圆的夜晚在院子里的小凉亭里把瓜切开分着吃了。因为唐瑾瑜不能吃冰,他们就把西瓜泡在水里浸了一两个小时,吃的时候一样凉丝丝甜津津,特别爽口。

唐泓俊和夏老师聊了一会儿,转头问夏野道:"对了,小野,你明年有什么打算?有喜欢的学校没有?"

这话说完,唐瑾瑜的瓜都不吃了,抬头看他们。

夏野想了一会儿,道:"还没有,应该和韩亦辰一个学校吧。"

唐泓俊点头道:"也不错,全国首屈一指的学校,计算机专业也好。"

陈素玲拿着团扇给小孩赶蚊子，好奇道："小野想留在京城创业？那边环境是不错，比齐州市发展要好。"他们几个大人偶尔聊起来也讨论过夏野要选的学校，无非是清北或者S大这几所国内顶尖大学，单纯论就业环境，京城确实不错。

夏野道："还早，没想那么多。"

陈素玲笑道："不早了，你这都创业好几年了，依我说留在那边也不错，发展前景好。"

唐瑾瑜打了个嗝儿，陈素玲给他喂了一杯水，小孩还在打嗝，顺了好一会儿才好。

陈素玲笑他："怎么，听到哥哥要走吓到啦？"

小孩摇摇头，眼巴巴去看夏野。

夏野起身把他抱起来："姨，我带小瑜出去走走，昨天说要带他抓萤火虫来着。"

陈素玲点头道："去吧，早点回来。"

夏野带他去外面，天黑了，小区里散步的人不多。他牵着小朋友，小孩手里拿着手电筒，有一搭没一搭地照亮前面的路，过了一会儿他小声喊"哥哥"。

夏野接过他手里的手电筒，问："怎么了？"

唐瑾瑜问他："你要去很远的地方上学吗？"

夏野"嗯"了一声。

唐瑾瑜小声道："哥哥要去很久。"

夏野揉了揉他的小脑袋，四年，对小朋友来说确实是很久，他再回来的时候小孩都长大了。

接下来的一段时间，夏野明显感觉到小孩变得更黏人了，准确地说，是黏他。

只要他放学，唐瑾瑜就背着小书包跑过来，也不吭声，只占他书桌的一个小角落埋头跟着他一起写作业。夏野用电脑的时候，他就坐在一旁摆弄夏野送他的笔记本电脑，有时候夏野瞧见了还会教他两手。唐瑾瑜学东西很快，领悟力也不错，小程序很快就学会了两个，第一次做出来的是一条几何积木拼出来的小鱼，红蓝色相间，摇头摆尾，笨拙又可爱。

夏野夸了他一句，回头就拿这条小丑鱼做了头像，用了好一阵。

韩亦辰瞧见后好奇地问了一句，夏野轻描淡写道："小瑜做着玩儿的。"

小韩不肯服输，给他妹打了个电话，第二天也跟着换了头像，是一朵粉色的大蘑菇，周围一圈用黑蓝色描线，还加了金色提亮花纹，一看就是有毒品种。

老猿为此还特意在聊天群里问了一下："韩亦辰被盗号了吗？"

小韩立刻蹦出来道："当然没有！"

"你头像怎么回事啊？"

"这是爱的证明！"

老猿对小韩同志的审美十分忧心。

夏野难得在聊天室冒泡，问他们："大家最近有空没有？"

韩亦辰这个新入学的大学生空闲最多，立刻响应道："有啊，有啊！"

夏野："要不要干一票大的？"

看到这句，一直潜水的宋经理忍不住冒泡问："多大？"

"五十万。"

宋经理下线去忙公司事务了，对这票毫无兴趣。

韩亦辰兴致勃勃："来说说看，具体干啥？"

夏野发了一段介绍过去，是一家公司最新发出的新闻通稿，扬言要以一己之力挑战全球黑客，并放话，谁能在规定时间内破了他们公司指定网页的防火墙程序，就给五十万元奖金。

韩亦辰："有点意思啊，日期就是这几天吗？赶巧我有时间，搞他！"

老猿跳出来疾呼："快住手！你们要黑的是我公司啊！"

韩亦辰："什么你公司？你不是在带项目编写机顶盒程序吗？"

老猿："就是给这家公司写的啊！"

夏野："奖金平分。"

老猿："……也不是不行。"

老猿原本潜水看热闹，忽然猝不及防被战火殃及，他现在带队在做的项目就是给这家公司编写电视机顶盒程序，这家公司野心挺大，一边做着这个项目一边还想涉足网络安全领域。老猿有时候跟这家公司对接的时候，听着那帮对技术一知半解的人吹牛，都替他们提心吊胆。

也不知道公司请了哪位高人想出来这招，估计是这两年"黑客"被炒到白热化，想蹭一波热度，跟风做了这么一个挑战全球黑客的新闻通稿，严格来说这顶多算是营销手段，想博人眼球。

可能他们也没想到会招惹到夏野这个级别的大神。

老猿觉得自己太难了。权衡之后，还是向钞能力低了头，反正通稿上也没说合作伙伴不能上，再说他也就是临时合作，编完机顶盒程序他还得回学校去呢！

老猿乐呵呵地用攻防软件测试了一下深浅，觉得这五十万奖金手到擒来。

韩亦辰比他想得多，他把对手的范围又扩大了一些，不止提出挑战那家公司，还针对了其他黑客群体，他觉得这些人更有威胁力，万一有人比他们快呢？

夏野道："我敢保证，没有人会比我们动作更快。"

"那万一……"

"没有什么万一。"

夏野这话斩钉截铁，韩亦辰也就放心了。

公开测试的那天晚上，夏野他们用了十五分钟就突破了那家公司的防火墙。因为对方只给了一个指定攻防网页，也没说具体怎样做才算获胜，夏野就用黑白两色代替了原本网页上的颜色，并在首页放了一张图片霸屏，图上黑底白字，写得言简意赅：

打钱。

——x

与此同时，那家公司的官方网站被黑了，黑客洋洋洒洒留下数千字冷嘲热讽，并对这家公司的测试进行了质疑，一句"小学生的游戏没什么意思，不如用你们官网给我练练手"结束了这次攻击，结尾姓名处留了一枚花朵标记。

公司官网和测试网址同时被破解，一时狼狈不堪，原本就是炒作，这次简直是吃了自己种下的苦果，此事被报纸大肆报道了一番，之后他们也不打算做网络安全方面的业务了。

那笔奖金很快被人认领，公司的负责人原本想和对方搭上线，但是领钱的人非常小心，网上联系用了跳板，查询不到具体IP地址（网际协议地址），收款账户也是港城的一个账户，无法具体核查，那家公司只能作罢，当真是赔了夫人又折兵。

领钱的人是宋益。宋经理对此也很无奈，他当初是为了和乔氏进一步合作以及方便以后公司运转才做的港城的账户，万万没想到账户上第一笔收入是这么来的。

韩亦辰分了十五万，喜笑颜开："老宋，这钱本来就是我们辛苦劳动的成果。"

老猿也拿了自己那份，认真赞同道："小韩说得对。"

他们俩觉得自己出力没夏野多，一共分了三十万，剩下的二十万给了夏野。

宋益还特意去问了一下，因为夏野赚的这笔钱太奇怪了，要说多，那跟公司现在的流水比起来实在不值一提，可要说少，夏野何必这么忙活一阵。

夏野道："没事，我就是想送份礼物。"

宋益问："给谁？"

这次夏野没回，头像变成灰色，下线了。

唐瑾瑜读三年级那年，夏野参加了高考。

在夏唐两家的大人们和学校老师的期盼下，夏野拿了那年的省状元，选择了京城的清北大学。这次老猿和宋益特意从齐州市赶过来给他庆祝，韩亦辰也从京城提早回来了两天，因为夏野和他选了同一专业，韩亦辰这两天特别高兴，觉得同校的情义得到了延伸，当年吹出去的牛算是全都圆回来了。

夏野只跟他们聚了一天，没跟宋益他们回齐州市公司，也没答应韩亦辰提前去京城体验的邀请，整个暑假都留在家里陪小朋友。

他带着唐瑾瑜找了一个暑假的萤火虫，直到暑假快结束，萤火虫也没有找到。

唐瑾瑜特别舍不得他。

夏野对他说：

"等明年，明年夏天我再陪你找。

"寒假我就回来了，到时候下雪，我带你出去踩雪，给你堆雪人。

"你还没吃过海棠果脯对不对？有点酸，还有点粘牙，新鲜的像小苹果，特别小一个，你不是每次都吃不完一个苹果吗？等哥哥回来，给你带海棠果吃，我们小瑜一口能吃一个。"

…………

夏野说了很多，但是小孩都闷闷不乐，看着没什么精神。

夏野顿了一下，从兜里掏出一个东西递给他："笨宝宝，这个给你。"

唐瑾瑜接过来，小声问："哥哥，这是什么？"

"存折啊。"夏野笑道，"你还小，我问姨要了一个账户给你存了些钱，以后你要是想哥哥了，就跟姨说，让她带你来京城找我好不好？"

"哥哥，我自己有钱。"

"不一样，这是我给你的，留着买机票。"

小孩点头说好。

夏野不敢看，小孩哭了，没出什么声音，他心也跟着揪起来。

夏野开学的时候，夏唐两家一起去机场送他。原本陈素玲想让司机开车送他过去，但是夏野拒绝了，他没额外带什么行李，就一个小行李箱和一个背包，像是临时出门随时会回来一样。

唐瑾瑜刚开始还忍着，机场航班播报的声音一响，他就忍不住扑过去抱着夏野哭了。夏野看着腿边的小孩，小家伙哭得都打嗝儿了，他已经好几年没看到他哭成这样了，一时有些手足无措起来，他哄了好一阵，但是他越哄小孩哭得越厉害，抱着他的脖子不让他走。

最后还是陈素玲把小孩接过来，一边拍着儿子的后背哄他，一边对夏野点头示意让他别耽误了行程。

夏野一直到上了飞机，耳边还是小朋友喊他的声音，他哭得太厉害了，也不知道回去会不会嗓子疼，会不会生病？

到了学校，夏野先给家里打了一个电话，简单报过平安，就问："爸，小瑜回去没事吧？"

夏老师道："怎么可能没事，哭了一路，你唐叔和陈姨哄都哄不住，他上次不是看了好久滑板，我们觉得危险都没给他买吗，这次你唐叔二话不说就买了，结果拿回来他看都不看一眼，到家是不哭了，但眼睛都肿啦……"

夏野听了皱眉："我给他打个电话。"

夏老师拦道："别了，好不容易才不哭了，一听到你的声音又想起来了。"

夏野想了想，也没办法，只能暂时先给陈素玲打一个电话问问情况，知道小孩只是嗓子有点哑，没生病，他才放心。

大学的课程很顺利，此外夏野还多修了几门，比韩亦辰要忙碌一些。

过了元旦，是夏野的生日。当天夏老师去看望他，顺便把公司事务和账户上的钱都转给他。

夏老师笑着拍了拍他的肩膀："小野，你长大了，以后的事就是你自己做主了。"

夏野拿到钱做的第一件事，就是飞了一趟齐州市，去找宋益。

宋益的办公室他来过几次，但是坐在会议室首位认真同他谈话，这是第一次。

夏野敲了敲桌面上的文件，认真思索片刻道："可以出手了。"

宋益等他这句话等了三年，对此自然没有任何反驳。

他们现在所在的市场又有几家大公司入场，厮杀已经进入白热化，前两年的技术对现在的人来说已经不算什么难题了。与其在这儿耗着，不如狠狠收一笔钱退出，反正他跟着夏野，将来还有更大的市场。

宋益对夏野的下一个目标十分感兴趣："夏总，接下来有什么打算？"

夏野道："我打算休息一阵。"

三年无休的宋经理："……"

夏野坐在老板椅上转了半圈，又转回来看着他，认真问："老宋，公司还有多少钱？"

宋益："怎么了？"

"我打算分房。"

"分什么？"

"房子，沪市的房子，要不要？"

宋益以为夏野在说笑，但是坐上去沪市飞机的商务舱才反应过来，夏野来真的。

夏野带他去看了楼盘，这次之所以要在沪市买房，还是因为一项政策。

沪市政府为了带动经济，招商引资，对外地投资者、购房者和"引进人才"都给予了优惠政策，但凡来投资、购房等，可以享受正式户口的权益，并且在经过一段时期之后可以申请正式户口。

沪市的税收政策对公司有很大优惠，而良好的师资教育和医疗条件，也是吸引夏野来这里的主要原因。

夏野对宋益道："小瑜以后要跟着我爸学音乐，沪市条件比较好，比赛活动也多，如果在这边读书的话就不用以后来回飞了，我们公司也在这儿，我可以就近照顾他。"

宋益点点头，但又困惑道："小瑜现在就学音乐了？"

夏野道："是啊，前两天我爸还打电话说，他已经在报名参赛了。"

"哪里的比赛？"

"我们市小学组的乐器赛。"

宋益一肚子疑问，但不管怎么说夏野是老板，老板发话他就去做，最后他以公司名义买了写字楼，并给几位高层买了房子。

韩亦辰对这事很上心，毕竟他妹妹成绩不算拔尖，他担心小姑娘将来高考失利遭受挫折。

全公司只有老猿一个人没有落户，老猿坚定道："我要留在齐州市，给唐齐先生养老，走是绝对不可能走的！"

办妥了公司的事，宋益又帮夏野以私人名义买了几套房子，夏野之前的生意都是没本钱的买卖，这三年确实狠狠赚了一大笔，身价早已超过千万，说是新贵也不为过。

夏野没挑新房子，认真选了两天，最后选了二手的学区房。

因为他们来得晚，也没有更好的位置了，宋益找了很久，托关系才找了一栋靠近马路的房子，夏野看过之后不是很满意，皱眉问："没有其他的房子了吗？"

宋益摇头："只有这边了，不过这是一百二十平方米的，面积比其他小区都大。"

夏野简单看了下，又问："还剩几套？"

宋益以为他还要看，问了一旁的中介，中介连忙翻开图册："夏先生，真的就剩下这边一栋还有空房了，您现在看的是采光最好的一套，另外两套，一套是楼下，另外一套在顶楼——"

夏野打断他："我都买了。"

中介怔了一下，顿时狂喜，连连点头道："好！夏先生需要去看一下吗？顶楼那套也不错，阳台是送的，很大，可以养花！"

夏野想了一下，也不知道脑补出了什么，忽然心情好了不少，对中介道："那就看看吧。"

中介身上没带齐钥匙，让夏野他们在这里稍等几分钟，匆匆回去取钥匙了。

夏野在这套房子里转着看了一下，客厅很宽敞，采光很好，他停下的位置就很适合放钢琴，小孩白天可以在这里练琴。夏野看着这块儿空地，嘴角扬起来，前两年他弟坐在琴凳上脚都踩不到地面，今年就已经像大孩子一样可以自己稳稳坐着了。

宋益看他手指悬空好像在弹琴，就知道他在想谁："你对小瑜可真好。"

夏野道："他对我也好。"

宋益想象不出这种不是亲人胜似亲人的感情，他早就是成年人了，不会轻易被人突破心防。

夏野想起小孩，面上的表情都跟平时不太一样，他对宋益道："老宋，我今年开学的时候，你知道小瑜在机场哭得有多厉害吗？"夏野沉默了片刻，忽然笑道，"你不知道，我弟哭起来的样子特别可爱。"

宋益：……

"真的，我从来没见他这么闹过，他第一次跟我说要我别走，可是我做不到。"夏野收回虚空中弹琴的手指，"我想过了，第一年他会哭，会舍不得我，可能第二年也会抱着我的腿不让我走，但是第三年就学会不哭了，他会跟我摆摆手，说'哥哥一路顺风'。"

宋益觉得这很正常，但是夏野却摇头道："我不想他那么快长大。"

"小孩子都要长大的。"

"嗯，我想看着他长大。"

中介很快就带钥匙回来了，夏野跟他去看了那两套房子，尽数买下。

中介兴奋道："夏先生这边请，我带您去办手续！"

夏野跟着中介出去，宋益在后面已经看得麻木了，他这两天花钱如流水，成百上千万眼睛都不眨一下。他老板够本事，他用了三年辛苦赚到的钱，不到三天花得干净。

夏野放寒假回来，往家里带的东西比去的时候多得多。

他去学校报到只带了几件随身衣物和证件，回来的时候光是特产就塞了满满两个旅行箱，背包里装着果脯和糖，烤鸭什么的倒是没买，净顾着买小孩喜欢的那些零食了。

夏野到家的时候是下午，自己从机场回来休息片刻就拎了背包去前院，到了才发现家里没人。他有些奇怪，给他爸打了一个电话："爸，小瑜呢？"

夏老师还在单位上班，没想到他回来得这么早，笑道："你忘了，小学还没放寒假。你先在家休息，晚上就能见到了。"

夏野这才想起来，以前他读高中寒暑假都要晚一些，每回都是他弟在家眼巴巴等他放学回来，现在大学了，寒假时间也多了一些，轮到他等小朋友了。

夏野没在家多等，瞧着时间差不多，就告诉唐家他去小学门口接人。

小学校门外永远都是最热闹的，相邻的两条街上扎堆开了十几家小卖部，从零食到玩具应有尽有，名字也起得五花八门，稍远的位置上还有小吃店，路边还有卖爆米花和烤红薯的。尤其是冬天，烤红薯的大爷旁边总是挨着一个卖糖葫芦的，一个小推车上竖着老大一个糖葫芦棍，扎着满满二三十串，红彤彤的引人注目。

夏野低头看了一眼手表，算着时间差不多了。

在校门口等了一会儿，唐瑾瑜就跟几个小伙伴一起走出来了，刚开始歪头在跟旁边的同学说话，忽然就抬头找了一圈。

夏野冲他摆摆手，小孩眼睛亮了一下，扔下小伙伴就跑过来了。夏野伸手，半年没见了他弟的动作还是这么熟练，一下扑到他怀里，埋头抱住，喊"哥哥"。

夏野笑了一声，伸手捏了一下他的小耳朵，问："冷不冷？"

唐瑾瑜摇头，脸上还带着兴奋，不住地抬头看他，瞧不够似的。

夏野拿额头撞了他一下，逗他道："看够没，先说好啊，可以看，可以摸，但是不许再掉金豆豆。"他抬手揉了揉小孩的脑袋，声音软了一点，"哭多了要生病，就不能去踩雪了。"

唐瑾瑜本来鼻尖发酸，听到后一句就乐了，点头道："要去踩雪，哥哥，今年下雪好晚，现在还没下。"

"嗯，这两天就会下雪。"

"哇——"

夏野按照天气预报上的说，他弟立刻捧场，好像那雪是他召唤来的一样，夏野都被他逗笑了。

晚上回去，陈素玲特意买了许多蔬菜和羊肉，两家人聚在一起烫火锅吃。

家里煮的是鸳鸯锅，一边是红油辣椒，另一边是菌菇高汤，切得薄薄的羊肉卷放进锅里，很快就缩小成香喷喷的熟肉，肥瘦相间，咬起来混着汤汁非常可口。

唐瑾瑜不能吃辣，在一旁啃小块儿的玉米也吃得美滋滋的，吃了一会儿蔬菜，家里大人们就开始给他夹肉和鱼丸，还有新鲜的蛋饺，没一会儿小孩就吃得小肚子滚圆。

夏野饭量大，最后还煮了面吃，唐瑾瑜吃不下，但是也不肯走，坐在那里陪他，问他好不好吃。

夏野分给他一点，唐瑾瑜津津有味地吃了："哥哥煮的面真好吃！"

唐泓俊立刻道："这是爸爸下的调料！整个火锅都是爸爸做的啊小瑜！"

唐瑾瑜转头又夸："爸爸真厉害！"

唐泓俊得意道："是吧，我就知道小瑜最喜欢这个汤，爸爸一下班就去超市买了，特意找来煮给你和你哥哥吃，等过两年宝宝再长大一点，也能跟着一起吃辣了，到时候可以尝尝这边的红汤。"

夏野听了感兴趣道："叔，小瑜现在喜欢吃这个牌子的火锅料？"

"对，还有番茄的，他也喜欢吃。"

唐泓俊说了几样，夏野都记下来了。他做饭不太好，但是简单的还是能做。

唐瑾瑜坐在一旁扭头看了看窗户，忽然高兴道："哥哥，你看！下雪啦！"

今年冬天第一场雪来得有点晚，但下得很大，大片大片的雪花落下来，地面上很快就白了。唐瑾瑜跑去窗边看雪，夏野陪他看了一会儿，弯腰问他一句，小朋友立刻点点头扑过来，夏野顺势牵他去了衣架旁，一边走一边道："姨，我带小瑜出去玩儿一下，很快就回来。"

陈素玲叮嘱道："多穿点儿，你俩都记得戴围巾，还有手套，门口有新买的手套，一人一副，别忘了呀。"

夏野笑了一声："知道了。"

两个人穿戴好，夏野是一身黑白相间的羽绒服，唐瑾瑜穿的是蓝色的小羽绒服，围巾帽子和手套都是白绒绒的。小孩穿着小靴子走在路上踩雪，踩得"咯吱咯吱"响，小孩踩了一会儿，忽然笑了，抬头道："哥哥你看，我的脚印和你的一样大啦。"

小朋友踩了一排直线，两个小脚印合起来确实有夏野的那么大了。

夏野怕他摔倒，伸手想牵他，小孩误会了，抱住他的胳膊又开始往上爬，夏野也没拦着，等他爬上来取笑道："都多大了，下来自己走。"

唐瑾瑜想了想，确实感到不好意思，小声道："哥哥背着我。"

好像背着比抱着要少那么一点羞耻感似的。

夏野挑眉看他，小孩拿额头轻轻碰了他的额头一下，"嘿嘿"笑了一声："我可想你啦！"

夏野捏了一下他的脸，把他背起来。唐瑾瑜从后面抱着夏野的脖子跟他说话，叽叽喳喳怎么都说不完。说了一阵，小孩又抱着夏野的脖子伸了小手套过去，给他看自己刚才接的落雪，快乐道："哥哥，你看！送给你！"

夏野笑了一声："我可是从京城给你带了好多好吃的，两箱子都塞满了，还打算一会儿给你拿过去，你就用雪花打发我？"

"还有好多东西要给哥哥！"

"都有什么？"

"我也记不清啦，每天都攒一点，我们今年去秋游，有一片树叶特别好看……"

从一片树叶说起，那自然是说不完的，唐瑾瑜晚上没回家，跟着去了夏野那边住下，收了夏野的礼物。夏野盘腿坐在地毯上，小孩就坐在他旁边，一样样去看他带回来的糖果和玩具，对每一样都热烈地捧场，就没什么不喜欢的。

夏野觉得这礼物送得太舒心了，但还是捏了一下他弟的鼻尖，道："今天只许吃一颗糖，自己挑一个，一会儿我监督你刷牙。"

"好！"

唐瑾瑜很乖，没有吃糖，而是选了哥哥推荐的海棠果，洗过之后果然一整个他都能吃完，味道比苹果要更酸甜一点，小朋友吃得很满意。

吃过小零食，唐瑾瑜又搬了自己的宝贝盒子过来，把这半年积攒的小礼物都给他。盒子里什么都有：一块好看的名牌手表，一个塑料书签，作文比赛得奖的小印章，漂亮的树叶……

那片树叶做成了标本，就像夏野当初手把手教他做的那样，被保存得很好。

夏野拿起来把玩了一下，道："做得不错。"

小孩仰头也在看，期待道："哥哥，下次我们一起去，我跟爸爸说啦，他在地图上标好了，说以后咱们全家一起去玩。"

"好。"

小朋友晚上玩累了，很快就睡着了，怀里还抱着夏野给他带回来的一只玩具熊，他嘴巴抿起来的时候隐约能看到一边的小酒窝，很浅，也很甜。

夏野的寒假时间比小孩要多那么几天，但他也没出去，一直留在家里工作。

唐瑾瑜背着小书包跑过来，占了夏野书桌的一角认真写作业。小朋友不吵不闹，规规矩矩，只放一个习题本和一个文具盒，埋头写字的时候铅笔发出"沙沙"的声响，拿橡皮擦完错字也会乖乖把橡皮屑收起来，丢进一旁的垃圾桶。

有时候桌上会放一杯热牛奶，夏野打电话忙，就敲敲桌面，小孩就停下笔捧起杯子把牛奶一口喝光，和小时候一样，一杯喝完嘴边还有"牛奶胡子"，然后他会亮起杯底给哥哥看，示意自己全喝光了。

夏野笑了一声，又指了指唇角，小朋友就乖乖跳下椅子去洗手擦脸，跑到一半还会折返回来，拿走自己的牛奶杯顺便一起洗了。夏野基本上不费什么事，小孩特别好带。

跟之前相比，夏野今年冬天的电话明显增多了。

他之前说要休息一阵，但是宋益不肯，宋经理只答应给他半个月时间放松。

没办法，公司之前招兵买马，哪怕是卖掉了网管软件，精简下来也还有二十多号人，宋益这个大总管每个月要给大家发工资，银行里的钱大部分都换了沪市的房子，这会儿就一个零头——共百十万的现金，他一看到账户上那点钱就着急上火，恨不得再让老板亲自接几个黑客挑战的奖金赛。

好歹还有五十万,可以应应急不是?

但是经过上次之后,再也没有这样的冤大头冒出来了。

夏野听他汇报完近况,问道:"楼兰的情况怎么样?"

"流量还不错,比之前涨了一些。"宋益翻看了一下报表,读了几个数值给他,楼兰论坛是独立出来的,没有和弹窗软件一同卖掉,并且还有少量的广告抽成,算是沟通的一个桥梁。不过这两年论坛上的人已经不仅是寻求广告合作的了,网民变多,讨论什么的都有。

宋益读了几个热门流量点给他,目前《神迹》游戏排行第一,排行第二的和最近的球赛讨论有关。

夏野听他说完,想了片刻道:"把楼兰里面的几个热门帖扩展出去,重新制作几个网站,相互链接一下,游戏的话,你找韩亦辰和乔氏那边的人对接,请几个热帖的发帖人过去当版主,把气氛炒一下。"夏野自己也在看论坛,翻了一下,点了几个帖子的名字,宋益在手机那边应了一声,都记了下来。

夏野又道:"另外再做一个外链网站,试着和体育新闻类的节目合作,把近期的球赛转播权要过来,这事别人办我不放心,你辛苦一下,亲自跑一趟。"

宋益答应了一声:"要文字还是视频转播权?"

"文字。"夏野没有犹豫,他从一开始就选定了目标。

现在网络比前两年好一些,但视频依旧需要缓冲很长时间,直播的话更是卡得看不了,而且电视台也不会轻易答应放出转播授权,毕竟电视台也需要靠球赛的热度卖广告,都是吃饭的家什。

但是电视台转播又太慢,有一个时间差,有些球迷等不及看第二天的转播,这个时候往往报纸的销量会更好,没办法,虽然是文字,但是毕竟传递消息是最快的。

2G时代的网络就是如此,它还不具备流畅传输视频的能力,倒是文字新闻的反响更为热烈。

宋益闻弦知雅意,立刻就猜到了夏野接下来的打算,近期这场比赛不过是试水,试探出深浅之后,过完年才是重头戏。要知道接下来定下来的比赛可不少,亚洲杯足球赛、雅典奥运会等,光是想一想就知道这是一笔大买卖。

宋益有事做就更有劲头了,接下来的一段时间他都在忙碌新网站的事。等到唐瑾瑜寒假作业写完,新网站已经有一个雏形了。

夏野每天跟宋益谈公事的时候并没有特意避开小朋友,他工作起来也不会在意是在办公室还是在家里,想起来就会做,做完心里才舒服一些。

修改了几次之后,夏野点头表示了认可:"先这样吧,你让大家休息一天,我做下测试。"

宋益声音疲惫道："你都忘了日子了吧，快过年了，明天开始公司放假，一直到……"他翻动了一下日历，"到初八好了，大家好好放假休息一下，年后再开工。"

"好。"

宋益挂了电话匆匆去发休假通知。他觉得自己算是工作狂，但是夏野比他狠多了，这人说休息是真休息，什么都不干，但一开工就彻底进入状态，这让他忍不住想起三年前刚接乔氏第一单推广的时候，连续十几天睡在办公室的压力。

唐瑾瑜在一旁听着，等夏野挂了电话好奇道："哥哥，你要做新网站吗？"

夏野把他唤过来，让小孩坐在他腿上，打开网站测试页面给他看："就是这个，你觉得怎么样？"

唐瑾瑜在楼兰论坛玩过，会员编号还非常靠前，是06号。他坐在夏野腿上好奇地看新网站，页面比之前的楼兰内容要更丰富一些，就是上面写的日期乱七八糟的，滚动的消息也特别惊悚：

图文－亚洲杯中国男足4：1胜日本队夺冠，众球员齐喝彩！

图文－世界杯中国男足4：1胜巴西队夺冠，气势如虹！

图文－世界杯中国男足4：1胜意大利队夺冠，球员上台领奖！

…………

没一句是真的。

唐瑾瑜仔细看了一下时间，是2030年，算下来要到二十六年后了，估计做网站程序的人也是球迷，简直字字血泪。

新网站除了体育还有其他相关新闻，打开之后可以随意浏览，如果注册了会员并关注某场比赛，还会单独接收到小弹窗，不会让人错过比赛消息。

夏野测试了一下，又手把手带唐瑾瑜注册了第一个会员账号，名字还是用了以前的那个：Little Fish。

夏野带着他念了一遍，又捏他鼻尖，笑道："一尾小鱼，和你一样。"

唐瑾瑜立刻捧场："哥哥取的名字最好听！"

夏野把自己的会员也注册了，唐瑾瑜是00号，他的是01号，都是在最前面，他的昵称和以往一样简洁，只写了一个"x"。

唐瑾瑜登录后，看了一下，问："哥哥，我也可以发信息吗？"

"你要发私信吗？"

"不是，我也可以像这样发几个字，再加张照片……"小孩比画了一下，"我自己发出来，也能显示在最前面吗？"

夏野想了片刻道："也可以，技术操作起来不难，等过几天我让你宋哥试试。怎么突然想起来自己发信息?"

唐瑾瑜看着电脑屏幕觉得奇怪,他也不知道怎么想的,现在的网页虽然好,但是总有点不太习惯,好像他更喜欢单独的社交页面,可以关注一些有趣的人,也可以自己写点东西,让人看到并且自由评论。

"好像,就应该是这样。"

小孩努力想了半天,也说不出为什么。

夏野捏了一下他的小脸:"想法不错,回头我试试看能不能做出来。"

唐瑾瑜这一尾小鱼丝毫不知道自己甩了甩尾巴,在未来几年内会催生出怎样一片森林,也完全不知道几个月后远在 M 国的一个年轻人创建了同款照片分享站点,并凭此进入全球富豪榜。

工作告一段落,家里开始准备过年了。

夏唐两家这几年都是凑在一起过春节的,这样远比单独过要热闹。同款的"福"字贴在门的正中央,两旁的春联是夏野抱着唐瑾瑜贴的,小朋友仰头一直听远处的大人指挥,唐泓俊让他抬高一点,小孩不但把手抬高还一直仰头,夏野怕他的帽子掉下来,伸手就给他扣了一下,一下把小孩脸颊都遮住了大半。

唐瑾瑜举着春联不敢动:"……"

他啥也看不见啊!

夏野乐了,单手抱着他,另外一只手握住他弟的手按在门上,低声道:"贴这里,用劲儿。"

唐瑾瑜使劲儿按了一下,伸出小手抚平,贴得特别好!

贴完前院,夏野又抱他去贴了后院的春联,顺带多贴了几个"福"字。

夏老师站在一旁逗他:"小瑜啊,你看一下刚才贴的那个。"

门上和庭院里贴着的红底金字的"福"字很周正,每一个都是倒过来的,和这几年他贴的一样。唐瑾瑜看了一眼,道:"我贴好了呀!"

夏老师故意道:"'福'字怎么啦?"

小孩笑得眼睛弯起来,仰头道:"伯伯,福'到'啦!"

夏野路过,顺手把他抱起来扛在肩上,小孩一点都不怕,指给夏野看自己刚贴的"福"字。

夏老师瞧见道:"小野,你小心点,别磕着他脑袋。"

"爸,不会的。"

"会啊,你今年又长高了,你还扛着他,一会儿小瑜一抬头刚好就能撞到门上,你别扛着走了。"夏老师特别操心,他们家当初装修的时候是唐工那位热心的小舅子帮忙操持的，对方什么都做得很好，就是忘了他家的身高，平时出入还没什么问题，夏野扛着小家伙绝对要撞到门框。

夏野反手把唐瑾瑜夹在胳膊下，带着上楼去，还有几个大中国结要挂。

唐瑾瑜看到门口贴着的那个"福"字，踢了踢小脚，美滋滋的。

贴好了春联，也挂好了中国结，家里喜气洋洋。

这中国结是陈素玲请人特制的，比市面上买的都要大上许多，上面绣着的图案是锦鲤，红金两色为主，非常精致漂亮，两家一边一对。

夏野带他布置好家里之后，要出门去买东西，唐瑾瑜追在后面，像是一条小尾巴。他们两个人穿着同款的衣服，一大一小，影子拉得特别长。

路面上还有未融化的积雪，唐瑾瑜低头认真踩雪，蹦蹦跳跳的，夏野就在一边走，看到融化的雪水也不等小朋友绕路，直接拎起他的后衣领提过去了，等走两步之后看到白白的雪再让他继续踩一下。

小孩就这么一点喜欢的活动，夏野也愿意宠着他。

临近年关，街上好多店铺都关门了，夏野怕他累着，带他过去找了街尾的一家菜店买了些蔬菜，瞧见还有小橘子，顺带也买了十斤。

唐瑾瑜凑过去："哥哥，家里有橘子。"

夏野道："再买点。"

"是有人要来做客吗？"

夏野看他一眼，小孩也在仰头看他，问得一脸认真。

夏野想说家里那些不够他吃，不过很快又觉得自己这样和唐泓俊特别像，一边对小孩的食量一清二楚，一边又总觉得家里的宝宝能吃下一座小山，恨不得看到什么都买回家里去囤起来养娃。

夏野犹豫一下："那就拿八斤吧。"

老板挺高兴的，给他们称好了装袋子里，又问："今天有新鲜的羊肉，来点吗？"

夏野转头问："小瑜，还要不要吃火锅？"

小孩点点头，高兴道："要吃！"

夏野又买了一些羊肉，不过新鲜的是整块的，还没有冻起来，不能用机器切成羊肉卷，老板帮着切成薄片状，火锅烫一下就能熟。

北方天黑得早，回去的时候路边的灯都亮了，过年的时候很多小灯笼造型的彩灯挂在道路两边，一闪一闪地发着光。

夏野提了不少东西，唐瑾瑜主动接过来一袋青菜，走得特别起劲儿。

夏野看他走得跟踢正步一样，笑道："这么喜欢过年？"

"喜欢呀！"

"喜欢过年有好吃的？"

小孩摇头，踩在雪上伸过手去让夏野牵着："喜欢哥哥回家，哥哥，我一看到你就可高兴了。"

夏野觉得半年不见，他弟还是有点变化的，这小嘴明显比以前更甜了，简直像是含着蜜，随便说点什么都能甜到人心里去。

过年的时候家里每个人都做了自己的拿手好菜，所有人都默契地不许小朋友进厨房，给他另外安排了一项任务，尝味道。

唐瑾瑜这活儿做得特别好，这边吃完一口鼓掌说"好"，那边吃一口，"哇"的一声夸上半天，卖力捧场。等到正式吃晚饭的时候，小孩已经吃个半饱了。

晚上吃过饭两家一起看春晚，守岁。

唐泓俊平时工作忙，看到一半就睡着了，十一点多的时候窗外鞭炮声炸响，他吓了一跳，坐起来好半天才想起来这是家里，摸着头笑道："大家过年好啊！"

全家都笑了，陈素玲给他扶了一下眼镜："电视这么大声音，亏你这样都能睡着。"

夏老师和气地说："老唐你刚醒就别出去了，小心吹到风，我去放鞭炮。"

夏野起身道："爸，我去。"

夏老师把打火机给他，夏野就去院子里了。

唐瑾瑜也要去，夏老师没让，陪着他在窗边看了一下，还贴心地用手给小孩捂住耳朵："小瑜准备好啊，一会儿就响了。"

唐瑾瑜睁大眼睛看院子外面，这会儿还不忘夸人："哥哥真厉害！"

夏老师笑了一声，对他道："我们小瑜长大了，一定也和哥哥一样厉害。"

小孩抬头说话，刚好院子里鞭炮响起，"噼啪"一声之后紧跟着全部炸响，外面的人家也像接力赛一样，纷纷放起了鞭炮，还有人家放了烟花，特别热闹。

夏老师只看到小孩的嘴型，听不清他说了什么，但是小模样得意极了，好像在他眼里夏野是全世界最厉害的人。很快夏野放完鞭炮回来，小家伙跑过去抱住夏野，一蹦一跳地喊"哥哥"。

陈素玲煮了一些饺子，全家人又一起吃了一点，然后就都去睡了。

唐瑾瑜刚才精神，没过一会儿就困得揉眼睛。唐泓俊刚要带他走，夏野喊了一声，走过去道："叔，等下，这个给小瑜。"

夏野塞了一个小荷包给他，唐泓俊接过来只当是玩具，笑呵呵地塞到小孩兜里去了："都给了那么多礼物，怎么今天还有单独的？我都要羡慕小瑜了。"

夏野笑道："过年，应该的。"

唐瑾瑜晚上睡觉的时候，手里还攥着小荷包，睡得特别香。

等初一早上醒过来，还是陈素玲先发现荷包不对劲，里面特别沉，打开一看才瞧见里面装了一把金子做的小玩意儿，有小花生、小元宝，还有镂空小金球，都是拇指大小，足足有十件。

陈素玲去问丈夫，唐泓俊才恍然："原来装了这么多金子，我说怎么这么沉。"

陈素玲哭笑不得："你都不问问！现在好了，小野刚创业，用钱的地方多着呢，还给小瑜花钱买这么多东西。"

唐泓俊心宽得很，一副无所谓的样子道："给小瑜留着玩儿吧，也不差这点，难道你还想给人家送回去？你信不信，你前脚送回去，小野下午买双份再拿过来。"

陈素玲哑然，这她还真信，确实是夏野会做的事，那孩子想做什么一定会做成。

唐泓俊道："你看，上回小瑜送的手表，小野不也什么都没说就收下了吗，昨天晚上我还见他戴了呢。"

陈素玲点点头，笑道："也是，那就收着吧。"

唐瑾瑜眼巴巴地看着自己的小荷包。

陈素玲弯腰点点他鼻尖："现在不能给你，妈妈去找人给你穿起来，不然容易丢。"

唐瑾瑜点头，听话地说"好"。

过年的时候总是最热闹的，这两年越来越多的人用短信拜年，不少人都拿着手机笑呵呵地写吉祥话发给家人朋友。

可能连夏野自己都没想到，新网站第一次被大量搜索访问不是因为任何比赛，而是一个临时放在空白区域的"拜年短信祝福语大全"。

这东西是老猿找他们学校几个学生临时编的，他们这帮人常年写论文找资料习惯了，又是翻书又是翻杂志的，几天就给搞出来一份，随手扔在网站撑场面——空着也不好看。

流量起来了，宋益是最高兴的，为此还特意给老猿发了一份奖金。

老猿收到钱后恬不知耻，又伸手讨要："老宋，再来点，这边好几个人一起弄的呢，都是学弟，你这个当学长的好意思就给这些吗？"

宋经理下线不理他，他现在是铁公鸡，一毛也不肯再拔。

和宋益一样，夏野手头也紧张了，他甚至都没有唐瑾瑜有钱。

这两年全家人铆足了劲儿往唐瑾瑜那边的小金库里塞钱，光他一个人就塞了二十几万，金银一类的也不少，每年过年去陈家，陈家两位老人都偏疼小外孙，给他不少好东西。唐老更是把他宠在手心里，要什么给什么，就连老猿每年都会特意在小孩生日的时候送金子——老猿旗号都打好了，最适合金牛座的礼物，就是小金牛嘛！

年前，唐瑾瑜报名参加了市小学组的乐器比赛，夏老师给他准备的新年礼物是一台索尼数码相机，专门留着等小朋友比赛的时候给他拍照。

唐瑾瑜挺喜欢这个新相机，夏野教他一遍，他就学会了，拍了不少家人的照片。

夏野挠挠他的下巴："你自己找地方站好，我给你拍两张。"

小孩就跑楼上去了。

夏野觉得奇怪，跟上去一看，瞧见他在换衣服，拿了一整套的小礼服，还挺像模像样。

夏野站在门口笑道："这么在乎形象啊？"

唐瑾瑜点点头，等哥哥出去，见夏野一直站在那儿没有走的意思，还拿起相机吓唬他要拍照，小孩仗着自己小干脆躲进衣柜里换衣服。

夏野放下相机，走过去敲了敲衣柜门："不跟你闹了，开玩笑的，我不拍你，出来换。"

衣柜里面窸窸窣窣的。

夏野又敲了一下："小瑜？"

过了一会儿，穿好了小衬衫和裤子的小朋友钻出来，不过裤子是按照明年夏初参加比赛的时间做的，尺寸有点大，小朋友踩到裤脚差点摔倒，夏野吓了一跳，伸手就把他拎起来了："没事吧？"

唐瑾瑜没事，但是裤子踩下来一截，虽然他飞快地提上了裤子，夏野还是看到了。

夏野疑惑道："怎么回事，后面怎么红了，我看看。"

"我没事！"

"手拿开。"

唐瑾瑜趴在夏野腿上，被他按着又看了一眼。

夏野这回看清楚了，小孩屁股上有烫伤的痕迹，时间长了不怎么明显，大部分都淡化了，只留下浅粉色的三四处印子。

夏野给他穿好衣服，对他道："没事，不丑。"

唐瑾瑜小脸通红，坐在那儿让他穿鞋，磕磕巴巴道："哥哥你说过，不能给别人看。"

夏野："我又不是别人。"

他帮小孩穿戴好，牵着他的手下楼去，眉头一直是拧着的："你还记得……算了，你肯定不记得了。小瑜，你从现在开始记住，以后要是遇到危险立刻就跑，要是家里人不在，你不要跟任何人走，也不要理其他人。"

"啊？"

"啊什么，记住！"

"哦，哥哥我记住了。"

下楼拍照的时候夏野有些心不在焉，但眼前的小朋友已经摆好了姿势，他就拍了几张，小孩坐在琴凳上，一直都在钢琴周围。

夏野问他："不去其他地方拍了？"

唐瑾瑜摇头："不去啦，哥哥，我五月要比赛，爸爸说你上学回不来，我提前把衣服穿给你看。"他从琴凳上蹦下来，站在夏野面前仰头道，"哥哥你看，我的礼服漂亮吗？"

小家伙穿戴整齐，眼睛清澈，头发松软，仰头看人就笑，脸颊边一个浅浅的小酒窝，怎么看都讨人喜欢。

夏野揉了揉他的小脑袋，放缓了声音道："好看。"

这么好看的宝贝，怎么会有人舍得伤害？

因为陈老爷子这两年一直跑滇省那边，还在兼顾那边的矿山，所以大年初二陈素玲也没有带唐瑾瑜回娘家，准备晚几天等陈家二老都回来了，再带孩子过去多住几天。

唐瑾瑜有了几天空闲时间，但唐泓俊却被单位临时叫去加班，没法陪儿子，陈素玲问过小朋友之后，尊重他的意愿，放他去跟着夏野玩了。

陈素玲点点他的鼻尖，笑道："你呀，哥哥一回来，你都不跟妈妈好了。"

唐瑾瑜抱住她使劲儿亲了她的脸颊一下，还在"嘿嘿"地笑。

陈素玲道："去吧，允许你中午在外面吃饭，晚上早点回来，知道吗？"

"知道啦！"

唐瑾瑜穿上羽绒服，戴好帽子和手套就去后院找夏野去了。

夏野那边有客人，今天韩亦辰过来找他玩儿。

韩亦辰刚回家几天就和他妹妹吵架了，兄妹俩现正在冷战中，说好了谁先说话谁是小狗。

韩亦辰怕自己在家憋不住先开口，就躲到夏野这里来了。

夏野这人拿工作当娱乐，见他过来，就问他要不要一起干活。

韩亦辰惊呆了："……不是，你不过年的吗？"

夏野想了一下："过年和工作不冲突吧，都是在家里。"

韩亦辰觉得他这话有问题，给他推荐了一波附近好玩的地方。

"真的，夏野，你跟我出去看看啊，天九街那边可热闹了，有卖各种东西的，哦对了，美食街都搭好帐篷了，那么长一排，咱们打车过去溜达一圈怎么样？"小韩同学摩拳擦掌，鼓动老板。

夏老板对这个没什么兴趣，头都没抬："是吗，不去。"

韩亦辰还想再说，正好门铃响了，他打开门就看到了唐瑾瑜，笑道："哟，小瑜来了啊，刚才我还跟你哥哥念叨你呢。来，这是韩哥哥给的红包，拿着啊！"

唐瑾瑜进门就先接到一个大红包，立刻送祝福："谢谢韩哥哥，哥哥过年好，越越帅！"

韩亦辰感动得要哭了，他都和他妹妹好几天不说话了，瞧见唐瑾瑜这别人家的乖小孩简直羡慕极了。

夏野在忙，唐瑾瑜也不去打扰他，就自己乖乖坐在一边玩乐高，他上次拼的模型还没拼完。

韩亦辰劝不动夏野，眼睛转了一下，就落在了小孩身上，过去给他搭了把手，顺便道："小瑜，你去过庙会没有啊？"

小孩摇头。

韩亦辰立刻把刚才的说辞又重复了一遍，小朋友在一旁热烈鼓掌，特别捧场。

韩亦辰说得口干舌燥，觉得差不多了，问他："你去吗？"

小孩还是摇头："不去，我在家陪哥哥。"

韩亦辰觉得不可思议，看着他道："你们兄弟俩怎么回事，家里就这么好吗？"

小韩同学劝说失败，他也没别的地方可以去了，只能留下来帮忙带孩子，就坐在那里跟唐瑾瑜聊天。唐瑾瑜脾气好，俩人倒还真聊得下去。

"唉，要是星星能有你一半好脾气，我就不和她吵架了。为什么吵架？那还不简单吗，因为她霸道不讲理啊。你不知道，我就在家里问了她一个小问题，她还跟我瞪眼了！我就是问问她最近有没有和哪个小同学走得近而已！"

唐瑾瑜好奇："星星说什么啦？"

韩亦辰一秒钟入戏，掐着腰学小姑娘，趾高气扬地抬起下巴："我是班长呀，全班同学都跟我走得近，都特别喜欢我！"

唐瑾瑜乐了，觉得他学得真的特别像。

"我说挑个最好的，哪儿可能都跟她关系好啊，她念幼儿园的时候都打哭多少个小朋友了，刚说这一句就跟我急眼……算了，小瑜你跟哥哥说，"韩亦辰拿了一块糖哄他，"你告诉哥哥，星星跟你们班哪个小朋友关系最好？"

唐瑾瑜想了一会儿，犹豫道："我？"

每天都来喊他上学，放学也一起回家，在班上也照顾他，算起来韩亦星应该和他最好吧？

韩亦辰摸了摸下巴："也行，这叫肥水……哑哑，近水楼台先得月，便宜你了。"

夏野从桌上拿了一团纸精准地扔在韩亦辰头上，皱眉道："他们还小，你别胡说八道。"

韩亦辰在家里闲不住，把小朋友推过去："夏野，你弟想去逛庙会。"

拿着乐高的唐瑾瑜："？"

夏野从电脑屏幕上移开视线，低头问他："要去庙会？"

唐瑾瑜："哥哥去吗？"

夏野用手指勾勾小孩的头发，头发软软地绕了手指一圈，他笑道："我要去呢。"

唐瑾瑜毫不犹豫地点头："那我也去。"

夏野心情好了不少，起身拿了外套，准备带他出门。

韩亦辰却站在门口不肯走了，厚着脸皮道："那什么，小瑜帮我打个电话，你问问星星去不去。"

夏野看了他一眼，拍了拍小孩，让他去打电话了。

韩亦辰一直看唐瑾瑜那边，等他走过来点点头才松了一口气，脸上露出笑意。

夏野在学校里考了驾照，跟他爸打了个招呼，准备去开车。

韩亦辰眼巴巴地看着他，夏野顿了一下，又对唐瑾瑜道："你问问星星，要不要去接她。"

小孩乖乖打电话去了。

夏野敲了敲方向盘，小声道："一定是你说话太难听。"

韩亦辰嘴硬，不肯承认："我们就正常聊聊天。"

夏野道："你管得太多了，小孩也有自己的人身自由。"

韩亦辰"哼"了一声，不甘示弱道："你现在说得轻巧，等以后你自己试试啊，换了你比我管得还多呢！"

夏野挑眉，嗤道："不可能。"

韩亦辰没理他，等唐瑾瑜打完电话，忙问道："星星怎么说？"

唐瑾瑜道："韩叔叔带她去庙会了，星星说让你去了找她，她要买那个彩色的棉花糖。"

韩亦辰喜笑颜开："买买买，都给她买！夏野，走吧，咱们现在就去！"

庙会上人很多，离老远就封街了，车辆进不去，都停靠在路边。

夏野找了一个位置停下，牵着唐瑾瑜的手过去，韩亦辰老远就看到了他妹妹，招了招手，硬是憋住了没喊小姑娘的名字，但满脸都写着"哥哥在这儿你快来"。

韩亦星身边还有其他小同学，看到他立刻跑过来："哥哥！"

跟解除了禁令一样，韩亦辰终于可以说话了。

小姑娘早就忘了之前和哥哥吵架的事了，牵着他的手带他过去，兴奋地说："哥哥快走，这边有卖棉花糖的，爸爸去占位置了！那个粉色的好大，比你脸还大！"

韩亦辰："……"

周边跟着的都是熟悉的面孔，唐瑾瑜毫不意外地看到了季元杰，他也是跟着家长来的，都在排队买那个比脸还大的棉花糖。

夏野牵着唐瑾瑜的手走过去,也给他买了一个,不过低头先跟小孩说好了,只能尝尝味道,不可以多吃。

排队等着的那些人里还有郭小琥,他身边跟着两个小男孩,都是人手一个棉花糖,看到唐瑾瑜,郭小琥立刻眼睛一亮,丢下小伙伴就跑过来了。

郭小琥看到他特别高兴,张口就问:"小瑜,你要不要跟我们一起去玩啊?"

韩亦星拦道:"小瑜跟我们一起!"

郭小琥道:"你别说话,听小瑜说。"

唐瑾瑜舔了一口棉花糖,看他周围,问:"你家里人呢?"

"我爸妈有事,让司机带我来的,那边都是咱们班上的同学。"郭小琥指着那边卖棉花糖的摊位道,"你别担心,我妈让我带了俩司机,特别安全!"

唐瑾瑜顺着他指的方向看过去,果然两个司机一个在排队买棉花糖,另一个在盯着郭小琥,尽职尽责。

这边,郭小琥用一个彩虹色棉花糖成功打入小姑娘这边的阵营。他见韩亦星点头答应一起玩了,就喜滋滋地伸手来牵唐瑾瑜的手,唐瑾瑜下意识地抓住了夏野的手腕,夏野反手握住了,把小孩牵到身边才去看那个跑来的小同学,皱眉道:"有事?"

郭小琥有点怕夏野,结结巴巴地看自己的小同学:"唐瑾瑜,你……你不跟我们去玩吗?"

唐瑾瑜摇摇头,他不去。

郭小琥又问:"那边有套圈,还有美食街,我带了压岁钱,我给你买羊肉串吃好不好?"

唐瑾瑜还是摇头:"我和哥哥一起。"

郭小琥没舍得松开他的手,"哦"了一声,又问:"那过几天我生日你来吗?我们一起去吃好吃的。"

唐瑾瑜想了想,点头道:"好。"

郭小琥又高兴起来,围着转了两圈,叮嘱他那天一定要来,乐颠颠地走了。

夏野低头看他,没等他说话,就被小孩抱了一下,小孩仰头道:"哥哥,我同学过生日,我就去坐一下,送了礼物就出来,不吃东西。"小朋友自己重复了一下重点,"垃圾食品,不健康,不好吃。"

夏野到了嘴边的话硬是说不出口,捏了一下他的小脸:"你要是想吃,可以吃一点点。"

唐瑾瑜挺高兴,牵着他的手晃了两下。

夏野又问他:"准备什么礼物了?"

"我和星星合订了一年的《小学生作文》给他,希望他好好学习!"

夏野笑了一声，正好韩亦辰也在那边盘问他妹，一脸不高兴："你怎么又跟小男生出去吃饭！过生日？过生日也不行，你都没提前跟我说一下。韩亦星我告诉你，以后让他们先给我打电话，我点头答应了你才能出去……还凭什么，就凭我是你哥！"

兄妹俩吵吵闹闹，谁都觉得自己没错。

走了一会儿，小姑娘看到有套圈的，高兴地要去玩，韩亦辰立刻跟在后面追了上去，把妹妹盯得紧紧的。

庙会人多，夏野干脆把他弟抱起来，放在肩上。

夏野人高，唐瑾瑜抱着他的脖子往四周看，视野开阔了不少，看得津津有味。

走了一会儿，小孩拉他在他耳边小声说了一句话，夏野弹了一下他的额头，道："不行，不许吃。"

"可是那边有小橘子。"小孩说着把视线转到那边卖冰糖葫芦的小摊位，"哥哥，我第一次看到橘子的糖葫芦。"

夏野算是看出来了，他这是恃宠行"凶"，光是这会儿就吃了棉花糖，预定了几天后的美食活动，现在还要吃冰糖葫芦。

夏野冷漠道："那你在这儿看别人吃吧，一样。"

唐瑾瑜："……"

最后小橘子的糖葫芦没买，夏野给他买了别的小玩具，还买了两只气球绑在小孩手腕上，一只是黄色维尼熊，另外一只是蓝色带着闪星，走路的时候隔老远就能看到，特别引人注目。

夏野觉得这样小朋友要是跑到人群里，他也能顺着气球找过去。

不过他也不可能松手就是了。

庙会人太多，夏野带他略微玩了一会儿，很快就回去了，主要是后面还有很多小吃摊位，小孩不哭不闹但一直眨巴着眼睛看着，他也不忍心看。

尤其他都闻到奶油爆米花的香味了，有爆米花那绝对有冰可乐，他弟对其他的都能忍，唯独这个，光是听到冰块的声音，小耳朵就都竖起来了，还是早撤退的好。

第十一章

海岛求生

几天后，郭小琥的生日。

夏野特意抽了一天时间送唐瑾瑜过去，等到了发现上下两层的餐厅都被包场了。

服务人员都戴着生日小帽子，笑容亲切，一直在帮小朋友们拿吃的喝的，有求必应。

楼上有小朋友跑下来，戴着皇冠小帽子，瞧见他们就招手喊道："唐瑾瑜，这里！这里呀！就等你来了切蛋糕啦！"

这话喊得，夏野一瞬间以为是他弟在过生日。

楼梯有点陡，夏野看了一眼，牵着他陪他走上去。

郭小琥跑过来高兴地围着他转，不过他这回学聪明了，没敢去牵手，还抬起头问了夏野："哥哥，可以让小瑜和我们去吃蛋糕吗？"

夏野点点头，自己找了靠窗的角落坐下，他坐在那儿抬头就能看到他弟，倒也方便。

没一会儿，韩亦辰兄妹俩也来了，韩亦辰扫了一圈，瞧见夏野就过去跟他坐了一桌，托着下巴去看他妹妹。

夏野在忙自己的事。

韩亦辰看他一眼，嘴角抽了一下："你可真行，来这儿还带着日程本呢，真是哪儿都能工作。"

夏野在一个小本子上飞速记录着，头都不抬道："还行吧，过几天开工，老宋要来找了。"

韩亦辰听到就头皮发麻："别提了，老宋过年的时候给我发那短信通篇都在鼓励我今年要在公司好好奋斗，你说他是不是在暗示我什么？"

"什么？"

"我觉得老宋想让我加班。"

夏野笑了一声,宋益大概殷切地盼望他们所有人都加班。

另一边,韩亦星跑过去,先送了贺卡,大大方方道:"郭小琥,祝你生日快乐!"

小寿星收到了不少礼物,都堆在一旁的长条桌上,他接过韩亦星的贺卡又期待地看向唐瑾瑜。

唐瑾瑜也送了一张贺卡给他,里面夹着上半年的《小学生作文》订阅单号,韩亦星送了下半年的。

郭小琥挠挠头,小脸都皱起来了,不过还是把礼物放在台子最上面,认真地跟他们道谢。

韩亦星道:"你要好好学习,努力提高作文成绩,不能再给班级拖后腿了,知道吗?"

郭小琥:"……"

郭小琥切了生日蛋糕,特意给唐瑾瑜一块最大的带草莓的,不过唐瑾瑜吃不下,分给了旁边的季元杰大半,自己就尝了一口,放在那儿乖乖等着吃别的。

郭小琥对他特别照顾,问道:"你想吃啥,这里什么都有!"

唐瑾瑜坐在高脚凳上,晃了晃脚,左右看了一眼,小声问:"有可乐吗?"

"有啊!"

"我要一小杯,然后加一点点冰块……"

韩亦星在一旁重重咳了一声,给他发警报。

对面等着点单的郭小琥也慢慢把视线升高,仰头去看唐瑾瑜背后。

唐瑾瑜立刻改口道:"我要热牛奶,不加糖。"

郭小琥又问了一遍,这次依旧得到了同样的答案,困惑地去拿热牛奶了。

夏野站在小孩身后,牵着他道:"去那边,我看着你吃。"

小朋友们吃快餐,整个餐厅都是快活的气氛。

韩亦辰一边说着有什么好吃的,一边喜滋滋地排队领了一份,跟几个小孩一起吃炸鸡汉堡。

夏野带唐瑾瑜去洗手,回来瞧见桌面上摆着一大堆吃的,皱眉问他:"你点的?"

韩亦辰也愣了:"没有啊,我就领了三份儿童套餐啊!"

"就他俩吃你领三份干什么?"

"我也饿了啊!"

夏野:"……"

桌上这些远远超过三份儿童套餐的分量了,还有其他东西在陆续送过来,基本上店里有的都在这儿了。

郭小琥偷偷往他们这张小桌子看，正好看见夏野抬头，立刻扭过头去。

韩亦辰吃完手头的汉堡，对夏野道："我有点事，你帮我看着我妹，我很快就回来。"

夏野点头应了，拿纸巾递给唐瑾瑜，让他擦擦嘴边的牛奶渍。

店里的工作人员带着其他小朋友一起给小寿星唱了一首《生日快乐歌》，郭小琥站在最前面小脸兴奋得通红，搞得像小明星见面会一样，气氛非常热烈。

郭妈妈请了摄影师来给儿子拍照，自己带头鼓掌，她胖乎乎的特别和善，还一直问小朋友们够不够吃，请大家随便吃，很好说话。

季元杰拿了一盒蛋挞过来，韩亦辰一回来，小家伙立刻端着蛋挞盒子跑了，跑到半路又返回来，把那盒蛋挞放在小姑娘手边，小声道："星星，给你吃！"

韩亦辰挑眉，小男孩跑得飞快，头都不敢回。

夏野道："你吓唬他干什么，那孩子挺老实的。"

星星也不满："就是，哥，你别吓唬小瑜的同桌！"

韩亦辰摆摆手，打发小姑娘和唐瑾瑜去一边拿薯条吃，自己坐在夏野身边低声道："我打听清楚了，这个郭小琥家里挺有钱的，他爸这两年刚发家，做泥沙土方生意。这两年房市在涨，他们家赚了不少钱，咱们市里一半的建材生意都是他家在搞。郭小琥他爸生意忙，家里是他妈管账，另外郭太太手下还有一个木材厂，里里外外一把手，也挺能赚钱。"韩亦辰抬了抬下巴，示意夏野去看那边那位富态的郭太太，"郭家就这么一个独子，对郭小琥特别大方，基本上要什么给什么那种。"

夏野听着不置可否，这跟他没什么关系。

韩亦辰低声道："郭小琥这次生日宴原本打算摆在市里最好的酒店，你知道为什么突然改主意来这儿吃快餐了吗？"

夏野抬头："他喜欢吃这个？"

韩亦辰摇摇头，竖起一根手指深沉道："因为星星一句话。"

"什么话？"

"星星说想喝冰可乐。"

夏野觉得这话不像韩亦辰他妹说的，倒是有点像他弟说的。

韩亦辰就这么一个妹妹，警惕性很高，一会儿工夫就打听齐全了，连郭小琥家住在哪儿都知道得一清二楚。他咳了一声，问妹妹："星星，你和郭小琥关系好吗？"

"不好！"小姑娘如实相告，"他上次还跟我竞争班长，投票的时候自己投给自己了！"

"那你为什么还来参加他的生日会啊？"

小姑娘特别不情愿："因为小瑜跟他好呀，小瑜去，我就陪着呗。"

韩亦辰没听明白，他妹给解释了一下，说白了，郭小琥在学校人际关系挺一般，跟他玩的也就那么几个比较皮的小男孩，真正人缘好的是唐瑾瑜，唐瑾瑜点头说去了，一帮孩子才跟着呼啦啦一起来了生日会。

这次轮到夏野转头去看他家小朋友了："你和郭小琥关系很好？"

唐瑾瑜点头笑眯眯道："好呀！"

夏野还想问，一旁的小姑娘嘀咕道："夏哥哥你别问了，你问谁，小瑜都说好。我们班的同学都跟他玩得好，大家都想和他做同桌，小季因为这个，上回还被人欺负来着，课本上被人用彩笔画了。"

季元杰一直跟唐瑾瑜是同桌，成绩也被带着直线提升，有些家长就特别迷信跟好学生挨着能提高成绩，想方设法让自己家孩子坐在前排进入"好学生"圈子。

其实唐瑾瑜坐前排只是因为他矮，也没啥特别的圈子。

韩亦辰皱眉道："你们小学怎么就有欺负人的，告诉老师了没有？"

星星摇头，咬着薯条边吃边道："没有，不知道谁做的呀，不过小瑜跟季元杰换了课本之后，就没有人再乱画欺负小季了。"

夏野没说话，但脸色也不怎么好看。

等生日会结束，回去的路上，两个哥哥认真跟小朋友们讨论了一下如果遇到校园暴力该如何应对，总结下来无非几点：告诉老师，告诉家长，不要示弱。

"要是有小男生推你，你就打他，打不过就揪耳朵，反正气势上不能输，咱们不欺负人，也不能被人欺负了！"韩亦辰第一次收起笑脸，认真道，"星星，你是女孩，现在你力气大，但是等以后上了初中、高中、念大学了，你的体力比不上身边的其他男孩，要是遇到这种事，千万不能逞强，及时跟学校和家里反映，哥哥永远都是你的后盾，知道吗？"

小姑娘点点头。

夏野开着车等红绿灯，他用手指敲了敲方向盘，在考虑让小孩报班学习防身术和再聘请一位生活秘书跟着小孩之间摇摆不定。

等回到家中，夏野送唐瑾瑜去前院，看到陈素玲的车后恍惚了一下，好像也不用生活秘书，陈姨一向比谁都要小心，盯得特别紧，是他自己太紧张了。

夏野记起了沪市的几套学区房，之前过年的时候忙，一直都没来得及说，今天正好有时间，他打算留下来跟陈素玲谈一下。

夏野留下来吃晚饭，唐瑾瑜挺高兴的，一直帮着摆碗筷，吃饭的时候也跟着夏野多吃了些肉，小碗里的米饭也都吃光了。

吃过饭他还舍不得夏野走，追着问道："哥哥，你今天留在我家睡吗？"

夏野揉了一下他脑袋:"不了,不过一会儿我去给你讲个故事,你先去洗漱。"

小朋友高高兴兴地去了,唐泓俊不放心儿子,怕他在浴室滑倒,跟着去瞧了。

夏野坐在客厅和陈素玲聊了两句,就提起了在沪市买写字楼的事。

陈素玲认真听完,点头道:"投资房市挺好,这两年房市一直在涨,我也看好沪市那边。小野,你打算毕业之后去沪市发展?"

夏野道:"沪市比齐州市要方便一些。"

"这倒也是,"陈素玲想了一下,"其实我这两年也打算去看看,那边园区给的税收优惠力度很大,公司里男装品牌也成熟了,可以拿出来单做,以后也方便管理。"

夏野笑道:"姨,您也要来?那不如把小瑜一起带去,让他在沪市上学,还能陪着您。"

陈素玲道:"那怎么行,我也就这么一个想法,小瑜要去的话,那准备工作可多了……"

"您是怕他转学过去麻烦吧?其实我这次还买了几套学区房。"

陈素玲有些惊讶地看着他,买沪市的学区房可不是简单的事,有钱也不一定能买到。

夏野跟她商量了一阵,倒是把陈素玲说动心了。

她是做服装生意的,品牌正处上升阶段,即便现在不去沪市,将来也要换到一线城市才更方便,不只是公司运营,就连仓库和厂房也是长江一带更为便利。

"其实这次在沪市买房,也有一部分是为我爸考虑的。"夏野沉吟一下道,"姨可能不太清楚,我爸之前在国家大剧院工作,回国之后首次演出和最后一次演出都是在沪市……他一直有一个心结,也只有在那边才能解开。"

陈素玲拍了拍他肩膀,夏野已经很久没有跟长辈这么亲密了,一时有些紧张得绷紧身体,陈素玲笑道:"你是个好孩子,做得对,有什么需要帮忙的就跟我说,姨支持你。"

夏野笑了一声,点点头说好。

陈素玲又道:"学区房的事,我和你唐叔也要谢谢你,你为小瑜考虑了很多,不过这事一时也急不来,我要好好想想。"

夏野点头道:"当然,我大概还需要两年多才能毕业,您慢慢考虑,那些房子原本就是给小瑜准备的,我让人收拾出来,随时等他过去住。"

陈素玲有些奇怪道:"你今年刚大一吧?"

"嗯,不过我打算提前完成学业,早点出来做事。"

陈素玲这会儿觉得他不只是有点优秀了,她重新打量夏野,觉得眼前这个男孩好像一下长大了,谈吐气质都和以前不同,不再是一个青涩的男孩子,而称得上是一个年轻的男人了。

聊了一会儿工作，也不知道话题怎么又转到了家里小孩身上，谈起小朋友两位老板都忍不住浮出笑容，语气都缓和了几分。

"小瑜这孩子，这半年一直念叨着你的名字，刚开始他特别不习惯，去厨房拿碗都习惯多拿上你的，过了半个多月吧，才慢慢改过来的呢。"陈素玲叹了一声，"难得你也想着他，这么疼他。"

"我刚去学校也不太习惯，可能吃惯了我爸和唐叔做的菜，一吃饭就会想家。"夏野顿了一下，又笑道，"其实这次买的学区房，离我公司的写字楼很近，我以后上班的时候可以捎上小瑜，晚上还能接上他一起回家吃饭。"

陈素玲想了一下那个画面，笑道："那可太好了，小瑜肯定高兴。我好好规划一下，等你毕业，估计公司也差不多准备好了。"

"唐叔工作方便调动吗？"

"他呀，方便的，之前总部就来人点名要他，那会儿为了方便回家照顾小瑜，也刚好是我事业起步，他推了两三次。"陈素玲现在说起还有几分感慨，她和丈夫从学生时就认识，交往多年走进婚姻，后来有了孩子，两个人一同吃了不少苦，外人看到她一直带着孩子，看起来是最辛苦的，但是没人知道唐泓俊为这个家推掉多少机会，也没人知道她回到家中永远都有热饭热菜，丈夫第一时间给她拥抱，抱着孩子等她吃完了饭，才肯吃。

她吃得很快，但总共也要十分钟时间，这么多年，唐泓俊一直把这十分钟让给她，让她吃上热腾腾的饭菜。

陈素玲对去沪市还要再计划一下，听到走廊有小孩的说话声，让夏野先过去陪唐瑾瑜了。

唐瑾瑜刚洗过澡，换了一身深蓝色的小睡衣，上面印着卡通星球和小飞船，显得小孩的皮肤牛奶似的白嫩，头发刚吹干显得软蓬蓬的，瞧见夏野，跑过去仰头就笑："哥哥！我洗好啦！"

唐泓俊跟在后面，手里拿着一本故事书递给夏野，笑呵呵道："刚好讲到最后一个，今天讲完明天就能换新的了。"

夏野接过去，带小朋友去卧室讲故事了，小孩站在旁边小声提要求："哥哥我想听新故事，画着动物的那本百科全书好不好？"

"听完这个，就给你讲那本。"

"哦。"

小朋友的卧室和他走的时候差不多，小床还是那样，夏野带他进去，坐在床边帮他穿睡觉的小棉袜，唐瑾瑜身体略微好一点了，但每年冬天感冒一场几乎要一个多月才能好，如果发烧，那至少要昏睡两三天时间，全家人为此都很紧张，保暖工作做得特别细致。

小袜子是宽松款式的，夏野一边给他穿了，一边问："那个郭小琥，他平时在班上怎么样？"

"挺好的呀！"

"他对其他小同学态度好吗？"

"挺好啊，他不欺负人。"

夏野皱眉，问他："是不欺负你，还是不欺负其他小朋友？"

唐瑾瑜认真地想了一下："都不欺负啊，他挺好的。"

夏野给他穿好棉袜，挠了一下他的脚心，小孩就哈哈笑着滚到床上躲着了。夏野坐在床边问："怎么，你现在不和季元杰最好了？"

"也好啊。"唐瑾瑜怕痒，拱到被子里团起来冒出一个小脑袋来看他，"小季是我同桌，郭小琥是我们副班长。"

"星星还当你们班长呢？"

"嗯，一直是她呀！"

夏野笑了一声，又问他："班里平时有人欺负你吗？"

唐瑾瑜摇头。

怎么可能有人欺负他，平时都是他拉着星星和郭小琥不让他们去欺负别人啊。

韩亦星集体荣誉感特别强，郭小琥则是当起副班长就表现欲爆棚，他们四年级一班现在已经在全校出名了，学校出什么荣誉奖状他们抢什么，其他班都怕了。

夏野拿了故事书翻开一页，讲之前又问："你和郭小琥以前也不认识吧，他都不是这个小区的孩子，怎么突然一起玩儿了？他好像对你特别好。"

唐瑾瑜道："我以前帮过他一回啊。"

夏野有点惊讶："你还会帮人了？"

"嗯，我帮他说话。"

这个故事有点长，换唐瑾瑜讲给夏野听。

小孩说话慢，但是也把事情的经过都说清楚了。

那是小学二年级的事了。

郭小琥家确实跟外面讲的一样是暴发户，他家里有钱，但是爸妈文化水平都不高，就占着敢拼敢打的冲劲儿，下海做土石方生意发了财。

学校里有家长和郭小琥他爸以前一个单位的，舍不得编制没走，现在瞧见郭家出来单干做了大生意眼红起来。家长有怨气，小朋友自然就有样学样。几个班一起上体育课的时候，郭小琥踢球冲在前面，他体力好，很少传球，其中有个小男孩就不高兴了，推了郭小琥一把。

"你有什么了不起啊，你爸不就是个暴发户吗！"

郭小琥不太懂暴发户的具体含义，但是被对方的轻蔑语气惹急眼了，上去就打。

先是他们俩，后来拉架的也挨了两脚，然后就演变成好多小孩在操场上打架，这事立刻惊动了教导主任，把他们连带班主任一起叫进办公室训了一顿。

夏野听到这里忍不住打断："你也去打架了？"

唐瑾瑜摇头："没啊，哥哥我跑得慢不能踢球，老师让我站在一边当裁判来着，他们打架，我就使劲儿吹哨子。"

"有用？"

"全都不听啊。"

夏野没憋住，笑了。

唐瑾瑜悻悻道："后来教导主任来了，让大家写检讨，我们体育老师去洗手间了，回来也跟着一起写，我们写五百字，他要写五千字啊。"

夏野："你写没有？"

唐瑾瑜还是摇头，神情有些古怪道："我负责听他们念检讨，听了一个下午。"

唐瑾瑜觉得这也是一项惩罚，简直是精神惩罚，他听了那么久都要背会了，还不如自己写一份算了。

"后来老师就叫家长，那个同学和他妈妈一直在说郭小琥，郭妈妈道歉了他们还说，老师问有没有人看到经过，我记性好，我就去说了一下。"唐瑾瑜躺在那里，把脚支起来撑起小棉被，做了一个帐篷把自己逗乐了，"哥哥看，野营的帐篷！"

夏野用棉被把小孩裹好，问他："你怎么说的？"

裹在被子里的小朋友扭了扭，舒舒服服地躺平："就操场上的那些，看到什么就说什么。"

夏野问清楚，放心了，拿起书给他讲故事。唐瑾瑜睁着眼睛听，等夏野来看他的时候，就立刻闭上眼睛做出规规矩矩睡觉的模样。为了模仿得更像，他还故意把呼吸放慢了一点。

没装一会儿，小孩就真睡着了。

夏野一个故事还没讲完，翻页的手指停顿了一下，失笑摇头。他合起书放在一旁的小书桌上，给床上的小朋友掖了下被角，轻声把台灯关了，只留了一盏小夜灯给他。

小夜灯是半月形的，嫩黄色的小月亮特别可爱，照出一片暖暖的光。

卧室房门慢慢合拢，夏野看了里面的小孩一眼，轻声关了门。

他在心里说了一声"晚安"，他的小朋友一定做了一个特别美的梦，因为睡着的时候露出了甜甜的小酒窝。

郭小琥过了一个生日，回到家中依旧精力十足。

郭妈妈在后面跟着，到了家里也是乐呵呵的，她把身上穿的貂皮大衣挂在门口衣架上，郭小琥跑进去两步又拐回来，从鞋柜里拿了拖鞋给她："妈妈，换鞋！"

郭妈妈特别惊喜，换好拖鞋问他："今天好乖啊，我们小琥长大了！"

郭小琥道："这有什么，我以后还会做更多。"

"又是向唐瑾瑜学习的吗？"

"是呀！"

郭妈妈看着愣头愣脑的儿子乐颠颠地跑进去，自己跟在后面也是眉眼带笑，她觉得这次转班真是转对了，这才一年多啊，她家儿子变化太大了。

郭小琥又倒了一杯茶给她，不过小孩不太懂怎么泡茶，只知道自己平时喝的都是温开水，给他妈泡茶倒的水也是半温不热，茶叶都漂在上面，叶片完全没舒展开。

郭妈妈也不在意，美滋滋地喝茶，又夸奖了儿子一句："好喝，我儿子太棒了，会做这么多事呢。"

郭小琥得意道："我以后会做更多啊，特别厉害！"

他见客厅也没什么别的事可以做，就跑回自己卧室去拆礼物了。

郭太太喝完了那杯茶，特别珍惜地放下茶杯，走过去给儿子搭把手，不过她进去的时候郭小琥已经整理得差不多了。他家常年有阿姨在，所以拆下来的包装都放在门口堆着，礼物全摆在桌上，最前面的是两张贺卡，一张是粉红色的，一张是粉蓝色的。

郭太太好奇地拿起来一张，打开就瞧见有小朋友送了他《小学生作文》，她乐不可支，问儿子："这是不是唐瑾瑜送的呀？"

"是啊，他送的最好了。"郭小琥点头，带着骄傲和一点不好意思，小声道，"我作文不太好，唐瑾瑜还说要帮我补习。"

郭太太觉得这才是真的好同学啊，完全就是家长心中最理想的孩子的小伙伴，她想给人家孩子送些东西表示感谢，但是想了一圈，又笑着摇摇头放弃了。

以前，她就给那些和郭小琥一起玩儿的小朋友送零食和衣服，但是关系也就那样，有次没给太多，还有个小朋友不高兴了。儿子现在长大了些，不怎么喜欢跟那些小孩玩儿，跟唐瑾瑜玩上了，这是一件好事，但是送东西，以前的那些也是真的送不出手了。

唐瑾瑜家庭条件优越，不说别的，陈素玲那家服装公司在当地非常有名，赚得不比他们少。人家小孩从来不缺什么，她送了东西过去反而有些奇怪，两个小孩自己关系好，就让他们两个自己交往着吧。

郭小琥把礼物拆完了，又跟他妈显摆了一下，三句离不开唐瑾瑜。

他当然喜欢唐瑾瑜。

他人生中第一次吃闷亏，就是唐瑾瑜帮了他。

他从小长得高壮，和小朋友一起玩儿没怎么吃过亏，但是二年级那次真的是委屈极了。

对方同学的家长找过来，指着他鼻子骂他，连老师也觉得他下手太重，先狠狠训斥了他一番。郭小琥觉得自己虽然身上没受伤，但心里特别疼，像被小刀割了一样，特别委屈，站在那里抹眼泪。

老师让他道歉，他梗着脖子不肯："老师，我没有错！操场上那么多同学都看到了，你们去问，他先骂人，还推了我！"

操场上是有很多人，但是平时和他关系好的小同学在这个时候没有一个站出来。

只有唐瑾瑜站出来了。

他记性好，说了自己看到的，没偏袒任何一个。

老师让班长去调解，韩亦星就拽上唐瑾瑜帮忙。

她找了自己班上打架的人讲道理，唐瑾瑜来安慰郭小琥。郭小琥当时就像一只受伤的小老虎，谁都不让靠近，自己找了音乐教室的角落缩在窗帘后面舔伤口。

唐瑾瑜走过去安慰他，他也开心不起来。妈妈赔了钱，跟人家道歉，他在一边看着心里难受极了。唐瑾瑜找到他的时候，头一次看到这个小霸王哭。

唐瑾瑜给了他一块手绢："擦擦？"

郭小琥道："不要，小女孩才用这个。"

唐瑾瑜乐了："是啊，这就是星星的。"

男孩立刻握紧小拳头："韩亦星让你来的吗？她……她是不是要看我笑话？"

唐瑾瑜摇头，坐在一边陪他："没有，我自己来的。"

"你不嫌弃我家是暴发户吗？"小孩说话带鼻音，特别委屈。

唐瑾瑜睁大眼睛看他，困惑道："不啊。"

郭小琥仔细打量他，试探真假。

"我一直觉得这词挺好的啊，这是夸奖的话吧？"唐瑾瑜挺和气的，"我姥爷家和你家一样，也是盖房子的，不过我姥爷还修桥铺路，做很多的。"

郭小琥看他。

"真的，不信下次带你去看，不过要走很远，我爸爸开车过去要好几个小时。而且你看啊，'爆发'这个词，老师夸星星跑步的时候不是一直都说她爆发力强，能一下超越其他人吗？所以这个词就是特别厉害的意思呗！所以'暴发户'翻译过来就是，后来居上，赶超了其他人。挺好的啊，而且暴发户有钱。"

唐瑾瑜托着腮，小财迷似的笑道："有钱多好，我最喜欢钱啦。"

郭小琥不哭了，但还是不怎么说话。

唐瑾瑜特别有耐心，跟他讲了好多，他都没有记住，不过他记住了一点——"暴发户"不是不好的意思，而是说他家有钱，而有钱是证明能力的一种方式，这说明他爸爸很厉害。

之后，郭小琥成功被洗脑，决定要跟爸爸好好学，也做一个特别厉害的人。

这也间接让他和家里人的关系更亲密起来，虽然偶尔还是会淘气惹祸，但是他对家长特别尊敬，尤其崇拜他爸。

他后来调班去了唐瑾瑜的班上，一直到现在，他都特别喜欢唐瑾瑜。

今天收到这两份贺卡，那张粉蓝色的被郭小琥小心翼翼地藏在抽屉里，上面是唐瑾瑜写的一行字：

祝郭小琥同学好好学习，每天进步。

就这么一行字他都宝贝得不得了，另外那张粉色的是韩亦星送的，他随手放在一边了。

大概临睡前还在想着贺卡的事，郭小琥梦到了他们前几个月运动会的时候。

秋高气爽的天气，阳光晒在人身上暖融融的，他跑接力赛，跑完小半圈头发都湿了，到处跑着找唐瑾瑜，后来在主席台旁边的位置找到了他，唐瑾瑜在读稿子，声音清澈，特别好听。

季元杰来送稿子，但他身高太矮，举高了作文纸也送不过去，他不耐烦，接过来，一下就跳到了上面，把稿子放到了唐瑾瑜面前。

季元杰跟在后面，一直拽着他走，说这里不是所有同学都能来的。

他虽然不太乐意，还是跟着走了。倒是季元杰一直回头看，看起来很舍不得的样子。

郭小琥抬高下巴问他："你看什么呢？"

"看星星啊。"

"大白天哪里有星星，你睡糊涂啦？"

"没有，我说的是韩亦星……"

郭小琥回头看了一眼，这才发现唐瑾瑜身边坐着的是他们班长，撇撇嘴有点不乐意，等回头看到季元杰还在看，不高兴道："有什么好看的啊？"

季元杰睁大了眼睛看他："你看不到吗？星星身上有光啊，可漂亮了！"

梦里，午后的阳光刺眼。郭小琥回头，看到唐瑾瑜坐在那里，整个人都被温暖的橘黄色的光包围了，软蓬蓬的头发像被镀了一层金边，整个人发着细碎的光。

他觉得季元杰才看不到，明明是唐瑾瑜身上有光，他亲眼看到的，唐瑾瑜是全校——不，全世界最漂亮的人。

最漂亮的小孩正在家里过寒假，每天忙碌且快乐。

夏野放假在家，唐瑾瑜就一直跟着他，等到一本寒假作业写完了，就开始做小手工。下午和夏老师去一楼房间练琴，为方便夏老师指导，把一楼的一个房间做成了琴房，隔音弄得很好。

练完琴，夏老师觉得不错，就会奖励他一块糖。

唐瑾瑜兜里揣了一小把糖，信心也攒得差不多了，跑去敲夏野书房的门，让他听自己弹琴。

夏野被他牵着手带出来，小孩特别自信："哥哥，我这次弹得特别好，你听呀！"

夏野就站在琴房门口看他，等小朋友坐好了，按下第一个琴键之后，他就开始认真聆听。虽然什么都听不懂，但是夏野还是很给面子地听完了，夏老师点评一番，示意他也说两句。

夏野愣了一下，低头看着一脸期待的小朋友，思索半天道："非常流畅。"

夏老师："小瑜，你哥哥的意思就是说你今天弹得很不错，琴键轻重音掌握得也好，对了，流畅就是说感情流畅，哈哈哈，感情到位，打动人心！"

夏老师带头鼓掌，试图用掌声化解尴尬。

夏野跟着鼓掌，看小孩被夸得脸都红了，笑着伸手捏了一下他的脸："下次好好努力啊。"

夏老师："……"

夏老师把他赶了出去，不让这个人继续留在这里对他的宝贝学生指手画脚，这个人根本什么都听不懂！他自己都不努力，还让人家优等生努力！小瑜现在弹得已经比绝大多数小孩都好了，而他的儿子夏野，只会断断续续弹一曲《两只老虎》！

虽然夏野在音乐道路上经历过惨痛的失败，但唐瑾瑜依旧最喜欢他，小朋友学会了新曲子，等认真练习好了，都是第一个表演给夏野看。夏野轻轻点一个头，说一句"不错"，都能让小孩兴奋半天。

他对夏老师是尊敬，对夏野则是崇拜。

有时候夏野用电脑，唐瑾瑜也会坐在他的膝盖上一起看，他的眼睛一眨不眨，瞧他的手指在键盘上飞速移动按下一个个字符，看得太入迷时，还会下意识伸手摸一下。

夏野停顿一下，握住他的小手："别动。"

唐瑾瑜乖乖坐着，等他忙完，又举起小手做出敲击键盘的模样对他道："哥哥，我也想学电脑。"

夏野笑了一声，弹一下他额头："下次考第一就教你。"

"好！"

"乐器赛你报名的是什么项目？"

"我想和哥哥一样弹手风琴，不过伯伯让我选了钢琴，他说我钢琴弹得好，让我以后学钢琴。"唐瑾瑜往后躺了一下，歪在夏野怀里，仰头看他，笑出一双月牙眼，"哥哥，我这次肯定能过初赛！"

夏野捏着他的小手，他的手心肉肉的很软，手指白皙，指甲都是粉粉的，像小贝壳，修剪得干净漂亮。

"这双手敲键盘太可惜了，我弹琴不好，你替我弹琴好了。"

"哥哥以前想当钢琴家吗？"

"……算是吧，差不多。"

等了一会儿也没见小孩说话，夏野低头看他一眼："怎么不敢说了？"

唐瑾瑜干巴巴道："我努力……过复赛吧。"

夏野挑眉："市里小学生组，你只过复赛？说句狠点的。"

"我……我要拿铜……银牌！"话到嘴边，看着夏野的脸色，小孩又提高了目标。

夏野头疼："唐瑾瑜，我比赛的时候从来没拿过金牌以外的名次。"

怀里的小朋友不怕他："哥哥是第一名，所以我拿第二名呀！"

夏野严肃了半天，还是忍不住勾了勾唇角。

唐瑾瑜的寒假作业是在夏野的书桌上写完的，做完作业，夏野又帮他检查了一下。

过完年，公司已经陆续开工，宋益打来很多电话，别家都是老板催下属，他们反过来了，宋益尽职尽责，一步步在实现夏野制定的蓝图，甚至还有再扩大一倍的打算。

电话里，宋益只要听到夏野说一句"稍等，有事要忙"，就知道老板多半是去给小孩指导寒假作业去了。

宋益觉得这人很不可思议，平时看起来做事严谨，雷厉风行，一分钟时间都不会浪费，但是遇上家里的小朋友就格外有耐心，连小学生寒假作业这种东西都能全看一遍。

夏野跟他解释："这也是我的一项工作。"

宋益开玩笑问："教育市场吗？倒是也不错，这段时间教育投资很热门，要不我们也试着投一下？"

夏野干脆地拒绝了："不用了，我就对这一个负责。"

夏野说的负责不只是教育，还包括健康和安全，他有时候想起来就会在工作日程本上记录几条，不过大多数陈素玲已经安排妥当，他跟着学了不少。

说起教育投资，宋益顺便聊了两句从乔佐那儿听来的八卦："那边最近在找人设计游戏，做的画面一般，但是剧情不错。"

"他们也要做游戏？"

"不是，他们做放在电子词典上的那种小游戏，类似俄罗斯方块。"宋益道，"乔总的一位朋友买下了一家老牌电子词典公司，听那意思后期打算做教育类用品。我听乔佐说起，对方想做一下宣传，不过不是在别处打广告，他想找人帮着做个论坛。"

夏野问："什么类型的？电子类书籍和词典下载的论坛？"

"不是，游戏的。"宋益道，"前些年的小霸王学习机知道吧，类似那种的单机游戏。他找人制作了一些，可以随时下载新的，能跟电子词典匹配，同时稳定一批客户。"

夏野被他的形容逗笑了："中学生客户？"

宋益认真道："你不要小瞧中学生，他们能攒一年钱去买一件喜欢的东西，你能吗？"

"我不能，我最多等一个礼拜必须买到。"

宋益很想反驳，但对方是夏野不是韩亦辰，夏野别的不说，赚钱的能力跟点石成金也没什么区别了，他憋了半天还是忍住了。

夏野对这个电子词典兴趣不大，但是对它里面的游戏程序很感兴趣，多问了几句。

宋益只是听乔佐提起，乔少的话只能听一半，另一半都是在吹他自己，尤其是针对游戏行业，他先是狠狠鄙视了一下自己的朋友小黎总，紧跟着又表示自己的产品才算真正的游戏，对那个二维像素的"掌上游戏机"嗤之以鼻。

关于那个电子词典宋益也只知道这么一点确切消息，对方要论坛，提供定期下载的游戏，目前已经做出来一个小游戏了，打算等论坛做好之后免费开放试玩。

夏野道："有点意思，他想做什么样的论坛？"

宋益道："具体的还需要再谈，这单我们接？"

"接。"

老板发话了，宋益的工作效率非常高，三天后就邮寄来了一份游戏光盘，还有两个"小状元"牌的电子词典，巴掌大小，做得比市面上那些要精致一些，电子屏幕也更宽。

这单太小，只是一个小网站而已，和他们现在做的工作并不冲突，夏野拿到之后顺带看了一下。

唐瑾瑜好奇，夏野干脆给了他一个电子词典，让他自己拿去玩儿。

夏野开始玩游戏，唐瑾瑜跟着打开了游戏界面，选了《挖金矿》，自己玩起来。

夏野大概浏览了一下，这上面的游戏大部分都是文字游戏，还有两个文字和字符画构成的武侠题材小游戏，还有一个《海岛求生》游戏。这个游戏吸引了夏野的注意，他点开看了一下。

这个小游戏非常简单，人物都是小方块垒起来的那种，勉强能分出男女，最明显的就是海岛上的肌肉壮汉，光头方脸，穿着白色T恤和黑色裤子。

光头大汉们不停地在海岛上转悠，像守卫一样，看起来很凶。

夏野注册了一个人物，随便起了一个名字就进入了游戏，简单玩了一下，摸清了它的规律。这游戏讲的是一个离开家乡来海岛求职的年轻人，他没有启动资金，刚开始岛上的大哥会借钱给他，但他要在四十天内赚取足够的金钱并偿还债务——这借到手的钱是高利贷，利率极高，如果还钱晚了，岛上的大哥心情会转变，会额外收取保护费，游戏里触发某些事件的时候收益会忽高忽低，十分动人心魄。

总之看起来是个养成游戏，玩起来就是生存游戏，画面简单，但遇到的各类事件基本都能在现实中解释得通，有时候还需要运用一些经济学中的原理，灵活多变。

夏野用了半个小时打通关，但也只是活下来而已，他有些意犹未尽，总觉得过程并没有做到完美，比如在"银行利率"和"当日交易市场"这两道关卡，明显是有陷阱的，但他还是太小心了些，卖出的金额其实有些保守。

夏野打算再开一局，一旁的唐瑾瑜爬到他腿上，好奇道："哥哥，这个游戏在哪里，我也想玩。"

"小状元"电子词典上的小游戏是专门为低龄学生设计的，生僻字很少，甚至还贴心地标注了拼音，因此唐瑾瑜这样的小学生也能玩儿。夏野刚才自己玩了一遍，确定没有任何儿童不宜的画面，就放心让小孩去玩。

唐瑾瑜也玩了一局，他有夏野指导，遇到金融方面的问题也没掉链子，还清钱之后就全是自己赚的了。唐瑾瑜玩得津津有味，甚至还盖了两所小学，帮助了路边遇到困难求助的小朋友。

过了一会儿，唐瑾瑜举起电子词典说："哥哥，你看这个，他给了我一个媳妇儿！"

夏野立刻去看，拧眉道："怎么回事？我看看。"

系统确实奖励了"小金鱼"这个游戏角色一个媳妇儿。

举办婚礼的人还是岛上的那帮光头大汉，主婚的是那个留着络腮胡的光头老大，他正在哈哈大笑着用手反复拍"小金鱼"的肩膀，并祝他们结婚快乐。

夏野皱着眉头，百思不得其解："这不是看金钱利用率为多少的游戏吗？"他点了几下，拒绝了这次婚礼，立刻就被清空资产踢出了海岛。夏野也没在意，追问道，"你之前都做什么了？"

唐瑾瑜想了想："我在游戏里做好事了。"

"还有呢？"总不能做好事就奖励一个老婆，夏野刚刚领略到这个游戏在经济领域的残酷，根本不相信还有免费的午餐。

唐瑾瑜掰着手指头说给他听："我给路边的小狗一根火腿肠，然后还帮着人撒了渔网，然后又送了一辆自行车给路过的叔叔，还有我在岛上种了樱桃树，盖餐厅的时候也帮忙了……哥哥，我还给了岛主的儿子一辆蓝色的自行车！"

"什么岛主？"

唐瑾瑜指给他看，就是主婚人大叔，只是这会儿大叔还在挥舞着拳头愤怒于他拒绝了婚礼，"小金鱼"一个人孤零零地坐着竹排，此时正漂在海上，特别凄惨。

唐瑾瑜玩出这么一个结婚结局，夏野搞不明白，正好下午韩亦辰过来玩儿，听说之后也试了一下。小韩同学在游戏里乱搞，花钱大手大脚，到期还不上欠款，被全岛的光头大汉追了三条街，拳打脚踢围殴了一顿。

韩亦辰看着屏幕上那个硕大的 GAME OVER（游戏结束），一脸不敢置信，愤愤道："再来！我就不信了！"

韩亦辰玩了一个下午，终于明白一个事实，那就是单凭他自己是无法在这个岛上生存下去的。他放下手里的电子词典，有些郁闷，转头想跟夏野聊两句，却看到夏野双手飞速在键盘上敲击着，电脑屏幕上一串串滚动的代码浮现出来。

韩亦辰凑过去看了一眼，觉得奇怪，道："你这写的什么？汇编的话也太短了……"他看了一会儿，眉头都皱起来，"不是吧夏野，你拿到这游戏的源代码了？这是改什么呢？"

"你不觉得它还有缺陷吗？"

"一个小破游戏，肯定没网游好玩啊，就是打发时间的。"

"你说得对。"

韩亦辰愣在那儿，夏野虽然肯定了他的话，但是手上没停，还在敲打键盘，过了一会儿夏野推给他一台笔记本，发了一小段程序给他试。起初韩亦辰只觉得古怪，但是试了一下之后，就目瞪口呆了，抬头看着他不可思议道："不是吧夏野，我喊你夏神算了，你这么一会儿就写出来了？！"

夏野："当然没有，只是其中一小段，你试一下它的运行模式。"

游戏还是那个游戏，但是它现在可以在文曲星和电脑上运行，韩亦辰觉得它甚至可以在任何平台运行。

"这是什么？有点像 Java 语言（计算机编程语言），但又不一样……你做修改了？"韩亦辰抬头看着夏野，欲言又止，不太敢说出心里想的那个猜测。

夏野平静地说："我打算给这个电子词典写一种新的编程语言。"

韩亦辰以为这就够刺激了，但是紧跟着夏野又说了第二句："它现在暂时只能在一部词典上运行。"

韩亦辰像看怪物一样看他："你什么意思，不会还想让它同时在两部词典上存档吧？"

"不，我想试试让它联机。"

韩亦辰差点给他跪了。

夏野敲了几下键盘，又转头问："小瑜，刚才你选的那些还记得吗？"

唐瑾瑜点点头，他记性还不错。

夏野道："好，等晚上我弄完，我们一起再过一遍剧情试试。"

韩亦辰对这个横空出世的语言很感兴趣，一直反复试验，不停问夏野关于它的问题："夏野，它这叫什么？"

夏野道："算是 Java 的一个变形，之前有兴趣就做了一下，你可以叫它……"他一时没想出名字，看了旁边的小孩一眼，随口道，"Yava，叫这个好了。"

用开发者的名字和原语言合并后做简称是最偷懒也是最常见的一种模式，夏野取了唐瑾瑜名字里最后一个字的首字母"Y"，把他和 Java 合并就取了这么一个名字。

韩亦辰却误会了："你好幼稚啊，还用自己的名字。"

夏野怔了一下，这才发现他最后一个字的首字母和唐瑾瑜的是一样的，笑了一声没反驳。

韩亦辰试了片刻，又抬头问他："你别告诉我就今天下午刚做的啊？"

夏野一边继续编写一边平静地说："不是今天，之前国庆放假没什么事，在宿舍写着玩儿的，没想到用在这里挺合适。"

夏野以前有过一部电子词典，研究之后编写了几个小程序，很快就觉得没什么意思了，一来是可发挥余地很小，二来是只能用于手头的这一部词典机型。

这是国内目前电子词典的普遍情况，如果要在别的机型上运行，就要修改源代码中与机型相关的语句，然后重新编译，耗时费力，只为那一点小程序并不值得费这么大的力气，更何况它里面的游戏并不能和电脑游戏相比，黑白小游戏在现在可以说是"复古"了。

国庆放假的时候夏野正好看到了 Java 语言，这是一种优秀的编程语言，它最大的优点就是与平台无关，在 Windows 9X、Windows NT、Solaris、Linux、macOS 以及其他平台上，都可以使用相同的代码，而且号称"一次编写，到处运行"。

夏野对它很感兴趣，做了几种尝试，就利用放假的时间在它的基础上修改，完成了 Yava 的基本构架，做成了一种新的跨平台语言。不过当时也只是试试而已，没想到会用在这里。

韩亦辰面无表情道:"所以不是一天,是七天。"

夏野:"对。"

韩亦辰:"……"

小韩同学再次受到降维打击,老老实实试程序去了。

晚上老猿上线,只看到了韩亦辰一个人。

老猿奇怪道:"夏野呢,你们不是放假吗,怎么就你一个人在过寒假?"

韩亦辰今天下午就开始受打击,晚上回家都沉浸在自己对社会毫无用处的情绪中,给老猿回话都是有气无力的:"他在家,陪小瑜玩游戏。"

老猿很感兴趣:"哦?我们小殿下都玩什么游戏了?"

韩亦辰把下午电子词典的事大概跟老猿说了一下,老猿对编程很感兴趣:"你们要做电子词典啊,那不如用 Basic(初学者通用符号指令代码)?"

"用 Basic 功能有限,运行不稳定。"

"那就汇编……"

"太过烦琐,开发周期长。"

"不如就 C……"

"这是最接近需要的一种语言,但是它在电子词典上存在一些缺点,对比较大的程序支持不友好,绘图函数不够丰富。"

"……小韩啊,你现在说话语气怎么越来越像夏野了?"

韩亦辰冷漠道:"因为这些都是我今天下午跟夏野提出过的问题,你知道他怎么回答我的吗?"

老猿:"他说啥?"

韩亦辰模仿夏野的言辞:"我打算给这个电子词典写一种新的编程语言。"

老猿也给夏野跪了。

彻底修改《海岛求生》这款游戏用的时间比夏野想的要长,主要是这款游戏的剧情做得非常精妙,环环相扣,夏野为了去掉求婚环节给家里小朋友打造"绿色游戏",煞费苦心,十天之后终于做出了纯净版。

同时,他也把 Yava 编译器和解释器做好了。

《海岛求生》算是第一个 Yava 程序,标志着 Yava 语言的正式诞生。

老猿用这款解释器在其他界面试了一下,换了平台果然运行得一样顺畅,老猿觉得他为一款电子词典付出这么多实在有些过度了,费解的同时又沉迷在小游戏里不能自拔。他觉得《海岛求生》真的挺有意思,他上次为了用最合理的金钱数量度过四十天,光演算纸就用了十几张呢!

设计游戏的人一定也是数学迷啊！

真是棋逢对手，老猿决定再杀一盘，这次一定要攒够一个亿迎娶岛主的女儿——是的，除了做好事，存款过亿也可以牵起岛主女儿的小手，走上人生巅峰。

寒假快要结束的时候，唐瑾瑜已经可以非常顺利地运用一些简单的经济学原理和数学小公式去通关海岛游戏了，他从来没有因为欠债不还被光头大汉追打过，这孩子心眼儿实在，有钱就立刻还上，就没怎么借过钱。

夏野和他联机打了一次，游戏的结局比较美好：两个人都存款过亿，海岛上空为他们放起了烟花。

虽然是最简单的烟花，游戏里的小人也只是跳起来两下表示庆祝，但唐瑾瑜还是特别高兴。

夏野给他拍照留念，小孩就抱了两个电子词典在怀里，举起手比了一个胜利的姿势冲他笑。摆了好一会儿，也没见哥哥喊停，小朋友晃了晃手，道："哥哥，还没拍好吗？"

夏野低声笑道："我在录像。"

小孩就举起手里的电子词典冲着镜头轻轻摇了摇，笑弯了眼睛："我今天和哥哥打游戏，都拿了第一，耶！"他还把词典捧近了，让夏野录上面的烟花，"哥哥录这个呀，烟花漂亮。"

夏野就把镜头从小孩脸上移到了那个简陋的小显示屏上，游戏里的动态烟花还在不停燃放，在空中变成花朵的样子。

唐瑾瑜托着下巴道："真好，就是不能结婚了。"

"你这么小结什么婚，等你长大了再说。"

"哦，哥哥，我长到几岁可以结婚啊？"

"至少三十岁吧。"

唐瑾瑜："……"

外面有人敲门，是夏老师来给他们送水果，夏野就把照相机关了放在一旁，带着小孩去吃东西了。

唐瑾瑜对夏野忙碌的事一知半解，夏野忙工作，他就在一边安静地玩；夏野忙完了，他就陪着一起吃东西，休息一会儿；等夏野露出松一口气的表情带着他出去玩儿的时候，他就知道，哥哥这是彻底忙完了，接下来是可以放松的时间了。

离开学也没几天了，唐瑾瑜又恢复了寒假一开始刚见到夏野的状态，黏人黏得不得了，恨不得一步一跟，一连两天都抱着小枕头来找夏野一起睡。

夏野带他去了科技馆，玩了一天之后，又许诺带他去水族馆。

冬天天冷，他不敢带他弟去外面，不然就可以去小孩最喜欢的动物园和植物园了，上次在猴山唐瑾瑜看了好长时间，最喜欢里面的一只小猴子。

去水族馆的时候，是唐瑾瑜临开学前一天，小朋友努力打起精神，但夏野还是能察觉到小孩的情绪有些低落。

夏野捏了一下他的手，对他道："我还有几天才走，明天送你上学，晚上也去学校门口接你好不好？"

唐瑾瑜点点头，恢复了一点精神。

水族馆里是一片幽静通透的蓝色，玻璃隔墙里是海水和鱼，走过拱门还能看到海龟在头顶游过，悠闲自在。

夏野牵着唐瑾瑜的手慢慢带他看："你要多吃饭，这边的鱼都比你大了。"

游过去的鳐鱼确实很大，唐瑾瑜的视线跟随着它，但是很快又被一只海龟吸引了，它背上还有一只小海龟。唐瑾瑜看了一会儿，走了两步又停下，表示走不动了。

夏野捏了一下他的鼻尖："过来，我背着吧。"

小孩趴在他的背上小声道："妈妈说，等乐器比赛过了初赛，就奖励我来水族馆。"

夏野放慢脚步，低声道："嗯，哥哥提前奖励你。"

唐瑾瑜用小手抠他肩上的一颗纽扣，好一会儿没说话。

夏野道："先说好，不许哭啊。"

小孩"嗯"了一声，听着声音闷闷的，都带了鼻音。

夏野心都被他哭软了，他找了长凳坐下，用手背给唐瑾瑜擦了擦眼泪："不哭了，再哭又要生病了，你忘了去年打针的时候了？手上都肿得找不到血管，最后打在脚腕上……"

小孩点头，但眼泪止不住："哥哥我停不下来，怎么办啊？"

夏野叹了口气，小声给他哼歌。

夏野哄了好一会儿，小孩才慢慢停下来不哭了。他打着哭嗝儿，还有心思夸人："哥哥唱歌真好听。"

夏野被他逗笑了，拿纸巾给他擦了擦脸："不哭了啊，跟花猫儿似的，你过几天要是再这么哭一顿让我怎么走，嗯？"

小孩抱着他小声说了一句话。

夏野故意道："没听见，声音太小了，你再说一遍。"

小朋友没吭声，他有点不好意思再说了，换了另一个说辞："哥哥，我想快点长大。"

夏野逗他："想娶媳妇儿了？"

"想去哥哥的学校。"

夏野放缓了声音问:"你要不要去沪市读书?"

"哥哥去吗?"

"去啊。"

"爸爸妈妈,还有伯伯,大家也去吗?"

"嗯,也去。"

小朋友把关心的人都问了一遍,这才点点头:"那我也去,去新家。"

夏野笑了:"对,你说得对,大家都去了就是新家。我以后会在那边工作,你呢,就在那边读书,我下班的时候正好接你回家,晚上全家一起吃饭,到时候咱们还住在一起,好不好?"

"好。"

他第二天送唐瑾瑜去学校,瞧着小朋友走进校园才离开。

等晚上回来,他又给小孩把所有课本包了书皮,这原本是他们家的一项集体活动,不过夏野快开学了,要半年见不到人,这项工作他就全部包揽过来。

夏野自己读书多年,课本只能说翻过一遍,从来没这么认真地包过书皮,但对他弟的书特别有耐心,每一本的书皮都折得有棱有角。弄好之后,他又认真在上面写了书名,还写上了小孩的名字。

唐瑾瑜站在一边认真看,每一本都摸了一下,然后才放进书包。

两天后,夏野也要开学了,他去机场的时候唐瑾瑜还在学校,没能来送。夏野也松了口气,之前小孩在水族馆哭的时候他就心软了,今天不在也好,不然再哭起来他都不知道该怎么办了。

半年时间过得很快。

夏野在京城见了黎总几次,用了一段时间把合作谈下来。黎江做的是实业,主打智能教育用品市场,而夏野的注意力在软件方面,他更看好未来的网络发展前景。两人各取所需,黎江购买了 Yava 的使用权,放弃了网站,转而让夏野这位专业人士去做宣传和研发,他只提供使用硬件。

夏野也没有让他失望,相继推出的解释器在黎氏上两代以及最新研发的电子词典上都能应用,甚至可以多人配对连接一起玩游戏,类似一个小局域网,其中《海岛求生》最受欢迎,一时在中学生群体中风靡起来。

夏野很有商业头脑,他和黎总合作,直接公布了最受欢迎的几款小游戏的源代码,同时推广 Yava 语言——汇编、C、Basic 等都要求用户对硬件有一定程度的了解,但 Yava 不同，它对用户非常友好，可以通过解释器屏蔽硬件相关性，用户不需要知道硬件底层，这些工作解释器全部包揽，大大降低了门槛。

一时间有不少人开始编写新的小游戏，并且涌现出不少优秀作品，想法创意都很有趣。

夏野趁热打铁，把之前扩建出去的那个游戏论坛正式改名为"Yava 游戏盒"。

以楼兰论坛为主体，扩建出去的两个论坛都开始有了起色，一个以实时热点新闻和用户自我发评为主，另一个则做成了游戏平台。

"Yava 游戏盒"很快就流行起来，成为国内最大最全的游戏超市。它图标上的那条小鱼，也成了这一代青少年最为熟悉的图像。

宋益变得更加忙碌，但眼神也越发坚定，他看到游戏盒的第一眼，就想起了当初网吧软件里的那个游戏面板。

如今他们涉猎的领域更为广阔，不仅是网吧，所有拥有电脑的人都可以安装并使用，而他们作为游戏平台，抽取 30% 的费用，稳赚不赔。

这还只是一些小游戏，夏野对宋益讲过一次，他现在只是埋下了一颗种子，当下编写小游戏的人，将来会因为这个兴趣走到更广阔的天地，等到未来，"游戏盒"就会变成原创者孵化的摇篮，会有更多新鲜有趣的东西孵化出来。

用夏野的话说，那是一些连他都不知道的有趣的小东西。

夏野说得轻松，但宋益不敢怠慢，夏野这个船长带领他们驶入了一片全新海域，他作为大副手握航海图，一定要让公司这艘船行驶得稳稳当当，逐步前进。

半年的时间里，夏野的事业稳健攀升，唐瑾瑜也在五月份参加了市小学生乐器比赛。

弹钢琴的小朋友不多，只有寥寥几个，刚开始唐瑾瑜还有些紧张，他第一个上场，下来之后还不知道后面的人发挥如何。他只跟着夏老师一个人弹琴，今天是他第一次真正遇到其他弹琴的小选手。

唐瑾瑜认真地看着台上，一会儿就放松了，还问妈妈要了小水壶喝水。

陈素玲好奇道："小瑜，你不担心成绩吗？"

唐瑾瑜摇头，凑到陈素玲身边小声道："妈妈，我刚才数啦，我们这边钢琴组一共有五个小朋友。"

"嗯？"

"有两个刚才弹错了，还有两个没有上场——"小孩特别开心，"妈妈，我现在肯定能拿前三名，这样就过初赛啦！"

陈素玲捏了一下他的鼻尖，也笑了。

她觉得儿子弹得最棒，她抱着重在参与的心态来的，没想到唐瑾瑜一路过五关斩六将，不但过了初赛，还拿了钢琴组的第一名。

　　小孩从刚开始一直等到第三名、第二名的通知，脸上一次又一次出现失望的表情，听到自己拿了第一名，他坐在那里都愣住了。

　　陈素玲抱起他使劲儿亲了一下，惊喜道："宝宝快去，你是第一啊！"

　　夏老师也来到等候区，找了一圈，看到唐瑾瑜，笑道："小瑜，快，跟我去领奖，我刚才就在找你啊，今天表现不错，拿了第一！"

　　唐瑾瑜上台领奖，拿了证书和奖牌，站在台上兴奋得脸都红了，站在那儿等着拍照。

　　陈素玲拿着一个相机给他拍了好多照片，夏老师也在一旁录像，唐泓俊在看到儿子上台的时候就红了眼眶，特别没出息地哭了，然后躲在外面不好意思进去，一边站在大厅门外偷看儿子，一边掏出手机挨个给家里长辈打电话，报告这个喜讯。

　　"爸，小瑜钢琴比赛拿奖了，对，就是全市小学生比赛……拿了第一名！真的，我没开玩笑，哈哈哈！

　　"爸爸，您外孙拿奖了，对，小瑜今天的钢琴比赛得奖了！成绩特别好，拿了第一，这会儿正在台上领奖呢！您帮我跟妈妈说……"他正在跟岳父说话，没等说完岳父的电话就被心急的岳母抢过去，笑着又说了一遍，"妈，小瑜领奖呢，拍了照片，等过两天洗出来给您邮寄过去！"

　　陈老太太高兴极了，对他道："还邮寄什么呀，这不五一放假吗，你带素玲和小瑜过来住两天，这可是大喜事，我要摆几桌庆祝庆祝！"

　　唐泓俊以为岳母是在说客气话，但是老太太特别认真，坚持让他们回去。

　　等挂了电话，陈老爷子道："你这老太婆，孩子们工作那么忙，你还非让他们回来一趟干啥？"

　　陈老太太满脸喜色："你懂什么，我宝贝小瑜拿了奖庆祝一下怎么了！"

　　她紧接着又挨个给亲戚朋友们打电话，那架势瞧着不是摆几桌，而是要摆上几十桌。陈老爷子刚开始没懂，等老伴挂了电话，念叨一句"我儿现在可算苦尽甘来了"，他到嘴边的话也变成了一句叹息。

　　"五一"一共七天假期，唐瑾瑜比赛只用了一天，剩下的时间都被姥姥安排了，她老人家说要摆酒庆贺一下，热热闹闹操办一回。

　　唐泓俊带了一些礼品，又把小孩的手风琴放置妥当，开车去了岳母家。

　　陈家住在郑城，是一座老工业城市，楼宇很高，马路上熙熙攘攘，堵车是最常见的事。

陈素玲原本以为到了之后要去酒店吃席，想着肯定要表演，还给唐瑾瑜带了身演出的衣服。她准备工作做得充分，但等她一到家，却傻眼了。姥姥出手不是一般的阔气，她摆了几十桌酒宴，还直接摆在了家里。

陈家张灯结彩，一路上挂了好多小灯笼，院子拱门两边还摆了花卉，一瞧就是精心布置过。

唐瑾瑜一来姥姥就瞧见了："是小瑜吗？是不是我的乖宝来啦？"

院里没有外人，陈素玲松开儿子的小手，让他去找姥姥，自己跟在后面笑道："妈，是我们，刚才到家的时候还以为走错了呢。您这阵仗也太大了，怎么请了这么多人来呀？"

陈老太太接到小外孙，牵着小孩的手一起去客厅沙发坐着，眼睛都离不开他，随口道："也没多少，就咱们家这边的一些亲戚，主要是你爸家里人多，这还通知晚了，不然还能再摆十桌呢。"

唐泓俊把礼物放下，他提着的那个手风琴小皮箱特别明显，姥姥瞧见道："是小瑜的琴吧？"

"是，带了手风琴过来，小瑜平时最喜欢这把。"

姥姥立刻道："放楼上客房，就上回小瑜来住的那间，别放下面，今天来的人多，可要仔细别碰坏了小瑜的琴才好。"

陈素玲也道："对，泓俊你放柜子最上面，别给小瑜碰坏了。"

唐泓俊自然听她们的，他儿子从小到大最宝贝的就是这把手风琴，他平时拎着都小心翼翼的，当即提着去放妥当了。

唐瑾瑜手里捧着一个小石榴，坐在那里特别乖，姥姥问什么他就说什么，越发得老人喜爱。

陈家所在的小区的独栋别墅一共有十二栋，陈家就占了三分之一，在自家别说摆三天，摆十天半个月也没人说闲话。陈家把闲置的三座庭院收拾整洁摆了几十桌。今天是第一天，中午来的人少，只坐了一个院子，都是近处听到消息赶来庆祝的。

他们心里清楚得很，说是给陈家那个小外孙庆祝钢琴比赛得奖，其实就是明着告诉大家，陈三姑娘家的小孩不傻了，不但不傻，还挺有音乐才华。

有跟陈老太太交情好的，替她感到高兴，也有人心里嘀咕，想过来凑热闹，另外一小部分则是不信，觉得陈家老太太偏疼女儿，这是砸了大笔的钱故意撑场面，自欺欺人呢！

不管怎么说，到了的人都规规矩矩地坐着等陈老太太过来。就连提前从工程公司赶回来的陈老爷子，也坐在位置上等，老伴儿没来，他也不催，笑呵呵地和一旁的亲戚朋友说话。

靠边一桌的人嘀咕："怎么老爷子来了，老太太还没来啊？"

他身边的人低声道："正常，陈老对夫人特别尊敬，一直都是这样。"

陈老爷子确实如此，不催酒席，也不催夫人，他自己都在等，其余人也就都坐着一起等。

不过几分钟，陈老太太就来了，她瞧见这么多人愣了一下，马上笑道："瞧我，还想着今天我能第一个到，带小瑜跟大家认识认识呢，劳烦大家久等了。"她跟陈素玲吩咐了一句，自己先带唐瑾瑜过去了。

等坐下之后，酒店的服务人员也陆续把菜都端上了桌，时间刚好，没冷场。

唐瑾瑜是今天的主角，姥姥让他坐在自己身边，小孩规规矩矩地吃饭，他饭量小，等吃完之后，陈老爷子又笑着对他说："小瑜，你中午睡一小会儿，等会儿姥爷带你出去玩啊。"

唐瑾瑜转头去看他妈。

陈老爷子故意虎着脸道："看你妈干啥，这里姥爷说了算。"

唐瑾瑜眨眨眼，又去看姥姥。

姥姥笑得不行，点头给了老伴儿面子："对，家里大事听你姥爷的，小事听姥姥的，咱们小瑜的事绝对是大事，听你姥爷的话，去吧。"

陈素玲在一旁叮嘱道："爸，您中午喝酒了，不能开车。"

陈老爷子挥挥手："不开车，你放心，就在这儿附近，走两步就能到。"

下午，陈老爷子不只带了唐瑾瑜，还带了家里所有的小孩。

老大陈秋果的女儿华雁今年十二岁，因为放假提前来姥姥家住，另外还有老二陈文骞家的小丫头陈德芸也来了，她和华雁从小一起长大，关系特别好，小姐妹手拉手，都在好奇姥爷带她们去哪里。

唐泓俊牵着儿子的小手跟在后面，他一边走一边小声跟小孩说这边的地质风貌，路边露出来的一块岩石都能说上半天，生动有趣，小朋友仰头跟他互动，走路一蹦一跳的，特别开心。

陈老爷子没带他们走远，这边马路对面的小区正在进行路政施工，封了一段路，前后都没有车，特别安全，他带着女婿和几个孩子站在这里等。

唐泓俊之前听说老爷子在做道路工程，跟他聊了两句，陈老笑呵呵道："就是这里啊，这一片都是咱们家负责。"

正说着，就看到一辆卡车开过来，在不远处卸了一车沙子，司机停车没走，卸完沙子还从车上拿了三台小挖掘机下来，是儿童游乐场玩的那种，他把挖掘机放下，跟老爷子招了招手，又开车走了。

唐泓俊看傻了："爸，您今天说让孩子们出来玩……"

"玩挖掘机啊，多好，还能练一门手艺！"

两个小姑娘已经兴高采烈地跑过去了，看起来不是第一次这么玩。

陈老爷子牵着唐瑾瑜的手走过去，扶着他上车，手把手教他怎么开挖掘机，这车等比例打造，但仿得还挺像，手摇杆和脚刹都有。

唐泓俊在一旁帮着照应，看了一会儿笑道："确实挺有意思，我都想开一下试试了。"

陈老爷子当场就拒绝了，摇头道："你不行，这也就小孩坐坐，你上去会压坏。"

华雁和陈德芸这两个姐姐对唐瑾瑜特别照顾，华雁虽然是独生女，但她比唐瑾瑜大三岁，所以处处都有大姐姐的风范，唐瑾瑜从小挖掘机上下来的时候，她还搭了把手把他半抱下来。

唐瑾瑜有点不好意思："姐，我长大了，自己来。"

华雁是瞧着这个小表弟被抱着长大的，她笑道："你不大呀，你比德芸矮半头呢！"

陈德芸听见也抿嘴笑，她比唐瑾瑜大一岁，今年已经是十岁的小姑娘了，她这个表弟比她矮小许多，说是刚满七岁也有人信。

唐瑾瑜有点不好意思，他也想努力长高，所以喝了好多牛奶，但是长得很慢。

唐泓俊说他这是在积蓄能量，过两年一下子就蹿高了。

几个小孩玩了一会儿，陈老爷子又让唐泓俊开车带他们去商场买玩具。

华雁在后面跟唐瑾瑜咬耳朵，小声告诉他："姥爷肯定这个月刚发零花钱，咱们少买几样，给他留点钱买烟抽。"

陈德芸也凑过来，她文静一些，拧着眉头小声提意见："抽烟对身体不好吧？我听奶奶说，要监督爷爷，不能让他抽烟呀。"

华雁叹了口气："他都这么大年纪了，你让他抽一点吧，怪可怜的。"

唐瑾瑜觉得她俩说得都对，一时不知道该听谁的才好。不过进了商场，买好玩具，唐泓俊抢先付了钱，这倒让唐瑾瑜松了一口气。

天气热，小孩们遇到冰激凌店都挪不动脚，唐泓俊带两个小姑娘去吃，他不敢让儿子吃，就找了个理由让陈老爷子带他去楼下买气球。

唐瑾瑜跟着姥爷走了，他其实对冰激凌没有那么大的兴趣，他最爱的还是冰可乐。

买了两个气球，陈老爷子按照小孩说的把气球拴在他的手腕上，爷儿俩坐在商场一楼的长椅上聊天。

唐瑾瑜动了动手腕，得意道："姥爷，瞧，我哥哥过年的时候就把气球系在我的手腕上，这样我走丢了你也能找到我。"尽管这么说，小朋友还是抓住了陈老爷子的衣摆,"姥爷,你可牵住我,别弄丢了呀。"

陈老爷子被他逗乐了,点头道:"放心,丢不了,临来的时候你姥姥不是说了吗,让我找根绳子把你捆在身上。"

祖孙俩坐在一起聊天,陈老爷子偶尔会皱起眉头沉思片刻,唐瑾瑜瞧见觉得奇怪,问道:"姥爷,你怎么了?"

"姥爷想事情呢。"

"什么事呀?"

陈老爷子眉头不展。他这几年一直在忙滇省矿山的事,筹备了这么多年,到最后他自己却犹豫起来了。几年来砸了上百万,也没见什么成效,只能说勉强维持开支,现在全公司上下都听他的,但他自己反倒拿不准主意了。

小孩又问了一遍,陈老爷子笑了一声:"没什么,就是工作累的,哎,姥爷老了,有时候容易犯糊涂,想想自己都害怕啊。"

"姥爷怕啥?"

"怕吃不上饭呗。"

老人说得半真半假,小朋友思索一下,招手让老人靠近一点,凑在耳边对他道:"姥爷,别怕,我有钱。"

陈老爷子故意装作惊讶的样子:"真的啊,我们小瑜攒多少钱啦?"

唐瑾瑜伸出两根手指头。

"这是多少?"

小孩凑近了小声道:"二十万。"

陈老爷子乐了,紧跟着小孩的下一句话又让老人的心熨帖起来。

小孩趴在他的耳边说:"姥爷不怕,我给你养老。"

陈老爷子在生意场上混,听过不少讨好奉承的话,可是小外孙今天说的这句话让他鼻酸眼胀,他揉了揉小孩软软的头发,咧嘴笑道:"姥爷不怕,姥爷等回去啊,好好干活,不用咱们小瑜养,姥爷养你。"

小孩握着老人的手晃了晃,手上的彩色气球也跟着动了两下,美滋滋道:"等我长大了,我也工作,姥爷,我能做好多事啦!"

陈老爷子在一旁听他说话,心情都好了许多。

另一边,陈老太太也在家里忙碌着。

陈老太太让两个女儿重新安排了这两天的酒席,她有意让小外孙演个节目,但是又有些心疼:"两场太累了,就最后一天吧,表演一场就行了。"

老人拿了主意,陈素玲就答应下来,她也没什么事做,大姐去忙的时候,她就留在这边陪母亲说话。

陈素玲一边倒茶一边问:"妈,二嫂呢?宴席的事应该是她在负责吧?"

陈老太太叹了口气:"快别提了,可不就是她揽下来的吗?当初给我打包票,说得好好的,结果今天中午咱们都差点迟到,刚才我找你二哥问了一下,文骞说今天早上德庆突然发低烧,你二嫂吓坏了,带着孩子去医院,什么都顾不上了。"

陈素玲皱眉:"怎么突然病了,严重吗?我去看看吧。"

"没事,文骞说打一针好多了,医生让休息,咱们先别去吵着孩子,明儿一早我跟你一起过去瞧瞧。"老太太也担心小孙子,不过还在宽慰女儿,"你别看德庆小,身体壮实着呢,一年到头都不生病,跟你二哥小时候一样,皮猴子似的。"

陈素玲想起小时候二哥的样子,忍不住笑了。

老太太指着房间里的小茶几,笑道:"你看这个,我记得小瑜五岁时,也就跟它一般高,德庆现在四岁了,比这茶几还高出一截呢!"想起以前,老人忍不住感慨,"小瑜是我看着一点点长大的,这么多年,你和泓俊吃了不少苦,现在好了,以后就可以放心过好日子啦。"

陈素玲跟着点头,眼圈有些泛红,嘴角却有笑意,她今天是真的高兴。

陈秋果办事利落,晚上宴席安排妥当,没出一丝差错。

她是大姐,对待家里人一贯温和体贴,不但招待了客人,也没忘记弟媳裴筠和侄子,让酒店的人单独做了一份清淡、适合小孩吃的饭菜和粥,一并送了过去。

陈文骞晚上回家,裴筠正在喂儿子喝粥,瞧见他回来,抬头问:"忙完了?德芸呢,没跟着回来?"

陈文骞过去看了一下儿子,见他已经恢复精神,喝了大半碗粥,放心不少:"今天结束了,德芸留在那边和华雁住,大姐要来住三天呢,德芸这三天都留在那边,让她们姐妹俩玩儿吧。"

裴筠有些欲言又止:"妈今天……"

陈文骞看她一眼,笑道:"今天有没有说你临阵脱逃?"

裴筠小声道:"我是因为德庆生病。"

"妈说了,让我回来好好罚你。"陈文骞弹了一下她的额头,挑眉道,"好了,罚过了。"

裴筠抬头看他,一时不知道该信他哪一句,面上带着疑惑。

陈文骞乐了:"你还真信啊,咱妈什么时候说过你一句重话?放心吧,没事,宴席的事已经让大姐接手了,妈说让你好好在家陪德庆。另外她明天一早过来看看,也担心咱们小胖墩儿呢,是不是啊德庆?"

四岁大的小男孩长得白白嫩嫩的，被爸爸一逗就笑了，还在努力辩解："爸爸，德庆不胖！"

陈文骞故意捏他的小肚子："那这是什么啊？"

德庆脾气好，怎么逗都行，坐在那里陪爸爸一起玩。

裴筠想了一会儿，还是小声道："其实，我跟我娘家那边的人说过了，德庆病了，我实在担心，就想中午的时候让他们帮我应应急，我下午就能赶去。但是他们跟我说，妈不让他们管了，让大姐去负责……"

陈文骞揉了揉儿子的脑袋，看她一眼："那他们有没有说，今天中午他们都安排错了？要不是妈和小妹提前过去，都没人去通知一声。"

裴筠吓了一跳："不会吧？"

"我还能骗你吗？你下次也不要什么都听你家里说，自己多去问问，还有……算了，以后再说吧，你今天也累了，带孩子早点休息。"

裴筠问他："你呢？"

陈文骞站起来伸了个懒腰，打着哈欠道："我去爸那儿一趟，他说找我再商量一下矿山的事情，老爷子难得又有了精神，我陪他再规划规划。"

裴筠张嘴还想再说两句，但是想起丈夫刚才说的，又闭上了嘴。

她这次见娘家人，听了一些关于滇省矿山的事。据说这几年不少公司都赔了个精光，运气最好也不过持平，那矿山根本就是填不完的坑，娘家劝她让陈家也及早撤出。

裴筠的眉头拧着半天没松开，关于这些消息，她心里是信的。

第十二章

一场闹剧

住在陈家老宅的第一天晚上,小孩趴在窗边看外面的小灯笼,这时的陈家小院更漂亮了,一盏盏彩灯和小灯笼都点亮了,像过节似的,唐瑾瑜便给夏野打了电话。

"外面真的好多灯呀,和过年的灯笼不一样,是那种很小一盏的,好漂亮!"小孩把看到的认真地说给夏野听,又跟着叹了一口气,"可惜哥哥看不到。"

夏野在电话那边笑道:"怎么还学会叹气了,跟谁学的?"

"嘿嘿,今天下午跟姥爷学的。哥哥,我学得可像了,我给你再学一个。"

学了一会儿,小朋友又开始日常倾诉感情:"哥哥我想你了。"

"嗯。"

"哥哥什么时候回来?"

"你在哪里?"

"在姥姥家。"

"待多久?"

"要过完假期。哥哥你又给我邮寄礼物了吗?"

"算是吧,你乖乖的,听话就有礼物。"

"嗯!"

夏野那边有些忙,电话只打了几分钟就挂断了,但小孩还是挺满足的,尤其是陈素玲给他拿了一盏小灯笼让他玩儿,小朋友高高兴兴地收起来,仰头对妈妈道:"妈妈,哥哥没有看到,我带回去,等他放暑假了给他看。"

陈素玲点头道:"好,都听你的。"

第二天依旧摆了宴席,来的人比昨天多了许多,陈老太太特意让陈素玲给小孩换上新衣服,让她牵着唐瑾瑜的手跟在自己身后,和家里亲戚们一一打了招呼,认了一圈。

老太太神采奕奕，走路都带风，带着外孙显摆了一圈。

唐瑾瑜和姥姥关系亲近，老太太伸手来牵他，小孩就乖乖跟着走了。

陈老太太和几个老姐妹说话，闲聊了几句就开始夸自己的小外孙，从比赛得奖到学校的考试成绩，还献宝似的指给大家看了一张三好学生奖状。

"这奖状是小瑜期末考试得的，孩子跟我亲，拿了之后就特意送来的，喏，我让人裱起来挂在那儿啦。"陈老太太伸手指了指墙上玻璃框里挂着的奖状，笑呵呵地跟老姐妹们显摆。

一旁的人都笑着夸上两句，其中一位姓程的老太太和陈老太太关系好，夸得真心实意，还特意招呼唐瑾瑜过来仔细看了，对他道："真好，瞧着就机灵，将来好好学习，多拿几张奖状，我等着你把你姥姥这房间都挂满呢！"

她身边的人也跟着笑，但语气就酸了点，半开玩笑道："可别累着孩子，一张就够了，身体第一。"

房间里安静了一瞬，陈老太太一边喝茶一边慢悠悠道："不累，小瑜每年都拿奖状。"

"我就是随口一说，这不就瞧着只有一张吗……"

"忘了跟老姐姐说，其余的都在小瑜他爷爷那里收着了，哦，就是唐齐先生，你知道吧？老姐姐可能没听过，也是正常，我那亲家是齐州市S大数院的老院长，平时都带博士生呢，一般人是不太知道他。"陈老太太客客气气道，"他对小瑜的成绩很关心，寒暑假都亲自过来陪着孩子学习，拦都拦不住，这不，学校颁了奖状，就给齐州那边送去啦，我这边只要了一张过来，留着做个纪念。"

一席话说下来，对方干笑了两声。

程老太太是个温和的人，笑着打圆场："小瑜这两年身体好多了，上回瞧他弹琴的录像就觉得弹得好听，我呀，等着明天听他弹琴，也跟着熏陶一下。"

话题转移到明天的表演上，陈老太太又露出了笑容，跟她们说最后一天的安排。

唐瑾瑜吃了两块花生糕，喝了一杯杏仁露，吃得半饱。等陈老太太送走了客人，又领他去院子里看牡丹，唐瑾瑜比刚才自在多了，他还是最喜欢和家里人在一起，有外人在的时候他总觉得像是一场表演，社交真的太累了。

陈老太太牵着他的手带他去小凉棚，指给他瞧："小瑜，你看，咱们家这棵'花王'美吧？往年它四月底就开花了，今年多开了一茬，我就觉得家里一定要有好事发生，这不，我乖宝钢琴比赛得奖了！"

那株牡丹长得粗壮，小树似的躯干，比唐瑾瑜还高半头，是前几年陈老爷子特意买来的花王，一株千金。

陈老太太带他看过了牡丹花，又领他上楼拜了拜菩萨。

别墅顶层单独做了静室，简单地放了香台，还有一尊菩萨。唐瑾瑜以前来的时候，他们全家都会被姥姥带过来拜一拜菩萨，请菩萨保佑他们，一般人没有这样的待遇，连静室的门都摸不到，只有至亲至近的人才能进这个小门。

陈老太太带他一起上了几炷香，念叨了好几句，唐瑾瑜在一边也认真学，把家里人的名字都在心里念了一遍，他们一家有五口人，除了爸妈，还有夏老师和他哥夏野，小孩一个都没落下。

陈老太太带他出来之后，一边下楼梯一边道："小瑜，你爸爸妈妈不容易，以后要对他们好，知道吗？"

唐瑾瑜点头，牵着她的手走在前面："姥姥，我以后也对你好。"

陈老太太得到安慰，笑着点头："那我就等着享福了，等你长大，多拿几个奖回来，也给姥姥家放一个奖杯。"

"嗯！"

陈老太太也不拘着他，让他去外面院子找华雁那些小姑娘玩儿，送到门口叮嘱道："别跑远了，让你大姐姐领着你，就在咱们自己家玩，知道吗？"

"知道！"

唐瑾瑜跑出去，华雁又找了几个小孩，领着大家去外面玩，这边小半个小区都是陈家的，可以玩的地方太多了。

华雁和陈德芸她们俩常住这里，对附近特别熟，不过也没领他们跑远，就挑了一个人少又空闲的小院子。唐瑾瑜以为这次还和以前一样要玩跳皮筋什么的，都已经做好当木桩的准备了，但是华雁他们几个一人从兜里掏出一个电子词典，同行的小孩瞧见立刻道："加我，加我！咱们玩《海岛求生》吧，我还有最后一关没过去！"

华雁道："我和德芸也只剩下最后一关了，你们手里有多少钱？我要先看看再加人。"

"我有三十万！"

"加我吧，我比他多，我有三十五万了！"

唐瑾瑜目瞪口呆，这几个人报了一遍钱数，他跟着心算一遍，全加起来也不过几百万，是怎么有勇气要通关的？

"小状元"电子词典是今年最火的电子产品，中小学生家里有条件的几乎都买了一个，它不但可以查字典，还有一些好玩的小游戏，可以和同品牌的词典联机一起玩，这让小孩们高兴坏了，一到下课就三五成群地凑在一起联机，打几分钟游戏。这里面最火的就是《海岛求生》，它以人气高和通关难度大著称。

华雁和德芸玩的就是这款游戏，她俩手里金钱值最高，但加起来也不过一两百万的样子,两个小姑娘一脸为难。正好华雁扭头看到唐瑾瑜,心里做了很大挣扎,还是把手里的电子词典递给他:"小瑜,你还没玩过吧,我这个给你玩吧,我教你,不过有些难,我玩三四天了,你一会儿要小心,不要给姐姐玩坏了。"

唐瑾瑜和她们一起坐在台阶上,手里捧着那个电子词典,有些犹豫。

华雁以为自己说话重了吓到小朋友了,拍了拍他的肩膀,大方地说:"真玩坏了也没事,我再重新开始就行。来,我教你!"

唐瑾瑜道:"姐,这个我会玩。"

华雁惊喜道:"你也有这个电子词典吗?一起拿出来联机呀。"

唐瑾瑜摇摇头:"我没带,不过我可以帮你通关。"

他这话说完,几个小孩都有些半信半疑,唐瑾瑜就在华雁那个存档的基础上,用了一会儿工夫给她攒了一百七十万金钱。

华雁紧紧盯着屏幕,眼睛都亮了:"小瑜继续啊,刚才应该倒卖海鲜的,那个螃蟹的价格又变了!"

唐瑾瑜被一帮小朋友围着,一堆脸几乎都贴满屏幕了,他努力道:"姐,你们让开一点,我看不见了。"

周围的小孩这才让开一圈,但还是努力探头去瞧,也有机灵的,一边拿出自己的电子词典,一边学他倒卖物品。

唐瑾瑜一边操作一边给他们讲,华雁似懂非懂,只觉得小表弟讲的每个字她都认识,但是合起来就变成了一个奇怪的概念,她又蒙了,眨巴着眼睛一脸困惑。

其他人还不如华雁,他们都比唐瑾瑜大一两岁,但唐瑾瑜说的话他们一知半解,只觉得眼前的小孩一边说话一边就赚了大把的钱,金币到账的"哗啦"声太刺激人了,眼前的唐瑾瑜在他们眼里像小神童一样,瞧着就特别聪明的样子!

唐瑾瑜带着他们一起通关,一帮小孩都兴奋极了。

华雁最自豪,挺起胸脯道:"我弟弟是不是很厉害?"

其他小朋友纷纷点头附和,试图让唐瑾瑜再带他们玩一局,他们刚学会倒卖物资,正是最上瘾的时候。

玩了一阵,有人跑出去买了冰镇汽水回来,给了唐瑾瑜一罐:"给你喝!"

唐瑾瑜摇摇头,但眼睛还落在汽水罐上:"我一会儿要问问妈妈才能喝。"

华雁都心疼他,把自己的递给他:"你尝一口,我替你瞒着。"

陈德芸犹豫了一下,也没拦着。唐瑾瑜心动了,但看了一圈,又问:"有冰可乐吗?"

对方想了下:"应该有吧,我就在小区门口买的,从你姥姥家后院那个小门出去,一分钟就能跑到,有个冷饮摊!"

唐瑾瑜搓搓手："那我就喝一口。"

一帮小孩一起跑去小门，也不用过马路，就看到那边树下摆着的冷饮摊，挨着一个书报亭，还有路过的人在那边买饮料。

唐瑾瑜跟老板要了一个纸杯，特意让他倒出来加了冰块，冰块落进去的声响简直像是美妙的音符。

华雁拿了一杯可乐过来，唐瑾瑜美滋滋地接过，刚喝了一口含在嘴里还没咽下去，就被人从背后揽住，他吓得抬高了胳膊捧着那杯得来不易的冰可乐，背后的人个子很高，低声道："可以啊，都这样了还没洒一滴。"

唐瑾瑜听见声音眨了眨眼，立刻惊喜地回头："哥哥！"

夏野接过可乐晃了晃，听到里面的冰块声又挑眉看他，小孩心虚，冲他笑笑，又喊了一声"哥哥"。

夏野道："自己偷跑出来喝这个？"

唐瑾瑜连连摇头，指着其他小朋友道："没有，哥哥，我和大家一起来的。"

"来偷喝冷饮？"

"也没有啦，我就是参加集体活动，嘿嘿。"

"那我手里的是什么？"

"哦，那什么，来都来了……"

夏野屈指弹了一下他的脑门，唐瑾瑜也不恼，还在笑，抱着他的手道："哥哥你怎么来了，我好想你啊！"

夏野道："我来办点事，顺路过来看看你。"

唐瑾瑜太高兴了，看到夏野喝他的冰可乐也美滋滋的，比自己喝了还开心。

夏野带他跟其他小孩回去，路上一直帮他拿着那杯冰可乐。唐瑾瑜的注意力早就换到夏野身上了，路上得意地跟大家介绍，让亲戚的小孩们都知道他有一个哥哥，兄弟俩感情特别好。

夏野突然过来，唐瑾瑜也没心思去跟其他小朋友玩电子词典了，他一直黏着哥哥，要带他去看小灯笼。

夏野道："我先去跟阿姨打声招呼。"

唐瑾瑜牵着他的手，高兴地在前面带路，他在姥姥家时间长，已经认识路了。

陈素玲看到夏野的时候也很惊喜，笑道："小野怎么来了？"

夏野道："学校放假，我打电话问了我爸，他说小瑜来这边了，我正好和公司的同事过来办事……"他正说着，小孩又开始往他膝盖上爬，坐上自己的专属位置又拿了一颗小石榴，开始抠石榴皮。

夏野问他:"要吃?我给你剥。"

唐瑾瑜摇摇头,没给他:"哥哥,你忙你的,我给你剥石榴吃!"

唐瑾瑜剥了两个小石榴,把石榴籽放进两个小碗,一份给妈妈,一份给了夏野。

陈素玲接过来吃了两颗,笑道:"小野,快吃吧,这石榴本来就是要带回去给你的。"

夏野轻笑一声,拿小勺喂了唐瑾瑜两口,剩下的自己吃了。

石榴的味道也就那样,顶多算是清甜,还不到成熟的季节,尝个新鲜而已,不过陈素玲吃得特别开心,吃得差不多了才想起来:"坏了,忘了给你爸留一口尝尝了。"儿子第一次剥小石榴,她一高兴就全吃了。

唐瑾瑜指着自己面前的小碟子:"这里还有,妈妈,我和爸爸吃这些。"

"这些都是破皮的。"

唐瑾瑜道:"我和爸爸在家一直都吃这个啊,妈妈包的饺子和包子一直都有破皮的,不是每次都让我和爸爸先吃难看的,说好的给……唔?"小孩嘴里被喂了一勺石榴,仰头去看夏野。

夏野道:"再吃口石榴。"

唐瑾瑜还想说话,又被喂了一口,就老老实实地吃石榴,不吭声了。

这要是在别人面前,陈素玲就有些不好意思了,但是夏野没事,夏野只会煮面,陈素玲觉得自己这手艺还过得去,听夏野努力岔开话题,就笑着聊了两句。

夏野这次来算是出差,宋益在这里找到一位新闻工作者,属于业内的拼命三郎,对他们网站的二十四小时实时滚动新闻板块很感兴趣,宋益亲自来拜访了几趟,把人挖了过来,这次想让夏野和对方见一面,算是互相认识一下。

别的公司都是员工跑去拜访老板,但是这位不一样,他近期正在豫省蹲一个大新闻,连跟老板见面都是抽空来的。不过他手里也有些人脉和资源,一进公司就先帮宋益省了一大笔钱——没再和电视台合作,转而从朝华社买了一手的球赛信息,文字版信息一年只收一万多块,只有电视台开出的价格的零头而已。

也正因为如此,宋益才特意把夏野请过来和对方签合同,把这人彻底留在公司。

夏野去了宋益那边,一顿饭的工夫就把事情处理妥当,还剩下几天假期,原本打算回家给唐瑾瑜送份彩礼物庆贺一下,听到唐泓俊一家都在这边,就直接找过来了。

夏野还是第一次来陈家,刚到小区就把偷喝可乐的小孩抓了个正着。夏野替他瞒了,没说这事,反正估摸着他也就喝了一口,尝了尝味道而已。

陈素玲看时间差不多了,对他道:"你来得正好,小野,中午一起吃饭,你就坐我旁边。"

夏野答应了一声，等到宴席的时候才发现陈素玲是跟陈家二老坐一桌的，不停有人过来敬酒敬茶，唐泓俊替老人喝酒，喝了几杯脸都红了，但依旧撑着，一副要替岳父挡酒挡到底的模样。

陈老爷子笑呵呵地喂小外孙吃八宝饭，没怎么在意他，只偶尔用眼角余光看了一眼女婿，就这么一眼，唐泓俊立刻坐得笔直，从头到脚都绷紧了神经，时刻准备好好表现。

夏野看在眼里，觉得女婿真不好当。

中午宴席吃完，陈素玲安排了自己隔壁的客房给夏野住，怕他住不习惯，准备的东西都是全新的。夏野在房间里略微休息一下，拨通了宋益的电话，对那边道："老宋，帮我准备一份贵重些的礼物。"

宋益道："送哪儿？"

"送到小瑜外婆这边来，陈姨带小瑜特意回来探亲，我想让她高兴一下。"

宋益道："我明白了，那大概多少……"

夏野还想再说两句，门口有人敲了门就迫不及待地进来，他立刻挂断了和宋益的通话。

唐瑾瑜打开门跑进来，看到夏野坐在床上，就自觉地脱了小鞋子也要往床上爬："哥哥，我陪你睡午觉呀！"

夏野推了他额头一下："是我陪你吧？我不睡，你先自己睡一会儿，我去外面一下。"

唐瑾瑜立刻就要跟上："哥哥，你去哪里？我跟你一起，我认得路，我带你去吧！"

小朋友寸步不离，夏野也没有再打电话的机会，只能给宋益发信息，说几十万以内都可以，随便买。

宋益那边答应了一声去办了。

夏野精力充足，并不需要午睡，唐瑾瑜一瞧见他就像自动续航一样，也是满电状态，他带着夏野去姥姥家的院子里转了一圈，给他讲自己平时玩的东西，特别开心。

夏野也是第一次见到这些，唐瑾瑜以前过年的时候来姥姥家住几天，回去都要跟他说上好半天，这还是小朋友头一次牵着手带他一起看，有一种陌生又熟悉的感觉。

唐瑾瑜还带他去看了小表弟陈德庆。小德庆今年才四岁，住在姥姥这边一楼的房间里，舅妈裴筠去忙了，她昨天耽误了宴席的事，今天努力想要弥补，一直忙忙碌碌的，德庆今天吃了药好了一些，正在午睡。

唐瑾瑜踮脚从窗户往里看，小声道："哥哥你看，他好小，真可爱。"

夏野凑过去看了一眼，并不觉得哪里可爱，随口应了一声："一般吧。"

唐瑾瑜还在感叹："多好看啊！"

"你小时候比他好看多了。"

唐瑾瑜"嘿嘿"直乐，仰头道："哥哥也好看。"

起风了，夏野把他带去了别处。

唐瑾瑜又从口袋里掏出一块糖给夏野，想了想又带他去看姥姥家院子里的那棵牡丹。

一阵风吹来，娇艳的牡丹忽然整朵整朵地坠落下来，铺了一地的绚丽花瓣，花瓣带着露珠和香气。小孩对花爱惜，不去摘它，瞧见掉下来的花瓣，挑了最好看的几片用小手捧高了给夏野，仿佛在讨好他。

夏野笑着捏了一下他的小脸。

唐瑾瑜打算一下午都黏着夏野，看了一会儿牡丹，他仰头对夏野说："哥哥，我们家种的瓜苗也好看，叶子很大对不对？"

夏野点点头，可能是自己家亲手种出来的，他是真的觉得漂亮。

"我明年也会努力种西瓜，哥哥，你暑假一回来就能吃到。"

夏野问他："对我这么好？"

小孩牵着他的手晃了晃："嗯！我最喜欢哥哥，哥哥也最喜欢我啦！"

陈老太太很喜欢夏野，因为是第一次见面，还给夏野包了一个大红包，夏野不太懂这些，陈素玲点头让他收了，他就谢了老太太收下，回头出了门就塞到唐瑾瑜兜里去了。

晚上吃饭的时候，唐瑾瑜一直挨着哥哥，夏野在小孩面前吃饭会多吃一些，陈老太太一直留神看着他们，瞧见夏野照顾得特别顺手，小孩吃什么都不用开口，一个眼神夏野就提前把菜夹到了小碗里，老人忍不住满脸欣慰。

其实陈老太太猜错了，是夏野夹的东西小朋友都爱吃，无论蔬菜还是肉他都不挑，给什么都吃得特别香。

等吃过饭，陈老太太还特意带着夏野去拜了楼上的那尊观音像。唐瑾瑜牵着夏野的手一起过去，老太太点了香给夏野，夏野学着她的样子认认真真地拜了拜。

陈老太太双手合十虔诚道："愿咱们全家都平平安安，万事顺意。"

等拜好了，老太太又带他们去楼下喝茶聊天，刚走到二楼，就碰到了来这边送东西的裴筠。

裴筠手里抱着一套薄被，看到老太太笑道："妈，我给您送床新被过来，不是来客人了吗，您看这个合适不？"

老太太笑道："挺合适的，就这个吧。"

裴筠正要送到客房，老太太道："不用，你让小野自己拿着吧，他是晚辈呢，自己动手就成了。你忙了一天也累了，回去休息吧。哦对了，德庆刚被老二接走没一会儿，你找找他们。"

裴筠没走，扶着老人下楼，她离得近，鼻间闻到了一丝檀香味，垂着眼睛没说话。

回到房间，老太太拿了相册出来，招呼两个外孙一起过来看，她搂着唐瑾瑜翻开一页："小野来瞧瞧，这张你见过没有？"

夏野凑过去，是他弟坐在儿童椅上吃饭的一张照片，瞧着也就五岁左右。

陈老太太笑道："这是小瑜刚学会自己吃饭的时候，给什么吃什么，乖的哟！"

夏野的视线落在照片上："小瑜是听话。"

祖孙三人看照片，裴筠没心情陪着一起看，略坐了坐就起身走了。

外面庭院里，陈文骞正抱着儿子走过来，瞧见裴筠笑道："我正好在找你，走吧，咱们一起回家。"

陈家做生意多年，家底殷厚，家中最大的也就是两位老人，陈老太太跟老伴儿半辈子感情一直很好，老太太对人也好，并不像其他家庭要求儿子和媳妇儿搬过来一起住，而是让他们出去单过。

陈家男主外女主内，外面也就是生意上的往来，除了做生意，动用其余钱，要陈老爷子跟老伴儿申请后才行，从某种意义上来说，陈家真正掌握财政大权的其实是老太太。

陈老爷子做了一个表率，家里几个晚辈有样学样，对老太太都特别尊重。

两个女儿不必多说，跟在身边的二儿子陈文骞对老人悉心照顾，他媳妇裴筠虽然偶尔小心眼，会时不时心里闹点小别扭，但也不敢真拿到面上来说，在陈家二老面前也是老老实实的，翻不起什么花样来。

裴筠走了两步，趁天黑路上人少，小心眼又犯了，忍不住低声道："妈今天还让外人去楼上了。"

陈文骞道："去静室了？"

"嗯，以前从来不让外人靠近的。"

"你说的是夏野吧？他不算外人，夏家跟小妹一家关系好，不碍事。"陈文骞笑笑，"而且那是妈带来的嫁妆，专门从祖宅请过来的，保佑她儿女双全。你看，咱们不也去拜了吗，这不咱家也是儿女双全。"

裴筠心里还是有点不舒服，她是陈家的儿媳，也就初一、十五两天跟着拜拜，老太太今天都破例了。

陈文骞对这些小事大大咧咧，一点都不在乎，完全没注意到她的心思。

裴筠又道："我今天让人去收拾客房的时候，小妹还一直在旁边看着，有个小皮箱子宝贝得什么似的，亲自提下来生怕我碰坏一样，我跟她说了会小心，她也不信我。"

陈文骞道："她原话肯定不是这么说的。"

裴筠有点不甘愿，但还是道："是，她说沉，自己提就好，不让我受累。"

陈文骞看了她一眼，叹了口气道："小妹既然都这么说了，你领情不就好了吗？"

外面小路旁有一串小彩灯，从陈家老宅一直延伸出来直到小区门口，一闪一闪地放着光，小德庆从爸爸的怀里探头往外看，看到妈妈就笑了，露出小牙。

裴筠给孩子抚了抚衣领，嘀咕了一句："就他们是老太太心尖尖上的肉，咱们德庆这么好，她也不多看看……"

陈文骞道："妈对德庆还不好？哪次有好东西没他的？"

裴筠心想，那也只是平分而已，原本那些就该是自己儿子的。

她看重男孩的思想这么多年一直没转变过来，其他时候都做得很好，就这一点执念让老太太不喜，她越是想争，老人越不给，因为这个婆媳关系这么多年也没变得更亲近些。

陈文骞岔开话题，说了今天宴席上的趣事。

裴筠满脑子想的都是老太太偏心，忍不住又心酸道："妈不是嫌外面吵吗，现在都把酒席摆到家里来了……"

陈文骞道："你家里人又跟你乱说些什么了？"

裴筠没吭声。

陈文骞不客气道："你下次要是听了什么，有疑问只管当面问出来，爸妈花他们的钱，自己高兴就成，老人不给我们也是应该。咱们家的钱，以后我会赚，难道我还养不起你们？"

裴筠看他生气了，也不敢再说这个话题，但陈文骞还是不大高兴，抱着儿子故意大步走着，让她小跑追了几步。

宴席第三天，重头戏来了。

唐瑾瑜今天要表演，从一大早就开始准备小礼服，陈素玲知道今天重要，让他试了试，又拿出小手风琴让他提前适应："小瑜的手能抬起来吗？这衣服有点紧，不行咱们就穿平时那身，也一样。"

唐瑾瑜试了试："妈妈，可以抬起来。"

陈素玲不放心，拉着他的小手举高了一下，瞧着确实没问题才笑道："那好，就穿这套吧。"

离中午还有一段时间，穿小礼服太热，陈素玲给小孩换了平时的衣服，让他去找夏野玩儿。

夏野正在打电话，看到他说："来得正好，走，你宋哥来了，我们去接他。"

唐瑾瑜好奇道："也来吃酒席吗？"

夏野笑道："来给你送礼物。"

宋益办事一向妥当，他亲自来了一趟，先后送上两份贺礼。

第一份是一辆路虎。

不仅如此，他还帮夏野找好了说辞，说是给唐泓俊一家在这边代步用，放在陈家二老这边，想来也是打听过陈老爷子是做工程生意，代步车需要结实一些的。

第二份是一架进口钢琴，摆在陈家的庭院中，连带着还专门请来了一位调音师，帮着调试妥当。

送这份礼物的缘由更好找，虽然唐瑾瑜只在逢年过节才来陈家小住，但是小朋友以后要主修钢琴，因此特意买了一架放在这里以备日后所需。

两份礼物都是大件，车是直接送了钥匙过来，倒是还好，钢琴一路搬过来不少人都瞧见了，之前有些疑惑的人这时候也开始慢慢相信陈家那个小外孙是真的恢复了一些，不管得奖与否，至少能在公开场合弹奏完整的曲子，不比其他家的孩子差。

钢琴放置好了，夏野带唐瑾瑜过去看，小孩看到琴两眼发亮，抱着夏野开心道："哥哥，这个和我家里用的一样！"

夏野道："就是照着家里的那台买的，去试试吧。"

调音师是外国人，金发碧眼，坐在那里试了几个音低声说了一句话，反应过来这里不是琴行才抬头用蹩脚的中文说，一旁的小孩立刻点头，高兴地跟着按了两下琴键，对他道："谢谢先生，您准备得真是好极啦！"

"你会说俄语？"对方很惊喜。

唐瑾瑜一大串流利的俄语脱口而出："哦抱歉，我只会这一句呀，真的很感谢您的努力，祝您今天过得愉快！"

调音师愣了一下，紧跟着笑起来，起身认认真真地跟小朋友握了一下手，然后拉开琴凳让小孩坐下，行了一个绅士的礼，退后两步，示意他享受音乐。

周围不少人围观，先是看到钢琴在心里犯了嘀咕，又听到小男孩大大方方地跟外国人交流，一时间注意力都放到小孩身上去了。这年头小孩说一口外语还是挺新鲜的事，出国潮正热，十几岁的少年会说也不算稀奇，唐瑾瑜太小，又是个"小傻子"，猛地张口说俄语，大家都有些不敢相信。

有好嚼舌根的远房亲戚嘀咕道："我家小孩也会说英语，可我怎么听他说的不太对啊？"

"这是俄语。"有人解释道。

说话的远亲脸上讪讪的，也不好意思再多说什么了。

也有人消息更灵通一些，昨天自家小孩和陈家的小孩们一起玩，亲耳听到陈家两个小姑娘说这是阿斯伯格综合征，属于天才病。不少人开始相信陈素玲家的这个小孩当初得的就是这个病症，机缘巧合现在好了，变成了小天才。

唐瑾瑜没想到两句话引起这么多误会。他只会这么两句俄语，还是因为夏老师在交响乐团的时候，团里有一位俄罗斯的小提琴手，他很喜欢向夏老师请教学习，小孩跟在夏老师身边时间多，对方也喜欢逗他玩儿，小孩就学了这么两句万能语句。一句表示感谢，一句结束对话，再方便不过，基本什么时候都能套用。

夏野的这两份大礼，把陈家二老都惊动了。

陈老爷子第一反应是让他退回去，这太贵重，不说那钢琴，只说车就七八十万，相当于他手下一家小公司一年的净利润了，夏野年纪又小，收了不合适。

夏野道："这是我给姨准备的。"

陈老还想说什么，外面传来小孩的跑步声，唐瑾瑜已经换好了小礼服，敲了两下虚掩的门探头进来，高兴道："姥爷，快来呀，我哥哥送的琴太好了，我弹给你听！"

被小孩欢快的情绪传染，陈老爷子也笑了，点头道："好，我们马上就去。"

夏野把车钥匙往老人面前推了推，就去找唐瑾瑜了。小朋友看到他特别开心，仰头看他："哥哥，你想听什么？我弹比赛赢了的那首给你听好不好，我去比赛的时候，哥哥不在家，都没有看到。"

"好。"

陈老爷子跟在后面，看着他们兄弟俩摇了摇头，也笑了。

他从女婿嘴里听到一些夏野的信息，知道这个孩子挺有本事，赚了不少钱，但是没想到他会这么舍得给小瑜花钱。他家老伴儿是疼爱女儿和外孙，才花钱给女儿出气，夏野这孩子怕是个重感情的，拿女儿女婿一家当成亲人一般，所以才会这般不计较金钱，想要给小孩撑场子。

唐瑾瑜弹了比赛的那首《塔兰泰拉舞曲》，专心程度和比赛的时候一分不差。

不过他没有那么紧张了，因为这次是弹给哥哥听，不用担心名次，只要弹完就会得到掌声和夸奖。

小孩想到这里，眼睛不自觉地弯起来。

他手臂放松，手指第一关节稳稳地落在琴键上，强有力的几个重音之后，继而是行云流水般的琴声流淌而出。

这是一首李斯特的作品，弹这位大师的曲子更要注重技巧展示，唐瑾瑜坐在那里开始弹琴的一刹那，场内就安静了下来，不用任何人说，用眼睛看、耳朵听，也知道台上的小男孩弹得好极了。

唐瑾瑜坐在琴凳上，整个人像和钢琴融成一个整体，一看就是常年下足了功夫，刻苦练习的成果。

夏野也在看着演奏的小孩，他不懂音乐，但是懂孩子的勤奋。

他家小朋友从五岁起就一直学乐器，每一样都很认真。对别人来说，这是学习，但是对他弟来说，这和吃饭、喝水一样，是每天必须做的练习，也是让他的身体慢慢恢复灵活的训练。

他家小孩很听话，大人让做什么就做什么，从来没喊过一声苦。

夏野不懂音乐，但是在场有能听懂的人。这首曲子的难度较高，考验的是对技术的控制力，有人听出异样抬头看看弹琴的小男孩，心里猜测或许是因为年龄小才会出现这样的失误，毕竟是炫技类的曲子，确实也不好强求一个小学生做到太多。

但是紧跟着，他们就发现这是小孩有意为之，他巩固了技巧，调整速度和指法，这已经不仅仅是为了炫技了，它在推动音乐情感的发展，用一种不急不躁又严谨的心态，一点点为自己想要表达的感情服务。

调音师也没走，他听得非常享受，时不时看向前面的小孩，摇头感慨。如果不是亲眼所见，他简直以为坐在这里的是一位淡定从容的青年选手了。

唐瑾瑜特别享受地弹完了一曲，压根不知道大人们怎么想，他只是老实地按照夏老师教的那样，把每一次弹奏都当成一次练琴的机会，特别珍惜地弹完了。

当最后一个音符落下，夏野带头鼓掌——这个他熟，以前在家里听过许多次小孩弹钢琴了，唐瑾瑜演奏结束时右手会抬高一点点，也会下意识扬起头——随之其他人也纷纷跟着鼓掌，赞美声一片。

唐瑾瑜从琴凳上下来，规规矩矩地鞠了一躬，跟比赛的时候一样，这一套流程他也挺熟练。

夏野走过去接他，小孩看到他跑过去抱了一下，跟他一起回房间去换衣服。等走到楼梯拐弯处，没人瞧见了，他才仰头期待道："哥哥，我弹得好不好？"

"不错。"

"嘿嘿。"

唐瑾瑜换了一身衣服下来，这次庭院里的人瞧见他都热情了许多，陈家二老那边也有不少人走过来道贺，陈老太太虽然嘴上不说，但面上笑得很开心。

唐瑾瑜留在姥姥这边，夏野没有跟小孩坐在一起，而是去陪宋益。宋益没放过一分一秒，看到他就低声谈起了工作。

夏野跟他差不多，也是常带工作回家加班的类型。两个人一边吃一边低头谈论接下来的计划安排。宋益虽有些疲惫，但看起来精神状态极佳，眉宇间都是满满的自信，他现在对夏野和公司都充满了希望。

虽然他前几年也是这种状态，但是这次的生意做得更大了，成就已经不能完全用金钱来衡量，至少宋益觉得他们在做非常有意义的事。

夏野以前说的对生活的改变，他现在已经能看出端倪了，但是真正改变的时刻还未到，他对此更加期待了。

宋益低声道："王东说希望薪金再提高一些，我看过之后觉得没什么问题，已经提前替你答复同意了。"

"好，这些事你拿主意就好。"

夏野跟宋益聊了一会儿，就看到唐瑾瑜跑来找他。

唐瑾瑜身边还有两个小姑娘，比他大几岁的模样，小朋友抱着夏野胳膊给她们介绍道："这是我哥哥，我哥哥是大学生，特别厉害！"

宋益："……"

你哥很快就不是了。

他就从来没见过谁修学分这么快，这么迫不及待跳级毕业的。

以现在的情况来看，最多也就三年夏野就能从清北毕业了，到时候他也差不多打开了沪市的市场，能够亲自来坐镇。宋益看了旁边的小孩一眼，莫名想起老猿常念叨的那句"小殿下"，认真算了一下时间，两年后小殿下正好念初中，刚好来沪市挑套学区房住下。

唐瑾瑜炫耀完了，又摇头拒绝了两个表姐带他出去玩的邀请，美滋滋地喝了两口杏仁露。

宋益还在看他，不知道是不是心理作用，他觉得小殿下比其他小孩乖多了，五官精致漂亮，头发软蓬蓬的，穿的一身小衣服领口上还绣着一个胡萝卜……有点可爱。

小孩觉察到宋益的视线，抬头去看他，宋益立刻收回视线一本正经地继续吃饭。

唐瑾瑜一直跟着夏野，但是也有其他事会让小孩偶尔分心。

他看到陈老爷子回去的时候，难得从夏野身边离开跑去，仰头认真地跟老人说了一会儿话，夏野走近了，才听到小孩是在叮嘱姥爷放好他的手风琴："姥爷我明天还要带它回家，你一定要给我放好啊，箱子不能倒着放，上面有我的名字，你看名字正了，它就是正着的啦！"

陈老爷子笑着点头答应了，之前以为小外孙用这个手风琴演出，所以把琴提下来放在他一楼的书房，现在老人亲自提着琴去二楼给他放好。

陈秋果和裴筠路过看到了，陈秋果忙上前道："爸，您这是提着什么呢，这么沉，我来吧。"

陈老爷子摆摆手，没让女儿碰："不用，小瑜的东西，我给他提上去，换了别人不放心。"

陈秋果笑道："这得是什么宝贝，还得您亲自提上去呀？"

"那可不是吗，大宝贝。"老人逗乐了两句，让她们忙去了。

裴筠还在看楼上，脚步都慢了几分。

陈秋果问道："怎么了？"她看了楼上一眼失笑，"那就是小瑜从家带来的东西，估计是什么玩具一类的吧，你不会真信爸说的什么宝贝了吧？"

裴筠勉强笑道："当然不会。"

陈秋果问了几句德庆生病的事，听裴筠说小孩好得差不多了，才宽慰道："真好，德庆身体壮实，小病几天就自己好了，换了小瑜估计要十天半个月都住在医院里，接回家还要再养上大半个月。你不知道，前两年冬天他几乎都没能去学校，在家请了老师教，哎，想想也怪可怜。"

裴筠应了一声，没什么反应。

陈秋果嫁得近，和裴筠平时常能见着，她看了弟媳一眼，轻轻拍了拍她的胳膊道："你呀，什么都好，人也老实，就是耳根子软，人家说什么你都信。"

"没有……"

"还说没有，这次肯定又不知道谁背后说闲话了，你瞧妈给小妹弄这些，心里不舒服了是不是？"陈秋果缓声道，"那你也该想想，这事不管是换了我们谁家遇上，妈肯定也会帮着我们操办一场，德芸、德庆身体好，你就该知足了，做人要惜福啊。"

裴筠略觉酸涩，道："大姐，你说的这些我都懂，我就是忍不住老是在意。"

"老过得那么累有什么意思呢？"

陈秋果是陈家人里最温和宽厚的一个，平时和谁都合得来，现在看穿裴筠的心思也只是叹气，弟媳虽然小心眼儿，但也有好的地方，比如她对二弟文骞是真的好。

陈秋果见她钻牛角尖出不来，就对她道："你这么听娘家人的话，那当初文骞他们一帮人去运料，路上传来消息说出车祸了，脸都毁了，你娘家还让你退亲，你怎么不退呢？"

说起年轻时候做的事，裴筠有些不好意思了。

陈秋果笑道："还记得那时候，裴家要退婚，是你自己一声不吭地跑去了医院，提着两只箱子，医院的人都以为你们要私奔，万幸二弟没事，你们现在过得多好。"她瞧着裴筠，觉得这人年轻的时候倒是有些血气，这两年也不知道为什么变成现在这个样子。

裴筠跟着她一路走回去，心里也在反复想着。她会有今天这样的想法，并不全是娘家人挑拨，如果她心里没有一点猜忌，任谁都挑拨不动。

说到底，是她自己有一块心病。她心里一直有一根刺，扎了许多年未挑出，越埋越深。

几年前,陈素玲带着一岁多的小孩回家探亲求医,最初她心里是同情的,但是那次她无意中听到陈老爷子留了一份东西给那个孩子,那是独一无二的东西,从此她就落下了心病。最初猜疑是因为小孩生病,多给了一些钱财,但是娘家来人说了许多次之后,她又开始忍不住猜忌陈家是要把财产传给那个男孩。

裴筠只有一个女儿,心里不是滋味,坚持再生了一个儿子。

但是陈老爷子对此并没有什么表示,唐瑾瑜一岁多就得了一份财产,她的德庆今年四岁了,什么都没有得到,两位老人只在逢年过节的时候给一份压岁钱。

裴筠觉得陈家二老不公平。

等到晚上,裴筠陪同陈秋果和陈素玲姐妹送走了亲朋,她听到陈秋果说一起去商场采买东西,鬼使神差地拒绝了同行,对她们笑道:"我还有事,德庆身体刚好,我留下陪陪他,大姐小妹,你们去吧。"

陈秋果不疑有他,顺口问道:"素玲,你要不要带上小瑜?"

陈素玲道:"行啊,他今天跟我说要买个新的小箱子放琴呢,之前那个确实有点大,晃一下容易碰坏。大姐你不知道他有多宝贝那个手风琴,今天咱爸给他提下来的时候,他就在后面跟着,生怕磕着一点。"

陈秋果笑道:"我怎么不知道,我还瞧见咱爸又给他提上去了。老爷子也是故意跟小瑜玩呢,都不让我们碰一下。"

陈素玲听了直笑,挽着大姐的手去停车的地方了。

裴筠看着她们走远了,这才回身去了老宅。

庭院外面还挂着小彩灯和各色精致的小灯笼,老宅里没人,陈家二老瞧着小孩们喜欢,带着一帮孩子们去其他院子挑小灯笼玩了,说好了每人都能摘几个小灯笼带回家。

老宅里只有打扫的人在忙碌,没人注意到她走到了二楼。

裴筠心跳得厉害,她来过老宅无数次,客房更是她亲手收拾妥当的,但是这次也是她第一次不请自来,偷偷溜进客房。

她控制不住自己,她一直以来的心病又犯了,想着陈老爷子亲自提上提下的那个小皮箱,怎么都觉得不对劲。陈秋果开玩笑地说了几次,更加重了她的疑心,如果只是乐器,为什么那么宝贝?为什么不让其他人碰一下?

还是说,只有陈家二老和陈素玲一家可以碰,其他人都不能动?

她魔怔了似的打开客房的门,进去之后很快就看到了放在柜子上的那个棕色小皮箱,毫不犹豫地伸手就取了下来,但是刚取下还未来得及看,就听到门锁"咔嗒"一声,有人拧开门走了进来,两人四目相对愣了一下。

唐瑾瑜皱眉看她，视线落在舅妈怀里的小皮箱上，立刻道："舅妈，那是我的！"

裴筠看到就小孩一个人进来，提着的心放松下来，勉强笑了，哄他道："小瑜，这个好像有点坏了，舅妈来帮你看下啊，看一下就行了……"

唐瑾瑜听到吓了一跳，连忙跑过去，举高了手要拿小皮箱，紧张极了："哪里坏了？我看看，舅妈，让我看看！"

裴筠做这事原本就心虚，被小孩闹得一时有些恼火，觉得他一点都不如白天听话，怎么一个破皮箱就宝贝成这样，语气加重道："你在一边等着，别动，我看完就给你！"

她动手打开拉链的时候动作粗暴，唐瑾瑜看见了心里难过，不肯再让她碰自己的琴，拽着她的胳膊小脸都憋红了："不要你看，这是我的！"

小孩越是这样，裴筠越是疑心，她坚信里面放了好东西，一手推搡开小孩一手用力拽开了拉链，咬牙道："我就看一眼，小瑜你听话，舅妈看看就行了。"

她以为这箱子里放着的是那些合同文书，但把拉链拽断了强行打开之后，发现里面放着的只是一把半旧的手风琴。

唐瑾瑜趁她怔愣，咬了她的手指一口，裴筠"哎呀"一声退开，小孩立刻把手风琴抱在怀里，跑到门边，小脸上都挂了泪，又委屈又生气，大声哭喊道："妈妈！妈妈！"

裴筠恍惚了一下，连忙要捂他的嘴，唐瑾瑜一边躲一边又喊了几声，外面走廊很快有脚步声传来，唐瑾瑜看了一眼，哭得更厉害了，抱着琴箱跑过去："哥哥！哥哥我的琴！"

夏野原本在楼下等小孩拿东西，听到声音三两步就跑了上去，唐瑾瑜哭得厉害，扑到夏野怀里的时候都打战了。裴筠再靠近的时候，夏野下意识护住小孩，退后一步。

裴筠想解释，但是没等开口，就陆续有其他人过来了，走在前面的是陈家二老和其他几个小孩，楼下做保洁的人也听到动静过来了，陈老太太一看这场面脸色就不好，听裴筠前言不搭后语磕磕巴巴地说了几句，她就黑着脸让带其他人出去了，只留下了家里人。

陈老太太气得够呛，对一旁的陈文骞道："去，打电话喊你妹妹回来！让她来听听怎么回事，当舅妈的欺负到一个孩子身上，你甭管什么理由，你动孩子的东西干什么？"

陈文骞脸上难堪，去打电话了。

裴筠试图解释："我……"

"你还有什么好说的？"老太太第一次对她发火，连陈老爷子的脸色都黑了，陈家人还从未如此丢脸过，去翻客房里别人的东西，哪怕是亲戚也说不过去。

陈老太太拿手绢给唐瑾瑜擦了脸，看着小外孙委屈地抱着琴箱不撒手，心疼得也要落泪了。她安抚了几句，气得又想骂儿媳妇，陈老爷子咳了一声，道："小野，你先带小瑜去楼下坐着，哄哄他。"

夏野答应了一声，牵起唐瑾瑜，小孩手里还抱着琴箱哭得都打嗝儿了："哥哥，我的琴……"

夏野看了一眼，没有拿它，低声对老太太道："刚才她要看小瑜的琴箱，可能有些误会，东西我们没动，都留在这里，一会儿等姨来了听她怎么说吧。小瑜不缺这一把琴，如果……"夏野看了裴筠一眼，没有和唐瑾瑜喊一样的称呼，只淡淡道，"如果要的话，我们就给她。"

唐瑾瑜被他带走，小孩一边打哭嗝儿一边道："我……我缺……"

夏野没听清，问："什么？"

唐瑾瑜："我缺那一把琴，那是哥哥给我的啊。"

陈素玲夫妻俩正准备和大姐去商场，原本就要带上唐瑾瑜，正在找他，听到消息立刻就赶过来了。

尤其是唐泓俊，听到妻子接了电话，知道小瑜出了事，吓了一跳，忙跑进来找儿子。他是第一个进来的，到了客厅就看到坐在沙发上等着的兄弟两个，唐泓俊快步走过去问道："没事吧？怎么回事，你俩有没有受伤？"

夏野摇头："我没事，叔，是小瑜被弄哭了。"

陈素玲立刻看了一下儿子，检查了一遍见小孩没有受伤略微松了口气，但看到他哭心里也揪起来似的疼："小瑜这是怎么了？出什么事了？"

夏野刚才已经听他弟磕磕巴巴地说了一遍，陈素玲问，他就如实说了。陈素玲怎么都想不通二嫂抢那个琴箱做什么，她张了张嘴又不知道该怎么说，眉头都拧起来了。

夏野道："姨，姥姥他们都在上面等着您，您去了就知道了。"

陈素玲抚了抚小孩的脑袋，唐瑾瑜含着眼泪要哭，抿着嘴喊"妈妈"，陈素玲道："宝宝没事，你跟哥哥在这儿，妈妈上去问问怎么回事。"

陈秋果知道她性子火暴，又是眼里揉不得沙子的人，立刻道："我陪你一起过去，素玲，你慢点，等等我。"

两个人急匆匆上去了，唐泓俊弯腰给儿子擦了擦小脸上的泪，心疼道："小瑜不哭了啊。"

夏野问他："叔，咱们现在走吗？"

唐泓俊叹了口气，他也挺生气的，一个大人抢孩子的东西真是没见过。但即便心里这么想，他还是摇了摇头道："如果没出今天的事，走不走都行，现在走了，为难的是老太太，你姨不会走的。"他看了一眼楼梯，又放缓了声音对小孩道，"小瑜等着啊，爸爸陪妈妈上去一趟，等会回来接你。"

家里大人都上去了，夏野依旧和小孩坐在沙发上，唐瑾瑜慢慢不哭了，但时不时打一个哭嗝儿，听着声音都透着委屈。

夏野跟他聊了几句，小朋友有一搭没一搭地回话。

"我咬得很轻……"

"咬人你还有理了？"夏野用拇指给他擦了脸上的泪痕，小孩刚才都哭成花猫了。

"舅妈碰我手风琴，她也不讲道理啊！"

小孩又要哭，夏野立刻冷了脸："把眼泪憋回去。"

唐瑾瑜憋了一小会儿，含着眼泪没滚下来，瞧着更可怜了。

夏野看他含泪的样子，叹了口气，捏着他的小脖子揉了揉，缓声安抚道："今天不能再哭了，要是哭病了怎么办？"

唐瑾瑜点点头，微微一动大颗眼泪就滚落下来，小孩特别努力，没发出一点声音，只抽了抽鼻子没再哭出来，特别委屈。

夏野给他讲道理："小瑜，我再告诉你最后一遍，任何时候，任何东西都没有你自己重要，咱们家常说的一句话是什么来着？"

"健康第一。"小孩说完，又有点不服气，"可是哥哥……"

"嗯？"

"我的琴……"他小声嘟囔。

"是我送你的琴，"夏野纠正他，"以后我会送你更多，每年都送你新的琴，我跟你保证，以后会给你买一辈子用不完的琴。所以再遇到这样的事，把琴丢了来找我，一点亏都别吃，知道吗？"

小孩过了好一会儿，才勉强点点头。

夏野哄他说话，小孩伸手抱住他："哥哥，我舍不得，伯伯说我明年就要换新的琴，这把琴太小了，我好舍不得呀。"

夏野笑了一声，被小孩刚才的话说得心都软了下来，抬手摸了摸他的小脑袋低声道："明年我给你买新的。"

"那不一样。"小孩闷声道，"那是哥哥以前用过的琴，上面还有你的名字，我把自己的名字贴在旁边，我要把它放在身边一辈子。"

夏野沉默了一会儿，把小家伙抱在怀里。

就在刚才，他一点都不想让小孩长大了，甚至想让他一直维持在这样天真的年纪里，永远不改变心里的这份感情。夏野轻叹一声，喊了他的名字。

怀里的小孩动了动，他对夏野的情绪反应敏感，探出头去看他，虽然他和平时的表情一样，都是淡淡的，唐瑾瑜还是觉察出了不同，他用额头轻轻碰了碰夏野，问他：

"哥哥，你怎么了？"

夏野捏了一下他的小脸："你不要长大好不好？"

"我要长大呀，我要长到和哥哥一样高，也和哥哥一样厉害。等我长大了，我会好好读书，赚很多钱。"

夏野笑了一声："不用做得那么好，我养你。"

小孩又碰了一下他的额头，这次语气坚定了许多："哥哥，我来赚钱！真的，我以后会赚很多钱，对你很好很好，你在我心里特别重要，就像……"小孩想了一下，毫不犹豫道，"就像我爸爸一样！"

夏野："……"

唐瑾瑜有点激动，还在跟夏野承诺："哥哥我给你养老！"

夏野捏着他的小脖子让他往后看，面无表情地指着楼梯："看见没有，二楼的那个才是你爸爸。"

二楼客房，陈家人都凑在了一处。

客房原本整洁的地面上，放着一只小琴箱，上面的拉链被扯坏了，露出里面半旧的手风琴，红色的漆壳光亮，一看就是上了年头但是一直爱惜得很好。

陈素玲冷着脸，唐泓俊陪在她身边，也是沉默不语。

向来都是老好人的陈秋果看到琴箱后也叹了一口气，第一次没帮着说话，她实在不知道该说什么才好。裴筠这人简直魔怔了，怎么能做出这样的事？

陈老太太坐在客房小沙发上，看了裴筠冷声道："你说吧，一次说清楚，这么多年你到底有什么不满！你们家重男轻女的习气，不要带到我陈家来。"

陈文骞想帮妻子说话，拽着裴筠的手让她先服软道歉，但裴筠抬起头来视线落在陈老太太身上，咬唇道："明明重男轻女的人是您！"

陈老太太都气笑了："我？"

"对，就是您。"裴筠甩开陈文骞的手索性一次都说了，她的眼泪忍不住滚下来，"当初您就偏疼小瑜，您喜欢男孩，您和爸还给他留了东西……"

"胡说八道！"陈老太太气蒙了，拍了一下沙发扶手气得哆嗦。

"我没胡说！您和爸才是最偏心的，小妹带孩子回来治病的时候，您和爸明着给那么多就算了，背后还给。那次我亲眼瞧见过，爸给他留了一份东西，说是'全副身家都押在小瑜身上了'，这话我一直记得清清楚楚，这么多年我什么都没说，我知道因为德芸是女孩儿，您不愿给她，可德庆是您的亲孙子，您都没有给过那么多，爸——"

她还要再说，被陈文骞一把拽住了胳膊，呵斥道："你说够了没有！"

裴筠看着他，瞧见丈夫眼里的血丝和他面上愤怒的表情，虽没再说，但咬唇依旧不服。

"你说的这是什么混账话，我们什么时候把全副身家都给小瑜了？"陈老太太道，"我是偏疼小瑜一些，但那是因为心疼他年岁小身体有病，素玲他们两口子这么多年带着一个生病的孩子不离不弃，两个人多苦啊，我也是当妈的，我当娇娇儿捧在手心养了二十几年的姑娘，每天都过的什么日子，我看到还不许自己拿棺材本贴补她一点吗？"

裴筠避开她的视线："您和爸有错在先。"

"那你今天就没错啦？你翻小瑜东西干什么？"

"我要找证据。"

陈老太太被她气得直捂胸口，一旁的陈家姐妹俩慌了，陈素玲给她翻找药丸，陈秋果给她倒水，脾气那么好的陈秋果第一次对她发火："裴筠，你是不是要气死妈才罢休！"

陈文骞要拽她走，裴筠却还是直直地看着陈老爷子，她今天要死个明白，当初是她亲眼看到，亲耳听到的。

陈老爷子看了她一眼，道："我是留了。"

这一句一开口，房间里都安静下来。裴筠双眼直看过来，嘴唇嗫嚅，似笑非笑，一串泪先滚下来。

陈老太太也在看老伴儿，她完全不知道这事："老头子，怎么回事，你留什么了？"

陈老爷子道："我给小瑜的东西，你在他那儿是找不到的，这么多年我一直都带在自己身上，一步不离。既然你今天问起来了，也罢，我就给你看看。"他说着从衣服内兜里小心地翻找了下，掏出一个绣着"福"字的锦囊，时间长了，下面的坠穗都没剩下几根，但锦囊依旧完整。

巴掌大的东西，有些破旧但还算结实，陈老爷子打开了，小心地拿出里面的一张折纸，那折纸像是随手从书上撕下来的一样，叠成一个小四方形，上面有一些看不懂的字符，边缘还有撕开的痕迹。

陈老爷子亲自捧着让她看了一遍，裴筠看不懂，下意识想要抬手去碰，立刻被老人挥手挡住了，沉声道："你都不知道这是什么东西，也要拿吗？"

裴筠第一次看到陈老爷子冷下脸来跟她说话，一时有些怯了，问道："这是什么？"

陈老爷子没理她，看了一会儿那张纸，沉声道："小瑜一岁多的时候，差点要病死了，素玲他们夫妻带着孩子过来求医问药，所有医生都劝她放弃，说这孩子治不好……"

那是八年前的事了，陈素玲带着一线希望找到这边的专家，医生只说留在医院尽量抢救，她和丈夫在医院守了一天一夜，眼睛都熬红了，第二天一早，唐泓俊还在医院守着，她却独自一人出去了。

陈老爷子担心女儿出事，赶紧跟了上去。

陈素玲实在走投无路，她不知道该怎么办，她把孩子送进医院，却不敢留在那里看着他一点点衰弱下去，她害怕，怕自己在医院彻底崩溃。

豫省寺庙多，她就去拜佛，逢庙就进，见佛就拜。有间寺庙里住着一位老和尚，给孩子算了一下，可算完也只是摇头。一连追问之下，对方只给出一句"这孩子不能养在身边"，让他们送走。

陈素玲跪在蒲团上拜菩萨，过了好一会儿眼睛里忽然流出泪水来，哑声哭道：

"我求求你发发慈悲，我求你啊，你把我的命拿走，你把孩子还给我。

"不养在身边，我怎么放心？我恨不得每天抱在怀里，含在嘴里，一点一点把他带到这么大，你让我给谁？我怎么敢啊？"

陈素玲失声痛哭，起先压抑，后来忍不住声音都哭到嘶哑。

"那是我的孩子，我身上掉下来的肉啊！我的孩子，我的孩子……"

她几乎晕过去，陈老爷子看在眼里不是滋味，跟着落了泪。他这个女儿能力最强，比她哥哥姐姐都要厉害些，也更骄傲一些，但如今却被折磨成这样，他于心不忍，把女儿送回去之后又去找了那个老和尚，他们没有希望了，只能求一份念想。

许是诚心打动了对方，老和尚给了他这个锦囊，权当作孩子养在别处的一个寄托，让他一定放好，小孩才能"回来"，才能全好。陈老爷子也不知道灵不灵，反正也只能试试，他贴身带了足足八年，从未跟任何人提起。

陈老爷子把折纸又放回锦囊里，珍而重之地妥善放回原处，哑声道："当时那位大师说，要问我借一分气运，我是做生意的，财运一直还算不错，我曾经许诺只要救回孩子拿多少都可以，所以那天我求了锦囊回来，才会说全副身家都给了小瑜。"

陈家经商，家中对这些运道多有看重，但是跟亲情相比，陈老爷子觉得那一文不值，心甘情愿地贴身带锦囊带了八年。

陈素玲双眼通红，哭着喊了一声"爸"。

陈老爷子摆摆手："也不知道灵不灵，小瑜出院之后身体好了一些，我也替他高兴。这几年素玲和泓俊两个人带着孩子没少跑医院，一个坎一个坎地熬过来，之前医生说小瑜撑不过十岁，我们心里也怕得很。"

老人用手抚了抚放锦囊的地方，眼睛也红了，声音颤抖道："这就是我给小瑜留的东西，我给我女儿留了个念想，不行吗？他们母子都那么难了，我老头子什么都没有，我用我自己去换份念想还不行吗？"

裴筠忽然抬手抽了自己两个耳光，哭着跪下跟二位老人道歉："爸、妈，是我糊涂了，是我猪油蒙了心，我不该这么想，不该闹今天这么一出，全都是我的错……"

陈老太太背过脸去抹眼泪，老太太心里难受，一时无法面对她。

陈老爷子对儿子道："文骞，把你媳妇拉起来，咱们家不兴跪人，做错了事，你们俩自己回家去反省，这几天先别过来了，让你妈缓缓。"

陈文骞哑声答应了，过去扶起裴筠，但也只是扶起来，没有再像平时那样亲密。

裴筠跟在陈文骞身后下楼去，陈文骞一直沉默不语，裴筠现在也懊悔极了。走到楼下客厅的时候，看到了唐瑾瑜，小朋友被一旁的小野拍了拍手臂，站起身走过来，叫了他们一声。

陈文骞看到他停下脚步，又心疼又愧疚："乖宝，下次舅舅再陪你玩，舅舅还有事，先回去。"

唐瑾瑜仰头道："舅舅，我找舅妈。"

裴筠眼神慌乱躲避，她心里不安，不知道该怎么面对小孩："对不起，小瑜，刚才是舅妈的错……"

小孩过了一会儿，点头道："好吧，我原谅你了。"他停顿了一下，又道，"舅妈，我也跟你道歉，我不该咬你的手指，刚才哥哥教育我了。但那把琴是我最喜欢的琴，是哥哥给我的，他长大了，就不用这个了，等两年我长大了，也不能用它，但它对我很重要，所以拿的时候一定要小心，不可以碰坏。"

小孩说得很不情愿："舅妈你下次要看，一定要先问我，我可以拿着给你看。"

裴筠语无伦次地给他道歉，说了好几声"对不起"，陈文骞见她失态，忙带她走了。

刚一出门，裴筠就哭了。她觉得难堪，这么多年自己心里的迷雾一朝解开，跟她想的完全不一样，她觉得自己的心思脏透了。

唐瑾瑜在客厅和夏野说话，小孩觉得有点饿了，夏野带他去洗手吃东西。唐瑾瑜吃了块花生糕，还惦记着自己的琴，小声问夏野："哥哥，我什么时候可以上去呀？"

夏野看了楼梯一眼，轻声道："再等一会儿，你再吃一块，我给你倒水喝。"

唐瑾瑜乖乖地吃了两块糕，花生糕切得有点大，他啃了半天有些吃不下了，但也不好意思把吃剩下的放回盘子里，夏野瞧出来，把最后一口吃了。

他们俩在楼下客厅又等了一阵，才看到长辈们陆续从二楼走下来，陈老太太一过来就说累了要去休息，直接去了一楼的卧室，陈秋果扶着她一起过去了。

唐泓俊走过来，把小孩抱起来，唐瑾瑜伸手搂住他的脖子就问："爸爸，我的琴呢？"

唐泓俊亲了一下他的额头，把小孩搂在怀里不让他看到自己眼底泛红的样子，笑道："爸爸给你放好了。爸爸先带你去商场买个新的琴箱啊，咱们买个小瑜喜欢的颜色。"

"我就喜欢那个！"

"好，那咱们就还买棕色的……"

陈老爷子喊住他们一家，对他们道："泓俊，你们先来书房一趟，有点事要说。"夏野停下脚步，打算在客厅等，陈老爷子瞧见对他道："小野也来，不碍事。"

一行人去了书房，陈老爷子招呼唐瑾瑜过来，拿出几份文件和一盒印泥，让他挑一个来按小手印。

陈素玲瞧见忙拦道："爸，您别给他，我们什么都不缺。"

陈老爷子道："不是给的，这本来就是小瑜的，今天小野不是送了辆车庆贺他得奖吗？小瑜现在太小，还开不了，那车放着也是白放着，我干脆给他折成钱一起投在矿山里吧。"他原本就在犹豫要不要开新的矿区，老爷子觉得自己年纪大了魄力不再，原本就有些犹豫，现在下定决心买了，最坏的情况不过就是亏一笔，他稳妥了多年，都要忘了年轻时候的拼劲儿了。

陈老爷子低头对唐瑾瑜道："乖宝，你自己挑一个，就当跟姥爷入股啦。"

陈素玲道："爸，您这太贵重了……"

陈老爷子一边逗小孩一边道："不贵重，就当折算给姥爷了，姥爷给你一点矿产，赚呢，咱们一起发财，亏了，小瑜以后就坐姥爷的车吧，哈哈哈！"

陈素玲夫妇还要再劝，但陈老爷子不听，挺高兴的，不让他们再说，只摇头道："我不吃亏，但也不能占一个孩子的便宜。"

他摆了几份文件让小孩挑，又抬头对夏野道："小野，姥爷这么安排，你没意见吧？"

夏野自然没有意见，这相当于老人给换了一份更保值的财物，他点头道："我听您的。"

唐瑾瑜此刻正盯着其中一份文件在看，上面写着的合同条款很烦琐，但是这些都不重要，他一眼就看到了转让人的名字，吴沅分。这名字加上矿山，凑在一起印象实在太深刻了。

唐瑾瑜记得好像在新闻上见到过这个名字，而且这人应该还有个儿子，叫吴长财还是吴发财，总之名字挺吉利，但是搭配上姓就有些奇怪。

他把小手伸过去翻动了一下，果然瞧见"吴发财"这个名字紧跟在"吴沅分"三个字后面。

唐瑾瑜："？"

这就没错了,"无缘分"和"无发财",这俩人的名字合起来太有意思了。

爸爸包下一座山头挖了二十年,儿子又接着挖了好几年,一点矿都没挖着。但在卖了不到半年后突然就出矿了,不只这样,挖出的矿还是贵金属,简直是运气好到爆棚。

父子俩气到住院,收购他们矿山的矿主人挺好,还出于人道主义拿了几万块钱给他们治病,这事上了社会新闻,唐瑾瑜以前听过,记得清清楚楚。

他记得当时身边还有一个佝偻的身影,一边喝着小酒一边道:"小瑜你瞧瞧,这运气可真好,要是咱们爷儿俩遇上,就不用发愁你的学费啦!"

他当时怎么说的来着,好像第一反应是不让老人碰酒,他身体不好……

但那个人是谁,他只记得一个模糊的影子,却想不起来了。

陈老爷子牵着他,瞧着小孩头上突然冒冷汗,吓了一跳,给他擦了擦:"小瑜没事吧?"

唐瑾瑜摇摇头,指着那份文件:"爷爷,我想买这个。"

"你确定?"

"嗯。"

唐瑾瑜看着面前那份文件,他想买这个。或许买下来,他就能想起一些事情。

这矿也是陈老爷子挑选的,据说多年来都在亏钱,因此对方出手的价格十分便宜,他原本打算放在后面慢慢谈,听到小外孙这么说,就握着小孩的大拇指在最后一页按了一个小手印,笑道:"那就听乖宝的,咱们就先买这个。"

陈老爷子让唐瑾瑜按了指印,又叫夏野过来签字,他从不占孩子们的便宜,那辆车名义上是他外孙的,但也应有夏野这位出资人一份。

夏野走过去,拿着唐瑾瑜的手又按了一个小手印,笑道:"我的都给小瑜吧,当我提前给他预支的零花钱。"

陈老爷子看了他一眼,笑着应了。

一旁的唐泓俊觉得这礼物太贵重,还想再劝,但是陈老爷子挥了挥手对他道:"你看你,什么都好,就这点不如小野,多大点事,以后等我们小瑜赚钱了,我还等他给我养老呢!是不是啊,乖宝?"

唐瑾瑜点点头,他看了一眼文件,像看到了一座金山。

以后他可能真的会很有钱啊。

忙完了事情,陈老爷子让他们先走。唐泓俊今天破例一直抱着小孩,不肯让他自己走,唐瑾瑜有些不好意思,趴在爸爸肩上跟后面的夏野说话。

唐泓俊开车陪着小朋友找了三个商场,终于买到了一个满意的琴箱,和以前的款式相仿，但要略小一些，内里更柔软，刚好可以把琴放进去。

楼下还有卖爆米花和冰可乐的，夏野买了一杯，挑了最小的杯子，让老板装了一半的量，加了两三颗冰块拿过来。他原本打算等冰块稍微融化了再给小孩偷尝两口，但他一拿过来，唐泓俊就答应让小孩喝了。

幸福来得太突然，唐瑾瑜捧着可乐杯子又抬头去看妈妈，不敢喝。

陈素玲摸了摸他的小脑袋，笑道："喝吧，今天可以喝一点。"

唐瑾瑜捧着杯子喝了一大口，简直不要太幸福！

喝了好几口，还偷偷吸了一小块冰含在嘴里吃了，唐瑾瑜幸福地眯着眼睛，细细地品尝了一会儿，这才恋恋不舍地把杯子递给夏野："哥哥，我喝好了。"

夏野跟他相处的时间多，一听就是"我还想要"的意思。他接过来晃了晃，小孩很听话，并没有喝多少，夏野看了一眼前面的大人，把可乐递给他，牵着他的手走在后面："喝快点。"

唐瑾瑜："！"

唐瑾瑜立刻抓住机会，"咕嘟"喝起来，等跟着家长走到外面准备上车的时候，小孩觉得特别满足！

夏野带他上车，小孩一手摸着新买的琴箱，一手还捧着空了的可乐杯时不时吸一口，小脚都忍不住晃了两下，美滋滋的！

夏野摸了一下他的脑袋，小孩就仰头冲他笑，早就忘了今天晚上的事了。

夏野心想，他家小朋友不记仇也挺好，过得开心。

以后的事，他会替他打理好。

陈素玲又在家中住了一晚，第二天一早去探望了陈老太太，见老人身体尚好，就跟家里辞行，带着丈夫孩子们一起回去了。

裴筠一连几天脸上臊得慌，不敢来老宅这边，只让陈文骞带着孩子们过来探望老人。两个孩子不知道家里发生了什么事，陈德芸年纪大一点察觉到家里的氛围跟以前略有不同，但她对家里人一样亲近，对爷爷奶奶也孝顺，德庆还小，压根没感觉到不同。

陈家二老虽然不喜儿媳，但对孩子们跟以往一样。陈老太太瞧德芸一个小姑娘这么懂事，心就软了几分，把她叫到身边来问了学习，还给她零花钱让她买书本。

老二媳妇让他们寒了心，一时之间是没有办法再像以前那样待她。裴筠一连几天炖了汤让丈夫送来，陈家二老收了，也懂她这份讨好的心意。陈老太太不是磋磨儿媳妇的人，随她去了。

几天后，陈文骞去了陈老爷子书房一趟，他跟老人分了家。

陈文骞一直都待在二老身边，这几年跟着老人忙前忙后，留在公司里做事，也就没有跟二老划分财产，他觉得妻子会闹这么一出自己也有责任，干脆和老宅这边彻底分开了。陈文骞特别硬气，只要了这些年跟在老人身边做事的工资，其余的一分没多要。

他在书房跟父亲商量好了，他还是留在老爷子身边做事出力，但和父亲这边的财产要分开，财务自由，钱卡一类也都重新置办，不动用老宅这边的钱。陈老爷子点头答应了。

陈老太太虽然觉得突然，但是细想之后又叹了口气："按他说的去办吧，反正都待在咱们身边，有什么事也能照应上，等老二媳妇的心结打开了，也就好了。"

大姐陈秋果也回去生了几天气，但她并没有把气撒到弟弟和家中小孩身上，她家华雁依旧和表妹陈德芸每天在一起玩耍，小孩子之间的友情没受一点影响。

另一边，陈素玲带唐瑾瑜回到家中，大概是旅途劳累，小孩回来当天晚上发了低烧。送去医院住了一天，第二天好了一些，夏野留在医院陪着，他不放心小孩，没有提前返校，假期都留在这边陪护。

唐瑾瑜不太喜欢住院，待在医院的时间太长，觉得这里很无聊，不过有哥哥陪着还好。

他每天无聊就画画，等第二天一早夏老师和夏野来探望的时候拿给他们看，图画纸上有蓝天白云，还有一道彩虹，下面画了他们一家五口，虽然是简笔画，但是每个人的特点都抓得很准。陈素玲的连衣裙和珍珠项链，唐泓俊的公文包和眼镜，夏老师的礼服和乐器，还有夏野抱着的笔记本电脑……

夏野的视线落在画上抱着他腿的小孩身上，是和平时一样没错了，小树懒一样脚都快离地了，正想往上爬。

那张画被小孩送给了夏老师，夏老师特别喜欢，拿回家的路上就找了装裱店，打算回去把它挂在客厅走廊的墙上。

等把画挂上去，夏野笑道："爸，齐州唐老先生那边也有这么一道走廊，上面挂着好些小瑜的字画，还有他的幼儿园'入学证书'。"

夏老师笑道："那挺好，咱们争取也多挂几幅，光秃秃的墙壁不好看，这样才有意思。"

夏野看了一会儿，点头说"好"。

不知道从什么时候起，他的身边都是和小朋友相关的东西，它们一点一滴渗透进来，无声无息，却又特别自然。换作以前，他是无论如何都不会相信自己有一天会对一个小孩这么有耐心，会给他喂饭，泡奶粉，还会允许卧室电脑机箱上放一些小玩具。

夏野趁假期打扫了一下家里，把一些过期的杂志和乱七八糟的物件都扔了，拿不准的像唐瑾瑜留下的一两块零碎积木，还有几个弹珠，他都没敢动，擦干净了放在客厅茶几上，最后他还修好了小孩的一把小水枪。

等收拾到自己卧室的时候，他干脆找了一个盒子，把找到的玩具都放在里面，机箱上的可不止一两件玩具，用塑料管编成的小鱼小虾就好几个。他取下来的时候，看到上面还贴了日期，是小朋友送给他的礼物。他才离家两个多月，他弟就开始准备礼物了，比寒假的时候还盼着他回来。

夏野看了一会儿，把那些又放了回去，反正那么小的东西也不会妨碍电脑散热。

唐瑾瑜这次好得很快，两天就出院了，还能赶上送夏野。夏野订了傍晚的机票，特意在家里陪他玩了一会儿。唐瑾瑜出乎意料没怎么黏他，吃饭的时候也不挨着他坐，夏野吃完了在沙发上陪他玩游戏，小朋友打个喷嚏都跑老远，夏野等他回来，拎着他不准再跑。

唐瑾瑜抬头看他，有点纠结。

夏野让他看自己手里的电子词典："认真看，这关要这么过。"

"哥哥……"

"嗯？"

"我想到那边去。"

"你感冒好了，不会传染给我。"夏野没放开他，又带他玩了一局，小朋友果然放松了许多，高高兴兴地跟他说话了。

唐瑾瑜舍不得哥哥，夏野就拿了笔记本给他注册了一个企鹅社交账号，教他添加自己为好友，指着那个列表里唯一的头像："以后可以在这里找我。"

唐瑾瑜挺高兴的，夏野的头像是一尾小鱼，他也给自己找了一个小鱼吐泡泡的头像，比夏野那个要胖一圈，圆滚滚的很可爱。

这次放假能见到哥哥属于意外之喜，所以去机场送行的时候唐瑾瑜也没有多难过，拥抱之后还跟夏野挥了挥手，比寒假的时候表现得好多了。

夏野晚上到学校，回到宿舍就接到了宋益的电话，宿舍里的人还没有全回来，只有一个室友在戴着耳机打游戏，他就去阳台上跟宋益简单聊了一下工作。

夏野在学校很低调，并没有提及自己学生以外的身份，跟同学们的关系相处得也不错，只是他要提前毕业，早出晚归忙自己的事没有那么多时间交朋友。

处理完工作上的事，夏野又打开了笔记本电脑，和往常不同，他这次先登录了企鹅号。

一条小鱼的头像弹跳出来，动来动去，像在吐泡泡。

夏野点开，就看到那边的小朋友发来问候，特别简单，一共就三句话：

"哥哥你到学校了吗？"

"放假早点回家，我们都可想你啦！"

"哥哥晚安！"

夏野看了一会儿屏幕，笑了一声，回了一句"晚安"。

他也是刚到学校，就开始想家了。

夏野隔天就被拉进了一个群。

唐瑾瑜学会了在群里聊天，里面的人都是他的小伙伴，聊得还挺火热。群里面大家都起了新名字，也不知道谁带领起来的，风格特别统一：福罗北、白罗北、发罗北、红罗北……夏野在里面认真找了很久，才找到那个"福罗北"，就是他弟唐瑾瑜。

福罗北："哥哥，我是小瑜！"

红罗北："夏野哥哥好！哥哥换个昵称吧，要和我们一样！"

其他几个小孩也纷纷跳出来打招呼，一时间像一群萝卜精，他简直分不出谁是谁，盯着这些名字看了一会儿，随后改了一个"北罗北"，算是加入了这个小群体。

红罗北又立刻跳出来，夸奖他："夏野哥哥真厉害！刚才我哥哥来了，他改了半天都没改好，我气得把他踢出去一次，教了好久才学会呀！"

夏野："你是？"

红罗北："夏野哥哥，我是韩亦星！"

其他几个小萝卜也冒出来说了自己的真实姓名，还是那群和唐瑾瑜从小玩到大的小伙伴，季元杰和郭小琥也在其中。季元杰叫青罗北，名字参照的是韩亦星的红罗北，每回韩亦星说点啥，他就跟小迷弟似的第一个站出来跟她搭话，特别捧场。

群里一帮小孩叽叽喳喳地开始谈论起作业，又聊了其他，夏野抽空看了一下这个群名，叫"爱学习的萝卜"。

夏野在里面瞧见了熟人韩亦辰，小韩同学难得安静，一声不吭。

夏野单击了一下他，韩亦辰才恢复了一点活力，头像从灰色变成彩色，幽幽地对他道："你也改名字了啊？"

"嗯。"

"你这'北罗北'什么意思啊？"

"北方的萝卜。"

韩亦辰刚开始加入的时候又嫌弃又隐隐带着自豪，觉得自己打入了他妹妹的朋友圈，让他改名的时候小姑娘特意提醒了，要改个带萝卜的名字，他想都没想，就起了个"心里美"，一个小时之后就被踢出了群。

小姑娘来找他，简直痛心疾首，觉得自己哥哥怎么可以这么笨："哥哥，不是品种，是萝卜的名字呀！"

韩亦辰一脸蒙，绞尽脑汁想了半天才起了一个"发罗北"，翻译过来是花萝卜。他想改，也不知道改成什么才好，又害怕被妹妹踢出群，只能顶着这个名字待在这里。

夏野对自己在这个群的意义产生了困惑，他不知道能做什么。

韩亦辰道："也没什么大事，就是看他们聊天。"

"看这个做什么？"

"你没看出来吗，这群里好多小男孩啊，就郭小琥和季元杰，每天跟我妹问作业，我当然要看着啊！"

夏野觉得他的掌控欲太过了，一帮小学生而已。但是在看到一个小姑娘不停追问他弟课后作业怎么写的时候，也忍不住多看了几眼。

没两天，老猿听说了这件事，立刻跑来追问："有这种好事你们怎么不跟我说？"

韩亦辰道："跟你说这个干啥，我和夏野进去是因为我们是家属，你又没有弟弟妹妹，进人家小孩群里干啥？"

老猿搓手道："你懂什么，我这么多年只能用信件和礼物跟我们小殿下打交道，现在可以直接聊两句啊，机会难得！你快把群号码发我，回头我偷偷加我们小殿下企鹅号！"

韩亦辰道："我可不敢，你问夏野，他点头我才敢给啊。"

老猿又去求夏野，软磨硬泡半天，夏野甩了一个群号给他："能不能通过看你自己。"

老猿觉得自己好歹一个博士，不算是才高八斗也有个五六斗，通过一个小学生群的验证还不简单？

结果老猿第一关就惨遭滑铁卢。夏野给唐瑾瑜打了招呼，小朋友很给哥哥的朋友面子，帮他进了群，还介绍了群规则，让他改一个可爱的名字，这样才能迎合群主韩亦星的审美品位。

老猿太想表现了！

他仔细研究了全群的名字，发现小孩们不是胡乱起的名，都结合了自身特点，像他们小殿下，虽然用的是"胡萝卜"的谐音，但是多可爱啊，一听就是福气满满！群主小姑娘也不错，小女孩用的"红萝卜"，一听就是漂亮小丫头。

老猿琢磨了一阵，给自己起了一个可爱的名字，叫"发福蝶"。

当天下午，老猿被踢出了群。老猿为此心中愤愤，找到韩亦辰痛斥道："干什么！我这名字哪里不好，为什么把我踢出群去，食物链鄙视吗？"

韩亦辰："群主把你踢出去，你找我干什么？"

"废话！群主是你妹！"

韩亦辰帮着去打听了一下，回来对他道："问了，那边说不要完全变态昆虫。"

老猿回去认真思索，又起了一个"胖胖螳"。他对这个名字充满了自信，这名字里带着许多深意。他在唐齐先生面前永远都是一个刚入门的小学生，但就算螳臂当车也甘愿为真理和科学献身！同时，他还是胖胖惹人爱的温和大好青年，这名字太适合他了。

进群一分钟不到，老猿又被踢出来了。

韩亦辰冷漠道："那边说了，未完全变态的也不行。"

老猿："？"

夏野看不过去了，对老猿道："起个蔬菜类的就好了。"

老猿这才找到诀窍，迅速起了一个"胖罗北"，成功加入了萝卜家族。

老猿在群里早晚给小殿下问安，帮他们全群的小学生写作业，认认真真拍小殿下的马屁，韩亦辰瞧见嗤之以鼻，很快也不甘示弱地开始给他们辅导功课。

韩亦辰："来，韩哥哥教你们数学啊！"

老猿："对，小瑜你先听他讲，有不懂的再来问我，他数学都是我教的。"

两个人竞争得非常激烈。

夏野每天都会收到唐瑾瑜的单独留言，小孩只留一两句，平时在线时间也不多，只在晚上写完作业的时候玩上半小时，小朋友把企鹅号当成了一个留言板。比起用文字交流，他更喜欢给哥哥打电话，听到声音，才能缓解心里那份思念之情。

唐瑾瑜过十岁生日的时候病了一段时间，依旧是低烧，昏迷的时间很短，傍晚醒了喝了粥，又迷迷糊糊地睡了过去。

陈家二老特意赶过来看外孙，连唐齐先生也来了一趟。他们心里一直记得那句话，实在担心小孩熬不过这道坎。

医生看到他们一大家子等在外面吓了一跳，查完房又看了一下小朋友的输液情况，笑着宽慰道："没事的，你们家小孩身体状况比之前好很多，这次只是感冒引起的发烧，最近流感多，注意一些就好了。"

陈素玲答应了一声，依旧没有离开，她和丈夫一直守在孩子身边。

晚上，夏野也回来了，他在电话里听他爸说了这事，虽然每年小孩的身体容易出现一些小状况，但是每次发烧的时候他们都格外紧张，和其他孩子生病发烧不同，他弟每次都陷入半昏迷的状态，有时候是半天，严重时甚至要两三天才能缓过来。

一家人守在小病床前，其间唐瑾瑜醒了两次，吃了东西，就又昏昏沉沉地睡着了。他梦到了一片白雾，雾气的另一边是一条小路，他踩着绿草地走过去，心里并不怕，他能感觉到雾气在保护他，周身都是暖暖的，像有家人在陪伴他。

他隔着白雾看到了一间医院的病房，病房比较老旧，人也步履匆匆，有一位老人跟着医护人员一起推着前后两张病床，进了急诊室，他跟在后面快步疾走，上面躺着年轻的一男一女，似乎是出了车祸，生命垂危，女人手臂弯曲，微微有一点意识。

"爸爸，救救孩子……救救我们的孩子……"

女人低声恳求，老人忍不住落泪，不停地点头。他看着亲人被送进去抢救，坐在急救室外颓废地等待。

不知道过了多久，医生出来摇头，跟他说了一句话，老人身体佝偻着哭了一阵，但是又有医护人员跑来，带他去了楼上，抱出来一个一岁多的孩子。小孩身上的衣服破损了，露出脖颈儿上戴着的一个"福"字锦囊，小腿受了伤，脸上也有剐痕和血痂，但奇迹般地活了下来，老人的手都颤抖了，抱着孩子失声痛哭。

唐瑾瑜心里有一种奇怪的感觉，好像自己和那个孩子有联系一样，对他身上的疼痛感同身受。

他在梦里看着那个小孩跟着驼背老人慢慢长大，特别乖地吃饭，努力帮老人在学校食堂干活，老人雕萝卜，他就用小手捏着碎屑吃，吃到特别甜的，还会把那一小片跐脚喂给老人。

小孩刚开始走路磕磕绊绊的，但是很快就能跑了。小孩从小身体就特别好，可以跑得很快，每天放学回来先去帮忙做事，再和老人一起吃饭，哪怕是食堂里的剩饭也吃得很香。

…………

白色雾气又慢慢升腾起来，感觉像是睡在棉花里，唐瑾瑜慢慢起了困意，没有精力再看下去。他昏昏沉沉地睡着，过了好久，才醒过来。

陈素玲坐在一旁守着他，小孩的睫毛颤了颤，慢慢睁开眼，她第一时间就察觉了，伸手抚了抚他的头发柔声道："宝宝，醒了吗，饿不饿？要不要喝水？"

唐瑾瑜的嗓子还有些沙哑，小声道："妈妈。"

"嗯，妈妈在这里。"陈素玲抱着他，"没事了，妈妈守着你呢。"

唐瑾瑜动了动小手，发现手背上有打针后的棉球和胶布，难怪觉得动起来有些怪。陈素玲给他焐着手，一晚上都没松开，小手现在还是温热的，她捧起来放在嘴边吹了一下，笑道："不疼了啊，医生说小瑜醒了就不用再打那么多针了，今天只挂两瓶水就好。"

唐瑾瑜点点头，还在看她。陈素玲笑了一声，握着他的小手放在嘴边亲了一下："怎么了？"

唐瑾瑜弯着眼睛笑了下，摇头道："妈妈，我做了一个好长的梦，我好想你。"

陈素玲又亲了他一下，问他做了什么梦，但是小孩又迷茫起来，摇摇头说不记得了。

陈素玲安抚道："不记得就算了，没事的。"

医生来检查，确认已经没有大碍，陈素玲和唐泓俊终于松了一口气。

家里长辈和其他亲人陆续来探望，夏野还特意问了唐泓俊，需不需要再去京城看一下。

唐泓俊摇头："不用，就是心里不踏实，不过小瑜醒了就没事了。"

夏野进去看了一下小朋友，不过几天，小孩就瘦了一圈，他不会安慰人，叮嘱他："要多吃饭，知道吗？"

唐瑾瑜点点头，鼓起脸颊给他看，把夏野逗得轻笑。

陈老爷子是最后一个走的，他瞧小外孙又恢复了活力，有说有笑的还能给他们讲故事，老人这才放下心回去了。

医生建议再观察一两天就可以让小孩出院，陈素玲还是害怕，坚持让唐瑾瑜多在医院住一段时间，没有急着走。她把工作带到病房来，一心守着孩子，唐泓俊也支持她的做法，每天下班回来变着花样做好饭菜，送来全家一起吃。

唐瑾瑜吃完饭，坐在小病床上，抬头道："妈妈，学校要考试了。"

陈素玲心疼到不行："没事，妈妈去给你请假。"

小孩歪头想了一会儿，小声问："考试也可以请假吗？"

"当然啊。"陈素玲亲亲他，笑了，她的宝宝真的是太乖了。

唐瑾瑜十岁那年的暑假过得特别开心。

夏野回来陪了他一个暑假，他们又去抓了萤火虫，虽然小朋友比之前大了一岁，也长高了那么一点，但夏野还是拿他当那个跟在腿边的小尾巴，走上几步就回头看他，不等他开口说话，就蹲下身让他爬上背。

唐瑾瑜趴到他背上，喜滋滋道："哥哥，我能自己走。"

夏野背着他没放下："没事，我背得动。"

上次夏野带他来抓萤火虫的时候，小家伙闷闷地不吭声，但是今年就开始哼起歌来，夏野在小孩脚腕上捏了一把，对他道："这次高兴了？上次带你来你哭了一路。"

唐瑾瑜抱着他的脖子，嘿嘿笑道："因为今年哥哥回来好几次，一直都能见到你呀！"

夏野哑然，好像还真是这样，从他比赛得奖到后来过生日时发烧，他这一年隔三岔五就往家跑，要不是小孩说起，他都没察觉到，好像回家已经成了一种本能。

他们今天没有找到萤火虫，但是抓了几只金蝉回来，唐瑾瑜他们有生物观察小实验，老师让他们观察记录一下金蝉脱壳。夏野带他回去，拿了一个网兜罩在桌子上让小孩观察。

他去一旁忙自己的工作，小孩就趴在桌上拿手垫着下巴，认认真真地看着，金蝉一动不动地趴在那里，如同老僧入定一般，小朋友观察了一会儿就开始点头，跟着就睡着了。

　　夏野忙了一会儿工作，回头就看到趴在那里睡得香甜的小家伙，笑了一下，过去把他抱到床上，给他脱了鞋子，让小孩安安稳稳地睡着。

　　大概是感觉到了熟悉的床铺，唐瑾瑜翻了个身，抱着夏野的枕头又睡了。

　　夏野给他虚掩上门，去客厅忙自己的事，只是这次跟宋益说话的时候声音放轻了一些，回答也更为简短。宋益跟他共事多年，实在太了解他，听到他声音放低立刻顿了一下，笑道："小瑜又在你那儿？"

　　"是，刚睡着。"

　　"沪市的学区房装修好了，我大概看了一下，一会儿发照片给你，你再瞧瞧还需要什么别的，我去安排。"

　　夏野答应了一声："现在发我吧，我一会儿就看了。"

　　宋益顿了一下："昨天的合同我可是找了你一个礼拜，你才抽出时间去看。"

　　夏野笑道："不一样。"

　　事情有轻重，夏野从一开始就把家人放在首位。他刚开始在网吧打工试着找赚钱的门路也不过是为了凑齐他爸手术的费用，后续事业做大，对他来说只是实现一种兴趣，给他弟看转学后要住的地方，确实比单纯的工作要重要一些。

　　夏野和宋益几年来合作默契，夏野开疆拓土，宋益则善于守城，掌控更多的细节，韩亦辰之前开玩笑说他是大管家，对夏野以及公司来说，宋益确实是一位合格的大管家。

　　夏野对其他事情都不挑剔，通常粗略地看一眼就通过，唯独对发来的学区房多看了一会儿，挑剔了一下细节，让宋益换掉玻璃的茶几和带有棱角的沙发，对他道："浴室玻璃也注意一下，还有沙发挑大一些的，小瑜有时候会在沙发上睡午觉。"

　　宋益答应了一声，去办了。

　　唐瑾瑜在这边睡下，夏野跟唐泓俊打了招呼，干脆让小孩在他这里住一晚。

　　第二天小孩醒来还没弄清是在哪里，略微反应了一下，掀开薄毯爬下床要去看金蝉。只是等他再去看的时候，那个网兜里只剩下几只空壳，蝉已经逃之夭夭。

　　唐瑾瑜看着蝉蜕好一会儿，站在那里不肯走。

　　夏野揉了一下他的脑袋："没事，先去洗脸，晚上我再给你抓一只来。"

　　唐瑾瑜还是没走，直接用手去抓。

　　夏野以为他会怕，没想到小孩直接拿起来了，问他："你不怕这个？我来收拾就行了。"

"不怕啊。"唐瑾瑜捏着那个蝉蜕仰头看他,"哥哥,这个是中药,对吧?"

"对。"

"能治咳嗽。"

小孩声音很轻,但是很肯定。

夏野应了一声,蝉蜕边角有些锋利,他怕小孩伤着,捏着他的手放下,带他去洗漱了。

唐瑾瑜洗脸的时候还在想着蝉蜕,他确实记得,把它磨碎了可以加到中药里去,而且价格不便宜,虽然记不清具体是多少,但总归是一个让他心疼的价钱。

一段模糊的记忆浮现了一瞬又消失不见,好像有一幅画面:一个小炉子上常年放着一个小砂罐,一个小男孩搬着小板凳坐在那里看着砂罐里的中药烧开,"咕嘟咕嘟"冒着泡泡。

…………

夏野看了他一眼,把他握着的牙刷从嘴里拔出来,给牙刷涂了牙膏,觉得奇怪,道:"想什么呢,这么专心,牙膏都没用,刷了这么半天。"

唐瑾瑜洗漱好,仰头道:"哥哥,我好像以前见过那个。"

夏野顺着他指的方向看了一眼:"那个蝉蜕?可能吧,或许谁家有人生病熬中药的时候用过。"

蝉蜕在北方不稀奇,夏野没当回事,他们以前住在筒子楼里人多混杂,也有人家搬了煤炉子放在走廊里做饭煮药,唐瑾瑜那会儿跟在他后面进进出出,瞧见也正常。

唐瑾瑜被哥哥牵着手带出去,还在小声道:"那个很苦。"

夏野看了他一眼:"你还尝了?下次不许乱吃东西,听到没有?"

"没有,哥哥我闻到了,闻着就很苦……"

夏老师做好了早饭,看到他们笑道:"小瑜醒了?早饭在这边吃吧?"

桌上摆着粥和小油条,唐瑾瑜闻着香味儿,印象中苦涩的中药味被冲走了,脑海里那些模糊的画面也消散了。

夏野看他犯迷糊,笑了一声:"昨天晚上带他去抓萤火虫,玩累了,还没睡醒。"

夏老师叮嘱道:"别累着,中午你在家哄着让他多睡会儿午觉。"

暑假期间,唐瑾瑜上午写作业,下午练琴,晚上可以随便玩儿。家里大人都在单位工作,假期一般都是夏野带着,家里就他们两个。

夏野在家里工作,上午一边跟宋益商谈事项一边辅导小孩写作业,等到中午,就去简单做点面条。他厨艺一直不怎么样,也就煮面还拿手些,这次特意升级了一下,做了一个烩锅面。瞧着卖相比之前进步了不少,但吃到嘴里味道也就那样,特别一般。

唐瑾瑜吃了一小碗面条,照旧捧场。

因为是夏野做的，他还喝了小半碗面汤，特别满足，吃饱了就端着碗去厨房帮忙："哥哥，你做饭了，我来洗碗！"

夏野赶他："不用，我顺手的事，你出去玩。"

唐瑾瑜不去，留在厨房和他一起刷了碗。他从小看着夏野这么做，刷碗的动作都和夏野一样，他先洗，然后控水，最后还要再擦一下，摆放整齐后，仰头道："哥哥，我洗得没你好，等以后我学做饭，做了给你吃，咱们分工合作。"

夏野反应了一会儿，弹了一下他的脑门，挑眉道："你的意思是我做得不好吃？"

"好吃啊！"唐瑾瑜捂着脑门，"不过哥哥洗碗更厉害！"

夏野觉得应该把他弟送去宋益那边，这小嘴能说会道，是块做生意的料。

吃过午饭，唐瑾瑜自己去睡了，他现在也不用哄，看一会儿故事书就慢慢睡着了，特别听话。

一点多，陈素玲打来电话，说司机来接他们。

往年都是这样，陈素玲会给他们准备不少新衣服，趁两个孩子寒暑假的时候让他们来公司试试。她是做服装生意的，设计师和工作室都有，有什么款式需求可以尽管提，要修改也方便，兄弟两个身上的衣服不说每天都换，但每季新款花样繁多。

尤其是夏野读大学之后，他还要兼顾公司那边，陈素玲会特意给他多准备一些，一整套配齐了，备注好编号，让他拿去穿戴，省时省力。

司机来的时候，唐瑾瑜还没睡醒。小孩昨天跟夏野出去玩了一晚上，有点累了，中午贪睡还没醒。

司机小声道："我抱着去车上吧？"

轻声道："不用了，我抱过去吧。"

唐瑾瑜睡了一路，临到公司的时候才揉着眼睛醒过来。夏野没让他再揉眼，他家小朋友的身体比起其他小孩还是脆弱些，揉几下眼睛就会红，他拿手帕给他擦了擦："行了，别自己碰。"

唐瑾瑜跟司机也熟，醒过来先喊了一声"叔叔"，然后冲夏野笑道："哥哥，咱们去找妈妈对不对？"

夏野点点头。他弟醒了就笑，这点真的挺不错，他都被小孩的笑容感染了，心情好了不少。

唐瑾瑜又去看窗外，这条路他从小就走，实在太熟悉，瞧外面就知道快到了。

到了公司，唐瑾瑜牵着夏野的手上楼，他对这里太熟悉了，他几乎是在陈素玲的办公室长大的，一路上笑着跟人打招呼，就没有他不认识的，见谁都能聊上两句。

"姐姐，你今天的衣服真漂亮！"

"哇，姐姐你头发卷卷的更好看啦！"

"叔叔下午好，辛苦啦！"

一路走上去，夏野算是看明白了，他家小朋友的记忆力是真不错，而且还有点小八卦，刚上电梯，小孩还偷偷跟他说，男装部的丁叔叔在追他妈妈身边的秘书阿姨。

夏野："你怎么什么都知道？"

唐瑾瑜睁大了眼睛："大家都知道啊！真的，连我妈妈都知道，但是不能说出去哦。"

"什么？"

小孩在嘴上做了一个用手拉上拉链的动作："知道可以，但是不能说，丁叔叔要自己追，娶老婆都是很难的。"

夏野失笑道："你这都是从哪儿听的乱七八糟的话。"

他们走到办公室，陈素玲正在看送来的图稿，瞧见他们，笑道："来得正好，小野，一会儿我让小丁带你去男装部，那边有几套衣服不错，你试试看，让他们按你的身高再改一下，回头开学的时候正好拿上。"

夏野道："姨，不用这么麻烦，随便拿两套就够穿了。"

陈素玲道："那怎么行，这次准备的都是正装，你回头要穿出去谈工作，怎么能马虎。"她又招手让唐瑾瑜过来，她抱了儿子一下，笑道，"宝宝，一会儿妈妈带你去换衣服，顺便拍几张照片。"

唐瑾瑜问："哥哥也拍吗？"

夏野听到身体都绷紧起来，难得有些紧张，上次在齐州市化妆的经历给他留下了很深的印象，他实在排斥发蜡、唇膏一类的东西。

陈素玲被逗乐了："饶了你哥哥吧，上次拍那些就够了，这不还在这儿挂着吗？"

夏野这才看到，陈素玲办公室的墙上除了几幅色彩明艳的艺术画作，还有几张照片，是他在齐州市拍的照片，黑白色调为主，少年侧脸线条明晰，眼神锋利。

和艺术画不同，他的照片摆放的位置偏低。陈素玲的视线也落在上面，笑道："小瑜挂上去的，你都不知道他有多得意，只要有人问起他就说这是他哥哥！"

夏野轻笑，低头去看小朋友，小孩也在看他，一副求表扬的小模样。

没一会儿，丁彦召就过来了，他扎着一个小辫子，手腕上还挂着一个珠针线包，一看就是直接从工作室过来的。他进来瞧见唐瑾瑜先给了他一块苹果糖，逗了小孩两句："小瑜来了！今天给我们当小模特怎么样？"

陈素玲笑道："他能帮你什么忙，不添乱就不错啦！正事要紧，你先带小野去试试衣服。"她打了内线电话让设计部又送了几套衣服过来，都是夏野能穿的，让丁彦召带他去慢慢试。

丁彦召认得夏野，他跟在陈素玲身边多年，如今负责男装部事务，陈素玲几年来都一手包办家人的穿戴所需，夏家父子的衣服也包含在内，这些都是丁彦召在负责，尤其是上次在齐州市夏野还帮忙解决了摄影问题，丁彦召在公司看到他的时候格外热情。丁彦召拍了拍他的肩膀："走吧，我带你过去，这次的衣服风格特别适合你，那西装也是改良版的，正好你试试看，给我第一手的意见！"

夏野跟他走到门口，陈素玲又喊道："小野，一会儿你试完衣服要是有事，就先回去，衣服我让人给你邮寄到学校，你试试就成，其他的不用管。"

夏野道："姨，不用，我等小瑜一起。"

陈素玲笑道："他可要好久呢，我要带他去拍几张照片，他今年暑假哪儿都没去，爷爷和姥爷那边都在催问照片，等拍完了可能要很久。要不这样，你一会儿回办公室看不到我们，就跟秘书说，让她给你开台电脑，随便用，别耽误了你的事。"

夏野点点头，跟着丁彦召去了。

公司的男装部和女装部分别在大楼两端，女装部占了大部分位置，男装部所占的地方相对要小一些，也更为拥挤。工作间地方相对宽敞，中间放着长桌，凌乱地摆放着十几捆布料，留出的地方还铺着牛皮纸和手绘图纸，裁剪成小块。另一侧空地上放着十余个男形人台，身上穿戴着新款西装。

丁彦召取了衣服过来，对他道："来，你试试这个，有哪里不合适随时可以改。"

夏野接过来，正要套在T恤外面试，丁彦召又道："裤子也脱了，一起试试！"

"在这儿？"

"是啊，这衣服可是我亲手设计出来的，我跟你说，光版我就打了三次，绝对修体形！不过你本身条件就挺不错的，应该可以……你看我干什么？"丁彦召停下来，他一说到自己的作品就特别兴奋，一般这个时候，模特或者其他设计师同行们都会直接给一些反馈，还从来没有人这么沉默地注视他。

夏野把他递过来的裤子推开："我不习惯当着外人直接试。"

丁彦召平时面对的都是清一色的男模，大家秉着对工作的态度说脱就脱，都习惯了，看到夏野，他下意识也把这个身高腿长的男孩当成了工作伙伴，被他这么一说才立刻道："你别误会啊，我没占你便宜的意思。"

夏野看着他，微微皱眉，丁彦召连忙说："我有女朋友的！"

夏野接过衣服，问了试衣间在哪儿，路过他身边的时候，顿了一下，道："我知道，我只是不习惯。"

丁彦召虽然长了一副小白脸模样，但专业能力特别强，夏野试一件提出什么问题，他就能当场解决，用珠针收紧腰身，标记延长袖口，动作飞快。

夏野一连试了好几套，丁彦召看得眼睛发亮。

虽然公司找的专业模特穿起来不错，但和夏野穿在身上的感觉完全不同，他之前还奇怪，陈总为什么会挑最简单的这几个款式给夏野，现在才知道因为她对夏野了解，这几套衣服被他穿上身之后效果才出来。

夏野现在已近一米九，身高优势在那里，肩宽腿长，穿什么都不错，尤其那张脸，下颌线条锐利，越发显得五官深邃而精致，脸上淡漠的表情让这份精致更显高贵，但是同样的，也会给人难以接近的感觉。

凌厉，傲气，还有一丝疏冷。

这就是夏野给他的所有印象，丁彦召忍不住上下打量，如果眼前这位不是夏野，他简直要下手挖人了，多好的模特啊，放他手里，绝对半年就红！

丁彦召心里跃跃欲试，但实际却十分克制。陈总对他们一向宽容，但也把家人保护得很好，尤其是两个孩子，更是不许他们把照片泄露出去，夏野上次在齐州帮忙拍的那些模特照都是特意挑选了光影强的几张，重点在衣服，没有完全露出他的正脸。

丁彦召让他挑了几套看中的，做了编号之后对他道："好，等过段时间你开学的时候就给你邮寄过去。放心吧，还是跟以前一样，一套给你配齐。鞋子还要吗？"

夏野摇摇头："上次的还在。"

丁彦召又记录："那怎么能一样？那是旧款啊！这次就带两双皮鞋吧，搭配着穿。"

夏野对他们这种时尚人士的追求不懂，全听他安排。这也是去年开始的习惯，陈素玲比夏野在意这些，生怕他在学校的穿戴衣物不够，每次都准备很多让他带去，逢年过节还会邮寄几身，后勤工作做得充分。这两年物流刚开始兴起，学校限制外来车辆进入，只允许包裹放在校内邮局站点，邮局站点在门口竖了牌子写着年级学号和名字，让学生们自己去领取。夏野基本上每个月都有一份包裹，吃穿用的都有。

丁彦召全都记录妥当，又拿了两套日常穿的夏装给他，装在袋子里道："这个拿去吧，今年走秀款！放心穿出去，走在街上绝对没有重样的！"

夏野收下，跟他道谢。

丁彦召摆摆手，笑道："这有什么好谢的，应该的。就是不知道明年你还能不能穿上，最近公司人事变动挺大的。"

夏野愣了下："你要走？"

"怎么可能！是我手下的几个设计师被玲姐叫去谈话了，可能要调去沪市，"丁彦召左右看了下，压低声音对他道，"那边要开分公司了，你知道吗？这是内部机密，一般人我不告诉他。"

夏野："……是吗，什么时候搬过去？"

丁彦召耸耸肩："谁知道，至少要一年多吧。玲姐要去的话，肯定带着秘书科一起走，女装部那边人多，又是主力，可能先过去探探路，我这边也在等通知，也不知道接下来会有什么安排。"

夏野问:"怎么不一起过去?"

丁彦召看他一眼,觉得这位真是大少爷不知人间疾苦,对他摊手道:"钱啊,你还在学校,可能不知道最近沪市房价有多高,你在沪市买层写字楼试试?别说一层了,几间都是天价了,我们这儿还有厂房呢,先慢慢找地方吧。"

夏野还真有一层。

不过他那边也不适合安置厂房,其余的也帮不上忙,资金倒是可以拿出一些。他交代给宋益办的网站开始赢利,最近发展得不错,手头有了不少余钱,宋益那边也说可以适当进行投资,如果陈姨这边压力大,他可以帮忙。

"公司现在情况怎么样,还好吧?"

说到这个丁彦召来劲儿了,眉飞色舞道:"好!你没看咱们陈总被评选为省优秀企业家吗,哦,她办公室里不放这个,就放你和小瑜的照片,也难怪你没看着,你等下我找给你看啊,报纸我还特意留了一份。"

丁彦召这里有些乱,他翻找了一下,没找到报纸,倒是找到几本杂志,翻出夏野他们那次帮忙拍摄的照片。

他顺便拿给夏野看了下,得意道:"瞧,上回拍得不错吧?上了好几份杂志,回头我给你送去一份,不过陈总不让写你名字,只用了一个'野'字。"说到这里丁彦召先笑了,"你不知道,好多人还以为这是照片的主题,不过也确实挺形象的。"

照片上的男孩十八九岁的样子,正在向一个成熟男人过渡,有青涩也有冷峻魅力,一双眼睛野性难驯。

夏野看了一眼:"不太像我。"

丁彦召道:"多像啊!拍得多好!"

"这照得太凶了,一点都不和善。"

丁彦召努力了半天,也没能想出一句迎合的话,他要不是跟夏野熟,都感觉靠近不了这人三米之内,他到底为什么会以为自己和善啊?

杂志下面还压了几张其他照片,夏野看到其中一角,抽出来看了下,果然是唐瑾瑜。

丁彦召道:"你拍得真的不错了,比小瑜拍得还好呢,小瑜本人五官挺漂亮,就是照片不太上相,拍视频还行,拍照也就一般,照不太出来,真是可惜了。"

夏野翻了一下,拿了唐瑾瑜的几张照片在手里看,问道:"还有其他的吗?"

丁彦召又拿了几张给他看。

夏野看了一会儿,觉得丁彦召说得对,照片上的小孩挺漂亮,但是没有现实中的活泼可爱,尤其是笑的时候,脸颊上那个浅浅的酒窝很难拍到,这么多张,只有一张照片能看到。

夏野拿起那张，问："这个能拿吗？"

丁彦召道："别人肯定不行，你拿没问题，随便挑吧！"

夏野拿了那张，放到钱包透明隔层里刚放好，好看又清晰。

另一边，陈素玲带着唐瑾瑜去试了几件衣服，亲自拿相机帮儿子拍照。这是她的乐趣之一，从小到大，她给唐瑾瑜拍了不少照片，全都保存得很好。

陈素玲的公司生意红火，她每日坐着高档轿车来去如风，谈完这份合同又追加另一份合同，一年来赚得盆满钵满。她犒赏自己的方式也特别，专门开了一个小童装部，高薪挖了业内有名的童装设计师过来，贴钱做衣服。她们公司主营女装，现在男装也打开了市场，唯独童装竞争不过几个老牌的公司，但陈素玲一点都不在意，甚至没什么竞争的心，她就没想靠童装部赚钱。

公司的童装从不量产，纯手工做上几十套，管够她宝贝儿子穿，有多余的再拿出去卖。如果说公司其他部门是给陈素玲赚钱的，那么这个童装部就是哄她开心的。只要儿子穿得漂漂亮亮的，她瞧见就开心，身上的疲惫都化为乌有，小孩冲她笑一下，软软叫一声"妈妈"，她就觉得值了。

全公司的人都知道，童装部现在在陈总那边是最说得上话的一个部门，要什么面料，其他部门都要申请，开会协商才能通过，但童装部的设计师开口说上一句，陈总直接派人飞去国外，买当季最新、最流行的面料回来，质量也是最好的——陈总说了，给小孩做的衣服，要亲肤柔软才行。

全公司都深深地嫉妒着童装部。但他们也没办法，谁让人家甲方是老板的亲生儿子？而且还是一个九岁的小甲方，小孩又软又甜，见了谁都笑眯眯的，给啥都特别捧场。

"谁说九岁！"童装部的设计师一脸严肃，继而喜滋滋地道，"十岁了！哎呀，我们今年也要多做一些款式。跟你们不一样啊，我们可是高定，每回都要量身定做的！"

唐瑾瑜穿着量身定做的高级小礼服，踩着小皮鞋让妈妈拍照，特别配合，拍了两套之后，又穿了准备好的日常衣服，拍了一会儿，陈素玲就喊停，让小孩过来喝水吃点心，摸着他的头发笑道："宝宝累了吧？"

小孩摇摇头，吃了一口点心，觉得好吃，又拿了一块踮脚递到陈素玲嘴边："妈妈你吃，我刚洗过手，我喂你。"

陈素玲咬了一小口，心里都跟着甜起来。唐瑾瑜吃了点心，还拿了两块放在小盒子里带去找夏野，在走廊上碰见了夏野，小孩就蹦蹦跳跳地过去，举起手里的小盒子："哥哥，给你吃，特别好吃的饼干！"

小孩很自然地去牵他的手，晃了两下，跟他说刚才自己拍照的事。小朋友头发软，天气热又爱出汗,这会儿额头上粘了碎发,夏野伸手给他拨开,小孩仰头冲他笑,颊边一个浅浅的酒窝若隐若现,特别甜。

夏野跟着一起笑,看到小家伙这么有活力,真的特别开心。

而且他家小朋友笑起来的样子,和他放在钱包里的那张照片一模一样,乖得不得了。

暑假快结束的时候,唐瑾瑜终于找到了萤火虫。

好几只飞在草丛里,停在叶片上一闪一闪地发着光,他们没有捉,夏野帮他拍了一张照片留作纪念,照片有些模糊,但小孩依旧当宝贝一样。

唐瑾瑜把那张照片发到群里,特别说明:"这是我哥哥带我去找的,漂亮吧?"

很快一群小萝卜纷纷冒出来点赞。

一整个暑假过完,韩亦辰最感慨。

老猿人在齐州,被夏野远程遥控得精疲力竭,要不是夏野用他们数院的小殿下吊着他,老猿恨不得撒手不干了,临到最后,他忍不住给夏野打了个电话控诉,刚骂了一声"阴险狡诈之辈",就听到夏野喊了一声小殿下的名字,他后面的话全都憋了回去。

夏野招呼小孩过来,拿了手机放他耳边道:"给你袁哥问好。"

"袁哥哥好!"

"好好好!小瑜你好不好啊?最近忙什么呢,学习别累着啊,要循序渐进,对了你今天吃饭了吗?"

老猿一腔怒火化作父爱,恨不得顺着手机钻过去握着小殿下的手好好慰问一下。

夏野把手机给唐瑾瑜,揉了揉他的脑袋,去给小孩拿了一杯牛奶过来,一边哄他喝牛奶一边让他随意跟老猿聊天,不过五分钟,牛奶喂完了,老猿那边已经只知道傻笑说好了,半点都不再生气。

韩亦辰比老猿还惨些,当初买房子的时候竟然没有考虑到不应该和领导住这么近,简直悔恨终生。

夏野给老猿只是打个电话,线上远程操控,韩亦辰就没这么好的运气了,他动不动就被叫过来,有时候跟不上还会被夏野用"你竟然连这个都不懂"的眼神鄙视,那种滋味,韩亦辰觉得自己也算能屈能伸了,于是一个暑假都在发奋读书,动手实验,比在学校过得还累。

等打包收拾好行李,韩亦辰瘫在沙发上听他妈念叨要带的东西,只跟着点点头,已经没力气回话了。

老猿来跟他吐槽的时候,他心有戚戚道:"是啊,暑假这段时间真的太忙了,我在家都累得不行，平时在学校都没起那么早过，听说老宋一直都吃住在公司，真不容易。"他顿了一下，用充满希望的语气道，"不过现在开学就好了，我开学之后……"

老猿冷漠道："你开学还不是和他一个学校。"

韩亦辰："……"

小韩同学当场泪崩，这大学生活跟他想象的完全不一样啊！别说牵小手了，他连女朋友在哪儿都不知道，每天不是在奋斗，就是走在奋斗的路上，被迫励志说的就是他了。

韩亦辰苦涩道："老猿，你知道吗，我以前不是这样的。"

老猿："是，你以前数学就考 59 分。"

"……咱们不是说好了不再提了吗？！"

韩亦辰身心受创，卡着开学的时间返校疗伤去了。

在学校里时间过得很快，夏野提前完成了大学的全部课程，并且从学校毕业，没有继续深造，而是选择了去沪市发展。

宋益提前在沪市安置好了一切，搭建了全新的平台，只等待他的到来。

公司业务也从一个小小的电子词典游戏，逐渐扩展到手游、网游，和乔氏几次深度合作之后，也开始投资大型网游。不过主打的依旧是平台，夏野从一开始就有明确目标，宋益忠实地执行着他的原订计划，一步步将其实现。

Yava 游戏盒子现在已经成了全网最火的游戏平台。

它的收益来源一是 30% 的平台分成，二是游戏发行商分成。虽然一直有人批评 Yava 的分成过高，也有人用 12% 的抽成比例来吸引用户和游戏商家，但至今没有任何一个平台能取代它。随着游戏盒子运营的稳定，国内越来越多的中小团队选择在这里一展拳脚，Yava 游戏盒子顺势推出几次大型比赛鼓励创新，奖金池金额一度累积到数百万，原创开始兴起，无数新奇好玩的东西正在互联网上逐渐浮现。

除了游戏，智能手机的兴起也带来了更多活力。

在某一个炎热的夏季，市面上各家智能手机混战成一团的时候，一些手机出厂内置 APP（手机软件）开始悄悄变化——它们由原来出厂内置并明晃晃地暴露在外无法删除，变成了放入一个小小的方块面板之中，点开面板之后，就能见到这些内置的 APP，它们变得更小，只在联网时扩展，并消耗系统极少的资源，而且在免费试用一个月之后，可以随时删除。

这个神奇的小方块面板叫"Yava 手机盒子"。

市面上智能手机厂家无数，但它们都有一个特点，就是自带这个叫 Yava 手机盒子的小东西。

如果几年前第一批进网吧通宵玩网游的人看到，他们会觉得更眼熟，因为这和他们当时在网吧看到的那个游戏面板太像了，手机里的简直就是缩小版。

有人曾算过一笔账，即使一台手机一个APP只收费一元钱，按照一些手机厂商一年上亿台的销量，整体的利润也是非常可观的，而且内置APP根本没有成本，纯粹是利润——Yava手机盒子不是赚一家的钱，它把市面上所有手机厂商的钱都赚了，不管他们厮杀得有多厉害，用的也全都是Yava手机盒子，按其一贯的霸道作风，抽成利润算下来简直不敢细想。

比起强制装机，他们更喜欢挑选自己喜欢的APP。紧跟着，那些第一拨用智能手机的年轻人发现，Yava手机盒子会定期更新，并且把常用APP按热度进行全平台排名，提供下载……

夏野这几年揽金多少，并不为外界所知，他行事作风一贯低调，需要公开出席的场合一概推给宋益，比起一个高调的商界新贵，他更喜欢在半明半暗中来观察外界，做自己喜欢的事。

这几年，唐家也有了一些变化。

陈素玲在沪市开了分公司，她旗下的女装也正式挤入国内一线服装品牌行列，而男装则选择了二线品牌战略，走年轻人的时尚和运动路线，价格也更亲民一些；唐泓俊向总部申请了调令，他工作性质特殊，需要层层审批，用了小半年时间才完成了这次调动，也去了沪市，陪在妻儿身边。

唐瑾瑜在小学五年级的时候，跟随父亲唐泓俊去了沪市，因为有夏野提前准备的学区房，小孩转学非常顺利，很快就安顿下来继续念书。

唐瑾瑜和以前的小伙伴还有来往，经常和他们通信。

韩亦星给他写信，小姑娘为他的离开伤心了好一阵，几封信之后才缓过来。她写信告诉唐瑾瑜："我哥哥说等我读高中了也去沪市读书，你一定要等我啊，不能和别人最好，咱俩最好才行。"

郭小琥也给他写了几封信，刚开始用的都是带香味的纸，唐瑾瑜拿出来的时候忍不住打了几个喷嚏，写信问他是不是跟同桌女生借的信纸，郭小琥没有回答，不过从那以后都改用普通的信纸了。

季元杰也会给他写信，他们同桌多年，小季对他突然转学表示感慨之后很快就把他当成了知心笔友，什么话都跟他说："小瑜，最近好多人在推荐帮助背课文的耳机，好多人买了，我也买了一副，但是没什么用，我这次考试还是中游。不过也有一个好消息，就是我名字往上数五排，就是星星，她可真优秀，你走了之后，咱们班都是她考第一了。"

唐瑾瑜刚搬到沪市的时候，每年暑假都会跟着陈素玲回去探望以前的小伙伴们。

陈素玲的女装工厂还有一部分留在那里,她忙工作,唐瑾瑜就去找小伙伴们聚一下。

一帮小孩子每年暑假都聚会,郭小琥是里面最积极的,唐瑾瑜第一年回来的时候他甚至开心地在大街上翻了一个跟头,撒欢儿似的跑。他把唐瑾瑜的包顶在自己头上,书包带垂在耳侧,昂首挺胸,大步往前走,回头还在喊他们:"小瑜、星星你们快点啊!跟上!"

郭小琥还带了礼物,他给唐瑾瑜带了一根健身棒,是中间红两边黄的一条塑料棒,跟齐大大圣孙悟空用的那个特别像,小同学们都管这个叫"金箍棒",扛起来就恨不得去西天取经。

唐瑾瑜拿着转了两圈,问他:"这东西怎么用?"

郭小琥给他示范了一下,舞得虎虎生风:"就这么用,这是锻炼身体的,很多人都有,你不知道?"

唐瑾瑜摇头:"没见过,可能各个地方不一样。"

郭小琥很快又和韩亦星针尖对麦芒地吵起来了,从小到大他俩谁都没跟谁服过软,彼此都觉得自己特别有道理,现在已经不是买东西的事了,郭小琥上升了一个层面,脸色通红,愤愤道:"你怎么那么听老师的话!"

"我来学校为什么不听老师的话!我妈说了,在学校就要好好学习,别想走捷径!"

"你还听你妈妈的话,你……你没主见!"

小姑娘掐腰怒道:"我妈说得对,我为啥不听!而且我妈做饭可好吃啦,我妈今天说要做红烧排骨,她上班那么累还想着我,我肯定听话啊!"

无论两边吵得多激烈,唐瑾瑜只要在场永远都是和事佬。

唐瑾瑜安抚了两边,还得回头去宽慰自己的老同桌,小季同学不知道为什么,对能和星星吵架的郭小琥总是很羡慕,他觉得他俩感情很好,但唐瑾瑜在一边看着,觉得韩亦星明显更喜欢小季同学一些。

几个人吵吵闹闹,一会儿又和好了。

一帮小伙伴只要凑在一起,也不一定要去什么特别的地方,有时候是去他们从小玩到大的小公园转转,有时候是去快餐店吃汉堡包聊天,有时候大家就只坐在墙角阴凉处的石阶上有说有笑,叽叽喳喳,分享彼此的学习和生活。

季元杰蹲在一边,韩亦星说什么他都鼓掌,轮到自己说的时候就变得腼腆起来。

唐瑾瑜跟他们玩了一下午,等到傍晚,陈素玲把车停在巷子口,走过去接他。她招招手,小孩就站起来,摆摆手跟小伙伴们笑着告别,又要等一年才能再见了。

唐瑾瑜暑假期间的小聚会进行了两三年,来参加的小朋友慢慢减少,最后就剩下了韩亦星、季元杰和郭小琥。

韩亦星每年必来，她身后永远跟着季元杰这个老好人，而郭小琥也每次都到，他们和唐瑾瑜的关系一直到初中依旧很好。

再后来，郭小琥也转学了，郭爸爸的生意做大了一些，需要去外省发展，郭小琥跟父母一同去了那里。他给以前班上的同学写信，交代那些跟他关系好的兄弟们："你们要好好学习。"

一帮兄弟收到老大的信哭得稀里哗啦，果然开始认认真真发奋努力，把他们班主任老罗感动得够呛。

郭小琥没有退群，他会在"爱学习的萝卜"群里跟大家聊天，也会偶尔回来和大家见上一两次面，有时候能碰到唐瑾瑜，有时候碰不到。

小朋友们手里的电子词典更新换代，那块小小的黑白屏幕慢慢被外面五彩缤纷的世界取代了。岁月匆匆，大家都已经长大，不再是课间争抢玩游戏、打着手电筒偷偷在夜里看漫画书的年纪了。

一眨眼，几年时光过去，2008年到了。

番外

哥哥的投资

唐瑾瑜小的时候，很喜欢和夏野待在一起玩儿。

但是他们年龄差了好几岁，夏野显然无法和幼崽阶段的唐瑾瑜进行有效交流。

比如唐瑾瑜偶尔吃到了一块特别好吃的曲奇饼干，就忍不住捧着一整盒饼干跑去找夏野，举高了跟哥哥献宝："这个真的很好吃呀！"

夏野看了他一眼，略微犹豫一下，还是把整盒饼干都没收了："你不能吃太多。"

唐瑾瑜："不不，这个给哥哥……"

"藏在我这儿也不行，"夏野果断拒绝，但看着小孩仰头呆呆的模样还是有点心软，改口道，"我先收着吧，你晚上来找我，但是一天只能吃三……四块吧。"他把那盒饼干揣进书包里，一边面无表情地走下楼一边想，好事成双，四听着比三顺耳。

等走下楼梯的时候，内心的想法已经变成给六块也不是不行，毕竟"六"这个数字挺吉利。

唐瑾瑜虽然把饼干送出去了，但也和没送差不多，最后，一盒曲奇饼干分了几天时间都被夏野又喂回了他的嘴里。

相处的时间长了，夏野也察觉出他当时是误会小朋友了，他弟真的太老实了，怕是连藏饼干的小聪明都没有。

他这么跟韩亦辰说的时候，韩亦辰张口问道："你弟是不是……"

"傻"字还没说出口，夏野先说："那个字敢说出来，你一个月别想上网。"

韩亦辰硬生生地把那个字咽了回去。

他真的怕夏野，这人言出必行，从来不说一句虚的，刚才那话分明就是威胁他要进行长达一个月的木马追踪攻击，谁挺得住啊！

唐瑾瑜刚开始学东西很慢，连走路都是慢吞吞的，全家所有人都在替他紧张，只是小朋友自己在走出几步之后便仰头冲大人们笑得灿烂，好像随便一件小事都能让他很开心。

后来，唐瑾瑜长大开始念书了，夏野偷偷给小朋友做了一个学习软件。

那是一个能教小孩背单词的小游戏，有点类似教打字的游戏《打苹果》，而且操作起来更简单，电脑上会反复出现几个课本上常见的单词，使用者要先记住这些单词，等到一段时间过去之后，屏幕上的单词会被拆开，这个时候就需要小朋友指挥一只小熊去把单词重新拼起来，如果在规定的时间里拼不起来，河水就会涨高，小熊就会被淹死。

夏野做好了之后，颇为得意，他觉得这个小游戏既让人有危机意识，又能寓教于乐，发给了聊天室的几个朋友，给他们看了看。

x："你们用一下，告诉我感想。"

过了一阵，老猿率先暴躁出击："老夏，这玩意儿谁做的？"

x："我。"

老猿不吭声了。

聊天室里一片沉寂，安静得仿佛没人在线一般。

夏野得不到有效反馈，干脆直接抓人来问，他选了一个比较正常的人进行了单独谈话。

宋益被点名的时候，内心其实是有点崩溃的，夏野发给他们的是改良版的小游戏，里面的单词用的是专八词汇——别说他如今已经毕业了，就算没毕业，他也没考过专八啊！

那只小熊在他面前起起伏伏，他现在一闭上眼都能想起小熊灵魂飞升的场景。

宋益只能客套地问："你是出于什么目的做了这个呢？"

x："最初是想能把枯燥的事情变得有意思。"

宋益认真等他接下来的话，但是过了一阵并没有见夏野再开口，这才察觉他是说完了。他想了一会儿又问："你对这个，呃……教育软件，有什么期许吗？"

过了片刻，那边回话了："如果成功的话，可以推广一下，让更多人使用。"

宋益："你是说联机？"

x："对，和朋友一起玩儿，应该是一件非常有意思的事。"

宋益："……"

宋益觉得这人能做出这么一个反人类的学习软件，基本就没什么朋友了。但是他又不能直接跟老板这么说，只能客客气气道："或许我们可以商量一下，改良看看。"

这件事的转机出现在唐瑾瑜第一次小考之后。小朋友经过全家人的辅导之后努力考到了人生中的第一个双百分，唐泓俊在热泪盈眶之余，给儿子买了一个玩具毛绒小熊。

夏野看到成绩单之后，就删除了这个《小熊背单词》的程序，他认为，家里的小朋友已经不需要借助这些外力，有他在，比任何软件都来得可靠。

夏野做这些小东西很快，同时他的热情来得快，散得也很快，唐瑾瑜学习非常努力，以后也没有用到任何学习软件，因此夏野也就慢慢忘记了这个项目。对此，负责这个项目的宋益终于松了口气，然后把这款学习软件毫不犹豫地压到了箱底。

很多年后，在被称为投资之神的时候，宋益是非常谦虚地表示自己不过是在为老板打工，他做的一切决定都和老板息息相关。

而那时，夏野已经名扬四海。

有记者问道："宋经理，请问您在投资方面，有没有遇到过为难的项目？"

宋益客气点头："当然有的。"

记者又问："那请问您遇到过最难的项目是什么？跟您老板的决策相关吗？你们会因此发生争执吗？"

宋益沉思良久："商业机密，无可奉告。"

那个夏天，宋经理真是对那个项目产生了恐惧，从而在未来数年努力避开对任何教育项目的投资。因为，他生怕夏老板会想起当年做的那只小熊。

——未完待续——

（敬请期待《今夏·完结篇》）

图书在版编目（CIP）数据

今夏 / 爱看天著. -- 成都：天地出版社，2022.10
ISBN 978-7-5455-7241-4

Ⅰ.①今… Ⅱ.①爱… Ⅲ.①长篇小说－中国－当代
Ⅳ.① I247.5

中国版本图书馆CIP数据核字（2022）第165492号

JIN XIA
今 夏

出 品 人	杨　政
作　　者	爱看天
责任编辑	杨　露
责任校对	张思秋
特邀编辑	代琳琳　刘雪华
封面设计	卷帙设计
责任印制	白　雪

出版发行	天地出版社
	（成都市锦江区三色路238号 邮政编码：610023）
	（北京市方庄芳群园3区3号 邮政编码：100078）
网　　址	http://www.tiandiph.com
电子邮箱	tianditg@163.com
经　　销	新华文轩出版传媒股份有限公司

印　　刷	天津旭丰源印刷有限公司
版　　次	2022年10月第1版
印　　次	2022年10月第1次印刷
开　　本	680mm×970mm 1/16
印　　张	21.75
字　　数	438千字
定　　价	49.80元
书　　号	ISBN 978-7-5455-7241-4

版权所有◆违者必究
咨询电话：（028）86361282（总编室）
购书热线：（010）67693207（营销中心）

如有印装错误，请与本社联系调换。